JN116605

尾﨑桂治

信長の台頭と若き日の家康

戦国時代の終焉と天下人への道程【第一部】

三樹書房

作者のことば

子供のころに貸本や漫画を夢中になって読んだなかに『真田十勇士』があった。猿飛佐助や霧隠才蔵、三好清海入道たちが活躍する。彼らは殿様の真田幸村に仕えていた。あまり登場しない真田幸村だが、我がヒーローたちを束ねる偉い武将であるというイメージがあった。ところが、その後に日本史を学ぶと、真田氏は徳川家康や織田信長といった武将に比較すると小さな領主に過ぎなかったことを知って仰天した。

物語の世界に浸っているときに、幸村は信長や家康が及びもつかない武将であると思っていたのに、事実はまるで違っていたのだ。勝手な思い込みであるが、物語の世界と歴史的な事実との違いなど気にしていなかった。物語のなかで活躍する彼らの姿は実像であると信じていた。その後、歴史物語の多くが事実を尊重するより面白く記述するため書かれたと知るようになってからも、それはそれとして楽しめたから、そのことについて深く考えないままだった。

やがて歴史的事実について考えるようになり、一次史料を中心に事実関係を明らかにする歴史家の本を読むようになった。だが、事実として語られている話でも歴史家の見解が分かれていて、事実を追求するのは容易でないことに気づいた。それに一次史料が都合よく揃っているわけではなく、歴史の闇のなかに消えてしまった事実は多く、断片的な事実だけでは解釈の仕方によってさまざまに語ることができてしまう。通説になっている挿話でも疑わなくてはならないことがあるようだ。

極端な例が織田信長である。物語の世界では、朝廷をないがしろにした独善的な支配者で、ときには魔王のごとく君臨して人々を睥睨する人物として描かれる。しかし、信長の行動をたどっていくと、そんな人間ばなれした人物ではないようだ。多くの武将は信長に従い活躍している。統制のとれた軍事組織をつくるには、指導者として能力を発揮し、それなりに人望や魅力がなければ人々はついてこない。指導者として問題があったにしても周囲に気を遣っている。ところが、とんでもない人物にしたほうが物語としては面白く、それが支持されて俗説がまかりとおる。いまでは歴史家が最新の研究成果を分かりやすく記述する歴史書が多く出版され、最新の研究を踏まえて信長像も書き換えられつつある。だが、いったん定着した俗説を覆すのも容易ではない。

もとより筆者には一次資料に当たって検討するほどの力量はない。せいぜい信頼できる記述の歴史書とそうでないものとを選り分けて、できるだけ多く接するようにして歴史的な事実を集めるしかない。たとえば、信長がいつ、どのような行動をとったか、問題を抱えていたときに解決に向けて何をしたか、事実と思われることがらをつなげていくことは可能である。それを物語にするにはどうしたら良いのか。研究者は、確かな事実を選んで採用し、欠けたピースに言及しないことが多い。事実だけを大切にするのは研究者としての良心なのかもしれないが、失われた事実を追求しないと物語にならない。坂口安吾が「歴史は推理である」と言ったようだが、失われたピースを埋めるには、事実と思われる話をつなげて想像力を駆使するしかない。それも真実に近づく方法のひとつではないか。

信長や秀吉、そして家康といった人たちの実像に迫ろうと試みるには、研究者のように禁欲的であってはできない。知的な遊びとして想像力を働かせ一歩踏み込んで天下人たちの内面に迫ってみたい。そうすることで、歴史がどのようにまわったのか考えるヒントが得られるのではないかと思い執筆を続けた。

人間関係や因果関係、周囲の状況や時代的な背景を考慮して、信長や秀吉、そして家康の実像に迫る努力を続けているうちに、朝廷や天皇との関係、それに天下人への階段の登り方に、それぞれに違いがあるのが浮き彫りになったと思う。ばらばらにしか捉えていなかった挿話がつながり、新しい見方を発見したところもある。あるいは勇み足かもしれないし、思い違いをしているかもしれないが、自分なりに真実を追求したつもりである。

なお、多くの登場人物は、その時々で名前を変えているが、読みやすくするために一つに統一して記述している例が多い。幼少の頃から家康と名乗ったわけではないが、その時々の名前にしたのでは煩雑になるからだ。当時は、本名で呼ぶより官職や俗名で呼ばれることが多かたようだが、できるだけ簡略化している。たとえば、後藤又兵衛基次と書かずに後藤基次で通している。話の流れを優先したからである。また、本書に登場する人物の年齢は、当時一般的だった数え年を用いた。生まれたときが一歳で、年が明けると二歳になる。また、歴史書では日本特有の元号が用いられる例が多いが、この本では主として年号は西暦を用いている。陰暦を使用しているので矛盾するところがあるが、前後の関係をわかりやすくするためである。

第一部　信長の台頭と若き日の家康・目次

■第二部　秀吉の栄華と臣従する家康

■第三部　家康の江戸開府と国づくり

『戦国時代の終焉と天下人への道程』は、全三巻から成る三部作です。

プロローグ

徳川家康は、日本に鉄砲がもたらされる前年の一五四二年（天文十一年）十二月に生まれた。天下人と言われた織田信長や豊臣秀吉とはほぼ同世代であるが、家康は信長より八歳、秀吉より六歳下である。強烈な個性の持ち主であるこの三人は、天下に覇をとなえるに足る、飛び抜けた素質を持ち合わせていた。彼らは、たぶんに運をも味方につけて活躍したが、共通するところがあるとすれば、成人するまでに不安定な環境におかれた経験があることだろう。それでも、子供のころの環境や教育の受け方には違いがあり、それが行動や決断、そして戦い方に影響を与えている。

子供のころから自活しなくてはならなかった秀吉の場合は特殊であるにしても、信長も家康も波風の立たない環境にあったわけではない。三人とも、生みの母に慈しまれることなく育った。実父さえ定かでない秀吉は、もの心ついたときには母は他の男に奪われていた。癇性が強く我を張る信長は、弟が生まれてから母の愛は弟に注がれ疎外感を味わった。家康は、幼くして母の離縁により、母と過ごした期間はごく短かった。だが、こうした母親との深いとはいえない関係は、戦国武将としてはマイナスの要素ではないと思われる。母に慈しまれて育てられると、武将として果断な決断ができない人間になりがちであると考えられ、この時代にあっては生みの母から離されて育てられる例はよく見られた。

しかし、信長の場合は、母だけでなく織田家を支える宿老たちの多くも弟の信勝（のぶかつ）に心を寄せたことが、鋭敏な神経の持ち主の彼の心に傷を残した。孤独感を埋め合わせようとして、自分に従う子供たちを集めガキ大将として過ごした。若いころに「うつけ」といわれたのは、信長のとった反抗的な行動ゆえである。リーダーとしての素質は、ガキ大将として振舞うなかで磨かれた。

いっぽう、子供のころに教育を受ける機会がなかった秀吉は、自分の才覚で伸し上がっていくしかなく、厳しい世間の風に晒されて成人した。そうした体験が秀吉を鍛え上げ、尋常ならざる処世術を身につけさせた。教養を身につけていなくてはこの国の支配者にはなれないが、秀吉は伸し上がっていく過程で処世術を駆使して、ずば抜けた学習能力の高さを発揮し、辻褄を合わせたのである。世に出てからは、巧みな交渉術とその場の状況判断の的確さで能力の高さを発揮し、運にも助けられて頂点に登りつめた。

家康の場合は、不安定な三河（みかわ）の領主となった松平（まつだいら）宗家の跡取りとして生まれたがゆえに、信長のように自由奔放に行動するわけにはいかなかった。実母に去られたのは数えの三歳、十二月二十六日生まれの家康はようやく歩き始めたころである。三河の刈谷（かりや）地方の領主である水野忠政（みずのただまさ）の娘、お大（だい）が生みの母であるが、家康の父の松平広忠（ひろただ）が今川（いまがわ）氏との連携を強めた結果、今川家に誠意を見せるために、織田氏との連携を主張する水野氏の当主の妹であるお大を離縁せざるを得なかった。祖父の清康（きよやす）も父の広忠も二十代のうちに殺害されており、松平家が不安定なままだったから、幼い家康は周囲に翻弄されながら成人していった。

信長の場合は、父の信秀（のぶひで）が四十二歳で病死すると、織田家の嫡男として家督を継いだ。一五五二年（天文二十一年）、信長十九歳のときである。前から林秀和、平手政秀などの家臣をつけられていたが、反抗心が旺盛な信長は、主君らしく振舞おうとしなかったから、宿老たちとの絆は必ずしも強くならなかった。

信長の教育環境は、この時代の有力領主クラスの子弟と同程度だった。近くにある寺院で禅僧を師として教育を受けている。論語をはじめ四書五経をひととおり学び、読み書きや算術を習得し、三国志や司馬遷の史記などを通じて中国の歴史に興味を持った。いっぽうで身体の鍛錬や兵法や乗馬に関心を示し、ガキ大将として遊ぶのに多くの時間を費やしている。宿老たちが、はみ出すことが多い信長を諫める態度をとっても、彼らが及び腰で接しているのを感じとり、信長は聞く耳を持とうとしなかった。持てあまされているのをいいことに思いどおりに振舞うようになり、成人前に培われた独善的な性格は生涯変わらなかった。

信長が生まれた織田氏は一族のなかでは庶流の家老格の家柄であるが、勢力を伸ばし財政的に豊かになると父の信秀は、朝廷との関係を大切にした。室町幕府の権威失墜により財政危機が慢性化していた朝廷は、新興の領主たちが接近してくるのを歓迎した。金銀など貴重な贈りものがもたらされるからである。頭角を現した信長の父の信秀も朝廷に寄進するようになると、貴族が織田家を訪れることがあり、織田氏が朝廷や幕府の伝統文化と無縁だったわけではない。

信長の婚姻は典型的な政略結婚である。十三歳で元服した信長は、父の信秀の意向で美濃の斎藤道三の娘を娶った。尾張を支配する織田信秀は、国境を接する美濃の斎藤道三との戦いに精力を傾けたが、戦いに敗れて和議が成立した結果、婚姻による結びつきが図られたのである。この政略結婚は信長に利益をもたらした。義父となった道三と良好な関係になり、その支援を受けるようになったからだ。信長は姻戚による結びつきの重要性を認識し、後年、さまざまなかたちで政略結婚を図るようになる。娘や息子たちを将棋の駒のように利用する態度であるが、敵と味方を峻別する信長の愛情の示し方であり、戦略でもあった。人生で大切なのは戦いに勝利することだったから、そのためには利用できるものは利用するという考えだった。そんな信長は、ガキ大将のように振舞っているときは生き生きとしていた。そのせいか、女性に対する執着心は秀吉や家康ほどではない。常に近くにいた小姓たちや忠実な家臣たちとの関係のほうがはるかに濃密だった。

個性的に振舞う信長が当主では織田家の将来が危ういという懸念を抱く家老たちが、信長を排除する動きを見せた。その統治が必ずしも安定しているわけではない織田家の存続のためには信長では不安であると思う家老たちは、弟の信勝を当主にしようと動き出した。それに同調する姿勢を見せたのが、信長より弟を可愛がった母である。弟の信勝も兄にとって代わる意欲を見せて、兄弟の対立は抜き差しならなくなった。だが、信長は、自分に正統性があるとして戦いで決着をつける意思を示し、相手の力量を読み切り、弟を支持する勢力を打ち破った。しかし、依然として母や一部の家臣に支持されている弟の信勝は、負けを認めようとしなかった。信長は、そんな弟を許すわけにはいかず殺す以外にないと腹を括り、病気と称して見舞いに来させ、信勝を謀殺した。非情にならなくては勝てないことがあるのだ。

とはいえ、非情さが信長の特性というのは言いすぎである。十九歳になった一五五二年一月に、家老の平手政秀が切腹するという事件があったときの信長は情のある態度を示している。自分の主張を通そうとするのは必ずしもよいことではないと反省したようだ。

政秀の息子が所有している馬に信長が惚れ込み、譲ってくれるように頼んだが拒否された。それを知った父の政秀は息子に馬を譲るように諭したが、言うことを聞かない。それ以前から、政秀は、ガキ大将として振舞う信長を諫めてきた。それを聞こうとしない信長と、自分の息子の関係に悩み、政秀は切腹してしまった。

何も言わずに腹を切った政秀の態度に、信長は衝撃を受けた。半ば自分に責任があると感じた信長は、政秀を弔うために春日井(かすがい)郡小木村に寺院を建立した。教育係として信長の師であった沢彦宗恩(たくげんそうおん)を開山として、臨済宗の寺院を政秀にちなんで「政秀寺(せいしゅうじ)」と名づけて建てた。人を従わせるには、自分の行動が支持されるように振舞う必要があるという教訓を信長はこの事件から得た。強気だけでは人々はついてこないのである。

三人のなかでは秀吉だけが幸せな結婚をしている。政略結婚する身分ではなかったからでもあるが、主君の信長にも祝福された結婚だった。このころの信長は秀吉夫妻と個人的に接触する時間の余裕があり、秀吉は早くから近侍しており、信長を兄貴分として接する態度が許された時期を持っていた。それだけに、信長が頭角を現してから仕えた人たちより忠誠心は強かった。

秀吉のように、どのような出自とも知れない卑しい身分の人物を取り立て、親しく接する機会を持とうとする主人はそうはいない。家督を継いだ信長に周囲の目は必ずしも温かくなく、弟の信勝を信秀の後継者に推す動きが見られ、信長の家督は脅かされていた。本来なら自分を支えるはずの宿老たちも頼りにできないと思う信長は、自分の判断や感情を優先する姿勢を示した。そんな状況にある信長に仕えるようになった秀吉は、千載一遇ともいえる機会をものにしたのである。信長と出会っていなければ、秀吉はせいぜい野武士の一団を率いる程度で一生を終えたに違いない。この時代にあって、信長ほど能力を優先して抜擢した武将はいない。それだけ秀吉は強運の持ち主だったのだ。

権力を握った秀吉は、それを利用して多くの女性を自分のものにした。子供のころの満たされない肉親関係を埋め合わせる行動である。信長や家康と比較すれば秀吉が接触した女性の数ははるかに多い。それにもかかわらず、本人の肉体的な欠陥のせいで子宝に恵まれなかった。もし秀吉がたくさんの息子や娘を持っていたら、その後の秀吉の人生だけでなく、天下の情勢も変わっていただろう。持って生まれた才覚と学習能力の高さで出世した代償のように子孫を残すことができなかったところに、秀吉の悲劇の一端がある。そのために、有力大名の子弟や親族の若ものを養子に迎え、擬似家族ともいえるかたちをとった。だが、情の強い秀吉が希求する後継者としての過大な期待に応えるのは並大抵ではなく、関係が深まるにつれて、うまくいかなくなることが多かった。

晩年になって側室の茶々（ちゃちゃ）が産んだ鶴松（つるまつ）や秀頼（ひでより）を、自分の息子であると信じるふりをし、周囲の人たちにも信じるように強いた。確率として非常に低くても、茶々の産んだ男子が秀吉の子である可能性はゼロではないと思わせるのは可能だった。家康は最初から疑っていたものの、それを口にするのは危険であると知っていたから黙っていたのだ。

まともな教育を受けていなかった秀吉は、主人だった信長からの影響が強く、権力を把握してからは信長が打ち出した施策を受け継いで、独自性を打ち出すまでにはいたらなかった。信長のまねをしながら、おかれている状況を読んで権力者のあり方を模索していったのである。

秀吉ほどではないにしても、家康も、かなり特殊な少年時代を過ごしている。

家康を育てたのは大伯母にあたるお久(ひさ)、祖父の松平清康の姉である。祖父の清康も父の広忠も十代のうちに結婚して子供をもうけていたから、家康に接していた彼女はまだ三十代後半だった。母の記憶を持たない家康は、お久に母の面影を見出し彼女になついた。お久は、自分の弟であり家康の祖父である清康が、いかに優れた武将であったかを幼い家康にくどくどと語り、成人したら祖父のような立派な武将になるようにと吹き込んだ。母に去られた家康が不憫でならなかったお久は、弟の清康さえ生きていればと愚痴をこぼすように年端もいかない家康に語りかけたのである。父の広忠は、不安定な三河の支配を万全にしようと苦労していたが、お久と過ごした六歳までは家康にとって生涯のうちでもっとも平穏な時代だった。

祖父の清康は三河一国を支配下に治めようとしていたときに、いくつかの偶然が重なって重臣の息子に殺害された。これがきっかけで三河は不安定になった。二十五歳という若さでの清康の死は、将来への期待が大きかっただけに周囲に与えた衝撃も大きかった。お久のなかで弟の清康は実像以上に大きな存在になっており、家康に肌を押しつけ顔や身体を撫でまわしながら清康のことをくり返し話したので、祖父がまれに見る立派な武将であるというイメージが家康のなかで大きくなっていった。

三河の山間部から中央部に勢力を拡大した国衆(くにしゅう)といわれる松平氏一族は枝分かれし、清康の時代には三河地方は分割支配されていた。松平家以外の三河にいる有力な国衆も単独では生きていけなかったから、松平一族との結びつきを強めていた。他の国からの侵略を防ぐには連携しなくてはならないが、三河の覇権争いは松平一族のあいだでくり広げられ、家康の祖父である清康が宗家として存在感を示し始めた。安城(あんじょう)松平といわれたように岡崎(おかざき)の西にある安城城を拠点として支配地域を広げ、岡崎に城をつくって本拠地を移した。東海道に面した岡崎は、京と東国のあいだを結ぶ交通の要衝であり、三河の中心地に相応しい地域である。若き清康は三河の統一を成し遂げる途上で、有力家臣の息子に殺害されてしまったのだ。計画的な事件ではなく、勘違いして清康を亡きものにしたというが、確かなことは分からない。

清康が殺害されたとき嫡男だった家康の父の広忠は十一歳だった。すかさず岡崎城に入ったのは尾張に近い守山城主の松平信定である。同じ松平一族であるが、清康とは対立関係にあった。岡崎城にいた清康の家臣の多くも信定に従う姿勢を見せたため、千松丸と称していた広忠は、忠実な家臣である阿部大蔵をはじめわずかな人たちにともなわれて伊勢に落ちのびた。その後、家老である阿部大蔵が松平宗家の広忠を擁して岡崎城への帰還を果たそうと画策した。隣国の駿河と遠江を支配する今川氏に接近して後ろ盾になってもらい、三河内の有力国衆たちに働きかけ、彼らの協力を得るのに成功し、二年後に広忠は松平家の当主としてふたたび岡崎城に入ったのである。松平信定も松平宗家の広忠に仕える姿勢を示し、三河全体をまとめていく任務は、広忠と阿部大蔵に託された。だが、今川氏を頼りにする彼らに反発する国衆も多かった。

広忠を支えて采配を振っていた阿部大蔵が亡くなり、若い広忠が自ら統治していかなければならなくなった。織田氏の支配する尾張に近い西三河は織田家の影響が大きく、東三河は今川氏を頼りにしがちであり、舵とりがむずかしい状況だった。

岡崎城は今川氏の勢力圏である遠江に比較的近いが、その西側にある安城城が三河の中間地点であり、さらにその西に刈谷城があり、それぞれ三河の重要な拠点だった。

刈谷城の城主の水野忠政は、松平家とは婚姻関係を持つほどの有力国衆で、西三河にありながら今川派に属しており、娘のお大を松平広忠に嫁がせた。ところが、息子の水野信元（のぶもと）が父の死後に当主になると、織田氏の働きかけに応じる姿勢を見せた。刈谷は織田氏の支配する尾張に近い。今川氏を後ろ盾にしている広忠は、信元に翻意するように働きかけたが、信元は態度を変えなかった。水野信元には、今川氏が広忠に接近するのは三河への野心によるもので、頼りにして良い相手には思えなかったのである。これにより、広忠は、今川氏との関係を考慮して妻のお大を離縁するという犠牲を払わざるを得なかった。

苦しい立場の広忠は、今川氏と敵対する織田氏とも戦いたくなかった。だが、そんな理屈はとおらない。三河を侵食する今川氏に対抗して、織田信秀が三河に攻め入り、安城城を陥落させた。織田氏に敵対するわけにはいかないと広忠は和議を申し込んだ。三河の西の地域を織田氏か支配することを許し、広忠の嫡男である家康（このときは幼名の竹千代（たけちよ））を織田家に人質として差し出して和議が成立した。

人質として尾張に行くことになった家康は平穏な生活を奪われた。知らない土地でお久のぬくもりを味わえなくなり、寂しさに耐えながら眠りにつく生活を強いられた。それでも、聞き分けの良い子だった家康は、寂しさを他人に訴えるようなことはしなかった。家康は、織田氏の居城だった清洲（きよす）城下ではなく、熱田（あつた）にある豪族の家で過ごしている。織田氏の人質になったからといって、ガキ大将となっている信長とは年齢の違いもあり接点はなかったようだ。

昼間は、岡崎から一緒に来た石川数正（いしかわかずまさ）や阿部正勝（あべまさかつ）など、あまり歳の違わない従者と剣術や弓の稽古をし、年長者から読み書きを教えられた。彼らからかつての合戦の物語を話して聞かせてもらうのを家康は好んだ。熱心に耳を傾けたのはお久から祖父の清康の活躍を聞いていたからで、いつかは自分も武将として活躍したいという夢を膨らませていた。もうひとつの大きな慰めは、生母のお大からの差し入れだった。広忠に離縁されたお大は、三河の国衆である久松俊勝と再婚しており、その領地が比較的近くにあった。季節の水菓子や衣服など、届けられた品々に家康は母の匂いを感じた。母の面影を知らない家康のなかで母とお久が重なり、母への思いはお久のぬくもりへの思いでもあった。

しかし、幼い家康の知らないところで事態は動いていた。今川氏にしてみれば、織田氏に敵対する姿勢を見せない松平広忠をそのまま放っておくわけにはいかなかった。織田氏の勢力を撥ね返し、三河を手に入れる計画を今川氏が立てた。駿河と遠江を支配する今川氏は、義元が当主になってから勢いを伸ばしていた。今川氏親の五男として生まれた義元は、本来なら今川家の当主になれなかったはずだが、当主となっていた長兄と次兄が若くして亡くなると、三男と家督争いを演じたうえに、京都にいたときから義元に仕えていた側近の太原雪斎と組んで当主の地位を獲得し、関東の雄の北条氏、甲斐と信濃の大守である武田氏と同盟を結んだ。信玄の姉を正妻に迎え、北条氏とはもとから友好関係にあったから、義元は、西にある三河に目を向ける余裕が生じたのである。

織田氏がさらに三河を自分たちのものにする動きを見せる前に手を打とうと、今川氏が画策した。実行したのが岡崎城主の松平広忠の殺害である。一五四九年（天文十八年）三月のことである。今川氏の差し金であると分からないように細工した暗殺だった。不安定な三河の情勢をさらに不安定にするためである。この後、広忠殺害は織田氏につながる者たちの仕業らしいという噂を岡崎で流した。

岡崎城に派遣されたのは太原雪斎である。兵士を引き連れて城の本丸に入り、城内を制圧した。三河を織田氏から護るために来たと語り、城主の死により混乱状態にあるのをいいことに三河の中心地となっている岡崎を支配下におき、今川氏の武将が交代で岡崎城の主になった。松平家の一族と家老など主要な者たちは駿府に移された。いわば人質である。そして、広忠の側近だった鳥居忠吉を中心に、残った松平家に仕えている者たちが今川側の者たちと行動をともにするよう指示された。税の徴集や労役などを課す任に当たるためだ。松平家に仕えていた者たちに百姓たちと交渉させたほうが、今川氏の配下の者たちが実行するより抵抗が少ない。松平氏の家臣たちを監視下におき、今川氏のためになるように働かせる。そして、今川氏から派遣される岡崎城代が睨みを利かせ、ここを拠点にして三河の西側にも支配地域を広げていく計画だった。

尾張にいる家康のもとにも、父の広忠が非業の死を遂げたという報がもたらされた。人の死がどのようなものか、まだよく分からない年齢だったが、もう会うことができないのは家康にも分かった。何か理不尽な匂いのする出来ごとだったが、父の死の経緯や今川氏の野心については知りようがなかった。

このときに家康は人質としての自分の厳しい状況を思い知らされた。父の死を知らされた日の夕方だった。自分が障子の陰にいるのも知らずに、岡崎から一緒に来て自分に仕えている者たちがひそひそと話していた。それを家康は聞いてしまったのだ。

「織田と今川の戦いが避けられなくなれば、人質である若君は御無事では済まされないだろう。われわれだけでは護り切れない。どうしたものか」

若君というのは自分のことだ。この話を聞いて、家康は、自分がどのような立場にあるのか漠然とではあるが分かった気がした。人質というのは、織田家という敵側に差し出され、殺されても文句をいうことができない境遇であるという現実を突きつけられたのだ。自分の立っている足場が音をたてて崩れ、底なし沼に落ちていくような恐怖を感じた。同時に、自分は他の人たちとは違う運命を背負わされているという意識に襲われ、全身が不安に包まれた。

そうした不安を抱いていることは誰にも知られてはならないと家康は思った。自分を護りたくても、それができないと家臣たちが言っているのだから、こうした境遇から抜け出す方法をたずねても彼らを困らせるだけだ。お久と約束したのに、立派な武将になる前に殺されてしまうかもしれないと思うと悲しかったが、一人で耐えなくてはならなかった。三河から一緒に来た家臣たちが自分には聞こえないように配慮しながら、こそこそと囁(ささや)き合っている光景を思い浮かべるたびに、家康は恐怖心に襲われたが、それを人に言えずに恐怖が身体の奥底に沈殿していった。

なおも三河は揺れた。今川氏は、岡崎城を拠点として東から西へ勢力を伸ばし始めたから、尾張の織田信秀も黙って見過ごすわけにはいかなかった。今川氏と織田氏の対決は抜き差しならなくなり、三河は今川氏と織田氏の草狩り場となった。

岡崎城の西にある織田氏が支配する安城城に今川氏が攻撃をしかけた。三河の中小の領主たちのなかで織田派の人たちは織田軍とともに、今川派の人たちは今川軍とともに戦うよう強いられた。殺された広忠がもっとも避けたいと思っていた、三河の国衆がお互いに戦うことになったのである。

今川軍の指揮をとったのは太原雪斎だった。織田軍では信長の庶兄にあたる信広(のぶひろ)が指揮をとる戦いが展開され、その結果、今川方の勝利となり、織田軍の大将である信広が捕虜になった。この敗戦で織田勢の三河侵攻は頓挫した。敗北を認めた織田氏と和議交渉が持たれ、織田家の人質になっている家康と織田信広との人質交換が決められた。

戦いが短期に終結したのは、三河が戦場になると東海道の交通が円滑でなくなり、往来する人たちが困るからだ。朝廷や足利将軍から戦闘が起きるたびに速やかに停止するよう圧力がかけられる。戦う武将たちも、戦いが長引くのを避けたいという思惑があり、決着がつけば戦いは終結して、当事者同士による交渉がおこなわれる。室町幕府の統治が安定していたときには、国境の紛争は将軍の裁定で決着したが、幕府の権威が衰退すると戦いで決着をつけるようになったものの、辛うじて朝廷や幕府の威光は保たれ、和議や交渉の仲介をして戦いが長引くことがないよう配慮された。

和議が成立して、家康は尾張から駿府に移された。家康を人質にとったのは、今川氏に隷属する武将として育てるつもりだったからで、将来の三河の領主として独立させるつもりはさらさらなかった。

織田氏に勝利した今川氏は、三河にある主要な城の多くを支配下におき、今川氏の武将が拠点にある城に入った。これにより、織田氏の影響は三河の西側の一部に限られ、今川氏がますます勢力を拡大していった。織田氏がそれを防ぐ有効な手立てを講じなかったのは、当主である信秀が亡くなり、家督を継いだ信長が家臣たちをまとめ切れなかったために内紛が続いたからである。

駿府に移った家康は、数えの八歳、今でいえば小学校に上がる歳であるが、織田家にいるときと処遇は大きく変わった。広忠の家族や宿老たちも人質として一緒に駿府に連れて来られたから、彼らに囲まれる生活が家康を待っていた。織田家では、自分に仕える三河からの家臣は数少なかったが、全員が神経を尖らせて警戒するかのような雰囲気のなかにおかれていた。駿府に移ってからは、駿府城近くに与えられた屋敷で生活することになり、三河から来た人たちから若君として丁重に扱われた。今川家の人たちも、家康を客人のように扱った。当主である今川義元や側近である大原雪斎が、家康に対して丁重な態度を見せたので、そのほかの者たちも家康を粗略に扱うことはなかった。

母方の祖母にあたるお富から読み書きの基本を教えられた。尼となっている祖母には、かつてのお久のように肌のぬくもりを求めるわけにはいかなかったが、織田家にいるときのような寂しさはなくなった。

家康は、織田家との家風の違いにも目を見張る思いをした。織田家は、家康の育った松平家と似たところがあった。経済的に恵まれているものの、この時代の新興大名に見られるような落ち着きのなさがあるのにくらべ、今川家では優雅にゆったりとした人たちが多い。武芸に励むことが奨励されていたとはいえ、学問や芸能を身につけることが重視された。家康は駿府城に行くことを許され、いろいろな人たちに接して文化や教養を身につける機会を持った。

今川氏は室町幕府を開いた足利将軍家とつながる名門であり、貴族的な家風があった。当主の義元は京の文化を大切にしていた。本来なら今川家を継ぐ立場ではなかった義元は、幼くして京にある寺院に入り学問に励み修行した。将軍家や有力守護の嫡男以外の男子は、義元のように仏門に入る例が多かった。世襲の場合、円滑に次世代にバトンタッチするには、次三男などの処遇が問題になる。能力的に長男より優れていると思われれば、家臣の一部が能力のある次三男を推して派閥を形成しがちで、そうなると世継ぎをめぐって混乱が起きる。それを避けるために嫡男以外の男子を出家させる風習ができていたのだ。

義元が出家のために京に行くときから行動をともにしていた太原雪斎は京の貴族たちと交際しており、義元が当主になると側近として領内の統治にかかわり義元を支えた。

京の貴族をはじめ連歌師や能楽師、茶道の師匠などが頻繁に駿河を訪れ、今川氏の居城である駿府城に長く滞在した。かつては京や畿内以外に足を運ぶことがまれだった彼らも、朝廷や将軍家が権威を失墜して財政難に見舞われ、京で安定した生活を営むのがむずかしくなった。そのため、今川家のような地方の有力者のもとに吸い寄せられるようにやって来た。彼らは歓迎され、彼らの来訪に合わせて各種の催しが開かれ、城のなかは賑々しくなった。こうしたお祭り騒ぎに家康も参加する機会が与えられ、京の都の雰囲気を味わうことができたのである。

三河から移って来た家来のなかに松平親乗(ちかのり)がいた。祖父の清康時代から仕えている松平一門であるが、祖父の清康が朝廷と関係を深めようとしたときに、京で朝廷との交渉に当たり、しばらく滞在して京の文化を身につけていた。家康が駿府城で貴族と接触する機会があると、親乗が持っている儀式における礼儀や服装に関する知識が役にたった。京の貴族に挨拶するときの礼服や立ち居振舞いには一定の決めごとがあったから、それを知らなくては恥をかく。身内のなかにそうした知識を持つ者がいるのは心強かった。

今川家の人たちとともに連歌や能を習い、学問を修得した禅僧を招いての講義にも誘われた。講義を聞き、書物に接して知識を身につける面白さを知った家康は、学ぼうとする意欲を人並み以上に強く見せた。武将というのは兵法を学び、身体を鍛え、弓や槍、それに乗馬の稽古に励むものと決まっていたが、今川家では、それ以上に学問や教養が重要視される雰囲気があるのは、家康にとっては新鮮な驚きだった。

当主の今川義元の嫡男、氏真(うじまさ)は家康より四歳年長だったが、高名な禅僧の講義を一緒に聞き、歴史をともに学ぶ機会が家康にも与えられた。家康は真綿が水を吸い込むように知識を吸収した。とくにわが国の歴史に興味を持った。きっかけは禅僧による『吾妻鑑(あづまかがみ)』の講義を受けたときに、そこに記述されている内容に家康が強烈な印象を受けたことだった。

治天の君といわれた上皇をないがしろにして独裁的な権力を握り横暴を極めた平清盛(たいらのきよもり)を排除しようと、以仁王(もちひとおう)が立ち上がる。反対勢力を結集して権勢を誇る平氏(へいし)を打倒しようと、平氏に反発している人たちを糾合し「平氏打倒」の動きが活発化する。

以仁王が発布した令旨が伊豆に逼塞している源頼朝にもたらされるところから『吾妻鏡』は始まっている。幼くして伊豆に流された頼朝が成人し、平氏に対抗する勢力の指導者として期待されたのだ。源氏の嫡流の血を引く頼朝のところに使者が来訪し、平氏討伐のために蹶起する契機となった。父の義朝が平氏との戦いに破れ、流人生活を強いられた頼朝は、源氏の頭領として平氏討伐の指揮をとるよう促され、頼朝のもとに関東の武人たちが結集する。その前に以仁王は殺害され、頼朝の最初の蹶起は失敗に終わったが、それにひるまず関東の武士団を率いて戦い、支配地域を広げていく。やがて頼朝は鎌倉幕府を開くが、平氏と源氏の争いという単純な話ではなく、さまざまな人たちや勢力が複雑に絡み合い、人と人との関係が目まぐるしく変化し、頼朝が武士の頭領として関東に君臨する。流人の身から支配者になっていく頼朝に家康は自分の未来の姿を重ねたのである。頼朝の活躍を思い浮かべると興奮を抑えられず、いつの日か自分も頼朝のように活躍したいと強く思った。伊豆に流されて二十年後にもたらされた以仁王の令旨が、頼朝が活躍する契機となったように、いつかは自分にも運命を切り開くきっかけをつくってくれる人が現れるに違いないと想像し、家康は密かに胸をときめかせた。

和風漢文ともいうべき文体で書かれているが、記述の仕方、言葉の使い方などの法則さえ分かれば『吾妻鏡』の内容を理解するのはむずかしくない。家康は一人でむさぼるように読んだ。読み方や意味の分からない漢字があったが、前後の内容から類推し、機会をとらえては他人に訊き、知識を増やしていった。続いて『源平盛衰記』や『平家物語』のような書物を読み、源氏と平家の戦いの様子に胸を踊らせた。祖父の清康が武将として優れていたとお久から聞かされていた家康は、その血を受け継いでいる自分が、期待に応えて武将として活躍する姿を思い浮かべ想像を膨らませた。

幸いなことに、今川家には貴重な書物がたくさん集められており、特別なものを除いて希望すれば閲覧が許された。織田家で人質になっているときには味わえない経験だった。古くから培われた京の文化の伝統を重んじる今川家で、家康は能をはじめとする芸能にも触れ、自分の能力が人並み以上であるという自覚を持つようになった。講義の内容はよく憶えていたし、話のなかで何が肝腎なのか理解した。ときには質問に応え議論したが、誰よりもうまく答えられ、急所を突いた発言をした。自分が優れていると思われるのは気分が良いが、自慢するような態度は、自分のおかれている境遇を考慮すれば賢明ではない。そう自分に言い聞かせることも忘れなかった。

成長するにつれて、今川家の人たちが自分に何を期待しているか理解できるようになった家康は、それが自分が想像し期待した未来の姿とは違っていることに気づいた。松平家の当主として三河を支配する武将になるつもりでいたが、今川氏が期待するのは今川氏の配下の一武将としての地位だった。独立した大名になるのは今川氏の期待を裏切る行為である。自分のおかれている境遇を客観的に見られるようになった家康は、屈折する思いを強くした。大切に扱われるのは、今川氏にとって有用な人材であると思われているかぎりにおいてなのである。

いつかは立派な武将になるために励んできたが、今川家の繁栄のための駒でしかない運命を背負わされている状況を自覚した家康は、三河から来た人たちも、今川氏に隷属したくない気持ちでいるのを痛いほど感じられるようになった。彼らも今川氏から独立したいと思っていても、それを口にしないように心がけていた。腹を割って彼らと話し合いたかったが、危険は避けなくてはならない。屈折した気持ちが強くなるのを意識すればするほど、今川氏に忠実に行動するのに何の疑問も抱いていないように振舞った。

家康は十五歳のときに元服した。元服に際して親代わりとなり家康に冠をかぶせる役目は今川義元、そして、家康の髪を童髪から成人の髷に結う役目は今川氏の古くからの重臣である関口親永が果たした。義元に忠誠を誓う儀式になるが、それを拒む立場に家康はない。喜んで受け入れる態度を見せなくてはならぬと、義元の恩情に感謝し感激しているような態度をとった。

元服した家康は、義元から「元」の一字をもらい受け「元信」と名乗ることになったが、この機会に父や祖父の墓参りに岡崎に行きたいと義元に訴えた。父の広忠の葬儀にも出席できなかった家康は、それをずっと気にしていたが、元服するまで言い出すのを待っていたのだ。さすがの義元も、このときは家康の願いを退けるわけにはいかなかった。

岡崎にある松平家の菩提寺である大樹寺で、家康の元服を広忠の霊前に報告するとともに、その法要がいとなまれた。松平宗家の祖先を祀るために建立された大樹寺は、清康が岡崎を本拠にしたときに岡崎に移して規模を大きくしている。朝廷に働きかけて勅願所としての格式を獲得した大樹寺は、三河の領主の発願した寺にふさわしい規模を誇っていた。岡崎城も本丸や二の丸、三の丸を設け、さらに家臣たちの館を城内に建て、三河にある他の城とは違う規模にしている。三河の支配を盤石にするためだった。

大樹寺に来た家康は、立派な寺院を建立した祖父の清康の強い意志を痛いほど感じた。並の寺院とは異なり、多くの人たちが宿泊できる規模であり、城代わりの役目を果たすようにつくられていた。

家康は祖父の清康の願いを引き継ぎたいと改めて思った。そのためには自分が三河の守護大名として立たなくてはならないが、それが可能な環境にはないことを改めて自覚せざるを得なかった。人質になって以来、初めて会う家臣たちも多かったが、彼らと本音で話し合うことも叶わない。

　その後に家康は岡崎城に入った。城代として今川氏に属する山田新左衛門が本丸に常駐していた。本来なら自分の城であるから、隅から隅までつぶさに見てまわりたかった。祖父の清康が、どのような計画を立てたのか、三河の本拠地としての城にどのような願いを込めたのかをゆっくりと味わいたかった。だが、そんな思いを今川側の人たちに覚られたくなかった。一連の儀式を家康は優雅にこなした。今川家の人質になったお陰で、貴族や一芸に秀でた人たちと接触した経験が役立ったのだ。一か月ほどの滞在のあいだ家康のそばには常に今川氏の者がいた。若い家康に対する松平家の者たちの期待は高まったが、家康も家臣たちも、今川氏側の者たちが不審に思うような態度を見せないよう気をくばった。

　駿府に戻ってほどなく、義元の妹を母に持つ関口親永の娘との婚姻の準備が調っていると義元から告げられた。元服の際に、家康の髷を成人用に結い上げる役目を関口親永が果たしたのは、義父となる含みがあったからに違いない。今川家の当主と血の繋がりのある姫を妻にするのは、今川氏の忠実な武将になると期待されているからだ。独立して三河の領主になる望みからは遠ざかる状況になるが、家康には拒否する選択肢はない。

　挨拶に来た関口親永の娘を初めて見たとき、家康は自分の好みの女性でないと感じた。母のお大と大伯母のお久は、ともに豊かな肉体の持ち主だったが、関口親永の娘は痩せぎすでゆったりしたところがなかった。しかし、家康は愛想を振りまき、失望した素振りを見せないようにした。

　彼女は誇り高い女人で、今川家の者と結婚できる身分であるはずなのに、人質である隣国の男に嫁ぐのは不満のようだった。結婚してすぐにそれが分かった。最初から夫となる家康に対し自分より一段低い身分であるという思いが態度ににじみ出ていた。正妻となった彼女は、のちに非業の死をとげるが、家康は最初から家庭の温かみを得ることができず、その後はそうした温かみを求めることもしなかった。側室として気に入った女人を選んで、そばにおくようにした。家康には家庭がないも同然だったが、戦国武将にあっては必ずしも特殊なことではない。生き残りを賭けた戦いのなかにいれば、果断な決断や過酷な処断が求められる。そうした価値観のなかで生きる家康は、家臣や忠誠を誓う大名たちとの関係はうまくいっていたのに、父として息子たちに接する態度は他人行儀なところがあり、どこかぎごちなかった。人質生活が長かったせいかもしれない。

いずれにしても、信長、秀吉、家康の三人は、戦国という特殊な時代的な環境のなかで、それぞれに個性を発揮して天下取りに挑んだ。それぞれの死の迎え方も個性を反映しているといえよう。ちなみに、信長は四十九歳、秀吉は六十二歳、そして家康は七十五歳で他界している。信長の場合は、足利義昭（よしあき）を擁して上洛を果たしてから十四年間、秀吉は、信長の死から十六年間、家康は、秀吉の死からさらに十八年間生きている。

第一章　三河守・徳川家康の誕生

松平宗家の嫡男に生まれた家康は、幼名を竹千代、元服して元信と名乗り、ほどなく元康（もとやす）と変え、さらに二十二歳のときに家康と名乗っている。「元信」という名は駿府で元服したときに今川義元によって与えられた。その後「元康」に変えたのは、祖父の「清康」を意識したからであるが、今川氏への隷属から逃れる思いが込められた改名である。その後、今川配下の一武将として活動しなくてはならない状況から脱し独立を果たして「家康」に変更した。一五六三年（永禄六年）のことである。

その三年後、朝廷から三河守（みかわのかみ）という称号を与えられ、従五位下に叙任された。家康と名乗ったときには、まだ三河の支配は盤石でなかったが、その後に起きた一向一揆を乗り越え三河の支配を確かにした機会に朝廷に働きかけて改名を認められた。このときに苗字を松平から「徳川」に変更、「徳川家康」となったのである。

各地の有力領主は、勝手に〇〇守を私称していた。「守（かみ）」は、もともと飛鳥時代に律令制度が施行されたときに朝廷から地方の国の統括を担う官職として設けられたのであるが、武家が支配権を握って以来、守護がその地位を引き継いで朝廷による地方長官として〇〇守という地位を与えられていた。室町時代も後半になると下克上の世になり、官名も有名無実化していた。それでも朝廷は律令制度に始まる各種の制度が続いている建前を貫いており、武将たちが箔をつけるために朝廷に働きかければ、それに応じて叙任していた。それが朝廷の権威の拠りどころであったが、勝手に〇〇守と名乗る者がいても取り締まることはできなかった。朝廷の威光を借りたい領主や国衆が多くいたのは、朝廷に代わる権威がなかったからである。

　今川家に隷属する身から脱出して家康が岡崎城に入ったのは一五六〇年（永禄三年）五月、義元が討たれた桶狭間の戦いがきっかけだった。その後、家康は三河の領主として三河の支配権を獲得するために懸命の努力を続けた。松平宗家の嫡男であるといっても、それだけで多くの人たちが従うわけではない。危ない橋をわたったことも一度や二度ではなかった。まずは家康の三河統一までの道のりをたどってみよう。

1

桶狭間の戦いで今川義元が織田信長に討ち取られるとは誰も予想できなかったから、このときに家康が今川氏のもとをはなれる行動をとったのも、その場での咄嗟の決断だった。予想もしないことが起きて、どのようにしたらよいか迷ったうえでの選択である。この織田氏と今川氏の戦いは、この時代によく見られる国境近くの領有をめぐる争いが原因である。今川氏が三河地方を支配し、その勢いで国境を越えて尾張にまで支配地域を広げようとしたため、織田氏が対抗措置を講じて戦いになったのである。

　尾張の守護は名門の斯波氏だったが、これに代わって守護代の織田一族が実質的な支配権を獲得し、その守護代から派生した家老をつとめる家柄の織田信秀が、尾張南部の守護代との勢力争いに勝ち、清洲城を拠点にして、那古野（なごや）から東の三河に隣接する地域までを支配した。織田信長はその信秀の嫡男である。信秀は、尾張の西の地域から南にある伊勢（いせ）湾の入口にあり、海運業で栄える津野（つの）を支配下において勢力を伸ばした。しかし、東部から今川氏が侵略してきて、三河を支配下におこうとする織田氏との対決が避けられなくなった。これにより、三河の国衆たちは、織田氏を頼るものと、今川氏の支配にくだるものとに分かれた。

　勢力争いでは今川氏が優勢な状況だった。織田信秀が死んで内輪の勢力争いが続いている隙に乗じて、今川氏は三河から西へと支配地域を拡張し、ついには尾張との国境を越えて知多（ちた）半島の付け根部分にある鳴海（なるみ）城と大高（おおたか）城の二つの城まで手に入れた。調略が成功して今川氏の家臣が城代として送り込まれたのである。

　鳴海城は、南に黒末（くろすえ）川の河口があり、伊勢湾とつながっている交通の要衝にある。城の北は山、西は泥深い田んぼ、東は谷が続いていて護りのかたい城である。その南にある大高城とともに、これらの城を拠点にして今川氏が進めば、伊勢湾における織田氏の権益が脅かされかねない状況になっていた。

　こうした状況のなかで、家督を継いだ信長は内部にいた敵を片づけ、外部の敵に目を向けることが可能になり、鳴海城と大高城を今川氏から奪還しようと、鳴海城を囲むように丹下（たんげ）砦、善照寺（ぜんしょうじ）砦、中島（なかじま）砦をつくり、その南にある大高城の近くに鷲巣（わしず）砦と丸根（まるね）砦を築いた。両城への今川氏からの補給路を断ち、二つの城を孤立させるのが狙いである。

　これを許すわけにはいかないと、今川義元は大軍を率いて西進する決意をした。側近だった太原雪斎は亡くなっていたが、今川氏の勢いは衰えていない。織田氏が築いた砦を攻略し、鳴海城と大高城に兵糧を送り込む作戦を展開したのである。

義元が当主になってから今川氏は兵制を再編成していた。部隊の指揮をとる武将を「寄親（よりおや）」にして、その指揮下に入る集団を「寄子（よりこ）」とし組織化した軍団になった。従来の主従関係に頼らず、寄子は寄親を主人として、それぞれの武将の兵力が一定以上の能力を持つ集団になる体制にしたのである。

人質として今川氏のもとにある十九歳の家康は、このときに今川氏の武将として二度目の出陣を命じられた。自前の家臣だけでは少数だったから、義元によって寄子の兵力が与えられた。

この直前に、義元は家督を嫡男の氏真に譲っていた。家督を譲っても、義元の権威は揺るがない。総大将は今川氏の最高権力者の義元である。わが国では、実際の権力者と公式的な地位とが一致しないことは珍しくない。息子の氏真は、このときに留守居役を命じられていた。

今川氏は、隣接する甲斐の武田氏、相模（さがみ）の北条氏と同盟を結んでおり、義元は、娘を武田信玄の嫡男である義信に嫁がせ、息子の氏真に北条氏康（うじやす）の娘を正室として迎え入れている。さらに、武田信玄の娘と北条氏康の嫡男の氏政（うじまさ）とが婚姻しており、今川、北条、武田の結びつきはかたく、義元は安心して西にある三河から尾張へと進軍できる環境にあった。

家康は今川氏に属する一武将として、主力部隊を率いる義元とは別行動で大高城に食料と軍事物資を運び込むよう指示を受けた。危険をともなう先発隊である。大量の荷駄を運ぶ移動は、途中で敵の攻撃に遭遇する危険があり、荷駄を護りながら戦うのは、動きが制約されて不利になることは免れない。

家康は二年前に初陣を飾っており、そのときには今川氏に背き織田方になった三河北部にある寺部（てらべ）城の城主、鈴木重辰（すずきしげたつ）の攻撃を命じられて戦った。この城を攻めるのは、味方ともいえる三河の人たちとの戦いであるから気が進まなかったが、指示されたとおりに活動し、義元の期待に応えなくてはならなかった。今川氏に属する部隊とともに攻撃し、寺部城の周囲を焼き払って引き上げた。凄惨な戦いにならなかったのがせめてもの救いだった。

　出陣の直前に今川義元は三河守の称号を朝廷から与えられた。三河は徳川氏（このときには松平氏）の治める地域であったが、いまは今川氏の支配に委ねられている。家康は、義元が三河守を名乗ったことに衝撃を受けた。その地位を横取りされた感じがして、内心の動揺は小さくなかったが、今川氏の人質となっている身では、その屈辱に耐えながら命じられた戦いの準備をしなくてはならない。自分の運命は自分で切り開きたいという秘めた願望が遠くなっていく気分だった。

　伝統のある守護らしく、今川軍は出陣にあたって連歌の会を開き、その席で詠まれた歌を記した巻物を神社に奉納し勝利を祈願する。さらに、出発を前に「鉢木（はちのき）」という演目の能が観世大夫（かんぜだゆう）によって舞われた。武士が主人公である物語の能を舞うのは必勝祈願のためである。駿府城を出発してからも、途中で休憩をとりながらの大軍の移動で、宿泊する際には酒宴が開かれ、謡いや舞が挙行され、義元はゆったりと行軍した。

　大高城に向かう別働隊を率いる家康は、三河に入ってからは緊張感に包まれた。ともに行進するのは今川氏の重臣である朝比奈泰朝（あさひなやすとも）の部隊である。朝比奈泰朝の率いる兵は二千、家康が率いるのは千弱である。兵糧を積んだ荷駄の行列は行軍する兵士の列より長く延びている。坂を登る道や荒れた道があると、重い荷物を積んだ馬の動きも鈍くなり先に進むのに苦労する。そんなときに突然敵に襲われれば、防戦しなくてはならず、荷駄を置いて逃げるわけにはいかない。織田軍は、今川軍が大高城に兵量を入れるのを阻止するために、鷲巣砦と丸根砦に兵士を入れているはずだ。双方にどのくらいの数の兵士たちがいるのかは不明である。

共同作戦をとっている朝比奈泰朝の指令で斥候が派遣されたが、あまり近づくことができないので確かなことは分からない。それほど多くの兵士が護っている様子はないものの、砦をまわり込んで進んでも後方から襲われる危険性がある。そこで三分の一の兵士を荷駄とともに残し、家康の部隊が丸根砦を、朝比奈軍が鷲巣砦を攻略することにした。両砦をこちらから攻撃すれば、途中の道路で待ち伏せしている織田軍の兵士がいたとしても、彼らも急いで砦に向かうだろうから、そのあいだに荷駄を大高城に運んでしまう作戦である。これは泰朝の提案というかたちをとっているが、半ば命令口調だった。作戦そのものは妥当に思えたが、戦場においても家康は朝比奈泰朝の風下におかれていた。ぐっとこらえて家康は「分かりました」と応えた。

家康軍が攻撃をしかけた丸根砦には、それほど多くの織田軍がいなかった。矢を射、石を投げながら砦に向かった。敵が迎え撃つ様子を見ると、こちらより兵士の数が少ないのが分かった。家康は声を張り上げて兵士たちを鼓舞した。攻めのぼるほうが不利であるが、勢いで突破できると判断した。敵が怯(ひる)んでいるように感じられ、砦を死守しようという雰囲気ではない。勘が狂うと指揮官としての資質が疑われると思ったものの、決然として「かかれ」と号令をかけた。

攻撃を受けると逃げ出す兵と逃げずに攻撃してくる兵とがいた。槍による戦いとなり、数に勝る家康軍が圧倒した。それでも、敵の攻撃で倒れる兵士も出ている。高揚した気分のなかで家康は戦いに意識を集中していたが、やがて自分が大声で怒鳴り、無駄に動きまわっていることに気づき冷静さを取り戻した。

それほど時間がかからずに砦が落ちた。敵を追い払い勝利したのだ。家康は砦のなかに入り、兵士たちとともに鬨(とき)の声をあげた。何ともいえず良い気分だった。次の瞬間、みんなが家康の顔を見ていた。わずかに間があり、兵士たちが次の指示を待っているのに気づいた。すべてを決めるのは家康である。多くはないが戦死者もいるし負傷者もいる。味方の遺体を馬に乗せて運ぶように指示し、負傷した兵士の面倒を誰が見るか側近の石川数正に指示を任せ、当初の計画どおりに大高城に向かうことにした。

途中、警戒しながら進んだが、敵の攻撃はなく無事に大高城にたどり着いた。城には今川氏の重臣である城代の鵜殿長照(うどのながてる)がいた。義元の従兄弟である。家康一行が到着すると、城内にいた人たちが出迎えた。すぐに負傷した人たちに治療が施され、飲みものや食べものが運ばれた。荷駄を運んで来た一行も到着して寛(くつろ)いでいた。家康は、義元から与えられた任務を果たせてほっとした。

鵜殿長照は、義元同様に連歌を好み、能を良くする文化人であるが、このときは城を護る大将らしい様子で、武将として頼もしそうに見えた。家康は、今川氏に帰属して戦う不条理を忘れ、味方のなかにいる心強さを感じていた。長照も、家康の労をねぎらい親切だった。そうこうするうちに鷲巣砦を攻撃した朝比奈泰朝の一行が合流した。家康が戦った丸根砦より敵の人数は多かったようだが、難なく勝利したという。意気軒昂に戦いの様子を語る泰朝は、家康を無視して長照に語りかけ、二人はいかにも親しそうにしていた。

朝比奈泰朝の一行が来てから、家康は無視されたように思えた。負傷した兵士の手当も途中で切り上げられ、朝比奈隊の負傷者が優先された。家康は、ひと息ついた家来たちに、まだ手当の済んでいない負傷者の治療をするよう指示した。この経験で、戦いには医者を同伴する必要があることに思いあたった。

鳴海城と大高城の東側十キロほどのところにある沓掛(くつかけ)城に今川義元が入ったという知らせが届いた。三河から尾張の領域に入ってすぐのところである。義元は、休憩したのちに鳴海城に向かって進軍するという。さらに、鳴海城の南側の砦も落ちたという知らせが届いた。今川勢が有利に戦いを進めているようだった。義元に率いられる主力部隊の行動は、伝令によって、その後も伝えられることになっていた。

2

義元からの指令が来て、次の行動に出るのを待つあいだも、大高城にいる家康は居心地の悪さを感じていた。義元からの使いはなかなか到着しなかった。夕方になっても使者は現れない。やがて予想よりかなり遅くなって伝令がやって来た。義元の指令を持って来たと思ったが、そんな悠長な知らせではなかった。義元が織田信長によって討ち取られたというのだ。取り乱した使者の口上は、にわかには信じがたかった。鵜殿長照も朝比奈泰朝も、そんなはずがない、何かの間違いではないかと言う。義元が率いる二万を超える軍団が織田勢に敗れるとは考えられなかった。出陣前に「これだけの軍勢なら、いかに信長といえども恐れ入るだろう」と自信満々だった義元の姿が思い浮かんだ。

だが、油断があったのかもしれない。最初から勝利すると信じ切って進軍しており、目標とした鳴海城と大高城への兵糧の運び込みに成功している。あとで分かったのだが、この報に接した義元率いる本隊は桶狭間山に陣取ると、昼のさなかに祝勝の宴会をもよおしたという。その最中に激しい雨が降り出し右往左往した。ようやく雨があがったと思ったところに信長一行が攻撃を仕かけてきた。戦う体制ができていないのに敵に急襲されたから、算を乱して逃げ惑っても不思議ではない。兵士の数だけで勝敗が決まるわけではない。

　使者が次々にやって来た。いずれも「義元討ち死に」という知らせだった。もはや疑うわけにはいかなかった。今川勢は総崩れとなり引き上げているという。このまま大高城に留まっていては、織田勢が押し寄せて来るかもしれないから早く脱出するようにという伝言だった。それにしても、総大将が戦場で討ち取られる例は滅多にない。

　戦いの経験が豊富なはずの鵜殿長照と朝比奈泰朝は取り乱していた。あり得ないことが起きたからだが、その狼狽振りを見て、逆に家康は落ち着きを取り戻す余裕ができた。彼らは、すぐに駿河まで逃げ戻ろうと準備を始めた。家康たちがそこにいないかのような態度で配下に指示を出していた。今川氏の重臣である鵜殿長照と朝比奈泰朝は、家康に何の相談もなく引き上げようとしていた。家康につけられた寄子たちも、駿河が地元であるからと、彼らと行動をともにしたいという。それを認めた家康は、改めて自分たちはどうすべきか考えなくてはならなかった。

　そんな家康のもとに刈谷城の水野信元からの使者、浅井道忠が現れた。義元が討ち死にしたいま、家康が今川氏の傘下にいる状態から抜け出す機会であると考えた水野信元から派遣されてきたのである。

　水野信元は、前から今川氏による三河の支配に苦い思いを抱いていた。家康の母のお大の兄である信元は、家康の父の広忠が今川氏を頼りにしたときから今川氏に不信感を持っていた。家康が人質にとられてからも水野信元は今川氏にくだらず、このときも織田氏の側で戦っていた。

鵜殿長照と朝比奈泰朝の一行が駿河に向かって脱出し、大高城に残ったのは家康に繋がる人たちだけになり、兵士の数は家康が駿府を出発したときの半分以下になっていた。家康が浅井道忠と話しているあいだも、彼らは指示を待っていた。ぐずぐずしているわけにはいかなかった。危険がある大高城からは出たほうがよいが、さて、どこに行くか。

たとえ浅井道忠が来なくとも、家康は駿河に戻るという選択肢をとるつもりはなかった。戦いが義元の狙いどおりに終結していたら、家康も駿河に戻っていたのは間違いない。そうなれば、それまでと変わらない生活が待っているはずだったが、状況は大きく変わっている。

この機会に岡崎城に入ればどうなるだろうか。

今川氏の重臣が岡崎城に留まっていれば、それを排除してでも城に入るべきか。その場合は、戦いを覚悟しなくてはならないが、少数の兵力で戦えるのか。それに、今川家の城代を追い出して岡崎城に入るのは今川氏に敵対する行為である。岡崎城に入れても孤立無援になり、安全性が失われる可能性もある。だが、この機会を失すると、次に今川氏からはなれる好機が簡単に訪れるとは思えない。今川氏の一武将として出陣する際にも、義元の仕打ちに密かに反発し、今川氏のもとをはなれたいと思っていたのに、その機会が訪れようとしているいま、ためらいが生じてきた。思っていたより自分は意気地なしなのではないか。

浅井道忠も、今川氏のもとをはなれるようにと進言したものの、どこに行くか、どう行動するかは家康の存念に任せたいという。彼の主人の水野信元のところに身を寄せたいというなら受け入れると言っているが、それも家康には気が進まなかった。

自問自答した家康は、自分がどう決断するかみんなが待っているのに気づき、自分が迷っている素振りを見せてはならないと感じ、「とりあえず大樹寺に行くことにしよう」と口にした。家康一行を受け入れてくれるはずだと思えたからだ。どこに行くかを指示しなくてはならないとすれば、岡崎城に行くと言えばよいのだろうが、城がどのような状況になっているのかは分からない。それなら、岡崎城からわずかな距離しか離れていない徳川氏の菩提寺である大樹寺にしようと思いついたのだ。それからのことは、情報を収集して状況を把握してから決めればよい。

浅井道忠に、どう思うか聞いてみた。賢明な選択であると思うと道忠も同意した。家康は、石川数正を呼んで一足先に大樹寺に行かせた。住職である登誉（とうよ）上人に家康一行が来ると知らせると同時に、周辺の様子を探って、何かあれば大樹寺に入る前に家康に知らせるように伝えた。

大樹寺に向かう家康は、今川氏の一武将として出陣するときとはくらべものにならない責任が肩にのしかかっているのを感じていた。指揮官としての選択が間違っていれば、家臣たちを危険に晒してしまうことになる。

義元が討ち死にした衝撃は大きかったにしても、伝統ある今川家の存続が危うくなるとは思えない。三河の大半を失っても、駿河と遠江を支配する今川氏は、後継者である氏真を中心にまとまっていくに違いない。独断で岡崎城に入れば、今川氏に逆らう行為と判断されるだろうから、駿河に残して来た自分の妻と子供たちはどうなるのか。戦いに参加できなかった三河から連れてこられた老人や女子供は人質であるから、彼らを見殺しにすることになるのではないか。

大樹寺に向かうという決断をした後も、不安がむくむくと頭をもたげてきた。だが、家臣に指示を与えた以上、迷いを悟られてはならない。どんな選択をしても不安は消えないが、選択をした責任は負わなくてはならない。

家康は、迷いを吹っ切るように頭を強く振り、「油断するな」と声をかけて出発した。それに呼応する家臣たちの姿を見て、家康は意識して胸を張って進んだ。月が顔をのぞかせて暗闇にはなっていないが、途中で何があるか分からない。用心して進む必要がある。なるべく途中で待ち伏せされていないと思われる道を選んだほうがよい。家康は三河の地は不案内で、どの道を行けばよいのか分からなかったから浅井道忠が道案内する。狭い道を抜けて行くから松明（たいまつ）の明かりを頼りにせざるを得ない。まず十人ほどが松明を持って先に進み、曲がり角に着いて安全と思われたら松明を振る。それを見て家康の本隊が前進するという方法をとった。

3

家康一行が大樹寺に着いたときには、今川勢が岡崎城に残っており、撤退しようと慌ただしくしている様子であるという。家康たちが近くに来ているのを知らないか、知ったとしても構う暇がなかったのか、彼らはそのまま引き上げていった。

大樹寺の住職である登誉上人は、家康の帰還を歓迎してくれた。家康は、住職から祖父の清康のことを改めて聞いた。山門に掲げられた「大樹寺」という額は、勅許所である証（あかし）として朝廷から賜ったという。登誉上人はそのことを誇りにしており、この地域を支配した松平清康の孫である家康が来たのを素直に喜んでいるのが家康にも分かった。

家康が今川氏の人質となって以来、岡崎城は今川氏から派遣された城代が支配権を握っていたが、その城代のもとで働いていた松平氏の家老である鳥居忠吉が、今川勢が立ち去るのを待って、大樹寺に家康を訪ねてきた。心ならずも今川氏のために働いていた忠吉は、家康が岡崎城の主人となることを強く望んでいた。自分だけでなく、三河の多くの人たちもそれを望んでいるという。

松平宗家の家康に対する忠誠心をずっと持ち続けている忠吉の話に家康は胸を打たれた。自分が三河の人たちに必要とされていると思うと家康は心強かった。だからといって楽観はできない。岡崎城のまわりには、どのようになるのか様子を探りに来ている者たちがいるという。松平氏の流れを汲む有力者が、この機に乗じて岡崎城に入り、三河全体の支配の足がかりを築こうとする動きを見せることは十分に予想される。不安定な要因につけ込んでこの機に三河を支配しようとする勢力が存在するのを改めて知り、現実は甘くないと思わざるを得なかった。

登誉上人にそのあたりの話を聞いてみた。現実を見据えるために正直なところを知りたいと語った家康に、登誉上人は、父の広忠や祖父の清康が、松平家のなかで飛び抜けた存在であるという意識を持っている人たちばかりではないと語った。祖父の清康は、家康が幼いころにお久から聞いて想い描いていたほどの支配力があったわけではなさそうだった。対抗する勢力が存在したというのが本当のところだろう。二十五歳で家臣の一人に殺害されたのは、清康が三河を完全に支配していなかったからなのだと、改めて納得せざるを得なかった。

だが、岡崎城の主人は家康しかいないと思うと登誉上人は話を締めくくった。鳥居忠吉たちもそう思っている。厳しさがあるにしても、ここまできて他人に城をわたすわけにはいかない。武者震いしながらも家康は前に突き進むしかなかった。

家康が岡崎城に入ったのは五月二十三日、これほど早く今川氏のもとをはなれられるとは思っていなかったが、桶狭間山の戦いから四日しか経っていない。それなのに、戦いそのものが遠い昔のことであるような気がした。

「もう大丈夫です。出発しましょう」と石川数正に言われた家康は、大きく息を吸い込んで吐き出し大樹寺を後にした。岡崎城は、大樹寺から南に急ぎ足で三十分ほどの距離である。従う家来はわずかだったが、家康は、元服して訪れたときの城の印象を思い浮かべながらゆっくりと歩いた。気は逸(はや)っているものの急ぎたくはなかった。城に入るのは後戻りできない決定的な選択であり、未知なる世界に足を踏み入れつつあるという実感に襲われた。いまからでも今川氏のところに戻れば許されるに違いないという迷いが心のなかをかすめ、危険を避けたいという願望が顔を出す。だが、それも外には見せられない家康の心のなかの葛藤に過ぎなかった。

思いもかけず城の大手門前には、かなりの人たちが並んで家康が到着するのを待っていた。一緒に大樹寺に入った者たちも、鳥居忠吉のもとで働いていた者たちに交じって先に来て並んでいた。家康を岡崎城の城主として歓迎してくれていると思うと、うれしさがこみ上げてきた。

これからの居城になる岡崎城の本丸に入る前に、家康は城内を見てまわった。前に来たときより城内の敷地は広く感じられたものの、駿府城の広さや豪華さとは比較にならない。人々の数も少なく、身につけている衣服の色も地味だった。駿府城では多くの人々が動きまわっているせいか、温かい空気に包まれて居心地よくゆったりと落ち着いた雰囲気があったが、それに比較すると殺伐とまではいかないにしても、城内の空気が澱（よど）んでいる感じがした。

本丸に入ったときに家康は、そうした空気がさらに強まったように思えた。混乱の後も整理されて散らかってはいないのに、どこか馴染まない気がする。自身のなかにある不安感のせいか、あるいはどこに何があるか分からないからなのか。いや、違う。この城にふさわしい主人がいなかったからではないか。

今川義元の指示で派遣された城代は、一定の年月ごとに交代した。彼らは任務を遂行するだけで城に対する愛着がないままに過ごしたせいではないかと思いつつ、本丸の上座に座った。対座するかたちで家臣たちが並んだ。目の前にいる鳥居忠吉が家康の顔をまじまじと見ながら、感きわまったように目から大粒の涙をこぼし始めた。家康は、我にかえったように忠吉を見た。

「殿がお帰りになられて我らがどれほど喜んでいるか」と泣きながら忠吉が言ったが、あとは言葉にならなかった。ほかの人たちも目を潤ませている。家康にもこみ上げてくるものがあった。だが、自分も一緒に感きわまって涙するのはよくないという思いにとらわれた。どうすればよいのか。

咄嗟に家康は立ち上がっていた。自分でも意外に思える行動だった。そして、口から謡いが飛び出した。家康は、能を演じ始めたのである。正式には面を被り、謡いや鼓などの演者がいて、それにあわせて舞い始めるのだが、一人だけで謡いながら舞うつもりになっていた。祝いの席で演じられる縁起の良い「翁（おきな）」を自然に演じていた。本来は児（ちご）が露払いしてから登場するのだが、家康は翁の舞をいきなり始めた。天下泰平および五穀豊穣を祈願する神舞である。能面を被らずにとっさの判断で舞い始めた家康は、首を振る際や手を動かす際に少し大げさにして舞い、謡いの調子もめりはりをつけ、ときに声を張るようにした。

　家康は、駿府にいたときに能を熱心に習っていた。元服する前後から観世(かんぜ)流の能楽師たちと接する機会が増え、その手ほどきを受けて自分でも舞うようになった。室町時代に完成の域に達していた能は、武家社会でもてはやされ、守護大名たちが競って能楽師を招き、宴席や儀式の際に演じられ、能楽師に交じって武将たちも舞台にあがった。そうした伝統が今川氏にも引き継がれていた。最初に能楽師たちが舞うのを見たときに、家康はそれまで覚えたことのない感動を味わった。どうして魅せられたのか自分でも分からなかったが、能が家康の心をとらえた。霊界とこの世、過去と現在、旅の途中での思わぬ邂逅(かいこう)、主人と家来、父母とその子供、夫と妻などの人間関係を、時を超えたドラマとして表現する。舞台背景はないのに、能は濃密さや豊穣さ、不可解さ、不条理さ、意外さ、さらには人の心の機微に触れる凝縮された世界として描かれる。それが、家康の心に強く響いたのである。能楽師から一緒に舞うように誘われた家康は、二つ返事で能を演じるようになり、自分で舞うようになってからは能に対する興味がいっそう深まった。

　今川氏が呼ぶ能楽師は当代一流の研鑽を積んだ人たちである。家康は、能楽師が来るたびに熱心に学び、観世流一門の若手能楽師と親しくなった。筋が良いと言われ、家康は能にのめり込んだ。義元の嫡男である氏真と一緒に、能楽師から能のゆったりとした動きから突然場面が転換するときの間のとり方、舞方の変化などを学び、練習をくり返した。

　家康は学ぶうちに、おのれを殺して無になって演じ、物語の主人公になり切ることが能の奥義に通じる道であると気づいた。氏真の舞を見ていると、氏真自身の気持ちが舞のなかに顔を出し能のなかの人物になり切っていないことがある。そうなると舞が乱れる。主人公になり切り、序破急を意識して舞い、おのれを消して能に没入すると、自分が違う次元の空間にいるようで、体中の筋肉と脳の活動がずきずきと活発化する。手足の先まで神経を行きわたらせ、役にある人物になり切ることで違う自分を表現する。自分でありながら自分ではない世界がそこにある。

観世大夫から誉められ、問答し、能について考えるのは楽しかった。今川氏の期待する武将になり切るように振舞って自分の本心を隠そうとする息苦しい生活のなかでも、能にひたるようになってから家康は本心を隠すのが上手になった。

鳥居忠吉以下の者たちを前にして、ともに涙を流すのはこの場の自分にふさわしくない。そう感じた家康は、咄嗟に能の翁を演じたのである。今川氏のもとをはなれ、城主として家来たちに接する際には、ときには自分の本心をあらわにしないほうがよいと悟り、家臣とは距離をとる必要があった。同時に、それは家来たちに自分の存在を訴える所作でもあった。

天下泰平と五穀豊穣を祈願して翁が神になり、あたりを払うように力強く足で床を踏み鳴らして舞が締めくくられた。

舞い終わると、自分の生活空間であり政務をとる場である本丸広間の空気が一新されたように感じられた。あたりが浄（きよ）められ、城のなかに漂っていた今川氏の残した澱んだ空気が逃げ出し、神聖な空間になった気がした。「これで、城は我のものになった」と家康は宣言し、居並ぶ家臣たちを見まわした。「おお、何とみごとなこと。我らの殿としてふさわしいお方である。本当に良かった」と鳥居忠吉はみんなの思いを代弁した。まだ若いが、自分たちの知らないところでいろいろと経験を積んで頼もしい指導者になっていると思えたのである。「機会があれば、本当の能を皆に見せることにしよう」そう言って家康はゆったりとした表情で顔をくずした。

こののち、いろいろな人から岡崎城に入ったときの経緯を問われた際に、家康は「今川の人たちが駿河に逃れていったので、捨てた城なら我が拾おうと思っただけである」と語るのを常とした。

4

家康が岡崎城に入ったという報に接した三河にいる中小の領主たちから、祝いの品々が届き始めた。馬や鷹、米や布である。ときには、城持ちの領主が姿を見せた。しかし、何の挨拶もない領主たちも少なくなかった。家康が三河の代表になるのを快く思っていない人たちは、家康がどのような行動に出るのか見守っているようだ。

今川氏がどのような態度に出るか。また、織田氏との国境付近の地域はどうなっていくのか、岡崎城に入ったからといって安泰ではない。家康の武将としての能力が問われるのはこれからなのだ。

岡崎より東側にある遠江に近い三河には、今川氏の配下の武将が前と変わりなく留まっている。いっぽう三河の西側は織田氏の影響力が強い地域である。鳴海城や大高城だけでなく、近くにある沓掛城や知立(ちりゅう)城からも今川氏の配下の城代たちは駿河に引き上げていった。鳴海城と大高城には織田氏配下の武将が入り、三河の中央部にある今川氏が支配していた城には、家康が岡崎城に入ったように、以前にこれらの城にいた松平一族の人たちが戻っているが、依然として、三河全体は分断された状況である。それでも、家康のところに贈りものが届くのは、家康に対する期待があるからだ。家康を盟主として三河がひとつにまとまり、安定した地域にしたいという思いを持っている人たちが自分を支持してくれているが、それに同調しない勢力もあるはずだ。

まずは織田氏と今川氏のその後の動向を探る手配をした。水野信元から派遣された浅井道忠は、その後も家康のそばに留まっていたので、刈谷城に行き、織田氏の動きや、三河西部の状況を調査してくるよう命じた。家康は、大高城に使者としてやって来てからの浅井道忠の態度に感心しており、ぜひとも自分の手元におきたいと思っていた。主人である水野信元のところに行き情報を収集してから、必ず道忠自身が岡崎に戻って来て報告するように家康は言いわたした。

駿河には酒井忠次（さかいただつぐ）と石川家成（いえなり）を派遣した。忠次は家康が駿府にいたときから近くに仕えていたから、駿河では顔を知られているが、家成は三河に留まっていたので駿河では顔を知られていない家成が、人質となっている松平親乗と密かに会って話をすることができた。このとき、駿河では顔を知られていない家成が、土地に明るいうえに咄嗟の判断もできた。親乗は、駿河で家康が貴族と接する際の儀式的な振舞いを伝授した松平一門の老人である。彼から知るかぎりの今川氏の動向を聞けた。駿河では、義元の死後に起きた混乱を収束させるのに大変だったようだ。葬儀を挙行してからは領内の安定を図ることが優先されて、当分は兵を動かせる状況ではないという。とはいえ、駿河にいる三河の人たちは不安を感じており、なるべく早く三河に戻りたいと訴えた。

そうした希望は分かるが、いまの家康にはどうすることもできない。今川氏の有力家臣の娘である家康の妻や子供に危害が加えられることはないとは思うものの、どのようにしているか詳細は分からなかった。家康が出陣するときには身重だった妻は、その直後に女の子（のちの亀姫（かめひめ））を産んだという。家康は二児の父になっていたのである。相性が良くないとはいえ、駿府で家族として一緒に生活していたから、自分だけ三河に留まり連絡をとろうとしない冷淡な夫であると思われているだろう。それに、今川氏の当主となった氏真やその家臣たちが家康の行動をどう見ているのか、このままでは今川氏との関係が抜き差しならなくなる。だからといって、家康のほうから動くわけにはいかなかった。

織田氏の動向に関する浅井道忠からの報告によると、織田氏が三河に対して何らかの行動を開始する気配はないとのことで、こちらはとりあえず安心できた。織田氏は、尾張の東側からの侵略の恐れがなくなれば、それでよいと考えているという。「なるべく早い機会に織田氏と交渉して同盟すべきである」という水野信元からの助言が伝えられた。そのためには、自分が交渉の仲介役を引き受ける意思があるという。信元は、家康を三河の領主として盛り立てていくつもりのようだ。そうでなければ、家臣を大高城に派遣し、家康が岡崎城に入るのに協力しなかっただろう。信元の存在は家康にとって心強かった。

桶狭間での戦いに関しても改めて織田方の様子が伝えられた。

信長は多勢に無勢ながらも、今川氏が尾張に触手を伸ばすのを阻止しようと策を練ったという。進軍してきた義元軍に一矢報いる戦いを挑んで、今川氏の思うようにはさせないという意思を強く示そうとした。そのために義元の主力部隊を集中して狙い、素早く打撃を与えて撤退する作戦だった。ところが、攻撃を仕かけると思いのほか義元の主力部隊は混乱して戦う姿勢がとれずに算を乱して逃げ出した。それを追撃しているうちに義元を討ち取ることに成功したとのことである。

しばらくのちに、信長は、家康からこのときのことを聞かれて「義元を討ち取れるなどとは思っていなかった。とにかく今川氏に一矢報い、攪乱して引き上げるつもりでいたが、攻撃すると敵がただ逃げまわるだけなので義元の本陣まで進撃し、たまたま討ち取れた」と語った。

義元の首をとり、槍の穂先に掲げて鬨の声をあげながら引き上げる際に、大高城の北にある沓掛城にいた今川氏の兵が信長軍に果敢に攻撃を開始した。今川氏の武将で沓掛城の城代である岡部元信が信長たちを待ち受けていた。信長は、義元を討ち取るという予想以上の成果をあげていたから、これ以上戦うつもりはなかった。そこで義元の首を返すから、このまま帰国させてほしいと交渉した。信長は、戦いに疲れた兵士たちをふたたび戦わせたくなかったのだ。

交渉が成立し、岡部元信は義元の首を丁重に布に包んで駿河に帰還した。首がなくては葬儀に支障を来すのでそうであれば弔い合戦をしたかもしれないが、これにより弔い合戦をしない選択が容易になった。駿府で留守を護っていた氏真は、父の義元の葬儀を盛大に挙行しようと、寺院を改修し朝廷や幕府の代表の参列の手配などを始めた。葬儀を終了するまでかなり時間がかかるうえに、七七忌、そして百日忌と法会は続く。今川氏の当主になった氏真は、当分のあいだ戦いどころではなかった。

家康にとって大切なのは、三河支配の道筋をつけることである。城にいる家臣たちは慕ってくれているにしても、岡崎より東側の地域は今川氏の支配下にあり、西側の地域は織田氏の影響下にある。いずれも家康に帰順するかどうかは不透明である。三河全体で見れば、家康を盟主として仰ごうとしている勢力は半分にもならないというのが正直なところだ。どのようにして味方を増やしていけばよいのか。

松平一門のなかで松平宗家の家康に従おうとしない者たちがいるのは、もとをたどれば家康の祖父、清康は自分たちと同格に過ぎないという意識を持っている松平氏がいるからだ。同じ松平氏でも何代もを経て異なる地域を拠点にしていたから、一門や親戚という意識より、覇権を争うライバルとなっている。岡崎の家康のところに挨拶に来たといっても、それだけで帰順したとはいえない。

家康は、祖父の清康が松平宗家として他の松平一門の大半を従わせていたと思っていた。それは大伯母のお久から清康の偉大さを吹き込まれていたからだ。登誉上人に話を聞き、さらに岡崎城に入って三河全体の状況を知るにつれて、清康の評価が、自分が想い描いていたのとは少し違っていることが分かった。だからといって逡巡するわけにはいかない。岡崎城は三河の盟主が拠点とする城である。今川氏の支配を脱することは三河にいる多くの人たちの願いであり、自分に期待している人たちに応えるのが自分の使命であると家康は強く思った。

5

目標である三河の統一のために何をすべきか。

まずは三河の領主たちに対して家康の存在をアピールする必要がある。そこで、松平家の先祖および清康と広忠の法要を大樹寺で盛大に開催することにした。家康が三河に戻って来たことを知らせる儀式であり、駿河にいて果たせなかった父や祖父の霊魂を鎮めるという大義がある。広く三河の有力者たちに招待状を送れば、家康を盟主と認める人たちは喜んで出席するだろう。そのために、寺の修復から始めた。今川氏の支配下では伽藍が傷んでも修理さえままならなかったのだ。

大樹寺における法要には、思っていた以上に三河の有力者たちが集まった。これからどうなるのか誰もが不安を感じているなかで、家康が主宰する法要の開催は大いに注目された。近隣の寺院の僧侶まで動員して読経する僧侶の数が多く、登誉上人が家康のために知恵を絞り盛大な儀式として営まれた。

続いて岡崎城の大広間で出席者全員による酒宴が開かれた。その席で家康は能を舞った。事前に準備して能楽師の一行を招いておいた。舞台の後方に並んだ謡いや鼓を打つ人たちの前で、家康自身が能面をつけシテとしての衣裳を身につけ本格的に演じた。能楽師たちが家康を引き立てるように振舞ったせいもあるが、ゆったりと力強く舞う家康の姿は若い武将には見えなかった。鍛えられた能楽師とともに舞うから、家康の能がいかに優れているか、見る人たちにも分かった。招かれた人たちにも、目の前で能楽師たちとともに舞う家康の姿は、自分たちと違う次元の高みにいる優雅な存在に見えた。これまでとは違う新しい時代になりそうな予感を持つ人たちもいた。

このときの法要と宴会の様子は三河中に広まった。この後、家康は法要に列席した三河の領主たちの存念を確かめ、今川氏の支配地域を松平家のものにするために協力する約束を取り付け始めた。行動をともにすると誓った領主たちには、岡崎城主として家康がそれぞれの支配地域に対する安堵状を発給した。その地方の支配を認め、家康からの指示があった場合はそれに従うという内容である。とはいえ、態度を決めかねている国衆も少なくない。彼らを従わせるには、三河の盟主として岡崎城の財政状況を長期的に改善していく必要がある。戦いに鉄砲が用いられるようになってきているから、高価であっても入手しなくてはならないし、武器類の充実と兵士の動員能力の向上は必須である。そのためにかかる費用を確保しなくてはならない。

城主の収入は、支配する地域の住民たちからの税が中心である。家康の場合も、岡崎城の周辺の直轄地域の税収が基本になる。それに、家康に帰順している国衆が支配している地域から段銭（たんせん）や段米（たんまい）と称して、家康のところに納める税が別に徴収される。これは多くの守護大名のとる方法と同じである。もともとは幕府が、年貢のほかに臨時に経費が必要になったときに徴収したのが段銭や段米であるが、守護たちもそれに倣って徴集するようになり、臨時の税だったはずが次第に定例の税になった。これらは国衆が集めて領主に納入する。

三河湾に入る船舶からも停泊料を徴集した。広域における物資の輸送は海路が中心であるから、良港を支配下に持っていることは勢力の維持に大切な要件である。尾張の織田氏も、伊勢湾を支配下においているので財政が豊かであるといわれている。三河湾は、それには及ばないにしても、かなりの税収が見込まれる。三河湾に面した渥美（あつみ）半島の拠点には田原城があるが、いまは今川氏の支配下にある。三河湾を支配するためには田原城を落とさなくてはならないが、今川氏が簡単に手放すはずはない。じわじわと支配地域を広げ、勢力を拡大してから手に入れるしかない。家康を盟主と認める人たちが多くなりつつあるとはいえ、三河の大半を支配下におくには相当な困難がある。

そんな折りに、義理の父にあたる関口親永から内密の使者が岡崎にやって来た。桶狭間の戦い以来、家康のほうから何の連絡もなく痺（しび）れを切らしてのことである。

とにかく一度は駿府に戻って当主である今川氏真にその後の事情を話してほしいという要請だった。夫からは見捨てられた状況におかれている自分の娘、そして家康の息子と娘の顔を見るためにも駿府に来てほしいという。今川氏を裏切るつもりはないと誓えば、いまなら氏真も許すと思うから、是非ともそうしてほしいという切実な願いだった。家康を婿にした関口親永は苦しい立場なのだろう。改めて妻子や人質になっている駿河にいる三河の人たちのことを考えずにはいられなかったが、実際には彼らを見捨てる方向に進んでいる。

使者は、今川氏の状況も伝えてきた。家督を継いだ氏真が今川氏をまとめる努力をしており、なんとか見通しを立てつつあるという。駿府城にいたときの家康は、氏真とともに過ごす時間が多かった。京から来た一芸に秀でた人たちから一緒に薫陶を受ける機会があり、家康は能に興味を持ったが、氏真は和歌と蹴鞠（けまり）が得意で、その腕前は師匠たちを驚かせるほどだった。貴族の生活に対する憧れが強く、氏真も歴史に興味を持っていた。和歌はもっとも伝統のある貴族のたしなみであり、スポーツ性のある蹴鞠も同様だった。家康は、そんな教養人をめざす氏真を嫌いではなかったが、いまやそれぞれの立場を考慮すれば、氏真とのあいだには友情のような甘い感情の入る余地はなかった。祖父の清康がめざした三河の統一に向かって邁進（まいしん）しなくてはならない。義父や妻子、そして人質のことを思うと迷いが生じるが、三河の統一をめざすことを優先しなくてはならないのだ。

　家康は、三歳になった息子の信康（のぶやす）のことを思った。母とともにいるとはいえ、いまは自分と同じように人質となっている。そして、生まれたばかりの娘の顔を見ることができる状況ではない。今川氏真は、家康が今川氏に逆らったと分かれば家康の妻子を手にかけるだろうか。関口家という今川氏の有力な家臣の娘であるから家康の妻に危害を加えることはないとは思うものの、自分の行動を妻はどう見ているのだろう。

　義父の使いを失望させるのは分かっていたが、家康は曖昧な返事しかできなかった。今川氏とは断絶する考えであると明言したいところだったが、そう伝えるのは賢明とはいえない。だからといって、心にもないことを口にするわけにはいかない。織田氏が三河に侵入しないように防ぐのが精いっぱいで、そのための努力を続けなくてはならないので、そのめどがついてからでなくては先のことが考えられない苦しい立場であると、義父からの使いに、その旨を伝えてほしいと話すに留めた。

6

その直後に家康は鷹狩りをした。駿河にいるときから鷹狩りは、能と同じように気に入っていた。気晴らしになるだけでなく、鷹が鋭敏に反応を示すと神経が高揚し胸が高鳴る。鷹匠の扱いによって狩りに適した育ち方をしている鷹と、そうでない鷹との差は大きかった。鷹は餌を与えすぎると反応が鈍くなり鋭敏でなくなるが、餌を与えないと猛々しさが増して扱いづらくなり楽しみは半減する。駿河にいるときには、家康のところにまわってくる鷹は素性があまり良くないことが多かった。

家臣の本多正信（ほんだまさのぶ）が鷹を育てるのがうまいと聞いた。古くから松平家に仕えている本多一族のなかで、さまざまな任務をこなし、家康より少し年長だった。正信にすべてを任せ時間をかけて準備させた。狩りによる収獲が多ければ占いで「吉」が出たと受け止められる。自分の運命を自分で決められない状況が続いていたせいか、家康は縁起をかつぐようになっていた。

当日は天候に恵まれた。正信が事前に誰もなかに入れないように手配しておいた野原で、家康は、正信から鷹を受け取って鷹匠用の手袋をした拳にとまらせた。家康は、興奮を抑えることができなかった。鷹が獲物を狙う気持ちをあらわにして緊張している手応えがあった。禽獣特有の鋭い目がくるくると動き、しっかりと手袋をはめた家康の手をつかんでいる。本能をむき出しにして戦闘性を秘めた鷹は、貪欲（どんよく）に生きようとして集中力を高め瞬発力を発揮しようと意気込んでいる。鷹の体温と細かな動きが伝わってくる。正信自身は鷹匠ではないが、鷹の扱いが分かっているから、素晴らしい鷹を調教して選んでいた。だからといって鷹狩りが成功するとはかぎらない。運もあるし、獲物が現れるか、鷹の能力がどれほどなのかは分からない。神に祈り、自分の願いを心のなかで呟いてから、用心深く鷹をつないでいた綱を外して、家康は鷹とともに歩み始めた。野原から森に移動し、家康は獲物を求めて歩いた。勢子たちが雉や小動物を追っている。ひょいと腕を動かすと鷹が飛び立つ。

手元をはなれた鷹はそれほど遠くではないところで、見つけた雉めがけて羽ばたいた。家康は、鷹が飛んでいく方向を見つめ、自分が鷹になったと想像し、鷹が獲物に飛びついた瞬間に緊張が一気に高まる。獲物を仕留める鷹と自分があたかも一体化したかのような気分になる。鷹は素早く荒々しい動作で雉を仕留めた。見るとあまり大きくなかった。ちょっとがっかりしたが、それでも収獲は収獲である。正信が来て、家康の指示で雉の羽をむしり鷹に与えた。鋭いくちばしで鷹は雉をむさぼった。

この後の収獲は兎が一羽だけだった。うまくいったとはいえない程度であるが、駿河で経験した鷹狩りとはすべてが違っていた。家康が強くそう感じたのは、鷹狩りが終わり、近くにある豪農の屋敷の縁側でお茶を振舞われていたときだった。興奮が残っていたが、とりあえずほっとした気分だった。正信が家康のために手配した休憩である。喉の渇きを癒そうとお茶を口に含み飲み込んだ。お茶が喉を通っていくのを感じながら、それまでに味わったことのない解放感に襲われていた。夕方の風が心地よく頬に当たった。何という心地よさだろうと思ったのは、自分のことを自分の思惑で決められる状況にあるという認識が、いまさらながら実感として身を包んできたからだ。

「殿が岡崎におられるようになって、我らがどれほど喜んでいるか。皆が期待し応援しております」と、屋敷の主人が言うのを率直に受け止められた。お茶を振舞われて、心安らかな気分で会話できるのも三河にいるからだ。身体のなかから喜びがこみあげてきた。今川氏のもとをはなれたのは正しい決断だったという実感が、かぶさるようにして身体のなかを走った。その瞬間、背中がぞくぞくし酒に酔ったような心地がした。鷹狩りの前と自分のおかれている状況に何の変化もないと分かっていたが、今川氏に敵対しても三河の統一を果たすという決意は、これまで以上にかたくなっていた。

家康は、前にも増して前向きな姿勢をとるようになった。家臣たちをそれまで以上に鼓舞し、成果をあげるように指示を出した。そうなると敏感に反応する者と、適当にやっている者との区別が明瞭になる。織田氏からも今川氏からも距離をおいて三河の独立を果たそうとするには覚悟が必要であるという家康の認識は、ときには家臣たちに対する厳しい要求になった。そうした認識を家康と共有する人たちの結束が強まった。

だが、厳しい状況がすぐに改善できるわけがない。少しずつ目標に向かって前進するしかない。強くならなくては相手にされない世の中である。三河に残っている今川氏の勢力を一掃するために、苦しくても兵士の動員や兵糧の手当など、厳しいやりくりのなかで成果をあげていかなくてはならない。とはいえ、段銭や段米を集めるように要請しても、素直に応じようとしない国衆もいる。支配力が強ければ素直に従うのだろうが、家康の支配力は大きくない。少しずつ大きくしていかなくてはならない。知恵を絞り無駄な動きをしないようにするしかない。

7

家康を助けたのが織田信長からの同盟したいという呼びかけである。信長の目は尾張の西側に向けられ、尾張の東にある三河には領土的な野心がなかった。今川氏を破った信長が領土拡大を優先すれば、力のない三河に侵攻するチャンスだったが、信長の目は美濃や伊勢、さらには京に向けられていたから、三河が家康によって統一されるのが望ましいと考えたのである。

信長がそう考えていたのは、桶狭間の戦いの前年に上洛していたからである。わずかな期間の上洛だったが大きな刺激を受け、信長の目標が大きくなった。失墜した権威を取り戻そうと、十三代将軍の足利義輝（よしてる）が、自分に従いそうな有力者たちにやたらに声をかけていた。そうした大名の一人として義輝は信長にも誘いをかけたのだが、若い信長は自分が選ばれたと受け取り、何ごとかあらんと勇んで上洛し、これが目を大きく見開くきっかけになった。

自身の兵力を持たない将軍の義輝は、多くの守護大名を味方につけようと躍起になっていた。戦いの調停や和議成立に力を貸し、各方面に恩を売り、大名たちの支持を得なくては権威を保てない。義輝は、中国や九州の戦いに積極的に介入する姿勢を見せ、同時に東国にも目を向け、たぶんに先もの買いであるのを承知のうえで家督を継いだ信長に声をかけたのである。越後（えちご）の長尾景虎（ながおかげとら）（のちの上杉謙信（うえすぎけんしん））にも、同じ時期に上洛するよう誘いをかけている。

八十人の家来を引き連れて信長は上洛した。初めての京であり、すべてがもの珍しかった。上洛した旨を将軍の御所に伝えると、信長の宿舎に使いが現れ、謁見の際の衣裳の手配、挨拶の仕方など細部にわたって指示があった。信長は、それに素直に従い準備した。

室町幕府の権威は衰えており、将軍の足利義輝は三好長慶(みよしながよし)により追放されていたが、この直前に長慶と妥協が図られて京に戻ってきたばかりだった。権力の中枢にいる三好氏に対抗するには地方の武将を味方につけたいと思うのに、有力な武将は将軍に協力する姿勢をなかなか見せない。そこで、信長や長尾景虎のような新興勢力である大名に期待した。将軍との謁見で、信長は尾張地方の支配を安堵され、天下の安定のために力を貸してほしいと言われ激励された。三好氏の勢力を弱めて将軍の権威を強めたいと思う義輝は、信長の手を取らんばかりにして後ろ盾になるよう要請した。二十六歳の信長は、自分はまだ若造であるという意識を持っていたから、将軍の振舞いに戸惑いながらも頼りにされていると思い感動していた。武士の頂点に立つ将軍を盛り立てていかなくては天下は治まらない。数ある武将のなかから自分が選ばれたと舞い上がる気持ちを抑えて、信長は将軍のために実力をつけなくてはならないと思った。単に尾張地方の守護で終わるわけにはいかないと、このときに信長は、遠い目標をしっかりと持って邁進する決意をかためた。将軍の義輝にしてみれば、もっと実力のある大名を味方につけたかったが、信長や長尾景虎のような新興勢力の将来性を買い、彼らが勢力を伸ばすのを待つという思いだった。

いっぽうで、信長は謁見に際して将軍に対して若干の違和感を覚えた。御所そのものも思っていたより立派ではなかったし、将軍が九州の大名から献上された鉄砲を誇らしそうに信長に見せたときにも、信長はすでに鉄砲を入手していたから珍しくなかったのに、将軍のほうは信長が感心するに違いないと自慢げに披露した。それで信長は、将軍というのは案外世間知らずなのかもしれないという印象を持った。とはいうものの、将軍との謁見は名誉であり、自分の可能性が大きく開けるのを意識した。次に将軍に会うときには、期待される大名の一人ではなく、自分こそ頼りになる大名であると思われたいという野望を持った。

このとき信長は美濃の斎藤氏と対立関係にあり、さらに三河地域をめぐって今川氏との争いも起きそうで、ゆっくりと京にいるわけにはいかなかったが、ついでに堺（さかい）や奈良（なら）にも足を伸ばした。

瀬戸内海にのぞむ堺は、港町として広く世界に開かれており、その活発さに信長は強い印象を受けた。大名が支配する地域とは異なり商人による自治権が確立していた。信長が支配する津野のある伊勢湾も賑わってはいるが、商業が盛んな堺は、鉄砲の製造販売にも手を染めていて、目を見張るほどの繁栄振りだった。信長は尾張一国の支配のために汲々としている自分の活動範囲の狭さ、小ささに気づかされた。すぐには手が出せないにしても、京に進出し、堺を自分の支配下におけるようになりたいと切望した。その実現を期す決意は、信長の膨らんだ夢の大きさに見合う強さとなり、目の前に発生する問題の解決を図りながらも、信長の目は遠くの目標を見据えるようになった。

戦国時代は生産性が急激に高まった時代でもある。戦いのために兵士の移動が盛んになり、商業活動が刺激を受けた。兵糧の補給のための流通、新兵器である鉄砲をはじめとする武器の生産が活発になり、そうした刺激が列島を潤す起爆剤になっていた。需要拡大にともなって海路や陸路の往来、取引のための都市や港湾の整備が進んだ。だからといって、戦いが各地で頻繁に起こっているわけではなく、多くの地域では通常の経済活動が営まれていたのである。

今川義元が三河から尾張に侵攻して討たれたのは、信長が上洛した翌年である。この後の信長の目は西に向けられ、野心の実現のためには京までの通路を誰にも邪魔されずに通れるようにしたいと考えた。それには美濃や伊勢を攻略して支配下におく戦いを優先したい。となれば、東側にある三河方面から脅かされる心配がない状態にしておく必要がある。それには岡崎城に入った家康が三河を支配するようになると都合が良い。今川氏のような強力な勢力でないので、かえって安心である。そこで三河の統一のために全精力を集中している家康の健気さが好ましく見えたのである。

信長は家老のひとりである滝川一益（たきがわかずまさ）に託して、家康との同盟交渉を進めさせた。このときに織田氏と家康とを仲介したのが刈谷城主の水野信元である。かつては三河の松平家に従っていた信元は、このときには織田氏に属す国衆になっていたが、家康が三河を統一するために骨を折っていることから、家康の主張を代弁して、織田氏が三河を侵略しないという約束を取り付けて同盟の成立のために尽力した。そのおかげで同盟がなったわけだが、このときの両者の力関係は対等とはいえない。それでも対等の関係の同盟として結ばれたのは、信長が、家康を応援する意味合いがあったからだ。つまらない立場にこだわる姿勢を見せず、家康を盛り立てようとする信長の潔い態度だった。

織田氏との同盟は、三河における家康の評価を高めた。家康の三河経営が不安定であると思っていた中小の領主も、家康を三河の盟主として認めるようになり、三河統一に向かうのに加速がつき、今川氏への対策に力を集中する環境が整ったのである。

織田氏の影響力が強かった三河の西側地域で、最後まで家康に帰順する態度を見せなかったのが東条（とうじょう）城主の吉良義昭（きらよしあき）である。吉良氏は室町時代からの名門の一族で、将軍家である足利氏に今川氏より近い家柄だが、守護時代に自領の支配権を次々に失い、三河のさほど広くない地域の領主という地位に甘んじていた。それでも名門である誇りを抱いていたから、どこの馬の骨とも知れない松平氏の風下に立つのに抵抗し、家康の指示に従おうとしなかった。具体的には、家康が課した段銭の徴集に応じず、再度の督促をも無視した。例外を認めるわけにはいかなかったから、家康は東条城への攻撃を指示した。これも織田氏との同盟が築かれたおかげである。誇り高くても戦闘力がなくては対抗できない。吉良氏は、家康が城を取り囲んだだけで降伏し家康に従うようになった。

8

家康の今川氏ばなれが鮮明になってきた。それを察した今川氏真が行動を起こした。駿河にいる三河の者たち十五人を見せしめに殺したのである。そのなかには家康と親しく接した人たちが含まれていた。駿府にいる妻子のことも気になったが、いまさらどうすることもできない。既定方針どおりに進むしかない。三河西部を掌握したからには、三河東部にある今川氏の勢力下の地域への攻撃を開始する必要があった。戦いを有利に進めてから交渉したいが、今川氏がそれに応じるかどうかは分からない。とはいえ、こちらから率先して今川氏に戦いを挑むわけにはいかない。調略を用いて、今川氏に従っている国衆を味方にできれば、それに越したことはない。家康のもとに結集するようにという説得に、今川氏に従っている国衆がどれだけ耳を傾けるかは分からないが、以前より調略を受け入れる余地があると思われた。しかし、調略できる可能性があるのは、どちらにつくか迷っている国衆に限られる。三河にある重要拠点の城には今川氏に忠実な家臣が配されており、今川氏との強い絆を持つ国衆とは、力をつけて戦って従わせなくてはならない。三河を統一するためには、少しずつであるにしても今川氏に従っている国衆を味方につけるよう努力するしかない。

調略したほうがよい城、攻撃して帰順させなくてはならない城を選別し、どのように対応するか検討しているときに、越後の上杉謙信が関東の北条氏を攻撃したという情報が寄せられた。関東管領（かんれい）の上杉氏を名乗るようになった謙信は、関東を北条氏から奪う行動を起こしたのである。今川氏は北条氏と同盟しており、互いに助け合う関係であるから、北条氏が攻撃されれば援軍を送らなくてはならず、三河に目を向ける余裕がなくなるに違いない。家康にとっては願ってもないチャンスだった。三河にある今川氏の城を攻撃しても、彼らに対する支援はそれまでのようには期待できなくなっているはずだ。かつてなく家康に有利な状況になっており、もはや戦いを躊躇しているときではない。

三河東部を制圧するには、豊川（とよかわ）にある牛久保（うしくぼ）城、豊橋（とよはし）にある吉田（よしだ）城、渥美半島の田原にある田原城、そして蒲郡（がまごおり）にある上之郷（かみのごう）城の攻略が鍵になる。いずれも今川氏の重臣たちが城を護っており、三河湾を囲む交通の要衝にある。それらを各個撃破していく決意を家康はかためた。

これらの城のなかではもっとも岡崎城に近い位置にある上之郷城から集中的に攻撃することにした。この城は渥美半島の対岸にあり、義元の妹を妻にした今川氏の重臣である鵜殿長照が城主になっていた。事前に偵察して、増兵されていないかを確かめて攻撃を仕かけた。不意をついたせいもあり、家康軍の圧勝となった。長照は討ち死にし、鵜殿氏長（うじなが）と氏次（うじつぐ）という長照の二人の息子を捕虜にした。二人は、今川氏の当主の氏真の従兄弟にあたる。

家康は、駿府にいる自分の妻子と交換するようにという交渉を開始した。はじめは、家康の妻が岡崎城に行くのを拒んでいると言われて交渉は難航するかに見えたが、粘り強い交渉で人質交換が成立した。家康は岡崎城に妻子を迎えて三年振りに再会を果たした。人質として駿河にいた者たちも返された。今川氏は、三河の領地を広げるという積極策を取らずに、現状を維持する方針であったから、交渉を円滑に進めることができたのである。

今川氏に縁が深い妻は、今川氏を裏切った夫に対して複雑な感情を持っており、久しぶりに再会を果たしても、二人はよそよそしい雰囲気になるのは避けられなかった。だが、家康も彼女を粗末に扱うわけにはいかない。四歳になった息子の信康は自分の跡取りであり、可愛い盛りの二歳の娘も一緒である。駿河とは違い、まったく知らない人たちばかりに囲まれて生活することになる妻は、考えてみれば不憫だった。今川氏を裏切った家康の妻となれば駿府にいるのは辛かっただろうと思えた。家康は妻子が不自由なく生活できるよう配慮した。

しばらくは波風が立たなかったが、家康の母、お大が岡崎城に住むようになって問題が起きた。

上之郷城を落とす戦いには、家康の母の夫である久松俊勝も参加していた。先鋒として攻撃した功績で、家康は彼をこの城の城代にした。お大と俊勝のあいだには三人の息子がおり、のちに家康の意向で彼らは松平姓を名乗るのを許され重用されるようになるが、お大の夫である久松俊勝が、ほどなく上之郷城を息子にゆずり、お大とともに岡崎に住みたいと言い出した。意外な成り行きだったが、家康は、それが母の希望でもあると知って、申し出を了承した。俊勝が、縁の薄い思いを抱いているお大と家康の母子が、ともに暮らせるように取りはからったのである。

岡崎城での母子の対面は、周囲から見ればじれったい感じだった。母を思う気持ちに変わりはなかったが、母を目の前にして迫るものがなかったのだ。母のほうは、息子の立派な姿を見ても、口をきかずに彼女の目から大粒の涙がこぼれ落ちた。それでも、口を開かなかった。そして、城の主人である息子に頭を下げた。「三人の息子たちは、我の弟であるから粗末にはしません」と家康が言うと、母はふたたび黙って頭を下げた。

やがて嫁姑の関係が険悪になってきた。妻は、義母であるお大が大きな顔をして彼女の居場所がないと家康に訴えたが、家康は困った顔をするだけで妻の愚痴に付き合ってくれない。

話し合いで解決する問題ではないとして、家康は、嫁と姑とがお互いに顔を合わせないように取りはからった。岡崎城の近くに妻のために独立した屋敷を用意し、母のお大と別々に生活させるようにした。息子の信康は城に留めておきたかったが、何が何でも一緒にいると強く言う妻に、家康は仕方なく従った。この屋敷が築山(つきやま)御殿といわれ、彼女は「築山どの」と言われるようになる。家康は、思い出したようにこの屋敷を訪れることがあったものの、気持ちのすれ違いは修復できず意思疎通は図られなかった。夫に愛された実感を持てない妻は、息子の信康を溺愛、逃げ場はそこにしかないようで、いつまでも子ばなれできなかった。

そして、岡崎城に入って三年が経ったときに、織田信長から自分の娘と家康の息子との婚姻を調えたいという申し出があった。三河にある今川氏の勢力を排除している最中のことである。織田家と松平家の婚姻は、それまでの同盟関係を強化する意味合いがある。家康が織田氏を裏切らないと判断し、関係をさらに深めたいという信長の意思表示である。家康の息子の信康も、信長の娘の五徳(ごとく)もまだ幼いから、正式に結婚するのは当分先である。

信長は同盟相手とは姻戚関係を結んで関係強化を図るのを常套手段にしていた。自分も政略結婚であり、家康には自分を頼りにしてほしいと思ったのだ。もちろん、信長の申し出を断るわけにはいかなかった。今後のことを考えれば同盟強化は家康にとっても効果的に働くはずである。

家康のところに室町幕府の将軍である足利義輝から、今川氏と停戦するようにという指示とも提案ともつかない申し入れがあった。東海道沿いにある今川氏の支配地域における戦いは、東海道を通過する人たちに多大な迷惑をかけている。戦いが長引くのは好ましくないというわけだ。将軍の義輝は、全国の有力領主たちに手紙を書き、存在感を示そうと躍起になっていた。幕府の財政悪化を来さないように守護や大名に資金援助を要請し、戦いが起これば和議を結ぶように促した。

将来は朝廷や幕府との関係を持ちたいと思っていた家康にしてみれば、将軍からの直接の働きかけは三河の盟主として認められた証であると思え、まんざらでもなかったが、分かりましたとは言えない。ご意向には添いたいものの、すぐには戦いをやめられないという言いわけをした。すると、その返事として各地との連絡のために馬を必要としているから献上してほしいという要請が寄せられた。権威を保つには、各地の情報をいち早く把握し、戦いをしている双方に働きかけるために早馬を常に用意しておかなくてはならないのだという。家康はすぐに良馬を献上した。同じように要請を受けた近隣の領主はすぐに応じたわけではなかったから、家康の神妙な態度は将軍を喜ばせた。

9

家康が順調に三河の支配地域を広げつつあったところで、足元で一向（いっこう）一揆が勃発した。名前を元康から家康に変えた直後だった。「元」から「家」に変えたのは、松平宗家として家（血筋）を大切にする意味があると同時に、尊敬する源頼朝の祖父である「義家（よしいえ）」からとったものだ。彼が「八幡太郎（はちまんたろう）義家」といわれたのは、その父である頼義（よりよし）が八幡神を鎌倉に勧請（かんじょう）したのをきっかけに息子に名乗らせたものだ。八幡宮は武の神といわれる応神（おうじん）天皇を祀っているので武士階級のあいだで信仰を集めていた。尊敬する頼朝が鎌倉に幕府を開いてのち鶴岡（つるがおか）八幡宮として新しく祀り直しており、家康も頼朝とのつながりを考慮して「家」という文字に自分の思いを込めたのである。

　家康と名乗ったのは、三河の支配を確かなものにしつつあったからなのに、岡崎や安城といった地元ともいうべき地域で、家康に反旗を翻す一揆が起きたのだ。一向宗が絡んだ一揆は厄介なことになる。この時代の寺院は、信仰の対象であるだけでなく、土地を持ち僧兵を抱えた武装集団として活動していた。

　生活のなかに宗教が根付いており、庶民にも仏教信仰が広がって久しい。戦いや病気でこの世は苦しみが多く、あっけなく死が人々を襲う。せめてあの世に行ってからは良いことがあるようにと、人々は浄土を求める。極楽浄土に行く望みにすがるのは死の恐怖を逃れる手段でもある。浄土に行きたいという願いは、貴族も戦国の武将も庶民も変わりない。

　仏教は、飛鳥時代にわが国に入ってきて以来、天皇や貴族のもとで普及し、やがて武士が台頭してくると武士階級に支持される禅宗が広まった。これは質実剛健を旨とし、物質的な豊かさを求めず、学問や修行に打ち込む姿勢を持つ宗派である。そうした禅宗の新しい価値観や思想が人々に影響を与えた。さらに、浄土に行きたいという民衆の願いが強くなり、それに応えるかたちで「南無阿弥陀仏（なむあみだぶつ）」を唱えるだけで極楽浄土に行けると説く宗派が誕生し、人々のあいだに広まった。それが一向宗である。

権力者に保護されていた大寺院も、時代の流れのなかで財政を自分たちの手で維持していかなくてはならない状況になってからは、荘園や領地を維持するために武力を備えて宗教組織を超えた側面を見せるようになった。平安時代から支配層と結びついていた大寺院の比叡山延暦寺は、領主と同じように武力を備え、米や銭を貸し付けて利息をとる高利貸し業も営んで、期限までに返済しない者への取り立てを過酷に実施した。同様に藤原氏の菩提寺として出発した興福寺は、藤原氏の血筋を引く門跡が君臨して権力機構として機能し、大和地方で守護に匹敵する力量を持つ寺院となった。こうした寺院は、権力者が自分たちに不利になる規則を押し付けると、宗教的な脅しをかけ、特権の上にあぐらをかく権力となり、戦国大名たちも寺院に逆らうのはむずかしかった。

法然の開いた浄土宗より徹底して、お題目を唱えるだけで成仏して浄土に行けるという親鸞の教えは広く人たちの心をとらえていた。この新しい宗派である一向宗が、世のなかが乱れていた十五世紀後半に親鸞の子孫である蓮如が出現して広まった。一向宗は、阿弥陀仏以外の神仏への信仰を認めないという排他的な要素を持ち、人の死などの穢れを怖れるのは意味がないと説いた。本願寺派といわれる宗教教団は、蓮如の活動によって近江から北陸にかけて組織化され大きな勢力となった。三河にも蓮如が短期的だったが布教に訪れており、一向宗の寺院ができ信者が多くなっていたのだ。

加賀で一向一揆が起きたときには、三河にいる一向宗の信者も遠征して戦いに加わった。加賀の一揆では守護の富樫一族の対立抗争に一向宗の寺院が関与し、守護に反対する人たちに加勢して守護勢力に勝利した。結果として、加賀一国を支配する勢力になったのが一向宗だった。本山である本願寺が、実質的に加賀の国主として扱われ、大名に代わる武力を持つ宗教勢力が支配する国になった。権力を持ち影響力の大きな存在になっている一向宗は、排他的な側面がある宗派であると、越後の上杉氏や薩摩（さつま）の島津（しまづ）氏はその活動を禁止している。

三河にある一向宗の寺院が家康に反旗を翻したのは、三河にある今川氏の勢力と戦うために、家康が一向宗の寺院に協力を求めたことがきっかけだった。寺院には不入権といわれる特権があった。寺院のある地域を支配する領主といえども、寺院に税をかけることは許されず、治外法権を持っていて、今川氏が支配していたときもその権利を侵害しなかった。だが家康は、三河の領主として支配していくには寺院の特権をそのままにしておくのはよくないと、一向宗の寺院にも協力を求め、寺院が所有する穀物を借り出して戦地に送る方針を打ち出した。最初は難色を示したものの、兵糧を借り入れる交渉が成立し寺院側も協力することになった。その際に、利子に関してまで取り決めておらず、しばらくして寺院側が利子の支払いを要求すると、現場で指揮をとった家康の家臣が利子を支払うつもりはないと宣言した。それでは話が違うと悶着となったのである。この時代の利子はかなり高率であるから、長期にわたれば利子の支払いは大変な額になる。協力を求めるということには利子を免除してもらうという意味も含まれていると家康は思っていたが、寺院側はそんな約束はしていないという。改めて利子をつけて返すほど財政にゆとりがないから、普通の商取引とは違う扱いにしてほしいと家康は頼んだ。しかし、寺院側は応じる意思がなかった。

家康にしてみれば、この程度の要求に応じてくれないのは許しがたかった。これを機会に三河にある一向宗寺院の特権を認めないようにしようと家康も譲らなかった。ちなみに、松平家の菩提寺である大樹寺は、一向宗ではなく法然を開祖に持つ浄土宗であり、家康はその熱心な信者だった。

一向宗の寺院は結束して岡崎城の城主に抵抗する姿勢を見せ、神仏に誓いを立てて一揆を企て蹶起したのである。

三河にある一向宗の寺院は本宗寺、上宮寺、本証寺、勝鬘寺、願照寺など、いずれも広大な敷地を持ち、それぞれに数百人に達する僧兵がいて、堀をめぐらせ城のように護りをかためていた。それぞれの寺院周辺に住む門徒衆が商業活動をして寺院の財政を支えており、小さいながらも独立した領主の支配する地域のようになっていた。一揆の盟約が結ばれると、三河にいる一向宗の信者たちは、寺院に結集するよう呼びかけられた。各寺院は、防御をかためようと土塁を築き、空堀だった堀に水を流し込んだ。

家康に仕える家臣のなかにも多くの一向宗信者がいたから問題がややこしくなった。主要な家臣一族である本多家、石川家、鳥居家、内藤家などは一揆側につく者と家康に従う者とに分かれた。大久保家の多くは一揆に加わらなかったが、渡辺家はほとんどの者が一揆に加わった。「門徒連判状」に署名して一揆側についた者たちの多くは、信仰心を捨てるわけにはいかず迷いに迷った末に加わったのだ。一向宗徒であれば、寺院に逆らえば極楽浄土が保証されなくなり地獄に堕ちる覚悟をしなくてはならないと言われる。信仰心が篤ければ不安であり、同時に先祖に対して申しわけないと思い、家康のもとで三河の統一をめざすという選択ができなかったのだ。鷹狩りで家康のために粉骨砕身した本多正信も、眠られぬ夜を何日も過ごした末に連判状に署名し、岡崎城主の家康と戦う側にまわった。

一向一揆が勃発したと伝えられると、三河の統一をめざしている家康に反発していた有力領主が、これに加わる姿勢を見せた。家康に攻撃されて敗北した吉良義昭も兵を起こして一揆方として東条城に立てこもった。侮れないのは岡崎城の北にある上野城にいる酒井忠尚である。松平家譜代の重臣だったが、今川方につくほうがよいと主張していた忠尚は、家康による扱いが以前より冷淡になったことに不満を持っており、一向宗門徒ではなかったが彼らと行動をともにする決断をしたのである。

家康は、三河の統一のためにも、一向宗の寺院の既得権をなくすべきであると考えており、信仰にかこつけて自分たちの思いを通そうとしている勢力とは対決せざるを得ないと覚悟した。

のちに信長も一向一揆に苦労するが、信長が対決したのは一向宗の最高権力者の顕如（けんにょ）が率いる総本山の本願寺だった。このときの三河では一向宗の寺院が団結しても、三河という一地方における抵抗であり、一向宗の本山まで巻き込んだ争いにはなっていない。もし蓮如や顕如のようなカリスマ性のある一向宗の指揮官がいて、周辺諸国からの一向宗信徒の兵を動員していたら、家康といえども持ちこたえられなかったかもしれない。

一向一揆の鎮圧をするのも家康による三河統一闘争の一環である。敵対する寺院の近くに砦を築いて家康側は戦う姿勢を示した。一揆側は寺院や城に立てこもり、家康が攻撃してくるのに備えた。睨み合いが続いたが、やがて家康の指令で攻撃が開始された。攻撃を仕かける側も、敵を圧倒するだけの勢力ではなかったから、小競り合い程度で、徹底的に戦うまでにはいたらなかった。

決着をつけようと家康は、敵の主力となっている本宗寺を集中的に攻撃する作戦をとり、それまでに見られない激戦になった。家康側が優勢だったが、寺院を落とすまでにはいたらない。ふたたび睨み合いになったが、家康側に強力な助っ人が現れた。水野信元が数百人の兵士を率いて応援に駆けつけたのである。その際に彼は織田信長からの伝言を持ってきた。「信仰にかこつけて特権にあぐらをかき、その上に武力に訴えるとはもってのほか。この際、不埒（ふらち）な坊主どもとその一党を蹴散らすように。場合によっては助太刀するつもりである」という内容だった。信長が自分と同じ考えで、家康が一向宗と戦うのを支持している。家康にとっては心強い支援だった。

この後、家康側に兵力の増強が図られたのを見てとった一向一揆側から和議の申し出があった。寺院に対する不入権の保証と一向宗側の者の命をとらないという約束をしてくれれば矛を収めるという意思が伝えられた。家康にとっては呑める提案ではなかった。助命要求はまだしも不入権まで認めたのでは、何のために犠牲覚悟で戦ったか分からない。家康は、信長の手前もあり、戦いを続行するつもりだった。

だが、それでは解決の見込みがつかないと、重臣の酒井忠次（ただつぐ）が和議に応じるべきであると主張した。寺院と対決を続けるのではなく、この機会に一向宗と組んで家康に反対している勢力を一掃するべきであるという。一向宗の寺院と和議が成立すれば、寺院に差し向けている兵をまとめて反乱を起こした上野城や東条城の攻撃に差し向けることができる。一向一揆に便乗して家康に抵抗した勢力の一掃を図るには、一向宗側と和議を成立させるべきであるというのだ。

反抗している上野城主の酒井忠尚は、酒井忠次の叔父である。家康が駿府にいたときからそばにいた忠次にとっては、自分の叔父を討つという苦しい選択になるが、それも家康のことを思えばこそである。家康より十五歳年長の忠次は、ずっと家康の良き相談相手になっていた。

家康は、一向宗の寺院との和議交渉を酒井忠次に委ねた。忠次が彼らの主張を認めるという意向を示すのは明らかだが、家康はそうはさせたくない。そこで、彼らに武装解除するという条件を加えて交渉にあたらせた。彼らの言い分を認める代わりに今後は抵抗しないと約束させて交渉は成立した。

寺院との対決が解消して、家康は一向一揆をきっかけに蹶起した不満分子たちの攻撃に集中した。本証寺と上宮寺、それに勝鬘寺という三つの寺院に囲まれた土井（どい）城で睨み合いを続けていた家康方の有力武将である本多広孝は、井田城を預かる酒井忠次とともに兵士を率いて、敵対する酒井忠尚の上野城に攻撃を仕かけた。彼らは上野城を落とし、さらに東条城に籠る吉良義昭をも撃退した。これにより一五六三年（永禄六年）秋から始まった戦いは翌年二月に決着を見た。

　家康が岡崎城に入ってから三年余、三河内にくすぶっていた反家康勢力は一掃された。一向一揆との戦いは、三河における家康政権の信任をかけた戦いだった。現代では選挙や裁判で決着がつけられるが、この時代は戦いでなくては決められなかったのである。

　一揆に加わった家康の家臣たちは、約束どおり命は助けられたが、他国に去り、あるいは追放されて一揆前とは家康の家臣の陣容に変化が見られた。家康に信頼されていた本多正信も三河をはなれて各地を放浪した。彼がふたたび家康に仕えるようになるのは十数年後である。

　事後処理として一向宗の寺院に対し、家康は果敢な処置に踏み切った。一揆を指導した住職を追放し、門徒たちも一向宗を捨てて家康と同じ浄土宗に宗旨替えするように促した。三河のなかで独立した地域の存在を許すつもりはなかったのだ。寺院側から抗議が寄せられたが無視した。家康が直接手を下さず、酒井忠次以下の重臣が、家康の意志を体して行動したのである。家康は、戦いの後始末をきっちりつけることの大切さが身に沁みた。次のステップにうまく進むには、戦いの終わらせ方が重要であるという教訓を得たのである。

　こののち、家康軍の軍旗は「厭離穢土・欣求浄土」と記される。大樹寺の登誉上人が書いた旗指物で、家康のいる陣営ではためくようになる。穢れた世を嫌い、浄土を請い願うという旗印である。上杉謙信が「毘」という軍旗を用いたのは毘沙門天を信仰し、おのれをその化身になぞらえたからだ。家康の旗指物には、三河を浄土のようにしたいという支配者としての思いとともに、信仰心を持って家康に従うようにせよというメッセージが込められていた。

10

それ以後、家康は三河にある今川氏の勢力の駆逐に全力をあげた。といっても、信長のように破竹の勢いで戦うような体制をつくるほどの力量はないから、知恵を絞りじわじわと勢力を伸ばしていき、ここぞというときに兵力を集中して勝負するしかない。このころに駿河の今川氏、甲斐の武田氏、そして相模の北条氏という三者による連携にほころびが生じてきていた。武田氏が今川氏と対立するようになり、越後の上杉氏が関東の北条氏を攻撃していたから、今川氏はこの支援もしなくてはならず、家康との戦いに集中できない状況だった。

今川氏の支配する東三河の中小領主たちも、今川氏より三河の松平氏に従うほうが将来のためになるという説得に以前より耳を貸すようになった。一向一揆に勝利し三河を安定して支配する徳川氏は、頼りになる存在であると思われるようになった。織田信長という勢いのある大名と同盟していることも家康に有利に働いていた。

三河から今川氏の勢力を駆逐しようと、家康が攻撃目標にしたのが知多(ちた)半島の拠点である田原城と、その東にある吉田城である。城を攻撃する前に味方につけた近くの小領主たちに、城を落として勝利すれば支配地域を安堵し、働きによっては知行を増やすと約束した。これにより、今川氏につく勢力が後退し、田原城と吉田城の相次ぐ攻略に成功した。いずれも今川氏の主力部隊が支援に駆けつけることはなかった。これで、家康は三河の統一に大きく近づき、さらに調略を進めて、一向一揆鎮圧から三年ほどで、家康は東三河まで支配下におくことに成功した。岡崎城に入ってから六年後、家康は二十五歳になっていた。子供のころの英雄だった祖父の清康が死んだ歳である。祖父さえ成し遂げられなかった三河の統一が達成されたのだ。

これで三河守と称してもよい状況がつくられた。かつて今川義元が朝廷から授けられた地位である。守護や領主というのは世襲だが、官職は一代限りで、義元がいなくなってから三河守は空位のままである。祖父の清康も殺されていなければ、三河守になろうとしたに違いない。実力で三河を制したものの、特別な存在として認められるようになりたい。松平宗家が抜きん出た存在であると認めたがらない人たちの思いを跳ね返すには、朝廷から権威を与えられるのが効果的である。

今川氏や武田氏は守護として伝統のある家柄であるが、松平一族は地道に所有地を増やしてきた一族にすぎず、これといった伝統があるわけではない。しかし三河守となれば、朝廷との繋がりができて今川氏のように学問を含めた教養を身につける機会ができる。今川氏は自然にそうした環境が整えられていたが、家康の場合は、こちらから求めなくてはならなかった。

祖父の清康も、そう考えて朝廷との結びつきを大切にした。朝廷とのつながりを持つ松平親乗が、歳をとっていたものの、朝廷との連絡のために動いてくれた。親乗が京に行き朝廷と関係のある京の寺院の僧侶に接触し、公家衆に家康の望みを取り次いでもらった。そうこうするうちに、関白である近衛前久（このえさきひさ）の使いが岡崎城までやってきた。関白といえば天皇にもっとも近い地位であり、そんな身分の高い人の使者が岡崎まで足を運ぶとは思ってもみなかったから、家康は恐縮して丁重に迎えた。

使者は、家康の願いが叶えられるようにしたいので足を運んできたという。だが、任官するにはいくつかの条件があり、それを満たすようにしなくてはならないので、そのことについて相談したいと語った。

三河守も地方長官であり、それなりの家柄でなくては資格がないという朝廷の決まりがあるという。だが、松平氏が高い官職を授けるにふさわしい家柄であることを証明しなくてはならないのだ。だが、松平家は、それほどの家柄ではない。任官を認めるには、先祖が天皇家に繋がるような出自を証明できる系図が必要である。むろん、そんな系図が松平家にあるはずがない。駄目なのかと思わせたところで、神祇官の吉田兼右が、もっともらしく松平家の系図をつくる仕事を引き受けるという。朝廷との交渉は、いささかややこしいようだ。最初のうちは奥歯にものが挟まったような表現をしていたが、条件を満たすようにするにはそれなりの手続きが必要で、そのために関係する公家たちに謝礼を払ったうえで、しかるべき形式を整えたいというわけだ。

松平家が、天皇に繋がる一族であると証明するために来歴が調べられた。手がかりになったのは家康の祖父の清康が一時的に「世良田」という姓を使用していることだ。朝廷に献金した清康は、松平氏のなかで特別な存在であることを示すために、先祖は源氏の有力支族である新田氏に繋がる「世良田」の流れを汲んでいると称した時期があった。新田氏の直系ではないにしても、新田氏の支族である「世良田」の苗字を借用して、世良田清康と名乗っていたことがある。これをもとにして神祇官の吉田氏が、家康にいたる松平氏の系図をもっともらしく作成した。源氏の系統である新田氏の末流である世良田氏から派生した「得川」氏の末裔であり、新田氏に繋がる一族として家康が官職につくことのできる家柄であると証明される系図が整えられた。そして、松平家にもとからあったように、いかにも古色蒼然とした雰囲気が出るように細工が施された系図一式が家康のところに届けられた。あとはこれを朝廷に差し出すという形式を踏めばよいのだ。

ただし、得川氏は藤原氏に属す一族になっているから、家康の氏（本姓）は藤原氏になる。官位については、このときから八百年以上前にできた律令制度に基づいた氏姓制度が、そのまま生きている。家柄としては藤原、橘、源氏、平氏に連なる一族でなければ官位官職が授けられない。これにより家康は「藤原朝臣」となる。家康の叙任を指揮した近衛前久はれっきとした藤原家の嫡流であるから、天皇に家康を推挽するのにも「藤原」のほうが都合がよかったのだ。

これにより、家康は松平と名乗るより「得川」にしたほうがよい。それを受けて家康は、「得」ではなく「徳」という文字を使用したいと願い出た。「徳」という文字から受ける印象のほうがはるかに良いからだ。論語をはじめ儒教が根づいているわが国でも「徳」という文字は価値がある。教養を身につけている家康は「徳川」と名乗ることの効果を予想できた。祖父の清康は「世良田」を勝手に名乗ったが、家康の場合は朝廷によって認められた苗字である。三河守になるのを望んだ家康は、結果として苗字まで松平から「徳川」に改めた。本当は、藤原ではなく源氏の出にしてほしかったが、そこまで欲張るのはよくないとがまんした。数多い松平一族とは違い「徳川家康」として三河守となり、三河の盟主として朝廷という権威からも認められたのである。

朝廷の財政状態は火の車であり、各地の有力者からの収入を当てにしなくてはならなかった。そのためには、こうした地方の領主からの要請に丁寧に答えていた。条件を満たすように公家たちが関係して形を整えるのも、領主からの見返りを期待してのことである。足利将軍家の権勢が失墜してからは、幕府に頼っていた朝廷の収入が保証されなくなっていたから、朝廷の各種の儀式さえ満足にできない状況が続いていた。一五五七年十月に後奈良天皇の後に践祚した正親町天皇は、即位式にかかる費用が調達できずに即位式をすぐに実施できなかった。毛利氏や朝倉氏、さらには北畠氏や三好氏に費用を貢ぐように依頼し、翌年五月にようやくできたのだ。献金した大名たちには官位の昇格などで報いた。

一五六七年（永禄十年）正月の朝廷の人事の発表の際に、家康は正式に従五位・三河守に叙任した。その前に、正月の朝廷の儀式にかかる費用を家康が負担するようにという要請があった。叙任の見返りとして要求されたのである。もちろん、家康は三河まで来た使者を手ぶらで帰すことはなく、口をきいてくれた公家や系図を作成した人たちにも、それぞれ報いていた。

尾張の織田信長から家康の三河守就任の祝いとして立派な馬と鷹が送られてきた。

信長は、このときには尾張の北にある小牧山城を攻略し、美濃の攻撃が本格化していたが、京では将軍の足利義輝が三好三人衆に殺されるという事件が起きていた。それにもかかわらず家康の叙任の件は、通常どおりに進行していた。存在感を示そうと必死だった将軍義輝が殺害され、京都の治安が悪化し不安が大きくなった。新しい将軍の擁立を図る動きが活発化するが、利害や派閥争いが絡んで、さまざまな思惑が交錯するから、新将軍はすぐには決められず空位の期間が続いた。

そうした事態の解決に乗り出したのが信長である。これ以降、信長の行動が台風の目となり、戦国の世は新しいステージを迎える。それにつれて守護大名の合従連衡も目まぐるしく展開し、家康もその渦に巻き込まれていくことになる。

第二章　信長の上洛と家康の遠江攻略

1

三河を統一した家康に織田信長から、自分の娘と家康の嫡男の信康との婚姻を急ぎたいという申し出があった。少し早すぎるのではないかと思えるのに、九歳とまだ幼い娘の五徳を岡崎に送り出すという。織田氏と徳川氏との同盟の証として二人の婚姻が決められたのは五年前だった。さらなる同盟強化のためである。

信長との同盟は家康にとっては生命線となっている。同盟を強化すれば、織田氏に敵対する勢力との戦いがあれば家康も兵を送るし、その逆もあり得る関係となる。もともと政略結婚であるから、二人が成人するまで待たなくてもよいと信長が考えているのは明らかである。

それ以上に人々を驚かせたのが、織田氏と武田氏の同盟の成立である。

同盟関係の構築に信長は積極的な姿勢を見せた。相手の思惑よりも、自分に有利になると思えば熱心に粘り強くアプローチする。今川氏と北条氏と武田氏による三国同盟にほころびが生じたのを見てとり、武田信玄に働きかけた結果である。ほころびというのは、勢力を弱めつつある今川氏の支配する遠江に武田氏が調略の手を伸ばし始めたからである。武田氏が信濃から南下して、北遠地域の国衆に武田氏の支配を認めるように迫ったのだ。明らかに今川氏との同盟を脅かす行為である。武田氏が欲しいのは海に繋がる地域の確保である。甲斐も信濃も山国であり、貿易を考慮すれば海上での活躍が約束される港を支配下におきたいという思いは強い。上杉氏との対立で日本海への進出はむずかしいから、駿河か遠江を狙う魂胆だった。これに反発して今川氏真は上杉氏にアプローチした。上杉氏と今川氏が同盟を結べば、武田氏は挟み撃ちにあいかねない。そこで、織田氏からの同盟要請に信玄は魅力を感じた。信長にしても、武田氏と結びつけば尾張や美濃の東側の護りがかたくなるというメリットは大きい。

それでも、武田氏は北条氏との関係まで悪化するのは防ぎたかった。今川氏と北条氏との友好関係はゆるがないにしても、北条氏まで敵にまわしたくない。虫の良い申し出だが、これまでと同じように同盟関係を維持するつもりであると北条氏には伝えた。

そんな武田信玄の思惑に嫡男である義信（よしのぶ）が異議を唱えた。義信は今川氏真の妹を正室に迎えており、今川氏との関係を断つのに反対して父子の対立が表面化した。信長に対する評価に違いがあり、義信は今川氏との関係を大切にしたかったのだ。もともと武田信玄も父の信虎（のぶとら）と意見が異なり、父を追い出すかたちで家督を継いでおり、自分の主張を押し通すのが信玄の信条である。だが、義信も強硬だった。甲斐や信濃の中小領主のなかに義信を支持する動きが見られ、父子の対立は、それぞれの主張を支持する家臣や国衆の対立になり抜き差しならぬ関係に発展した。海上に乗り出したいと思っている信玄は、駿河を手に入れる機会を逃したくなかった。いっぽうで息子の義信は、甲斐と信濃の経営を第一に考えるべきであるという考えで、拡張方針には反対だった。

信玄は義信の廃嫡を決意し、信長との同盟を成立させた。自分の息子であっても容赦しないという意思を示し、義信を切腹させて決着をつけた。これにより諏訪氏の姫を母に持つ四男の勝頼が武田氏の家督を継ぐことになる。義信に嫁いでいた今川氏真の妹は、このときに氏真が駿河に返すように求めて取り戻した。

武田氏との同盟の証として、信玄の娘を信長の嫡男である信忠の正室に迎え入れる手筈がととのった。家康の嫡男である信康と信長の娘との婚姻とセットになっていたのだ。信長は、自分の娘が輿入れする際にも、家康のところに挨拶に行く気はなく、輿入れの際の持参品も思ったほど豪華ではなかった。信長にとっては、数ある手立てのうちのひとつにすぎなかったが、織田氏と武田氏の同盟成立は、家康にとっても有利に働いた。武田氏と協調して今川氏を攻略するようにと信長が言ってきたのである。武田氏が東から、徳川氏が西から攻めれば、今川氏を挟み討ちにできる。家康にとっても勢力拡大のチャンスが訪れたのである。

家康には、今川氏と同盟を結んでいた武田氏が、それを反故にして織田氏と同盟するのは驚きだったが、信長の立場になって考えれば納得がいく。それを実現させてしまう信長の行動力に感心せざるを得なかった。

用意周到な信長は、さらに琵琶湖の東岸の北近江を支配する浅井長政に妹のお市を嫁がせて同盟を成立させた。武田氏と徳川氏の同盟に、浅井氏と織田氏との同盟が加われば、信長が攻略しようとしている美濃以外の国境をかためることができる。浅井氏は、地方領主から伸し上がり大名となる際に国境を接している越前の朝倉氏の支援を受けており、南近江を支配する六角氏との関係が険悪になっていたから、織田氏との同盟は浅井氏にとっても歓迎できるものだった。

このときまでに信長は、美濃攻撃を本格化するために清洲城から尾張の西にある小牧山城に移っていた。町を見下ろす山の上にある城を拠点にして城下に家来たちの館をつくり、城の防御施設を充実させるとともに、城下町の繁栄を図るよう配慮している。自分がいるところがわが国の中心地域であるという思いで賑やかな町づくりを進めた。

信長の義父となった斎藤道三は、信長の父の信秀が亡くなってからも信長の後ろ盾となり信長を支え続けたが、道三の息子の義龍（よしたつ）は、父と対立して強引に家督を奪い、その挙げ句に父の道三と戦い敗死させた。これ以降、義龍と信長とは敵対関係にあり、信長による美濃攻略が何度も試みられたが、勝敗がつかないまま、美濃の支配者となった義龍が病死、若い龍興（たつおき）が家督を継いでいた。

一五六七年（永禄十年）七月、ようやく美濃攻略の機が熟した。信長に仕える秀吉による調略工作が成功し、有力武将が織田方に寝返ったのを機会に攻撃に踏み切ったのである。信長軍が、周囲にある支城を落とし稲葉山（いなばやま）城に迫ると、思うように兵力を結集できなかった城主の斎藤龍興は城を捨てて脱出した。城に入った信長は、美濃の国衆たちを強引に従わせ、三か月後には美濃の全域を支配下においた。

美濃攻略の成功は、信長の勢力を一段と拡大する契機となった。斎藤氏に従っていた美濃の国衆の領地を安堵し、彼らを従属させ、多くの兵士を動員できる体制の構築を図った。織田方に寝返った美濃三人衆といわれる氏家直元（うじいえなおもと）、安藤守就（あんどうもりなり）、稲葉一鉄（いなばいってつ）を織田軍の武将に取り立てた。

このときに信長に仕えるようになったのが明智光秀（あけちみつひで）である。若いころの信長の、美濃の斎藤道三との会見に際して道三の家臣として取次をしたのが光秀だった。その後、斎藤義龍との戦いのときにも光秀は道三とともに戦ったが、敗北して美濃から逃亡していた。そして、信長が美濃の攻略に成功したと聞いて、京や北陸を放浪していた光秀が信長を訪ねてきたのである。信長も、光秀が教養があり機転が利いて斎藤道三に可愛がられていたのを知っており、人材が欲しいと思っていたから喜んで家臣に加えたのである。

信長が改修した美濃の稲葉山城に入ったのは十一月である。兵力の拡大を狙う信長は、美濃を本拠地にするつもりで小牧山城から移ってきた。このあたりは井口と呼ばれていたが「岐阜」と改め、城の名も岐阜城にしている。故事来歴に詳しい側近の禅僧である沢彦宗恩に相談して決めたものである。信長の師でありブレーンでもある宗恩は信長の壮大な野望を知っていたから、司馬遷の「史記」のなかにある、周王朝のもとをつくった文王が岐山から蹶起した故事を引き合いに出して「岐阜」とするのはどうかと信長に提案した。太公望を参謀にして飛躍を果たす文王の活躍を知っている信長は、これを喜んで採用した。このときから信長は「天下布武」の朱印を用いるようになる。これも沢彦宗恩の提案である。武によって天下を静謐にするという意味で、信長の野心が含意されている。そのための行動を開始する意思表示でもあった。

三年前に小牧山城に移動した際に試みたのと同様に、信長は自分の本拠地にした岐阜の城下町を新しく構築している。急峻な山のうえに築かれている岐阜城は、信長がひとまわり大きくなったことを象徴して天守閣がつくられ、高層建築となり、護りも一段と強化され、外観も設備も立派になっている。そして、城のある金華山の麓の平地に城下町をつくり、家臣たちの館が建ち並び、その周辺には商工業者の町ができた。

信長は、城下の一郭に檜板による高札を立てた。それには、城下における商売や通行は誰もが保障されており、余分な税や労役を免除する、乱暴や狼藉は許さない、戦いを避けて非難している者たちはもとに戻るようにといった内容が記されていた。城下の繁栄を図ろうとする信長の意向を広く人々に知らせたのである。実績のある商人が市場を取り仕切り、店を出す資格が制限されているのを改め、誰でも自由に商売ができるようにした。こうした商業の発展政策は開明的な大名が採用している政策でもある。

2

こののち、信長は上洛をめざした活動に入る。最初の上洛から八年、信長は、自分の行動力に自信を持ち、目標に向かってためらわずに進んでいた。拝謁した十三代将軍の義輝に味方になるように要請されてから、将軍の権威を高め、天下が治まるように働くことが自分の任務であると思っていた。それなのに、その将軍が殺害されてしまった。将軍が殺害されるほど世の中が乱れている。それをなくすためには誰かが将軍を盛り立てて権力を掌握する必要がある。その誰かになるのが自分であるべきだと信長は考えていた。浅井氏や武田氏と同盟し美濃を攻略したのも、京に近づくためだった。小さい国の支配に汲々としている守護大名で終わるつもりなどさらさらなかったのである。

美濃の攻略が達成されたときに、正親町（おおぎまち）天皇から祝賀の綸旨（りんじ）が寄せられた。信長の武勇を誉め称える内容である。財政難にあえぐ朝廷は、有力大名の動向に敏感に反応し、見返りを求めて働きかけをしていた。尾張と美濃の二国を支配下におく織田氏は、新興勢力として注目に値する存在となったのだ。天皇の後継者である誠仁（さねひと）親王の元服、禁裏御所の修理の費用を負担してくれるように要請し、朝廷の直轄地の回復に努めてほしいと、信長に財政的な援助を求めた。信長の父の信秀が朝廷を重んじていたから、天皇も信長を頼りにしようとしたのである。これを朝廷に注目される存在になったという手応えとして受け取った信長は、朝廷の要請に積極的に応じた。

京を支配していた三好長慶が亡くなり、将軍の義輝が権力を握るかに思えたが、三好氏の勢力は衰えず、将軍の権威は失墜したままだった。なんとかしようと画策した義輝の行動が、逆に将軍らしくないと反発をもたらし、その機に乗じて三好長慶の養子となった三好義継（よしつぐ）が中心になって将軍を排除したのだ。その後、三好三人衆といわれる三好長逸（ながやす）、三好宗渭（そうい）、石成友通（いわなりともみち）が権力の中枢に座り、将軍不在のままにまつりごとを実施した。将軍の権威が失われ、朝廷も彼らが権力を掌握したことを認める態度を示した。

だが、彼らに対する反発は消えていなかった。長慶の家老だった松永久秀（まつながひさひで）は大和地方の領主になっており、このときには家督を嫡男の久通（ひさみち）に譲っていたが、彼らに異議を唱えて反三好三人衆の結集を呼びかけた。三人衆の一人、石成友通は松永久秀の後に三好氏の家老になり、久秀が持っていた権限を受け継いで勢力を伸ばした。彼らは、三好長慶とは違って結束しなくては勢力を維持できなかったから、安定した政権とはいえなかった。もともと三好長慶のもとで政務を取り仕切っていた松永久秀が三好三人衆に対して反発を強めると、三好氏の当主である三好義継も久秀に同調し、三好三人衆と対立した。政権の座を維持しようとする三人衆は、これ以上反対勢力が大きくならないようにと、自分たちに都合のよい人物を新しく将軍につけようと画策した。そんな三好一党の態度を天皇は非難しなかった。いや、できなかったというのが正直なところである。誰かに頼らなくては権威を維持できないから、将軍を殺害した者たちであっても彼らの権力を認める態度を示した。

彼らが推す将軍候補は義輝の従兄弟の義栄である。傍流であっても言いなりになる将軍の擁立を図った。だが、将軍の後継者にふさわしい人物が別に名乗りをあげた。義輝の弟で、興福寺の一乗院の門跡となっていた覚慶である。義栄より血筋では正統性があると覚慶が主張したので、覚慶は三好一党によって幽閉された。松永久秀は、殺害されそうになった彼を守り、隙を見て逃げ出させた。覚慶は、有力守護である細川藤孝の後ろ盾を得て、将軍となるべく還俗して当初は義秋と呼称し、さらに改名して義昭と名乗った。とはいえ、足利義昭には三好一党と戦うだけの兵力を動かすことができない。彼らからの攻撃を避けて逃げざるを得ず、越前の朝倉氏を頼った。義昭のもとに、かつての将軍家に仕えた人たちが集まり、京を支配下においている三好三人衆とそれを支えている勢力に対抗しようと動き出した。義昭は、各地の守護大名に手紙や使者を送り、自分を擁立して上洛するように促した。その手紙は、信長にも、三河の家康のところにも届いている。

三好一党に擁立された足利義栄が朝廷から将軍として認められたが、義栄は腫れものを患っていて京に入ることができないままで、三好一党が京で権力を握っていた。

自分に正統性があると主張して大名たちに呼びかける義昭は、上洛要請に応える大名が名乗り出るのを待った。しかし、京にいる三好一党を追い払うだけの兵力を動員でき、京まで遠征する余裕を持った大名でなくてはならない。将軍が頼った朝倉氏は、日本海における有数の港として栄える敦賀港を支配下におき、一乗谷にある城周辺を京に見立てて貴族的な生活を実現させていた。財政的に恵まれていたから、この地で文化的で伝統的な貴族生活をしており、将軍を擁して上洛しようという野心は持っていなかった。義昭がともに上洛しようと誘っても動こうとしない。そこで義昭が希望をつないだのが織田信長である。他に積極的に応じる大名がいなかったのだ。

幕府の権威が失われ、わが国の秩序が保たれていない状況から抜け出させる役目を引き受けて京に行き、三好一党を蹴散らし、そのついでに堺まで行き、この魅力的な港を支配したいというのが信長の長年の望みだった。それを可能にする条件がつくられようとしていた。だが、義昭を擁して京都に進軍するには、途中で邪魔立てする勢力をなくさなくてはならない。

美濃攻略後に信長は北伊勢の攻撃に集中した。伊勢全部の攻略は簡単ではないから、まず北伊勢を支配下におく作戦だった。そしてこの地域の領主である神戸具盛が支配する二つの城を攻撃し降伏させた。三男の信孝を神戸氏の養子にいれたのは、支配地として織田氏が乗っとるためで、こののちは信孝は神戸姓を名乗るようになる。さらに信長の弟である信包も同じく国衆の長野氏の養子にして実質的に支配下においた。

残るは、京に近い南近江を支配する六角承禎である。信長が同盟を結んでいる浅井氏と敵対する六角氏は、三好三人衆と誼みを通じているから信長の調略に応じようとしない。信長は強硬突破するしかないと覚悟を決めて、とりあえず越前の朝倉氏のところにいる義昭を岐阜に呼び寄せることにした。信長が上洛する意志を示していたから、義昭は「いつになったら実行するのか」と再三にわたって督促していた。信長以外に義昭の上洛要請に応じる大名がいなかったからだ。

美濃攻略から一年後の七月、信長は義昭を岐阜に呼ぼうと島田秀政と村井貞勝を越前に派遣した。義昭に従っている和田惟政らとともに義昭一行が岐阜にやってきたときに、義昭の世話係を言いわたされたのが明智光秀である。信長より十歳ほど年長の光秀は、礼儀作法を心得ていて弁舌もさわやかで、儀式など格式張った場面で様になるとして、ようやく出番がきたのである。光秀に迎えられた義昭は美濃の立政(りゅうしょう)寺に入った。

　このあいだも、信長は三好義継、松永久秀と連絡を取っていた。彼らも兵力を持っているが、単独で三好三人衆に対抗することはできないから、信長が兵を率いてやってくるのを待っている。新将軍として足利義昭を擁するという点では信長と彼らは意見の一致を見ていた。彼らから、三好三人衆の動向が知らされており、それほど恐れる相手ではないと信長には思えた。三好義継と松永久秀も、信長が動けば畿内で三好三人衆の排除に協力するから、新将軍の誕生はむずかしくないはずだった。問題は、京にいたる地域に存在する敵との戦いである。

　信長は改めて上洛に際して敵対しないようにと、義昭と連名で六角氏に申し入れた。これなら考えなおすだろうと、それを承知すれば京の所司代に任命するという条件をつけたものの、六角承禎は首を縦に振らなかった。六角氏は三好三人衆と行動をともにすると決めており、信長には敵対するつもりだった。

　上洛の準備に入った信長は、同盟している浅井氏のもとにいる国衆に、自分の配下のように指示を出して上洛のための道路整備などの賦役を課した。浅井氏の了承を得ているとはいえ、浅井氏の支配下にある国衆のなかには信長との同盟を快く思わない勢力があった。浅井氏が支配地域の国衆すべてを掌握していたわけではなかったからだが、信長は意に介さなかった。

　信長が気にしていたのは、上洛の途上で抵抗を示す六角氏とそれに従う国衆である。彼らを蹴散らすしかないし、京では敵対する勢力である三好一党を駆逐しなくてはならない。上洛を決意した信長は、少しでも多くの兵士を連れて行きたいと、三河の徳川氏にも兵士を出すよう要請した。攻守同盟を結んでから最初の動員要請である。家康には断るという選択肢はなかった。信長からの手紙には「天下布武」の朱印が押され、家康への文面も命令に近い書き方になっていた。

家康は、武田氏と呼応して今川氏の勢力下にある遠江を攻める準備をしていたが、信長の要請に応えて松平信一（のぶかず）を大将にして五百の兵とともに京に行くよう手配した。自分の代わりに信長がどのように行動するのかよく見てくるように指示した。

それにしても、信長の上洛には無理があるのではないかと家康には思えた。過去に京から撤退した将軍が、有力な守護を後ろ盾にして京に戻って活動した例はあるが、支えたのは管領家のような幕府の有力な守護大名である。確かに信長には勢いがあり行動力もあるが、京を取り巻く守護大名は、それぞれに勢力を保っている。それに、尾張と美濃を支配下におく成り上がりの領主にすぎない信長を将軍の後ろ盾として京や畿内の人たちが支持するか。信長の上洛は無謀ではないかと家康は不安を抱いた。

三好三人衆に推されて将軍となっている義栄に対抗して名乗りをあげた義昭は、前将軍の義輝の弟という正統性を前面に打ち出しているとはいえ、将軍の座をめぐって複雑に利害が絡んでいるなかで、朝廷や幕府の人たちとの交際経験があまりない信長が、うまく制御できるか疑問視する声は京にもあった。京の周辺の有力者が結束すれば、信長は尻尾を巻いて逃げ帰ることになるかもしれないのだ。

不安を抱く家康も、信長の上洛は時期尚早であると進言するわけにはいかない。信長の行動に批判的な言動をするのは分を超えた振舞いである。上洛する信長に不測の事態が生じた場合は、家康の三河支配も不安定になる可能性があるし、信長と行動をともにする三河の兵士たちも敵との激しい戦いに巻き込まれるかもしれない。どのような展開になるか読めないなかでの出発である。

　このときに家康は、信長が上洛に命を賭ける強い決意で臨んでいるとまでは思っていなかった。

3

　信長が岐阜を発って京に向かったのは、一五六八年（永禄十一年）九月初めである。信長の動員できる兵士に、三河や伊勢の兵を加えた四万の兵を率いていた。家康配下の松平信一の部隊に、家康は一門の松平親乗を同道させ、京における信長の様子や朝廷に関する情報を集めさせることにした。家康が三河守に就任するに際して朝廷との交渉に当たった松平親乗は、公家のなかに知り合いがいる。親乗は、「これが最後のご奉公ですから」と、老齢にもかかわらず元気に京に向かった。

　岐阜城に入って信長の部隊と合流した松平親乗と信一の二人は驚きの連続だった。堅固な城であると聞いてはいたが、岡崎城とはくらべものにならないスケールの大きさの岐阜城は、急斜面を登って行かなくてはならない山の上に建てられており、信長の威勢と性格を表現したような感じがした。城主である信長は自信たっぷりに振舞っており、将軍として上洛する足利義昭は信長を頼りにしている素振りを見せながらも、高い身分ゆえの誇りを前面に出している。十二代将軍を父に持ち、母は近衛家の姫という高貴な出自であり、義昭のそばには奉公衆といわれる人たちが寄り添っている。

　信長の振舞いも、三河から来た者たちを驚かせた。精悍で意志の強さを感じさせ、もの言いも命令口調が板についていて自信に満ちている。信長が姿を見せると皆がぴりぴりする。常に忙しく動いているようであり、ときには笑顔を見せ、ものわかりが良さそうな顔をすることもあるが、生まれついたときから人々を率いてきたのではないかと思わせた。

　岐阜から京までの道中は安全が保障されていない。途中で戦闘が起きる可能性があるから、信長が率いる主力部隊が先に出立し、安全を確保したという信長からの使者が来てから、義昭が岐阜を発つ段取りになっていた。

　出発して四日目、信長一行は近江にある佐和山城に入った。織田氏と同盟した浅井氏の当主で信長の義弟となった浅井長政が信長一行の到着を待っていて、激励のための宴を開いた。この先は信長一行の通行を阻止しようとする六角氏の支配地域である。長政は、六角氏の居城と、その支配下にある支城の有り様などの情報を寄せた。長政は、国衆の一部から、織田氏との同盟を考え直すよう直前に陳情を受けていたが、上洛する信長に対しては、自分の支配地域をうまく治めており、それらがまとまって信長を支持している素振りを見せた。

　翌日、早々に出立した信長一行は、事前の説得に応じなかった六角氏が支配する南近江の愛知川の近くに到着すると、六角承禎が籠る観音寺城を攻めずに奇策を用いた。観音寺城の近くには二つの支城があったが、そのひとつの和田城の護りがかたいと見た信長は、まわり込んで奥にある箕作山城を集中的に攻撃した。信長の主力軍がいきなり攻めてくるとは思わなかった箕作山城の国衆部隊は大した抵抗もできずに降伏した。

　信長の意表をつく戦い方に、観音寺城や和田城にいる六角氏の配下の兵士たちも動揺し戦意が衰えた。事前の交渉では一歩も引かない姿勢を示していたのに、支配下にある国衆が六角氏の動員要請に思ったほど応じなかったせいで六角承禎は弱腰になり、信長軍の攻撃を受けると逃げ出してしまった。信長は悠々と観音寺城に入り、義昭に連絡をとった。周辺にいる中小領主たちにも反抗する動きはなかった。

美濃の立政寺に待機していた義昭が奉公衆とともに到着するまで、信長一行は観音寺城に留まった。

近江の六角氏を信長軍が攻め、観音寺城が落ちたという報が京に伝わると、町中がパニックに陥った。城に火を放ち近江の町を信長が焼き払ったという噂が流れ、信長軍がやってくれば、京も同じように焼き払われるのではないかという恐怖に襲われたのである。過去に何度も京の町は戦場になって火が放たれたことがあったから、家財道具を抱えて逃げ出す住民で市内は慌ただしくなった。貴族たちも、護りのかたい禁裏に私財を運び込み、自身は洛外に避難して信長の上洛を不安のなかで迎えた。六角氏への信長の攻撃が大げさに伝えられたせいか、京が混乱状態に陥ると恐れをなした三好三人衆も、当初は京で信長軍を迎え撃つつもりだったが、とてもかなわないと判断して畿内で本拠地にしていた摂津（せっつ）の芥川（あくたがわ）城へ逃げ出し引き籠った。戦いを避けて様子を見ようとしたのである。

松平親乗は家康から、京に行ったら関白の近衛前久に挨拶に行くようにと言われていた。家康が三河守に就任したときに世話になっていたからだった。ところが、三好三人衆の推薦する義栄を支持していた前久は、義昭が上洛すれば無事では済まないと恐れ、大坂の本願寺に逃れていた。そのほかにも、三好三人衆に味方した公家たちは成敗されるかもしれないと、怖れて京をはなれる者が相次いだ。

信長が入京したのは九月二十六日、当初は三好三人衆の率いる部隊と京で激しい戦闘になるかもしれないと予想していたが、案に相違し、信長一行は何の抵抗もなく入京できた。信長は東寺（とう）に、義昭は清水寺（きよみずでら）に入った。どちらも要塞化している寺院である。信長は率いてきた兵士たちに、乱暴狼藉は働かず、治安の維持にあたるよう厳命した。指揮官の指令に従う統制のとれた兵士たちだった。それが分かると京の人たちは胸をなでおろし混乱はおさまった。

誰もが、義昭と信長はそのまま京に留まり、将軍任官を待つと思っていた。ところが、摂津に留まっている三好三人衆の排除を優先し、主力部隊を率いて信長は彼らを蹴散らすために摂津に向かった。三好三人衆は、信長の上洛が一時的なものかどうか様子をうかがっていたのである。

室町幕府の統治能力が衰えてからは、京を押さえ畿内に反対勢力をなくせば「天下」は治まると見なされていた。畿内というのは山城（やましろ）、大和、河内（かわち）、和泉（いずみ）、摂津をさす。武家政権になってから「天下をとる」というのは畿内から敵対する勢力を一掃することを意味するようになっていた。畿内の安定を図るべく三好三人衆と彼らに味方する勢力を駆逐するのに、三好義継や松永久秀も信長に協力した。

三好三人衆が三好長慶の時代から本拠にしていた摂津の芥川城や山科（やましな）の勝龍寺（しょうりゅうじ）城を信長軍がとり囲んだ。攻撃を仕かけると、彼らは戦う姿勢を見せずに撤退を開始し城を明けわたした。そのまま三好三人衆は阿波（あわ）まで逃げた。これにより、三好三人衆に心を寄せている人たちも、信長に反抗する姿勢を示さなくなり、十月初めまでに畿内では表立って信長に敵対する勢力はなくなった。

思ったほどの抵抗を受けずに制圧できて、信長は松永久秀とゆっくり話し合う機会を持った。両者は同盟関係にあるのと同じだった。久秀は、信長が上洛して三好三人衆を排除できたことを率直に喜んだ。大和地方を支配していたものの、久秀に反発する勢力に手を焼いていたからで、これで彼らの抵抗を抑えられる見通しがつけられた。かつて京で勢力を振るっていた三好長慶の家老として、朝廷とのあいだに立って、さまざまな訴えの裁定にかかわり能力を発揮した松永久秀は、信長と連合するに当たって、それまでの自分の経験を活かせると思っていた。朝廷との関係や京におけるまつりごとでは信長にはノウハウがない。久秀の経歴を知れば、信長は自分を重用するに違いないという思惑が久秀にはあった。松永久秀は、武家との取次を果たす朝廷の武家伝奏である広橋国光（ひろはしくにみつ）の妹を側室に迎えており、朝廷のあいだに立つのにうってつけであると思われた。

信長は、このたびの上洛が思いどおりに運んだのは久秀の協力があったからだと感謝した。久秀は、すでに引退している身であると語ったが、信長は、これからも将軍を立ててともに働いてほしいと要望した。

このときに、久秀は家宝として大切にしてきた「つくもかみ」という茶の湯に使用する茶入れを信長に献上した。畿内にいる大名たちの多くは茶の湯を趣味としており、茶の湯は武将や商人のあいだで洗練された嗜みとして流行し、使用される茶道具の名品は珍重されていた。松永久秀はそれほどの身分の出ではなかったが、城持ち大名になると茶の湯に入れ込んで趣味人として知られるようになっていた。その久秀が大事にしていた天下の名品である茶入れを差し出したのは、これからも信長との関係を強めたいという意思表示であるとともに、天下のまつりごとを取り仕切るには、茶の湯のような高尚な趣味を持っていなくてはならないと知らせるためでもあった。幸いにして信長が茶道具の価値を知っていたから、久秀のメッセージは届いた。ただし、久秀のほうは信長と対等の関係であると思っていたが、信長は、将軍に仕える家臣の一人であるかのように遇し、これまでの経験を生かして朝廷とのあいだに立って働いてほしいという要請はしなかった。信長は、旧来の状況を踏襲して朝廷や京のまつりごとにかかわるつもりがなく、あくまでも自分の流儀でことに当たるつもりだったから、松永久秀とは思惑にずれがあったのだ。

朝廷とはとくに関係が深くない信長は、幕府の要職にあるわけでもなく無位無官である。それにもかかわらず、一連の行動により、信長は京および畿内の支配者になったと印象付けられた。引き続き信長は畿内各地を巡回し、天下を静謐に保つためとして、地域ごとに領主から戦いにかかった費用を分担金として差し出すよう求めた。自分でまわりきれない地域には細川氏や配下の武将を当てた。大坂の本願寺をはじめ、大和興福寺や各地の有力寺院にも分担金の供出を求めた。これを承知しなければ敵と見なされ攻撃される恐れが生じる。有無を言わせずに従わせようとしたから、それまでの畿内を支配した武将たちとの違いは明らかだった。畿内をひとまわりして芥川城に入った信長は、義昭と相談して畿内の支配者を新しく発表した。

義昭も信長と同行しているとはいえ将軍にはなっていない。この時点では信長も義昭も畿内にいる領主たちにその支配地域を安堵する文書を発給する権限は持っていないにもかかわらず、天下人が持つ権限をためらわずに行使した。信長に誰も文句を言えない状況がつくり出され、国割りが実施されたのだ。

三好義継は、河内の北半分と若江(わかえ)城を与えられた。河内の南は畠山高政(はたけやまたかまさ)に与えられ、摂津は和田惟政と伊丹忠親(いたみただちか)と池田勝正(いけだかつまさ)の三人に分け与えて守護とした。大和は松永久秀の支配を安堵し、義昭の後ろ盾となっていた細川藤孝には山科と勝龍寺城を与えた。

この後も、信長はすぐに京へ向かわず、兵士を率いて堺に入った。堺を代表して統治する会合衆(えごうしゅう)に会い、天下静謐のための軍資金を出すよう要求した。最初の上洛の際に見た堺の繁栄振りが忘れられなかった信長は、すぐには支配下におけないとしても、その布石を打とうと考えた。堺は、三好三人衆との関係を強めていた自治地域であり、守護大名の支配を受けていない。信長は会合衆に二万貫という腰を抜かすほどの軍資金を納めよとの要求を突きつけ、すぐに返事をせよと迫った。堺は三好三人衆と親しくしていたから懲罰的な意味も含まれていた。新将軍が誕生し、京周辺の秩序を維持するための費用を負担すべきであると、腕ずくでも要求に従わせる態度だった。商業活動が活発な堺を支配下におけば、鉄砲の入手が容易になるという計算もあった。

信長が返答を迫ったが、堺は時間が欲しいという。信長は、要求は貫徹するつもりであると言い残して引き上げた。

堺では信長の指示に従うか、それとも自治権を守るために戦う覚悟をするかで会合衆を中心に議論がなされた。信長に逆らうのは賢明ではないという意見もあったが、無理な要求であると拒否する主張がとおった。となれば、信長軍の攻撃に備えなくてはならない。堺では町の周囲の堀を深くし、櫓（やぐら）を建て、浪人たちを雇い入れるなど護りをかためた。

4

信長が京に戻ったのは十月十四日である。京の人たちの信長に対する態度が変わり、凱旋将軍を歓迎する雰囲気になっていた。機敏で高い戦闘力を持ち、統制のとれた信長軍に天皇や公家たちは一様に目を見張った。恐ろしい存在であるとも思われたが、頼りがいのある存在となるという期待も生じていた。

信長が上洛した当初、正親町天皇は動揺していた。天皇は三好三人衆の支持する足利義栄を将軍に任命していたが、それに反発する義昭を奉じて信長が入京したから、どのように対処したらよいか。新興大名である織田氏は、天皇が知っている有力守護大名とは違う存在に思えたが、信長の父の信秀が朝廷に敬意を払っていた実績があり、信長一行が入京してから乱暴狼藉を働かないので胸を撫でおろし、義昭とともに上洛した信長を歓迎する態度をとり、信長が擁した義昭を朝廷も大事に扱った。京に戻ってきた二人には、朝廷の使者が派遣され、義昭や信長の意向に添うように動いた。

三好一党に支持された義栄を将軍につける際に肩入れした公家たちは謹慎を命じられ、出奔した近衛前久に代わって二条晴良が新しく関白に就任した。藤原氏の流れを汲む摂関家は、九条流（二条家・一条家を含む）と近衛流（鷹司家を含む）とに分かれて対立しており、足利義栄を支持した近衛流の公家に代わって九条流の公家が優遇された。腫れもので病が重くなっていた義栄は、ついに京に入ることなくこの直前に亡くなって将軍が不在になっていたから、義昭を将軍にするのに障害がなくなっていた。

信長に帯同して義昭が摂津や河内に行っているあいだに、義昭の将軍任官が天皇によって承認されていた。京に残っていた信長家臣の村井貞勝が、義昭を将軍にするために活動するよう指示されており、義昭に帯同してきた明智光秀がそれを補佐し、信長と義昭が京に戻るのを待っていたのである。

義昭が京の本国寺に入ると、内々に天皇が義昭を征夷大将軍に任命することを決めたという報告があった。義栄のときには三好三人衆の圧力に押されて将軍に任命したが、義昭の将軍就任は正統性があるからと、事前に公家衆による会議が開かれ、将軍となるための正式な手続きが踏まれた。それだけに重みのある決定である。義昭が第十五代将軍の宣下を受けたのは十月十八日、朝廷による将軍宣下の儀式は伝統どおりに実施された。征夷大将軍となった義昭には従四位下の官位が授けられた。

二十二日には義昭が参内して天皇にお礼を述べたあとに宴会となる。こうした儀式にかかる費用は幕府側が負担する仕来りだったが、このときには畿内の領主たちから集めた資金をもとに信長が提供した。天皇が将軍をもてなし食事を供するが、義昭の後ろ盾となった信長は参内していない。信長のほうではいまさら畏まった場に出たいと思わないし、朝廷としても無位無官のままの信長を招くわけにはいかない。そんな前例がないからだ。信長に官位を授与する話も出たが、信長がそれを望んでいるか、織田家が官位を授与する資格を持つ家柄なのかどうかも分からない。

　翌日、晴れて将軍になった義昭が主宰して本国寺で祝賀の席が設けられた。主賓は信長であり、多くの武将たちも招待された。京にあって教養人として知られた細川藤孝が奔走し、選りすぐりの能楽師たちを集めて盛大に演じる計画だった。ところが、能をのんびりと見物する心境になっていない信長は、十三番も演じられると聞くと五番だけにしてほしいと要請し、その願いは即座に叶えられた。

　その後、義昭は参内し、天皇から太刀が下賜された。これは、武家の棟梁として働くようにという意味がある。

　信長は、朝廷との交渉にはかかわっておらず、その役目を果たしたのが村井貞勝と明智光秀である。光秀は義昭との取次となっていた関係で、このときに義昭に仕えるよう信長から命じられ、義昭の付家老という身分になった。義昭の世話を焼くようになり義昭に仕えるが、義昭の動向を信長に報告し、信長からの指示を仰いで行動することになる。こののち、義昭と信長のあいだには思惑や考えに違いが見られ、あいだに立った光秀は調整に苦労することになる。

　一連の儀式が終わると、さっさと京をはなれようとする信長を、義昭だけでなく天皇や公家衆も驚いて引き止めた。将軍となった義昭は、信長に副将軍か管領の地位につくよう朝廷と交渉するつもりであるから、しばらく京にいるように要請した。しかし、信長としては留守にしている岐阜城のことが気になっていたし、まだ手中にしていない伊勢の南部も戦いとらなくてはならない。信長は、京に長居する気はさらさらなかった。

岐阜に戻る前に、将軍となったからには幕府のあるべき姿を取り戻し、京の秩序をしっかりと護るようにしてほしいと信長が義昭に要望した。信長より三歳年長の義昭は、将軍になれたのは信長のお陰であると、信長に「御父」と敬称をつけて感謝の気持ちを表した。信長を頼りにしてきただけに、信長が京を去るのは不安が大きかった。それでも、義昭の周囲には細川藤孝をはじめ和田惟政や明智光秀がおり、幕府としての機能を果たせるめどがついていた。

義昭と別れる際に何を望むかと問われた信長は、草津(くさつ)と大津(おおつ)に代官をおき織田氏の直轄地にしたいと応えた。京と岐阜との往復を円滑にするための措置である。草津は東海道と東山道の分岐点であり、交通の要衝である。大津は琵琶湖の南にある港であり、京への入り口である。また琵琶湖の水運を支配するのに必要な港であり、陸路でも重要な拠点である。さらに堺も直轄地にしたいと申し出て承認された。ただし、堺が信長に従うようになるのを前提にしてのことである。

朝廷も、信長が帰国すると聞いて慌てた。朝廷では信長の意向を聞いて、然るべき官位を授けようとしており、それに興味を示さないのに驚いていた。しかし、だからといって信長は朝廷を軽んずるつもりはなかった。自分の行動は誰にも左右されず、優先順位を自分で決めるスタイルを貫いただけである。

家康の家臣である松平親乗は、信長一行よりも一足先に京から三河に戻り、信長軍と行動をともにしていた松平信一もほどなく戻ってきた。信長の上洛の前後の活動について、家康は二人から詳しく報告を聞いた。親乗は朝廷で活躍する公家衆のなかに知り合いがいたから朝廷の動向を探り、信一は信長の活動に付き添って、その活躍ぶりを近くで見てきた。

信長が予想を超えた活躍ぶりで成功をおさめたと聞いた家康の驚きは大きかった。京だけでなく畿内まで制圧し、有力大名たちを従わせ、計画どおりに義昭を将軍に据えた。権威をものともせず自分の思いどおりに行動する信長は、とんでもない能力の持ち主であると思わざるを得なかった。報告を聞いて、信長の存在が遠くなったように思えた。家康が事前に感じた不安はみごとに裏切られたのである。

今川氏のくびきからはなれて岡崎城に入って以来、織田氏との同盟関係は強化され、おかげで家康は三河を統一できたのだ。だが、信長の思わぬ活躍ぶりに接して、これから自分はどこに向かおうとしているのか不安になった。それでも、予想できないようなことを平然とおこなう信長について行くしかない。

「天下布武」という朱印を信長が使用するようになった意味を、家康はこのときに理解できたように思えた。天下をとるのが願いなのかもしれないが、尾張と美濃を支配下においただけなのに、何と大げさな朱印にしたのだろうという思いがあった。そんな願望を朱印に使うのは好ましいとは思えなかったが、信長の持つ野心の大きさとその実行力に改めて感嘆するほかなかった。

信長一行とともに岐阜城に戻った松平信一は、三河へ帰還する際に信長に呼び出されて直々に労をねぎらわれた。その後で「京や畿内で見たことをできるだけ詳しく徳川どのに伝えるようにせよ。そして、なるべく早く今川を攻めるように」と言われた。そのときの信長の目は人なつこい感じがしたという。信一は平伏して信長のもとを辞する際に、信長を近寄りがたいと感じていたのに声をかけられ、人間味が感じられて不思議な気分になっていた。

報告を聞いた家康は、「うーん」と長いため息をつくような声を漏らした。何ともいえない感慨にとらわれて武者震いに襲われたのである。

5

信長が岐阜に戻って一か月半ほど後の十二月に、家康は武田信玄と呼応して遠江の攻略に着手した。今川氏と同盟した越後の上杉氏が、雪に閉ざされて動けなくなるのを見はからって行動を起こしたのである。今川氏の支配地域である遠江を徳川氏が、そして駿河を武田氏が支配下におく作戦が展開された。

その経過を述べる前に、信長が再度上洛したときの状況を先に見ることにしよう。

年が変わって一五六九年（永禄十二年）早々に、阿波に撤退していた三好三人衆がふたたび京に押し寄せ、義昭のいる本国寺を攻撃した。細川藤孝に率いられた兵士たちが駆けつけて対抗し、義昭のもとにいた明智光秀と和田惟政が少数の兵たちとともに奮闘し、義昭に被害がおよぶのを防いだ。三好三人衆が本国寺に火を放つのをためらっているうちに、義昭を護ろうとする畿内の領主が助っ人に現れた。そのなかに三好一族の総領である三好義継の兵士もいた。義継は信長に帰順していたので、義昭を助けようと三好三人衆の率いる兵を攻撃したのである。

岐阜にいた信長のところに知らせが届くと、信長は即座に動いた。伊勢の攻略の準備を中止し、前日の大雪で道に雪が残っているなかを馬で京に向かった。知らせを受けて二日後の九日には京に着いている。

天皇も将軍も、信長の到着を待っていた。新しい将軍を支持している天皇にとってもふたたび三好三人衆が京を支配するのは望ましくなかった。

信長が京に入ったと聞き三好三人衆は逃げ去った。彼らの攻撃は組織だっておらず、信長の不在をよいことに京を奪還しようとしたが、最初から腰が引けていたところがあった。だからといって信長がふたたび京をはなれれば、また攻撃される恐れがある。それを防ぐには攻撃されても持ちこたえられるよう護りをかためた将軍の御所をつくる必要がある。そうでなければ信長が京をはなれられなくなってしまう。信長はしばらく京に留まり、自身の手で御所をつくると言い出した。

京の地図を取り寄せ信長は、ただちに目をつけたいくつかの場所に自ら足を運んで検分し、かつて義輝の御所のあった二条の、いまは真如堂（しんにょ）という寺院のある場所に決めた。京を南北に走る幹線道路である室町通りと、東西に走る勘解由（かげゆ）小路の交差する地点である。真如堂を他の場所に移築して将軍御所とするとともに、その周辺を接収して将軍の奉公衆の屋敷をつくる計画が進行した。接収した地域にいる人たちには郊外に代替地が与えられ、ただちに引っ越すよう指示された。信長のように厳しく強権発動する指揮官がいなくてはできないことである。数か月のあいだに完成させる予定で急がせた。義昭も公家たちも驚いていたものの、信長なら言うとおりにことが運ぶだろうと、誰もが指示に従う姿勢を見せた。

寺院の真如堂も堀で囲まれていたものの、さらに堀を拡大し深くして、四方を囲む石垣を高くする。将軍御所は二町（約二百二十メートル）四方の規模となり、朝廷との交渉役の村井貞勝に加えて島田秀満（しまだひでみつ）を御所の造営奉行に任命し、木材や屋根瓦などの資材を集めさせるとともに、大工や左官、鍛冶などの建築にかかわる職人たちを動員、近隣の有力領主に労役のために作業員を出すよう求めた。

陣頭指揮をとる信長は、気取った服装をせずに作業着姿で現場に立った。現場でこのように指揮をとる信長の姿は、京の人たちには何とも奇異に見え、特異な存在であるという印象をいっそう強めた。しかも、信長は貴人が通りかかると気軽に呼び止めて話し込んだ。

信長の指示で豪華な庭をつくり、配置する大石をあちこちから運び込み、石垣用の石材が足りないと聞けば、京とその周辺にある石地蔵や墓石を用いるよう指示した。指示を受けた者がためらうような素振りを見せると、恫喝して従わせた。数千人規模の者たちが連日にわたり作業に従事した。それまでの京では考えられなかったスピードで作業が進んだ。細部にわたって信長がチェックしたから、指示を受けた者たちは休む間もなく働かなくてはならなかった。まるで次元の違う世界にいるかのような時間の使い方で、信長の無駄を排除した指揮振りに京の人々は信じられない思いを抱いた。二条第（にじょうてい）とも呼ばれた将軍御所は三か月ほどで完成し、義昭が移ってきたのは四月十四日である。

そして、間髪を入れずに禁裏の修理が実行に移された。将軍御所の造営中に公家からの要請に信長が応えたからである。財政難に喘（あえ）いでいる朝廷の各種の建物や施設は荒れ放題になっていて、伝統的な儀式の挙行もままならない状況であると、公家の三条西実澄（さんじょうにしさねずみ）が信長に訴えたのである。実澄は、信長が並みの武将とは違い、合理的な考えの持ち主であることを見抜き接近した。その真剣な訴えは信長を動かした。言われてみれば、禁裏の整備は将軍の御所建設以上に重要である。村井貞勝とともに朝山日乗（あさやまにちじょう）が禁裏修理を担当する奉行に任じられ、将軍御所に引き続いて作業にあたるよう命じられた。紫宸殿（ししんでん）の屋根は、それまでの檜皮葺（ひわだぶ）きから瓦葺きになり、見栄えも格段に良くなった。そのほかの門や回廊の屋根瓦も新しく葺き直された。

禁裏の修理奉行になった朝山日乗は、信長の上洛により見出された人物である。九条関白家に仕える下級公家の朝山氏の家柄に生まれた日乗は、若いころに京をはなれて各地を放浪し、出家して日蓮宗の僧となり京に戻ってきた。そのあいだに松永久秀に取り入り、やがて京で荒廃した禁裏の修理のための勧進を始めた。修理にかかる費用を寄付するよう運動する勧進は、朝廷にも歓迎され、公家衆と昵懇になっていた。彼は朝廷から日乗上人と名乗ることを許され、爽やかな弁舌を武器に知己を増やした。信長が上洛すると公家を媒介して接近し、信長のために働くようになった。名の知れた僧とはいえ、得体の知れない人物を近くにおくのはよくないという側近たちの進言を退けて、信長は日乗を重宝に利用した。信長に仕えるようになってからの日乗は、義昭にも近づいて信頼を獲得した。朝廷と将軍と信長という三者の連携を円滑にする人物として、他の人たちにはまねのできない活躍を日乗は見せるようになっていく。

禁裏の修繕を始めるときに朝廷と義昭とのあいだにちょっとした悶着が起きた。義昭は、御所の造営を指揮した大工の棟梁に禁裏の修理の指揮をとるように命じたのだが、朝廷では御用達の大工がいるので彼らに担当させたいという。義昭の命を受けた大工が準備にかかると朝廷はこれを阻止しようとした。どちらも譲らないから、裁定を信長に仰ぐことになった。官位を持たない信長が、朝廷と幕府のあいだに立つことは本来ならあり得ないが、裁定をくだす実力者はほかにいなかった。信長の決定に義昭も従わざるを得ず、朝廷の指名した大工が採用された。

御所の建設や禁裏の修理にかかる費用は、近隣の領主たちに臨時の税を課してまかなった。天皇も将軍も、信長が問題を解決するために素早く動いたことに度肝を抜かれながらも感謝した。だが、義昭は、信長が禁裏の修理に力を入れるのを見て、信長と朝廷の結びつきが強くなるのではと警戒感を募らせた。信長から将軍らしく振舞うようにと言われても、将軍より信長のほうが権力を持っていると周囲が評価しているから、義昭の心境も複雑だった。いっぽうの信長が義昭に対して不満を感じたのは、朝廷と距離をおいた態度しかとらないことだった。

鎌倉時代は朝廷と幕府ははなれた地域に存在し、役割を分担してそれぞれに半ば独立した存在だったが、室町幕府が成立してからは将軍も京にいるようになり、朝廷と幕府の関係は深まり、朝廷が幕府に財政的に依存する度合いが高まった。ところが、幕府の権威が失墜すると、幕府からの援助が期待できなくなり、朝廷は財政難に見舞われた。そのために独自に資金を調達しなくてはならなくなったが、おいそれと収入の道があるわけではなく、禁裏の修理はおろか、費用を調達できずに伝統的な儀式すら挙行できなくなっていたのだ。

禁裏の修理は資金調達も含めて、将軍が采配を振って進めるべき事業であると信長は思っていたが、それができない状況だから代わりをつとめたのである。そこで、将軍として守るべき「殿中御掟」を信長が定めて義昭にそれを遵守するよう迫った。

「天下静謐」をめざし朝廷のために働くのが将軍の任務であり、公家の一部と結びついて勝手な振舞いにおよぶのは好ましくない。将軍が率先して襟を正すべきであるとたしなめた。公家や寺院の土地をめぐる紛争の裁定も将軍の仕事である。利権が絡んで解決がむずかしい訴訟を適正に捌(さば)く必要がある。賄賂を支払った者が有利になったり、決められた任務や権限を超えて横車を押さないよう戒め、将軍として「天下」を正しく治めるようにと、信長の意向が具体的に伝えられた。

歴代の足利将軍は公家の一部を家臣として従わせた。上級公家に下級の公家が仕えるように、将軍に付き添って仕える公家は昵懇衆（じっこんしゅう）といわれた。そうした家柄の公家が義昭に仕えるようになっていた。それほど多くの人数ではないが、昵懇衆に属する公家のなかには武芸を身につけ、将軍の警護の役目も果たす者がいた。将軍となった義昭は昵懇衆を組織したが、彼らとしか付き合わないのはよくないというのが信長の考えだった。

義昭にしてみれば、信長あっての将軍であるから文句を言うわけにはいかないが、自分の両親は将軍と関白家の出であるのに、守護代の家老の家に生まれついた信長が、将軍の行動を制約するような態度をとるのは面白くない。だが、それを口にしてはおしまいであると知っていた。将軍にしてくれたうえに堅固な城をつくってくれたことに感謝しつつ、いっぽうでは、自分をさしおいて京で権力者のように行動する信長に不満を抱くようになった。

信長の家臣であるが義昭の付家老になっている明智光秀は、義昭と信長のあいだで、ときには苦しい立場に立たされた。この「殿中御掟」のときも義昭が不快感を漏らした。光秀は、信長は将軍として義昭を立てようと思っているからこそ批判的な意見を言うのだから、聞ける範囲で信長の言うことを聞くようにと説得した。だが、義昭も自分の我を通そうとする。光秀は、いちいち義昭の行動を信長に報告して対立が深まるのはよくないと、対立を煽（あお）るような報告はせずに済ませていた。

将軍の権限で寺院や領主たちの土地を安堵する書状を義昭が発行しても、信長の副状が欲しいと要求された。それも義昭には面白くない。信長に担がれた将軍という世間の評価で、誰が権力者であるかが明らかだったからだ。権力は、必ずしもその地位にともなうものではない場合があり、誰が権力を握っているのかは、そのときどきで人々が判断するようになっており、それを不思議に思わなくなっていたのだ。だが、誇り高い義昭は、将軍となったからには武家の頭領としての権限を認めてほしかった。そのために望ましい姿は信長が自分のもとに仕えてくれることだが、信長にはその気はない。信長は公的に高い地位についているわけではないのに、その実力は世の中に認められている。だからといって、信長が朝廷や将軍を超えた存在であるかといえば、必ずしもそうとはいえない。

信長自身は将軍を立て朝廷を敬う態度を見せている。こうした曖昧な状況は過去にもあったし、信長も曖昧なままでよいと思っているところがある。信長が、これからどうしていくつもりなのか分からず、扱いづらい実力者が出現した。ガキ大将のような振舞いを押し通し、それが通用してきた経験がある信長は、将軍や朝廷を相手にしても迎合せずに自分の思いどおりに行動していただけだった。

6

信長は禁裏の修繕の指揮をしているあいだに、家臣である柴田勝家や佐久間信盛たちを堺に派遣した。前年十月に課した軍資金を差し出すように改めて交渉をさせるためである。言うことを聞かなければ堺を全面的に占領するつもりだった。

ところが、堺の会合衆は、前回とは異なる反応を示した。信長の要求を無理難題であると受け入れない姿勢を見せていた年寄り連中に代わり、今井宗久や津田宗及など革新的な会合衆の主張が通るようになっていた。堺は少し前までは京を支配していた三好三人衆を支持する姿勢を見せていたが、信長の上洛の際の手際良い采配と戦い振りに、宗久や宗及たちは信長に新しい可能性を見出していたのだ。

戦いに鉄砲が使用され、九州で盛んになっているキリスト教が畿内でも信仰を集めるようになり、時代が大きく動こうとしていた。そうしたなかで三好三人衆と信長を比較した場合、新しい時代の指導者としてどちらがふさわしいのか、結論は出ていると考えたのが宗久や宗及だった。信長の要求を拒否して戦うことが堺の未来に繋がるだろうかと疑問を抱いたのである。

海外貿易を盛んにしていくことが堺にとって重要である。それには強い後ろ盾が必要であり、海外との貿易で堺の商人たちが主導権をとるためには、国内の支配を確実にしている勢力と組まなくてはならない。そう考えると、信長が要求している二万貫という費用を支払ってでも信長との関係を持つほうがよいと考えたのである。信長が上洛したときの三好三人衆の行動を見れば、宗久や宗及の主張には説得力があった。次第にこうした主張に他の会合衆も耳を貸すようになった。ふたたび信長が上洛したという報に接すると、宗久と宗及の主張に反対はなくなっていた。

柴田勝家と佐久間信盛が兵士を引き連れて堺に来ると、門を開いて彼らは迎え入れられた。強面の交渉になると予想していただけに、拍子抜けするほどの応対振りだった。彼らは百人が入る広間に案内された。津田宗及の屋敷であり、そこで豪華な食事を馳走された。これほどの人数を個人の邸宅でいちどきに饗応できることに勝家や信盛は驚いた。堺の商人たちの豊かさに加え、武家のそれとは質的に違う優雅さや細やかさがあった。

戦わずして堺を直轄地にする望みを達成した信長は、松井友閑を堺奉行に任命した。もとは幕臣だった友閑は、信長が上洛したときから仕えるようになっていた。茶の湯に対する造詣が深く、名品の目利きでもあり、公式的な文書の書き方を心得て筆がたつことから、佑筆として信長のそばにいることが多くなっていた。堺の会合衆が信長の意向に添うつもりであると分かったので、強硬な手段に訴えるより堺の人たちに自由に振舞う余地を残したほうがよいと考えての任命である。守護大名が支配する地域と違い、堺は商人の町であるから、彼らの自主性を尊重して従わせるほうがよい。松井友閑は津田宗及や今井宗久と昵懇であり、彼らの意向を尊重して貿易を盛んにするほうが、堺の人たちにも信長にも好ましい。上納金さえ支払えば、それまでと変わらぬ自主性が保証されたのである。

　松井友閑が、このときに信長から託されたのが、茶道具や茶室を飾る貴重品の収集だった。目利きである友閑に京や畿内の有力者たちの持つ名品のリストを作成させた。茶道に興味を持っていた信長は、松永久秀から「つくもがみ」を献上されたのをきっかけに茶道の新しいあり方を思いついていた。

　体質的に酒を受け付けない信長は、多くの人たちが長々と酒宴に時間を費やすのががまんできなかった。酒に酔うのが楽しいらしいが、多くはくどくどと堂々巡りの議論しかしないのに、何かといえば酒宴を開きたがる。そんな思いでいた信長には、茶の湯が自分のさまざまな要求に応えてくれる儀式であると思えた。茶室は味わいのある茶を賞味しながら緊密な話し合いができる空間であり、話し合いのなかで相手の人となりが観察できる。酒宴に代わる儀式の場として相手との距離を確認でき、主人と客人の人柄が自ずと出る空間が出現する。茶会は、武将たちの社交の場として使用されるだけでなく、趣味を芸術の域まで高めるように修行し、戦いの場をはなれて気分転換するためにも貴重な役割を果たすようになっていた。そうした演出に欠かせない茶道具は、その価値を高めてきた。松永久秀が所有していた天下の名品として知られている「つくもがみ」は、茶道に興味を抱く人たちのあいだで垂涎（すいぜん）の的になっていた。それを信長に献上したのは、松永久秀が自分のおかれている立場を考慮したからである。とりもなおさず、大名の命と引き換えになるほど価値があると思わせ、名品に対する関心をいっそう高める効果があった。

松井友閑の作成した名品のリストをもとにして、飛ぶ鳥を落とす勢いの信長が入手したいと願えば、それを差し出せと命令するのに等しい。その価値に匹敵する金銭を支払うと言われても、家宝であれば手放したくないが拒否するわけにはいかない。茶入れ、茶碗、茶釜、花挿し、掛け軸など古くから伝わる風流人の垂涎の的になっている名品を持っていた守護大名、京や畿内の豪商たちは求めに応じて差し出した。友閑としても、信長のためとはいえ、まだ目にしたこともない名品に触れる機会を持つのは何ともいえない楽しみだった。堺奉行に任じられたものの、このときにはほとんどの時間は名品の収集に費やされた。

その後も、信長は価値のある茶道具や掛け軸などを集め続けた。そうした噂が飛び交うと、信長に帰順した証を示そうと、大寺院や各地の領主たちも名品や珍品を進んで献上するようになった。堺の今井宗久と津田宗及は、もともと茶の湯を嗜(たしな)んでおり、信長との関係を深めるために茶の湯を利用した。茶の湯のあり方を指導するだけでなく、所有する名品の一部を献上した。信長の後ろ盾を得て、彼らはわが国を代表する豪商として貿易による莫大な利益をあげるようになり、商業活動の活発化に貢献した。

ただし、信長が茶の湯に示した関心は高かったにしても、信長は敵と戦うほうを優先したから、茶の湯の楽しみも戦いと関連づけてしか考えなかった。それでも、信長の支配力が強まるにつれ、茶の湯は支配階級のなかで、それまで以上に重要な位置を占めていく。

7

信長は、それまでにない派手に見える行動で人々の耳目を集めた。それゆえに、自分で意識しなくても権力を行使する機会があった。信長が「撰銭令（えりぜに）」を出したのも、誰かが裁定しなくてはならないことで、信長にそれが求められたからである。

商業活動が活発になってからも、わが国では為政者が貨幣を発行せず、明国から輸入される銅銭が使用されていた。その後、明国では銀の通貨に切り替わっており、各地でつくられた私銭が入ってくるようになるが、銅の含有量を落とした出来の悪い悪銭（びたせん）がわが国にもたらされた。欠けたり折れ曲がったりと、もとからあった銅銭より劣化していたから価値が低いと見なされた。銭そのものの価値が安定しないから、米のように安定した価値を持つ商品が銭代わりに用いられ、銀や金も重量をもとに大きな商いで使用された。

御所の造営や禁裏の修理は費用がかさむ。近隣の領主たちや大寺院から臨時に税を徴収したが、作業に携わる人たちへの銭の支払いで問題が起きた。三好氏が京にいたときに決めた貨幣の価値のままでは現状にそぐわなくなっていたから、信長が改めて流通している銭に関して揉めごとを防ぐために「撰銭令」を出さなくてはならなかった。悪銭は嫌われるから、その値を低めて換算し直したのだ。だが、経済的には必ずしも合理的とはいえないのは、悪銭の価値が下がると流通している貨幣の全体量が少なくなるのと同じだからだが、この矛盾に気がつくことはなく、改められるのは次世代になってからである。

禁裏の修復に関して多大な貢献をしている信長は、こうした権限を行使しているのに無位無官であるから公的に禁裏を訪れることは許されない。天皇は信長に官位を授けたいと思ったが、信長はそれに関心を示さない。信長に直接感謝の気持ちを伝えたいと考えた天皇は、信長と会えるようにせよという指示を出した。無官の者が、許しを得られれば入ることのできるのが禁裏の庭までである。そこで、偶然を装うようにして庭まで来てもらい、天皇と遭うという段取りがつけられた。信長のほうも、禁裏の修理に関して検分するために家臣たちを連れて禁裏の庭に来ることにし、その際に正親町天皇が姿を見せるという方法がとられた。

小正月の青竹を焼く行事の日が選ばれ、庭に信長が入るのを見はからって天皇が現れ、信長が畏まって挨拶した。天皇は、信長の働きに感謝し、これからも励むようにという口上を付き添っている女官から伝えた。この後、天皇から信長に御酒が与えられることになっていたが、手違いなのか御酒を持った女官がなかなか現れない。気まずい雰囲気になったが、信長は、天皇に礼をするとさっさと退去してしまった。

天皇や公家は慌てた。信長を取り込もうとして失敗したのかと不安になり、信長と付き合いのある山科（やましな）言継（ことつぐ）を急ぎ信長のところに派遣した。

「気にするな。その程度のことで天皇に対する尊崇の気持ちが変わることはない」と信長は短く言った。言継は、この機会に信長に官位を授与したいがどうかと聞いた。非公式な会見での打診だから断られても、朝廷の権威は傷つかない。信長は、戦わなくてはならない敵を持っているから時期尚早であると思っていると応えた。言継は、朝廷の序列や将軍の下につかずに独自に行動したいと信長が思っていると解釈し、当分、この話はしないほうがよいと思った。

山科言継は、家柄からいえば中級貴族である。実務能力に長（た）けており、朝廷の儀式における各人の服装と礼儀に関する知識を伝達する任務の家柄である。信長の意向を体して朝廷との接触にあたった村井貞勝も彼から朝廷との付き合い方を学んだ。もったいぶらずに知識を授け、真剣につとめ、つまらない打ち合わせや使いでも言継はいやがらずにきちんとやり遂げる。まじめで実直な能吏である。信長にも気に入られ、作業現場で指揮をとっているときなど、言継を見かけると呼び寄せて話をするようになった。他の公家たちは、神経質なところのある信長との接触を避けようとする傾向があったが、言継は信長に呼ばれても苦にならないようだった。このときに言継は権大納言だった。

公家のなかで信長に親しく接したもう一人が三条西実澄である。

三条西家は藤原氏から分かれた三条家の支流であるが、古典の伝授を担当し、これらを秘伝として一子相伝する家柄である。実澄は今川氏や武田氏に招かれ、駿河や甲斐で古典の講義をした経験を持っている。屈指の教養人であり、朝廷のさまざまな儀式に関する知識を持っていた。財政難が続き朝廷の重要な儀式を挙行する建物が朽ちて伝統が失われてしまう危機感を信長に訴えたのが契機となり、朝廷の将来について信長と話し合った。信長は実澄の持つ教養や見識に敬意を払っており、我が国の文化的な伝統はこれからも大切にしていかなくてはならないという実澄の意見を率直に聞く姿勢を見せたのである。

信長の活動に影響を与えることとなる禅僧の策彦周良（さくげんしゅうりょう）との出会いも、この上洛のときである。京都五山の第一である天竜寺（てんりゅう）の住職であり、明国に留学した経験を持つ当代屈指の高僧である。細川氏の家老の三男に生まれた策彦周良は、五山文学を代表する漢詩の作者としても知られていた。信長は子供のころから禅宗の寺院で学んでおり、師として仰いでいる沢彦宗恩から、京に行ったら策彦周良に会うとよいと言われていた。司馬遷の『史記』の講義を受けた子供のころから信長は中国史に興味を抱いていたが、

「自分などより何倍もかの国の歴史に詳しく、優れたお方です」というのが宗恩の評価であった。それを聞いた細川藤孝が天竜寺に連絡し、策彦周良との会見が実現したのである。

策彦周良が語る儒教の教えに改めて親近感を抱くとともに、中国の王朝の交代というスケールの大きい史話は信長の胸を躍らせ、せせこましく身近な雑事にこだわる人々が多い我が国のあり方とは異なり、支配者とその側近たちの態度に胸がすく思いがした。日頃から信長が表現できずに感じていたことを、中国の歴史的逸話になぞらえて語るのを聞いて、策彦周良を師として仰ぎ、その話を聞く機会を持つように心がけ、何かと相談するようになった。

絵師の狩野永徳（かのうえいとく）とも出会っている。信長は、岐阜城の襖や天井を豪華な絵で飾りたいと考えていて、山科言継に永徳をつれてくるように指示したのである。どのように絵を描くのか、腕を上げるのに何が必要なのか、師匠から何を受け継いだのか、さまざまな質問をした。そして永徳が応えるのを熱心に聞いた。他の客を待たせていたが、そんなことにはおかまいなく会見は長時間に及んだ。信長の応対は、将軍の義昭とのそれよりもはるかに丁寧であり、尊敬の気持ちが表れていた。永徳も、偉ぶる支配者が多いなかで、信長の興味の持ち方や話し方に感銘を受けていた。このときに信長は、先々代の将軍の義輝が永徳に依頼した絵である「洛中洛外図屏風」を製作中であるが引き取り手がいなくなったと永徳が話すと、「ぜひとも欲しい」と完成したら持ってくるように伝えた。京を俯瞰的に描いた細密画として永徳の傑作であり、この絵はのちに信長から上杉謙信に送られている。

さらに広く目を世界に向けるきっかけとなったのがキリスト教の宣教師たちとの出会いである。

我が国では銀の採掘量が増え、その銀をもとに明国から生糸や金、陶器などが輸入されていたが、明国は日本との直接貿易を許さなかったから、ポルトガル商人が仲介していた。日本の銀を求めて彼らが日本の港に訪れ、それとともにキリスト教の布教が進んでおり、京でもイエズス会の宣教師による布教が始まっていた。京の支配者になった三好長慶が布教を許可したからであるが、その後は日蓮宗の熱心な信者たちが、同じ宗派に属する松永久秀を動かし、朝廷に働きかけて布教を禁止する綸旨が出され、宣教師が京から追放された。キリスト教の布教を阻止する動きをリードした一人が朝山日乗である。

京におけるキリスト教の禁止に懸念を持っていた和田惟政が、信長に宣教師と会見してほしいと要請した。権勢を笠にきて修行を怠る僧が多いと既成の仏教に疑問を感じていた信長は、キリスト教に関心があった。そこで、御所造営の現場で指揮をとっているので、現場でなら宣教師と会ってもよいと告げた。いかにも信長らしい態度である。彼らは布教の許可を得ようと工事現場にいる信長のもとを訪れ、立ち話をした。

これがポルトガル宣教師のルイス・フロイスとの出会いだった。天皇や公家に確固たる意志があっての禁教というより、朝廷と関係のある僧侶たちが自分たちの権限が奪われる恐れを抱いて強硬に反対していたのだ。信長は、新しもの好きであり、僧侶たちを牽制するのにキリスト教の布教を認めたほうがよいと考えていた。フロイスはたどたどしいにしても日本語を話すことができたので、二人の会話はそれなりに弾んで、ヨーロッパの新しい宗教に興味を抱いた信長は、その場で布教を許すと伝えた。フロイスが正式の文書にしてほしいと言うので、信長は将軍に言って朱印状を出させると約束した。布教を許す権限が自分にあるのかといった疑念を信長は持たない。朝廷や将軍より自分のほうが適切に判断できると思っている。こうした信長の態度で、誰が権力を持っているか彼らにも伝わってしまう。

実力者なのに気取らない信長の態度に、フロイスは、それまでの我が国の統治者たちとは違う人物であると思い、信長に対して期待を強めた。伝統や建前にこだわる上流階級のなかでは、信長は見た目だけでなく振舞いも異質だった。初対面の二人は、お互いに相手に良い印象を持った。

キリスト教の布教を許したと聞いた日乗は、信長に、それを撤回するように進言した。わが国の宗教に大きな打撃となるという訴えに信長は耳を貸すつもりがない。相手にへつらうよりも、自分の主張をきちんと述べるほうが信長の心証は良いのだが、何度も主張する朝山日乗をたしなめて諦めるように釘を刺した。

信長が京から岐阜に戻ると聞いたフロイスは、その前に挨拶に来た。たまたまそこに日乗がいたので、フロイスとのあいだで議論となった。浄土と天国、霊魂の存在について互いに主張し合ったが、日乗は、やたらに邪教としてキリスト教を退けようとするのに急で、噛み合った議論にならなかった。信長には、神への信仰の仕方や教義ではキリスト教のほうが体系だっているように思えた。西洋という未知の国が海の彼方にあるのを知り、信長の野心も一段とスケールを大きくしていく。

8

家康の遠江攻略が本格化した。武田氏と同盟した信長は、徳川氏が西から、そして武田氏が東から今川氏を挟み撃ちにする計画を立て攻撃するよう促した。三好三人衆が京に現れたと聞いた信長が上洛する一か月ほど前のことである。

盤石に見えた武田氏と北条氏と今川氏の同盟が、もろくも崩れたからであるが、これを契機として敵と味方が目まぐるしく入れ替わるようになる。同盟の成立そのものが敵と味方の駆け引きの道具となる様相を見せ、状況が流動化していく気配が濃厚になった。

武田氏を敵にまわした今川氏は、北条氏を頼りにする。だが、関東で安定した経営を続けている北条氏は、支配している地域の維持を優先して、領地拡大の意欲はそれほど旺盛とはいえないものの、支配地域の境目で敵対する勢力との抗争に手を焼いていた。そのために、同盟する大名の支援にまで手がまわらない状況だった。いっぽうの甲斐の守護である武田氏は領地を拡大する意欲が強く、機会があれば逃さない姿勢を保ち続けたから、義元から氏真に代替わりした今川氏は、駿河と遠江の支配が脅かされる事態となった。家康としては遠江を手に入れるチャンスが到来したと、張り切って兵を展開した。

遠江の国衆と呼ばれる中小領主たちは、どちらかといえば独立心が強い傾向にあった。斯波氏に支配されていた遠江が今川氏の支配するところになり、その後に当主が氏真に代わってから、それまでのように今川氏への忠誠を誓うことに疑問を抱く人たちが相次ぎ、今川氏の支配は不安定に陥った。三河に近い西の地域は徳川氏の手が伸びてきており、国衆たちは、それに敏感に反応せざるを得なかった。徳川氏からの圧力がかかって徳川氏に鞍替えする国衆が出てくると近隣の国衆にも動揺が広がり、織田氏と同盟関係にある徳川氏の将来のほうが今川氏にくらべれば明るいと思われるようになってきた。

徳川氏の誘いに応じた国衆は、徳川氏に支配地域を安堵され、その代償として今川氏との戦いに加わらなくてはならず、真っ先に攻撃を仕かける先陣となって戦う役目を受け持たされる。勝利に貢献すれば領地を増やすという恩賞を受けられるが、犠牲が大きくなる可能性がある。だが、今川氏に従っていたのでは未来がないとなれば、それを受け入れるしかない。

遠江で徳川氏に帰順する国衆が増えてくると、遠江の東にある今川氏との関係の深い地域の国衆も、徳川氏につくか、これまでどおり今川氏に仕えるか迷いだした。一族のなかで今川氏と徳川氏を天秤にかける議論が展開され、国衆一族のなかで対立がエスカレートする場合があった。そうした内部での争いが激化すると、意見の異なる一族の有力者を殺害するような例も出てくる。家督をめぐる争いや一族の過去の対立を引きずりながら、差し迫った危機を乗り越えようとする。徳川氏の誘いを拒否しても今川氏が無事を保証してくれそうもないとなれば、今川氏につく選択は取りづらい。家康軍が遠江の西から進んでくると、東方にある地域の国衆も徳川氏の調略を受け入れるようになり、遠江の地図の色が塗り替えられていく。

遠江で、信濃と接している北遠と呼ばれる山岳地域にも、徳川氏が触手を伸ばした。武田氏が駿河、徳川氏が遠江を攻略するという手筈になっているからだ。だが、信濃を領有する武田氏は、隣接する北遠に調略の手を伸ばしてきた。この地域の犬居城を本拠とする国衆の天野藤秀は、家康の調略をいったん断っている。今川氏から兵糧が運ばれて徳川にくだらないよう要請されたからだが、武田氏からも調略の手が伸ばされていた。当主の天野藤秀は武田氏に従うと返事をしたが、一族のなかには違う意見がある。身内の有力者たちと相談し、藤秀は最終的には家康にくだる決断をした。徳川氏に軍事的な圧力をかけられ、迷いながらの選択だった。

武田信玄は、徳川氏に呼応して信濃から兵を率いて駿河に入り、国衆を調略しながら今川氏の支配地域を侵していく。支城を守っている今川氏の家臣たちに動揺が広がり、武田軍に囲まれて降伏勧告を受けると、戦わずに城を明けわたしてしまう。周囲の国衆が武田氏に従うと城を護るのが困難になる。各地の城を落としながら、武田軍は今川氏の本拠である駿府城に迫った。

駿府城にいる今川氏真のところに、次々に味方の支配地域が失われているという報告が寄せられてきた。このままでは、駿府城を護るのもむずかしい。北条氏に支援要請を出したが、関東の国境で敵と戦っている北条氏からの援軍はすぐに来そうもない。氏真は武田軍の攻撃を受ける前に駿府城をはなれる決断を下した。その西に位置する遠江の懸川（かけがわ）城に入り、ここが今川氏の新しい本拠地となる。だが、東からは武田軍が、そして西からは徳川軍が押し寄せてきており、懸川城も挟み撃ちにあおうとしていた。

そんなときに、ようやく北条軍が今川氏の支援に駆けつけてくれた。それを知った武田軍は懸川城を攻撃するのを諦めて撤退を開始した。信玄にとっては、北条氏が今川氏に加勢するのは計算外だった。事前に今川氏を攻撃すると北条氏へ通告しておいたから、今川氏への攻撃を黙認すると思っていた。だが、その思惑が外れて挟み撃ちにあいかねない。北条氏との戦いを避けたい信玄は、懸川城の獲得を諦めたのである。

家康は、遠江へ進みながら武田氏の戦い方に不信感を抱いた。約束したわけではなかったが、駿河は武田氏、そして遠江は徳川氏が支配するという暗黙の了解があると思っていたのに、信玄は遠江にまで攻略の手を伸ばしてきたからだ。それだけでなく、進軍している家康軍の一団に、味方のはずの武田軍が信濃にある山を越えて攻撃してきた。武田軍は信濃から北遠を攻撃する別働隊を組織して侵攻する作戦を立てており、その武田氏の別働隊が突然、鉄砲や弓で徳川軍に襲いかかってきた。そのために防戦しなくてはならず、成り行きで戦闘におよんだのだ。

家康は、武田氏に厳重に抗議をした。武田軍の別働隊の指揮官は、相手が地元の国衆の部隊であると思って攻撃したと弁明したが、攻撃された徳川軍には重大な違法行為としか思えなかった。敵かどうか確かめずに攻撃してくるというようでは相手を信用できない。家康のなかで信玄に不信感が生じた。

信玄の命令で武田軍の別働隊は信濃に撤退したものの、単なる手違いで済む問題には思えなかった。家康は怒りがおさまらず、いっそのこと今川氏を助けて武田氏と戦ったほうがよいのではないかとまで思った。武田氏のやり方は、敵と味方の区別がつかないのではなく、勢力を伸ばすためには手段を選ばないように思えた。

この時点で、遠江の引間城（のちの浜松城）や二俣城という今川氏の主要な城を護っていた今川氏の重臣たちも、城を明けわたして徳川氏にくだっていた。北条氏の支援部隊も、駿河に入ったものの、武田軍が撤退すると引き上げた。北条氏も関東周辺の敵との戦いで余裕がなかったのである。徳川軍は有利に進軍できる状況になった。この年（一五六九年）二月から四月にかけて、家康は彼に抵抗していた浜名湖東岸の堀江城、西岸にある宇津山城を開城させた。いずれも敗北を認めた今川氏真の承認を得ての降伏で、家康は彼らを徳川氏に従わせたうえで支配地を安堵している。これで、懸川城を落とせば遠江の支配が完結する。

北条氏の支援部隊が来る気配がないのを知った家康は、懸川城の攻撃に入る前に、氏真に降伏するよう使者を送った。こちらに有利になっているとはいえ、城攻めとなれば犠牲を覚悟しなくてはならない。それに、今川氏についていた国衆は今川氏に人質を差し出しており、駿府城から懸川城に移る際に一緒に連れてこられていた。徳川氏にくだっている国衆も、今川氏との戦いとなれば人質の命はないと覚悟せざるを得ない。

家康は、これらの人質を無事に保護するように今川氏に求め、氏真をはじめ今川一族の命はとらないという条件を提示して降伏に応じるよう勧告した。今川氏には、対抗して籠城するという選択肢があったが、それには北条氏の新たな支援軍の加勢が不可欠であった。しかし、それも不可能なようだ。氏真は家康の求めに応じて城を明けわたすことにした。武田氏に獲られるよりよいと思ったのである。北条氏も、五月になって今川一族を迎え入れる意思を表明した。それは今川氏への支援が中途半端に終わったことに対する償いでもあった。今川氏真と正室、さらに一門の者たちや側近たちが懸川城から北条氏の支配地に移った。これにより、家康は三河と遠江の二か国を支配する大名となり、今川氏は支配地域を失ったのである。

この一連の今川氏との戦いでは、自分より家康が得たものが大きいことに武田信玄が不快感を示した。漁夫の利を得たように思え、家康の今川氏に対する処置も好ましくないと信長に訴えた。自分が攻めようとしていた懸川城を徳川氏に獲られただけでなく、氏真の切腹を要求しないのは腑に落ちないというのだ。家康が信玄に不信感を抱いたように、信玄も不満を表明したわけだが、訴えられた信長は信玄も家康も敵にまわすわけにはいかなかったから、信玄をなだめるだけだった。

一連の戦いが終わってから、家康は信長のもとに報告とお礼を兼ねて酒井忠次を派遣した。酒井忠次が岐阜城に到着したのは、信長が御所の改修を終えて京から岐阜城に戻った直後だった。休む間もなく、信長は伊勢の攻略にかかろうとしていた。報告を受けた信長は、信玄が抗議してきたことを伝えたが、家康の行動に関して批判的な言辞を呈することはなかった。むしろ、家康が遠江を獲得したことを喜んでいた。忠次が、家康が信玄に対して不信感を持っていることを伝え、武田氏への不満をぶつけると、信長は、家康の言い分は理解できるが、武田氏とも同盟しているので、なるべく穏便に済ませてほしいと要望した。そのやりとりのなかで忠次が気になったのは、信玄の信長への手紙のなかで、家康を信長の家臣であるかのように扱い、信長の一言で従うはずであると思っているように記されていることだった。忠次から信長と会ったときの報告を受けた家康は、信玄への不信感をさらに強めた。こうした信玄との思惑のすれ違いが、のちに武田氏との敵対関係に発展する芽となっていく。

このときに、もう一つ重要な信長からの伝言が家康にもたらされた。遠江を手に入れたので、家康は居城を磐田（いわた）にある見付（みつけ）城に移すつもりであると伝えたのだが、それに信長が異をとなえたのだ。信長は清洲城から小牧山城に移り、さらに美濃を攻略してからは岐阜城を本拠にしており、家康もそれに倣うつもりだった。見付城のある地域は古くから国府がおかれている遠江の中心地であり、家康が新しく本拠にするのにふさわしい地域である。岡崎城を長男の信康にゆずり、新しい城に移るのは遠江の支配を確かにするためである。新たに支配した地域の国衆をしっかりと把握して戦力にする必要があった。そうしなければ遠江を敵に攻められた場合、彼らに寝返られてしまう可能性がある。今川氏の勢力が衰えたから家康に忠誠を誓っているだけと考えている国衆を制御しないと、徳川氏の支配は不安定なままである。家康が遠江を本拠にすれば彼らへの睨みが利くし、動静を把握して統治を万全にする体制にできると考えた。

「磐田にある見付城に移るつもりである」と家康の計画を忠次が告げると、信長は考える表情になった。そして「少し遠すぎるのではないか」と口にした。家康が本拠地を新しい城に移すことには賛成するが、同盟関係にあるからには、お互いに何かあれば兵を率いて駆けつける必要がある。となれば、天竜（てんりゅう）川を越えて行かなくてはならないのは好ましくないという。

信長は、自分のほうから援軍を送る可能性を示唆したものの、家康が信長の戦いのために兵を派遣することも想定しているのは明らかだった。徳川氏の支配地域の地図を眺めていた信長は、浜名湖の東のほうを扇子で指し「このあたりの城がよい」と言った。引間城を指していた。

信長の意向を酒井忠次が持ち帰ったときには見付城の改築作業が始まっていた。しかし、確かに信長の言うとおりであると思った家康は、浜名湖の東にある引間城を本拠に変更する決断を下した。

織田氏との同盟があったから独立後に三河を支配できるようになり、信長には恩義がある。だが、武田信玄は遠江を狙っているに違いないから、それに備えなくてはならない。織田氏と武田氏の同盟に比較すれば、徳川氏と織田氏の同盟は確固としているはずだ。これからも信長を頼りにしなくてはならない。

引間城は、家康の居城となるにあたり浜松城と名を改められた。信長が井口を岐阜と改めたように、家康は、この地域が浜松荘といわれていたことから浜松城と命名し、見付城の改修を切り上げてこの城の改修を始めた。

遠江を支配下においた家康は、国衆の扱いの重要性を知った。これからの戦いは、遠くまで兵士を派遣する可能性が強まってきている。いつまでも動員の中心が農民であっては農閑期しか戦いができないから、常に戦える兵士を確保しなくてはならない。そのために国衆の持つ兵力を家康の指示で動かせるような体制を構築しなくてはならない。そのノウハウは信長から学んだ。鉄砲を使用するようになると日ごろの訓練も欠かせない。信長が美濃攻略の後にしたように、彼らを武将に取り立てるのもよいが、その前に関係を密にする努力をする必要があると考えた。支配地域が大きくなり、家康は新しい課題に直面したのだ。

9

信長が伊勢の北畠氏を攻略したのは八月になってからである。一月に攻めるつもりでいたが、急遽上洛したので延び延びになっていた。

北畠氏は、南伊勢にある大河内城を本拠にする室町時代以来の名門である。後醍醐天皇に仕えた忠臣で『神皇正統記』の著者である北畠親房を先祖に持つ一族で、親房の子が伊勢の国司に任じられて以来、この地域の守護だったが、必ずしも支配体制が盤石とはいえなくなり、支城を護る北畠氏の支配下にあった国衆の木造氏が、信長の攻撃が始まる前に調略を受けて北畠氏の支配からはなれた。北畠具房はこの裏切りに怒りを見せ、人質にとっていた木造氏の親族を磔にし、信長と戦う姿勢を崩さなかった。

大軍を率いた信長は、途中で相撲大会を開いたり鷹狩りをしたりしながら伊勢に進んだ。二十日に出発し、松坂にある支城の阿坂城を攻撃したのは二十五日だった。難なく攻略して北畠具房がいる大河内城を取り囲んだ。

坂内川と矢津川に挟まれた要害の地にある大河内城を落とすのは容易ではない。信長軍は城を囲んで東西南北の四か所に陣を張った。膠着状態が続いたあと夜討ちをかけたが、抵抗が激しく味方に多くの犠牲が出た。城下町を焼き払い、実りの近い水田の稲を刈り取るなど圧力をかけたが、降伏しようとしない。下手に攻めても犠牲者が多くなるばかりである。

攻めあぐねて二か月近くたったときに京の将軍、義昭から和議の提案があった。後ろ盾になってくれている信長に恩を売る絶好の機会であると、北畠氏に将軍の使者を派遣したのだ。北畠氏側も籠城しているだけでは打開できないと苦慮していたところだった。

義昭が示した和議の条件は、信長の意向が反映された内容になっていた。信長の次男の信雄（のぶかつ）（元服前で茶筅丸（ちゃせんまる）と称していた）を養子にして北畠氏が信長にくだるという条件である。当主の具房の娘と婚約して将来は北畠氏の家督を織田信雄に譲る。織田氏にしてみれば北畠氏を乗っ取る計画だが、北畠氏のほうでは養子というかたちで人質をとったつもりで和議に応じた。こののち、信長の次男、信雄が元服して大河内城に入り、北畠具房は引退させられ、乗っ取りに成功している。その後に策略を用いて具房は殺害され、信雄は「北畠」姓を名乗った。

伊勢を平定した信長は、兵士を引き連れて伊勢神宮に参拝すると、兵士たちを岐阜に戻し、近習を引き連れ、そのまま京に向かった。入京したのは十月十二日である。

将軍の義昭に、伊勢を攻略した報告をした。将軍が和議の提案をしてくれたから犠牲が少なくて済んだと、信長は礼の言葉を述べた。義昭が信長に恩を売るのは初めてである。いい気になった義昭は、あちこちの戦いに介入し、和議を進めるように申し入れ、さらに毛利氏が将軍に新しく直轄地を寄進してくれたと自慢げに語った。将軍の威厳を取り戻そうとするあまり信長の前で胸を張った。そして、これからは将軍らしく自分に従う勢力を増やしていくつもりであると語った。

信長が、そんな義昭の態度に怒り出した。義昭は、信長に感謝されていると思っていたから、信長の顔色が変わったのが理解できないで、きょとんとした顔をした。そんな義昭を見て、口を開こうとしていた信長は、思い直したように首を振り沈黙した。そして、手に持っていた扇子を反対側の掌に当てた。ポンという音がした。義昭も何も言わなかった。誇り高い義昭には謝るという選択肢はない。信長も、口を開けば激しい非難の言葉になると苛々(いらいら)しながらがまんした。だが、このままではがまんの限界がくる。そう思った信長は何も言わずに席を立った。義昭が何か言ったが、信長は振り返りもしなかった。

数日後に信長は岐阜に戻ってしまった。信長が上洛したと聞いた朝廷の面々は、信長を歓迎しようと思っていたのに、こんなに早く去ったと聞いて一様に驚きを示した。どうしてなのか分からず、皆があたふたするうちに、将軍とのあいだに何かあったらしいという噂が流れた。義昭の付家老となっている明智光秀も、このときはそばにいなかったので、事実を知ったのはかなりあとのことだった。

信長は将軍をないがしろにしたつもりは毛頭なかった。将軍としての役割があるのに、それをきちんとこなさずに誇りばかり高い義昭に腹を立てたのだ。将軍であるから偉いのではなく、その役目をきちんと果たしてこそ将軍であると信長は思っている。子供のころから自分の主張を通してきた信長は、周囲が自分の思うように配慮して当然であると思う。不遜に見えるが、それだけのことをしているからという思いがある。

信長との関係を深めようとしていた正親町天皇も、信長の帰国を知って驚いた。将軍とのあいだに何かあったらしいと聞くと、信長と将軍の関係が悪化しては困ると思い、すぐに岐阜に勅使を送ろうとしたが、信長の行動を見れば並の対応の仕方ではうまくいくとは思えなかった。勅使を派遣して信長に無視されでもしたら朝廷の権威が地に落ちてしまう。悩んだ末に、勅使としてではなく、信長のご機嫌伺いに山科言継を派遣することにした。言継であれば、信長は無碍(むげ)にせずに応対してくれるだろうから、信長の存念を聞いたうえで、信長と将軍の関係を改善できればよいと考えたのだ。

天皇の意思を伝えるのは「女房奉書」と呼ばれる文書の発給というかたちをとる。天皇の後宮に仕える勾当内侍（こうとうのないし）が天皇の意向を文章化し、それを持った使者を派遣して伝える。だから、一般には天皇が上洛を望んでいるから従うようにという「奉書」を信長に届けて命じれば済むはずである。だが、信長にそんな一方的な態度に出ていいのか、怒りを買っては大変だという思いで特別な措置がとられた。信長が上洛して将軍御所の造営や禁裏の修理を指揮しているときに、その功績を考慮して朝廷は、信長を副将軍に任じようと勅旨を下したが、信長からは返事がなかった。「否」という返事ではなく無視されていた。一筋縄ではいかない相手なのである。

義昭に対する批判の気持ちを持ち続けていたものの、信長は、腹を立ててすぐに帰国したのは大人気なかったと反省していた。だから、岐阜城に来た山科言継を歓迎した。将軍を弾劾するばかりが能ではないし、朝廷を不安にさせたと信長は反省の弁を述べた。

この少し前に義昭からの使者も来ていた。信長の後ろ盾を失うわけにはいかないと考えた義昭は、信長との関係を修復しなくてはならないと、誇りを失わない程度に詫びる姿勢を示したのである。

短期間しか京にいなかったことが波紋を広げていると思えば、信長はそれほど悪い気はしなかった。

いっぽうで信長を辟易（へきえき）とさせていたのが、さまざまな訴えが岐阜にいる自分のところに次々に寄せられてくることだった。土地をめぐる争いは絶えることがない。土地の所有権をめぐっての紛争は、当事者にとっては真剣な問題である。その場合、将軍と昵懇の公家衆は義昭に裁定を求めるが、相手方も対抗して信長を頼ろうとする。そうした訴えが、摂関家に属す上級公家からも寄せられる。いちいち言い分を聞いて将軍とのあいだに立って裁定するのは、信長にとっては煩わしいだけで、朝廷と幕府のあいだで適当に解決してほしい案件である。禁裏の修理に関する大工の棟梁をどちらにするかは、信長にとってはどうでもよいことだったが、その裁定をしたゆえに信長のところに人々が押し寄せるようになった。世の中の人たちが信長の権力を認めている証拠でもあるが、そうした裁定にまでかかわっている暇はない。

信長は、言継を相手にそんな愚痴まがいのことを話しているうちに、とりあえず将軍との関係修復のための打つべき手を思いついた。曲がりなりにも義昭のほうから詫びてきているのだから、今度は自分のほうからアプローチしたほうがよいと、京に帰る言継に、信長は朝山日乗と明智光秀の二人に岐阜に来るように伝えてほしいという伝言を託した。この二人に信長の存念を話し、義昭に対して将軍として当面の守るべき内容を伝え、それを承認させて関係修復を図ろうと考えたのである。

年が明けて一五七〇年、この年は改元により元亀元年となる。その一月に日乗と光秀が岐阜にやってきた。さっそく信長は、二人に義昭に対する自分の主張をしたためた文章を見せた。そして「これを認めるなら将軍を尊重しようと思っている」と伝えた。信長の意向を汲んで佑筆の武井夕庵（たけいゆうあん）が記録した文書である。知識の豊富な夕庵は信長に信頼され、信長のために文章を作成する任務についている。信長から意見を求められることもあり、信長の好みに合わせ、簡にして要を得た文面にしている。このときも素っ気ない文面になっており、厳しい内容だった。

事前に信長に相談せずに義昭が将軍としての文書を発給してはならず、発給する場合は信長の副状をつけること。これまで発給した義昭の命令はすべて破棄し、天下のことは信長にまかせ、信長の判断で決めること。天下静謐のために禁中への奉公をおこたらないようにすること。そして、幕府に忠節を尽くした場合に与える恩賞や褒美が足りなければ、信長が都合するつもりであると付け加えられている。

将軍としての権限を剝奪するのに近い内容で、朝廷と悶着を起こさないように戒めている。将軍という地位にふさわしい人間であると思えるようになれば、違う対処をするつもりだが、現状では手綱を締めなければならないと信長は思っていた。この文面を見た日乗と光秀は考え込んだ。誇り高い義昭が、これを素直に受け入れるのはむずかしいと思えたからだ。もう少し温和な文面にしてほしかったが、これでも信長は将軍を立てているつもりだから、信長に妥協を迫るのはむずかしいと思われた。

考えた末に光秀が出した結論は、これを将軍に認めさせるものの、信長と義昭以外の人たちには知らせない密約とするという提案だった。信長の要求どおりにしながら、義昭のプライドを傷つけない方法はないかと考えた結果である。光秀があいだにたって苦労しているのを知っている信長は、この提案を了承した。

日乗と光秀の二人が京に持ち帰った文書は、義昭にとっては屈辱的だったが、拒否できる状況ではない。義昭がしぶしぶであるが判を押したのは、内密にするという条件が付けられていたからだ。

要求どおりに義昭が判を押したという知らせは、すぐに岐阜の信長のところに届き、信長は将軍との関係を修復するために上洛する準備を始めた。密約にしてほしいという光秀の要望は受け入れたが、義昭の態度を改めさせるには、義昭に要求した「天下のことは信長が判断する」ということを、具体的に守護大名や有力領主たちに見せつける必要があると思ったのである。朝廷や将軍という権威を否定するつもりはないものの、ガキ大将気分が抜けきらないから、誰もが自分の言うとおりに行動しないと承知しない。そのためには、畿内を中心とする有力者に上洛させて大名や領主たちに信長の威信を見せつければ、義昭とのあいだで交わした密約どおり「天下」に関しては信長が取り仕切るということが伝わるはずである。いわば念押しである。

大名たちに、上洛するようにという将軍からの指示である御内書が発給され、それに信長の副状をつけて送り届けられた。徳川家康も上洛を要請された。ただし、他と違っていたのは、多くの兵士を動員して来るようにという信長の要請が別に届けられたことだった。

ところで、日乗とともに岐阜を訪れた明智光秀は、このときに信長に前から抱いていた要望を密かに口にした。義昭の付家老として仕えるより、武将として活躍する場を与えてほしいと申し出たのである。義昭と信長のあいだで調整役をしていても、早晩、行き詰まるのは目に見えていた。武将として手柄を立てて大名になるのが光秀の夢だった。信長が頼りになる武将を一人でも多く欲しいと思っているのは明らかだった。戦いは、現場での合戦がすべてではなく、敵方を調略するなどして有利な条件をつくり出すことが大切である。知恵を使って戦うつもりであると光秀は信長に訴えた。光秀は、信長が関心を示したのを見て手応えを感じた。義昭の機嫌をとるのに飽きていたのだ。

10

信長の求めに応じて、家康は兵士を引き連れて岐阜城にやって来た。ともに上洛するためだ。

家康が案内されたのが完成して間もない城内にある茶室である。前年の八月に堺の会合衆である今井宗久が茶の湯に使用する名品を所持して岐阜城を訪れ、信長のために茶室をつくる指導をした。宗久は、侘(わ)

び茶を完成させた武野紹鷗（たけのじょうおう）の娘婿であり、茶の湯に関しては堺でも造詣が深い一人といわれている。このののち、宗久の紹介で信長の茶道の茶頭になる千利休（せんのりきゅう）は紹鷗の弟子であり、紹鷗が完成させた茶道を洗練させた。

豪商の今井宗久は、堺を信長の直轄地にした立役者であるから信長から歓迎された。武器の入手や貿易に関する話もしたが、信長が茶道に深い関心を示していることから、宗久はしばらく岐阜に留まって茶室の造営から茶の点（た）て方について指導した。

家康が狭い潜り戸から茶室に入ると信長が待っていた。何十畳もある大広間と違って、頭をくるりとまわせば部屋のなかのすべてが見えてしまう。信長が座るように促した。

座についた家康は、落ち着きなくあちこちを見わたした。床の間に掛け軸があり、小さな花挿しに一輪の花が生けてあった。いかにも簡素である。畳の蒼い匂いに木の香がする。落ち着いた空間であると分かるが、何とも窮屈な感じがした。酒井忠次以下の武将たちは秀吉の案内で城のなかを見物している。

信長から「様子はどうか」と聞かれ、家康はお陰で信玄が甲斐に引き上げて安心していると伝えた。そして、遠江を手に入れてからの様子を説明した。

武田信玄が、少し前にいきなり関東に押し入り、北条氏の居城のある小田原城の近くまで攻め寄せ、町のあちこちに放火して引き上げたという。北条氏とは戦いたくなかった信玄も、北条氏が敵対してきたので態度を明らかにしたようだ。その後、駿河にも兵をおよぼしたものの、信玄は大井川（おおい）を越えずに引き上げた。信玄の攻撃があると怖れた家康が、信長に信玄を牽制してほしいと要請した効果だった。おかげで安心して家康は岐阜に来ることができた。

笑いながら信長は、手に持っていた茄子(なす)のかたちをした茶入れを家康に示した。「これは『つくもかみ』といって天下の名品である。これを藤吉郎(とうきちろう)（秀吉）に渡し、もし壊してしまったらお前の命と引き換えにしても足りないほどだ、大きな城ひとつより価値があると言うと、あいつは震え出した」とおかしそうに言った。

茶入れの陶器にそんな価値があるのか家康は前から疑問に感じていたが、感心するようにうなずいた。持ってみるかと言われたので断った。茶入れ、花挿し、水差し、茶碗など、並んでいるのは天下の名品ばかり。茶の湯が我が国に入ってきて以来、明国からもたらされた天下の名品・珍品を見る信長の目は誇らし気だった。

信長は慣れた手つきで茶を点てた。その動作は、いかにも様になっている。家康も、茶の湯の経験があったから、どのように振舞えばよいかは心得ていたが、二人だけの空間では主導権をとる信長のペースで座が進む。それが、二人の関係を象徴しているようで、家康は落ち着かなかった。しかし、そんな態度を表に出してはならないと信長の手元を注視していた。差し出された茶碗を受け取り、茶を口にした。苦さのなかにほんのりと上品な甘みがあった。

このあとに食事が供された。潜り戸のところに膳が運ばれ、信長がそれを自ら運び込んで家康の前に置く。そして自分の前にも膳を置くと、信長は寛いだ様子で箸をとるよう促した。椀の数は多くないが、いずれも厳選した材料で味の調え方も工夫をこらしている。豪勢な酒宴でもてなすのが信長らしいと思っていた家康は、予想を覆すもてなし方に、信長の違う一面を見たような気がした。

信長は、伊勢の攻略後に上洛し、すぐに帰国したこと、そして山科言継や、日乗と光秀が来たことなど、将軍や朝廷との関係について家康に説明した。狭い茶室のなかの話なので、信長の寛いだ態度と相まって、事実を事実として語るだけで自慢しているつもりはないのがいかにも潔く思えた。朝廷や幕府との関係をどう見ているか家康がたずねると、信長は少し考えてから「言ってみれば鷹狩りのようなものだ。我が鷹匠とすれば、朝廷と将軍が鷹となる。さしずめ天皇は鷹の目、将軍は鷹の翼であろう」と言って笑った。面白いたとえであると思えたが、信長が鷹匠であるというのは、朝廷や将軍を制御するのは自分であると言っているのに等しい。

自分はようやく三河と遠江を支配下においたというのに、信長は、はるか彼方まで進んでいる。とうてい追いつく相手ではなく、その差が開いていくようだ。だが、今川氏から独立した後の自分の行動を振り返ってみれば、信長との同盟以外の選択肢はなく、信長について行くしかないのも確かだった。

このあと、家康は本丸にある信長の居室に案内された。中央に背の高い机があり、それに二脚の椅子が添えられていた。優雅な曲線を描く四本の脚のある机は磨かれて茶色に光っている。木製の椅子も装飾が施されて明らかに南蛮製であることが分かる。机の上にはさまざまなガラス製品や瓶が並べられ、大きな色付きの台座付きの球状をしたものが真ん中に置かれていた。少し前に岐阜にやって来た宣教師たちの土産品であるという。

信長が京における布教の許可を与えたのに、信長の不在をよいことに朝山日乗をはじめ反キリスト教の連中が、またぞろ宣教師を追放しようと動き出したので、フロイスたちが信長に訴えようと岐阜まで足を運んできたのだ。朝廷や将軍より信長が権力を持っていると判断した彼らは、信長に取り入ろうと珍しい品々を用意してきた。この机と椅子のほか、マントや西洋の鎧兜、太刀、ガラス品、葡萄酒、聖書と横文字の本、そして地球儀だった。

家康が、信長に促されて椅子に座ると、目の前に模様が刻まれた美しいグラスが置かれていた。対面する椅子に座った信長が、そばにあった瓶をとり、家康の前にあるグラスに液体を注いだ。それが酒であるのは察しがついたが、何と赤い色をしていた。驚く家康の顔を見て、信長はにやりとした。南蛮の酒は、色だけでなく味も違っていた。

信長は、家康がグラスを干し終えると、机の真ん中にあった地球儀を近くに寄せ、くるりとまわした。家康は何なのか分からなかった。地球儀を見るのは初めてである。

信長が、得意そうに世界全体を表した地球儀であると説明した。そして、椅子から立って近くに来るように言われて、家康はぐるりと机をまわり信長のそばに立った。すると、信長も立ち上がり、まわしていた地球儀を止めて指差した。「ここが我が国、日本だ。いかにも小さいであろう」と言った。丸い球のなかの一角にあるいくつかの島を差している。そして「ここが明国（みん）、ここが天竺（てんじく）、そしてはるか彼方に南蛮がある」と信長は説明した。さらに、大きくまわして西洋のある位置を示した。ポルトガルという、いかにも遠いところから来ている人たちがいることに、いまさらながら家康は驚き、あり得ないことのように思えた。「我々の住んでいる地球は丸いようだ。だから、南蛮から出発して一周すれば、もとの地に戻るという。こんな広い海を延々と船でまわるというのだから、信じられない気がしないか」と同意を求めるように信長が言った。

日本がこれほど小さいことに家康は驚いた。三河から遠江まででもかなりな距離があるというのに、地球儀で見ると、両方の国を合わせても点でしかない。その驚きを家康が口にすると、「だから、もっと広い心で世界を見なくてはならないのだ」と信長は胸を反らすようにして言った。話としては理解できても、納得できる感覚ではない。だが、広い世界には、我々と違った顔をした人たちがいるというのは納得できる。知らない世界が彼方に広がっていると思うと何とも不思議な感じである。

南蛮にも多くの国があり、それぞれに王がいて統治し、歴史を持っており、国どうしの戦いもあるという。それぞれ服装や風習に違いがあり、遠くの広大な地域でも人々の営みがある。それがどんなものか見てみたいと信長は言う。単なる興味ではなく、腕力や知恵比べをしてみたいという信長の野心は、世界の広さを知ることにより、さらに大きく膨らんでいくのが家康にも分かった。

地球儀を見続けていると家康は目眩（めまい）がしてきた。想像を超えた世界である。しかし、信長は同じ次元の世界であるかのようにとらえている。だから、髪が赤く目が青い宣教師たちと話しても対等以上の関係を保っていられる。はるか彼方の世界の話を聞いても少しも臆するところがないようだ。信長と自分との距離の大きさが、そのまま武将としての器量の違いなのではないかと、家康は改めて信長をまじまじと見た。すると、信長はそばにあったマントを身にまとった。首のところを紐で結ぶだけで、前は開いたまま裾のほうまで伸びている。宣教師から贈られたという。家康と目が合うと、信長はにやりとした。その得意そうな表情は、いたずら小僧のようでありながら、伸びやかでさっそうとした印象だった。

11

家康が、信長とともに岐阜を出立して京に向かったのは二月の末近くである。その直前に、家康は、今度の上洛の目的のひとつが朝倉氏を攻撃するためであると告げられた。家康は、信長と会って、驚かされてばかりいる。

朝倉攻めをするという決心は、まだ家臣たちには告げていないという。家康には、なぜ朝倉と戦うのか信長の話を聞くまでは理解できなかった。敵対関係にあるとは思えなかったからだ。「上洛せよと各地の大名たちに通達を出していたのだが、朝倉はそれに応じないからだ」と言う。だが、他にも応じない大名がいる。そのなかで朝倉氏だけを攻めるのは、「京で大きな顔をしている」と信長を悪しざまに言っているのが原因のようだ。新興勢力の織田氏と違って由緒正しい家柄の朝倉氏は誇り高く、信長に従う態度を見せようとしない。実力とは関係ない誇りをもとに反抗するのであれば打ち砕いて見せようというのが、信長の本音である。朝倉氏を攻略することにより信長が天下を掌握する実力の持ち主であると大名たちに認めさせる狙いである。上洛する信長がそんな軍事行動を計画していることは、家康も胸の内におさめておかなくてはならない。京で軍事パレードをするために兵士を引き連れてきたはずの家康は、信長の存念を聞き、武器が足りないから取り寄せなくてはと言うと、「心配するな。すべてこちらで用意する」と言われた。

慌ただしく動く信長は、上洛のために岐阜城を出立すると急にのんびりとした。普通は逆なのだが、旅をしているときのほうが信長は寛ぎ楽しんでいるようだった。途中で相撲大会を開き、鷹狩りをしながら進んで、京に入ったのは三月五日である。

家康が驚いたのは、京の入り口に大勢の人々が信長一行を歓迎しようと集まっていたことだ。一行が到着するといっせいに声が上がり手を打ち振り、拍手までした。信長は満足そうにうなずいていたが、家康には信じられない光景だった。後で知ったのだが、京都に在住する信長の家臣の村井貞勝が、事前に手をまわし、朝廷や将軍が協力し住民たちを集めて並べさせていたのだ。信長のためであるが、上洛する大名や領主たちに、信長の威勢を示すためでもあった。信長は明智光秀の館に入り、家康は京の豪商である茶屋四郎次郎の館に入った。これ以降は、互いに連絡を取り合うものの家康と信長は別行動となる。

上洛した信長に対して将軍の義昭は、二人のあいだで何ごともなかったかのような態度をとった。それなりに関係修復に気を遣っていたのだろう。信長に支えられなくては将軍としての地位が安定しないのは明らかだから、信長に逆らう姿勢は見せず、上洛してきた大名たちに対して二人が親しい関係であるように振舞った。信長もそれに調子を合わせていた。

大名や領主たちが上洛して、義昭に謁見し臣下の礼をとっている。家康も同様に将軍に挨拶し、将軍の指示に従うと言明した。その後、完全武装して都大路を晴れやかに行進するために見栄えの良い出で立ちにする準備に家康は追われた。そのあいだにも、公家からの招待があり、さまざまな人たちが挨拶に訪れ、能楽師や連歌師と話し、能の見物に行くなど暇を持てあますことはなかった。

京では信長は特別な存在になっていた。それなのに、家康は従五位であるが、信長には官位がない。朝廷の序列では家康のほうが尊重される建前なのに、無位無官の信長は公家たちに対等以上の口をきいている。家康は、相手によって自分より官位が上かどうか判断しなくてはならないから、かえって窮屈である。朝廷の官位を無視して行動する信長の態度は小気味良かった。天皇や将軍という権威とは別のところにいて権限を揮っている。前から、そうであろうとは思っていたものの、実際に京に来て、信長の伸びやかで不遜ともいえる振舞いに、家康はいまさらながら驚き感心せざるを得なかった。

家康は、信長から今井宗久を紹介された。彼を通じて五百丁の鉄砲を家康のもとに運び込むという。急遽、鉄砲隊を組織して家康軍のパレードを盛り上げるように言われた。騎馬の武将に足軽たちが従う行進では、槍を揃えた部隊、弓矢に身をかためた部隊、太刀を持った部隊に鉄砲隊が加わってパレードを盛り上げた。

馬揃えを見ようと室町通りには多くの見物人が集まっていた。二条にある将軍御所の近くには特別に桟敷席が設けられ義昭や信長が陣取っていた。上洛した大名や領主たちも顔を揃えている。家康配下の武将に従うそれぞれの部隊ごとに色分けされた集団のなかに五百人を超える鉄砲隊が行進し、鎧兜も派手やかである。家康軍が戦闘能力の高い兵士たちであるように見えた。このときには、どこから漏れたのか信長軍と家康軍が越前の朝倉氏を攻撃するらしいという噂が囁かれ、このパレードは出陣の前触れと受け止められた。このときに与えられた鉄砲を、そのまま家康軍が使用することになった。

信長は、このまま京から朝倉義景（よしかげ）を攻めると決めていた。信長にとっても、織田氏の単独軍より三河の家康軍との連合軍が、将軍に認められた部隊として出陣するほうが好ましい。だから、信長も将軍との関係は緊密であるという態度をとっていた。天皇も、公家たちも、将軍と信長の対立はおさまっていると安堵したが、義昭は恩義のある朝倉氏への攻撃を認可せよと信長から言われて絶句した。信長による将軍の権限を制約する文書が公になれば、義昭の将軍としての権威は失墜するが、信長と側近たち以外には知られていなかったから、朝倉氏を将軍の意向に逆らう領主として攻撃するのを義昭は認めざるを得なかった。朝倉氏から受けた恩義と、将軍としての自分の立場とを天秤にかけた結果、朝倉氏を見捨てる態度をとったのだ。

だが、信長の朝倉攻めはうまくいかなかった。多少の苦戦を強いられることがあったにしても、それまでの信長は戦うたびに目的を達成するか、そうでなくとも次の飛躍を期す成果をあげてきた。このときの朝倉攻めも、そうなると誰もが予想したが、思わぬ落とし穴があって、信長は命からがら京まで逃げ帰るという敗北を喫した。

四月二十日に京を発った織田・徳川の連合軍は越前に入り、朝倉氏の支城である手筒山（てづつやま）城をくだし、金ヶ崎（かねがさき）城を攻略した。隣接する二つの城は琵琶湖の北端からそれほど遠くなく、陸地に入り込んでいる敦賀湾に近いところにある。勢いづいた織田・徳川連合軍は、その北にある一乗谷の朝倉氏の本拠に向かおうとした。そのときに、北近江を支配する浅井長政が、朝倉氏を支援するために南側から攻めてくるという報に接した。

浅井氏には信長の妹のお市が嫁いでおり織田氏と同盟関係にある。信長が上洛する際には長政が佐和山城まで出向いて信長を激励し、親密振りを示していた。それなのに、同盟を破って後方から攻撃するのは、さすがの信長も想定していなかったから、前方の敵だけでなく後方からの敵にも備えなくてはならなかった。挟み撃ちにあうのはもっとも避けたい事態である。信長は、戦いを始める前に浅井氏との同盟について確認するという慎重さを欠いていた。一大名にすぎない浅井氏は、三河を支配下においた徳川氏と同じような立場であり、家康が、織田氏との同盟を大切にし、信長の意向を尊重する態度だったから、浅井氏も、そう思っていると信じていたのだ。

朝倉義景は、信長が攻めてくると知ると、浅井氏に味方につくよう使者を送った。南近江の六角氏と戦った際に朝倉氏に支援された恩義を忘れていない長政の父の久政（ひさまさ）は、織田氏より朝倉氏との関係のほうが大切であると主張した。息子の長政は織田氏を裏切りたくないから迷いがあったが、家臣のなかにも朝倉氏との関係を重視すべきだという主張が多く、支配下の国衆も信長に味方するのに反発していた。浅井氏も、信長の朝倉攻めは、領土拡張に腐心して平穏を破る行為であると見なし、これを阻止しようと、南から進軍して信長軍の退路を断とうと動き出した。

朝倉攻撃どころではなくなった信長は、ただちに撤退することにして、家康軍にも急いで退くように要請した。そして、信長は琵琶湖の西側にある脇道を通って京まで突っ走って逃げると告げ、金ヶ崎に入った秀吉に殿（しんが）り軍となって味方の損害を最小限に食い止めるよう指示した。信長のために命を投げ出して仕える秀吉は、こうしたときの働きこそが大切であると張り切って、犠牲が大きくなるのを覚悟して殿りを引き受けた。信長の戦いで貢献するしか出世の糸口がない秀吉のような武将にとって、忠義心を発揮するチャンスである。信長が、わずかな手勢とともに脱出したのを見届けると、そのまま攻撃するように見せかけて秀吉は時間を稼いだうえで退却した。家康も躊躇せずに退却したので犠牲は少なくて済んだ。

浅井氏の裏切りに信長の怒りは頂点に達した。浅井氏を攻撃し小谷（おだに）城を落とさなくては気が済まなかった。まともに戦えば負けるはずがないと信じている信長は、京から岐阜に戻り、浅井攻めの準備にとりかかった。

三河の岡崎城に戻った家康は、すぐに浜松城に移る準備をしなくてはならなかった。岡崎城を嫡男の信康にゆずるに当たって、誰を岡崎に残し、誰を浜松に連れて行くか、徳川氏を支える体制を急いで構築しなくてはならない。信長からの要請があれば、ふたたび出陣し浅井氏への攻撃に加わる必要があるので時間をかけてはいられなかった。

浜松城では本多重次(しげつぐ)、鳥居忠吉、本多忠勝(ただかつ)などの旧臣のほかに、内藤家長(ないとういえなが)や鵜殿氏長のような今川家の家臣だった領主たちを身近においた。さらに、若いが将来的に頼りになりそうな榊原康政(さかきばらやすまさ)や酒井正親(まさちか)などを抜擢して側近にした。織田氏との同盟による出陣となれば、浜松の家康とともにいる家臣たちを中心に遠江の国衆が率いる兵を動員する必要がある。それを円滑に実施できる体制づくりが急がれた。三河時代は家来たちの館は城外にあったが、浜松城内に主要な家来たちの館をつくり、緊密な関係を保つように家康との距離を近くした。

このとき、岡崎城主になった信康はまだ十二歳、それまでは父の幼名と同じく竹千代と呼ばれていたが、元服して信康と名乗った。家康の正室だった信康の母も一緒に岡崎城に入ったが、家康は「もはや正室とは思っていないが、信康の母なのだからそれなりに遇するように」と家臣たちに言うにとどめた。信康には、松平家に仕える譜代の平岩親吉(ひらいわしんきち)、石川信成(のぶなり)、鳥居重正(しげまさ)が家老としてつけられている。岡崎城主になる前から信康に仕えていた人たちである。

信長が武田氏との同盟を破棄するつもりがないのは分かっていたが、家康は、武田氏からの侵攻に対処するために手を打つ必要があると考えていた。武田氏が遠江を狙っているのは明らかで、武田氏の脅威を強く感じていた。

信長だけを頼るのではなく、徳川氏の存続のためには上杉氏と友好関係を築く必要があると家康は考えた。信長も上杉氏とは敵対していないから、独自に交渉を進めても、織田氏との同盟に罅(ひび)が入る恐れはない。上杉氏との交渉は酒井忠次に託した。

慌ただしく浜松城に移った家康は、一か月あまりのちの六月には、信長の浅井攻めに加わるために出陣した。上杉氏との交渉に手応えを感じていたので、家康の不安は前より小さくなっていた。大名として生き残るには、信長についていく以外の選択肢はない。信長が上洛して以来の状況の著しい変化により、かぎられた地域の支配を万全にするという旧来のあり方では済まなくなっている。

朝倉氏と浅井氏が連合して動き出すと、逼塞（ひっそく）していた近江の六角承禎も、自分につく国衆を糾合して反信長の旗色を鮮明にした。三好三人衆を支持する勢力は、依然として信長に反発していたのだ。信長も、そうした動きがあると予想はしており、これを駆逐しようとすれば家康も協力せざるを得ない。信長は、美濃に近い浅井氏の支配する地域の国衆の調略を実施し、それに成功するとすかさず出陣して、家康にも加勢するように要請したのである。信長は浅井氏が動員できると予想される兵力の倍以上の大軍で侵攻した。

さしたる抵抗もなく、小谷城の近くまで進軍した。ここで信長軍の兵士たちが城下に火をつけ屋敷を焼き払った。要害の地にある小谷城に籠る浅井勢は沈黙を守ったままである。城のなかにいれば安泰なので、城下が焼き払われても城から出て攻撃を仕かけてこない。野戦となれば数に勝る信長軍が有利である。浅井勢が城から出ないのを知ると、信長軍は小谷城下から撤収すると決めた。城攻めに時間をかけていると朝倉氏の援軍が来ると思ったからだ。

撤退となると敵に後ろを見せるから追い打ちをかけられる。そこで、信長は撤退の際に鉄砲隊を殿りにして犠牲を少なくした。この後、信長軍は小谷城の南にある支城の横山（よこやま）城の攻略を始めた。そこに家康軍が到着した。信長軍二万に家康軍五千である。城を囲んでも敵は攻撃してこないので囲いを解いた。朝倉氏の応援部隊が到着して、後方から攻撃されるのを避けるためである。

支援の朝倉軍が到着すると浅井軍も城から出て、姉（あね）川を挟んで織田・徳川軍との睨み合いとなった。攻撃を仕かけたのは浅井軍である。これに呼応して朝倉軍も渡河し、田んぼや野の広がる見通しの良い地域で主力部隊どうしが激突した。信長の主力部隊の西に陣取った徳川軍は朝倉軍との白兵戦になった。半分ほどの兵力の浅井・朝倉連合軍が攻撃を仕かけてくるとは思っていなかったところに、まともに敵の攻撃を受けた。家康は怯まないで攻撃をするよう檄を飛ばし続けた。

多勢の信長軍は、浅井軍を屈服させると、まわり込んで朝倉軍と戦っている家康軍を支援した。犠牲は出たが圧勝だった。そして敵を深追いせずに、ふたたび横山城を取り囲んだ。籠城しても味方の支援軍がくる可能性がなく、城に籠っていた兵士たちは降伏した。

信長は、これだけの成果をあげればよいと、家康軍の任務は終了したと告げ、横山城に秀吉と兵士の一部を残して引き上げることにした。このときの勝利を各地の大名たちに広く知らせ、信長軍の強さを示すメッセージを発信したのである。

こののち、信長軍は彦根（ひこね）にある浅井氏の支城である佐和山城を取り囲んだ。すぐに攻撃せずに持久戦となり、翌年二月に城が落ち、信長に仕えている丹羽長秀（にわながひで）が城に入った。浅井氏にダメージを与えたにしても、本拠の小谷城は安泰である。信長が最初に朝倉氏を攻撃する際に思っていたほど、敵を制覇するのは簡単ではなかった。それだけに、信長に敵対する勢力が名乗りをあげるようになり、天下布武のための信長の戦いは新しい段階に入ったのである。

第三章　反信長連合との戦い

1

浅井・朝倉連合軍が信長に敵対したことは、それまで雌伏していた反信長勢力が立ち上がる契機となった。ふたたび京で緊張が高まり、波紋が広がった。信長に反発する意識を持ちながらも、それまで信長に逆らわないでいた領主たちに、三好三人衆が味方になるよう働きかけた。そのうえで、姉川の戦いの二か月後の一五七〇年（元亀元年）八月はじめ、三好三人衆は一万に近い兵を引き連れて摂津と河内に入ってきた。温存していた兵力で京を奪還するつもりだった。

これを受けて、摂津を分け合っていた三人の守護の一人である池田勝正の家中で、三好三人衆への内通者が出た。勝正は内通者を殺害して従来どおりに信長に帰順する姿勢を見せたものの、家中の混乱を抑えきれなかった。池田勝正に反対する勢力が大きくなり、身の危険を感じた池田勝正は悩んだすえに城から出奔した。こうして三好三人衆に呼応する人たちの中心に躍り出たのが家臣の荒木村重（あらきむらしげ）である。池田城の支配権を握ることに成功した村重は、その後に信長に下って活躍するようになるが、このときには大名になるチャンスを獲得するために信長の敵にまわった。村重は茶の湯を愛した趣味人であったが、同時に野心家でもあった。

このとき信長は岐阜にいた。そこで、義昭は自分たちで三好三人衆が京に入るのを防ごうと、京にある信長の兵力に将軍の奉公衆を加えて摂津に差し向け、松永久秀や畠山昭高（あきたか）などの大名たちにともに戦うよう促した。両者は対峙したが、三好三人衆のほうも攻撃を仕かけなかった。互いに様子を見る状況が続いた。

信長が上洛したのは八月末である。信長は自分を裏切った浅井氏の殲滅（せんめつ）を優先したかったが、京を三好三人衆に奪われないようにするほうが緊急であるのは明らかだった。

このときに義昭も信長も、三好三人衆と朝倉氏や浅井氏とは別々の敵ととらえていたが、三好三人衆は大坂にある本願寺にも味方になるよう働きかけ、反信長連合の結成を計画していた。信長が上洛すると、本願寺も信長から戦費の負担だけでなく将軍御所や禁裏修理にかかる費用の分担を要請され、宗門が獲得している既得権を侵害される恐れがあると反発する気持ちを強めていた。だから、反信長連合の形成を歓迎し、それに加わろうとする意思を示したのだ。

大坂本願寺は一向宗の門徒を従えた一大勢力であり、大名と同じように軍事力を備えている。熱烈な信者たちから寄進される資金や土地をもとに豊かな財政を確保し、教祖の親鸞の血筋を引くカリスマ性のある門跡の顕如が求心力を発揮して勢力拡大を図っていた。一向宗が禁止されていた大和地方に本願寺の道場をつくるときに三好三人衆の一人である石成友通が協力しており、顕如は三好三人衆に恩義を感じていた。

本願寺の兵力が、信長軍の砦に攻め込んだのは九月十二日夜半である。本格的な戦いというより、本願寺が旗色を鮮明にする意思表示であり、すぐに本願寺側は引き上げている。混乱を避けようと朝廷や義昭が本願寺に自重するよう働きかけた。だが、朝廷も将軍も腰の引けた交渉しかしておらず、思い留まらせることはできなかった。

　三好三人衆が機内に進出したのに合わせて、浅井・朝倉連合軍が琵琶湖の西側を通って南近江に進み、三万の兵士を率いて京に近い坂本（さかもと）周辺に布陣した。信長は複数の敵に対峙しなくてはならなくなったのだ。岐阜と京都の往来を万全にするために、信長は琵琶湖のすぐ西の比叡（ひえい）山南部に新しく宇佐山（うさやま）城を築いておいた。ここを拠点に比叡山の麓に新しい道路を建設し、旧道を通行止めにして京との往来にあてた。浅井・朝倉連合軍は、この防衛拠点である宇佐山城を攻略して、信長が京と岐阜を往来する道を断ち切ろうという作戦だった。

　本願寺が三好三人衆と連携して兵力を展開すれば、信長が京を護るのはむずかしくなる。京を彼らに制圧されては、信長の権威は失墜する。摂津における三好三人衆との戦いを柴田勝家と羽柴（はじ）秀吉に託し、信長は京に戻って対策を練ることにした。

　宇佐山城を護っていたのは、信長配下のなかでも勇猛果敢で知られる武将の森可成（もりよしなり）である。京にいる信長に心配をかけまいと、浅井・朝倉軍が坂本に陣取ると率先して攻撃を仕かけた。先制攻撃で相手を怯ませようと勇んで出陣したが、多勢の敵に囲まれ森可成は討ち死にしてしまった。兵士たちにも多数の犠牲者が出た。勇猛さが裏目に出たのである。

　信長は衝撃を受けたが、意気あがる敵に城をとられては一大事である。迷っている場合ではない。畿内の戦いも気になったが、急いで兵士を率いて宇佐山城に入った。浅井・朝倉軍が宇佐山城を攻撃しようと陣を進めたところだが、信長の軍勢が来たと知ると、攻撃をやめて築いておいた砦に引き上げた。

信長は、持久戦に持ち込むつもりはない。浅井・朝倉軍を蹴散らそうと坂本に向かい、砦に籠る浅井・朝倉軍と対峙し、夜討ちや豪雨のなかで敵の意表をつく攻撃をくり返した。相手の戦意が衰えてきたところで、信長は総攻撃をかけようと大軍を率いて討って出た。最初のうちこそ対抗する姿勢を見せた浅井・朝倉軍は、すべての砦が落ちる前に退却する道を選んだ。

逃げ込んだのが近くにある比叡山延暦寺である。広い敷地のなかにたくさんの施設がある延暦寺は、いわば安全地帯である。信長軍もそのまま追撃して寺院のなかまで攻め込んでいくわけにはいかない。それを知っているから浅井・朝倉軍は逃げ込んだのだが、あらかじめ計画のなかに組み込んでいなければ、こうした事態は起きないはずだ。

いったん兵を引いた信長は、比叡山の僧侶を呼び出して、これでは浅井・朝倉軍と同盟しているのと同じであると抗議し、中立を保つよう要求した。それを承知するなら、かつて美濃の斎藤氏を亡ぼしたときに接収した、美濃にあった比叡山の所領と、浅井・朝倉軍との戦いに備えて接収した琵琶湖周辺の延暦寺の所有する土地を返却すると提案した。延暦寺側を懐柔する姿勢を見せたのだが、信長が宗教組織の既得権を侵害しているのを不快に思っている延暦寺は信長の提案を拒否し、浅井・朝倉軍を保護する態度を崩さなかった。

琵琶湖水運の利権を有している延暦寺は、鎮護国家の祈願をする寺院として崇拝されていた。門跡に就任するのは有力な公家や由緒ある家柄の武将の子弟である。伝統的に朝廷と結びついて政治力を発揮し、宗教的な圧力を駆使して君臨していた。豊かな財政を背景に、僧侶たちは酒食に溺れているという噂が絶えなかったから、延暦寺は信仰を集めるいっぽうで反発を強める人々もいた。

信長は宗教を否定するつもりはなかったが、宗教に名を借りて勝手な振舞いに及ぶ寺院の横暴を快く思っていなかったから、このときも延暦寺に対して憎悪をあらわにした。

2

信長が大軍を率いて宇佐山城に向かったので、京は空白地帯になったという印象を与え、京の人々は不安にかられた。三好三人衆に対抗して柴田勝家や羽柴秀吉が戦っているが、必ずしも相手を圧倒しているわけではない。義昭は、将軍の権威を見せつけようと、当面の敵である三好三人衆を撃退するために自らも武装して出陣した。近侍する奉公衆の兵力に加えて昵懇衆といわれる将軍の家臣の役目を果たしている公家の子弟まで駆り出した。もとよりそれほどの人数ではないが、大和の松永久秀も支援に駆けつけた。

信長に京を安定して統治する能力があるのか、疑問に感じた有力な寺院や豪商は、密かに浅井・朝倉氏に接近する動きを見せた。信長が敗れた場合の保険をかけたほうがよいと思ったのである。下手をすれば京が信長軍と反信長軍による戦いの場になりかねないと恐れた人たちは、安全な場所に資産を隠そうとあたふたした。信長が義昭を擁して上洛しようとしたとき以来の混乱だった。

浅井・朝倉軍が延暦寺に逃げ込んで以来、信長軍は延暦寺側と交渉に入って膠着状態になっていた。信長が宇佐山城にいるあいだに浅井・朝倉軍が一部の兵力を大坂方面に移動させて三好三人衆の軍と協力して対抗すれば、信長側の柴田勝家や羽柴秀吉の軍は、持ちこたえられないのではないかという憶測が流れていた。だが、信長は京に戻るわけにはいかない。延暦寺に逃げ込んだ浅井・朝倉軍が攻撃してくる可能性があるからだ。

宇佐山城にいる信長は、複数の敵に対応するため、すべての戦線の状況を把握する必要があった。そこで馬廻衆を効果的に働かせた。各地で戦っている信長軍に彼らを派遣して、展開する彼我の兵力と状況を把握し、それぞれ信長に報告させる。その情報をもとに敵対する勢力に対応して兵力をどう展開させるか信長が検討し指令を発する。信長のそばにいて強い絆で結ばれ、信長が何を望んでいるか理解する馬廻衆が、兵力の拡大増強につれて信長の中枢組織に育ったのである。

それでも、苦しい戦いを強いられているのは確かだった。そんなところに、心強い加勢があった。十月はじめに、徳川家康が一万近い兵を率いて宇佐山城に入ったのである。信長が窮地に陥っていると聞いて浜松から駆けつけたのだ。このときの家康も信長の戦いに加勢できるほどの余裕はなかったが、徳川氏が勢力を保っていられるのは信長のおかげであると思っていたから、加勢を優先したのだ。信長にとってタイミングの良い援軍だった。

信長は宇佐山城に待機していた兵を大坂に陣取っている三好三人衆との戦いのために移送させる指示を出した。畿内の戦いでは柴田勝家や羽柴秀吉が苦戦を強いられていたのだ。どの程度の兵力が加われば敵と対等以上に戦えるか。信長が判断し、各地の戦線に配置する兵の数が決められた。そして、戦況が流動的になれば、馬廻衆の家臣が現場に張り付いて、信長と連絡が取れるようにし、変化する状況を信長が的確に把握できるよう配慮した。

宇佐山城にいる信長軍の大半を大坂方面に移動させ、三好三人衆が京に入るのを防げたのは、家康の支援部隊が到着したからである。

いっぽうの反信長陣営は、事前に連絡を取り合っていたものの、戦いに入ってからの連携は必ずしもよくなかった。それぞれに信長軍と戦う作戦を展開するだけだったから、時間が経つにつれて、信長軍のほうが余裕を見せるようになってきた。

十月の終わり近くになると、膠着状態のままだった近江の戦線では、朝倉氏が和議を模索するようになる。冬になっては越前まで戻れなくなってしまうからだ。しかし、信長は和議を結ぶつもりはなかった。延暦寺を出て撤退すれば、すぐに追撃して殲滅するつもりである。

三好三人衆を中心とする畿内の反信長勢力との戦いでは、こちらからの攻撃は避けるように指示した。激戦になれば犠牲が大きくなり、大坂本願寺が動き出す可能性がある。そのまま時間が経過すると不利になるのは敵方なので、ときを稼いでいれば敵が和睦を申し入れてくると予測した。そのとおりに十一月になると六角承禎が和睦を申し込んできた。このままでは三好三人衆に勝ち目がないと分かったからである。

こうした動きが出るのを待っていた信長は、すぐに応じた。再度の裏切りは許しがたかったものの、主要な敵である浅井・朝倉軍にダメージを与える効果を優先したのである。三好三人衆も京まで攻め入るのはむずかしいと判断し、犠牲を少なくして戦いをおさめたいと思うようになっていた。信長は、松永久秀に和議の交渉をするよう要請した。かつては三好三人衆と組んでいた松永久秀は、その人脈を利用して話し合い、十一月の下旬には和議が成立し、彼らは畿内から撤退した。

慌てたのが朝倉氏である。このままで降雪があれば帰国できなくなってしまう。戦いどころではない。朝倉勢が焦り始めたときに、信長の家臣である坂井政尚（さかいまさひさ）が、琵琶湖西岸の北側にある堅田（かただ）を支配する国衆の調略に成功したと知らせてきた。朝倉勢が越前に帰国するには通らなくてはならないところであるから、信長軍の支配地域になったとすれば、朝倉勢にとっては一大事である。この地域の調略に成功したのは六角氏との和議が成立し調略しやすくなったからである。坂井政尚は、夜陰にまぎれて堅田城に入った。朝倉勢に察知されずに入ったつもりだったが、通報者がいて朝倉勢の知るところとなった。そのため、翌日の朝から朝倉勢に攻撃された。坂井政尚も奮戦したが、討ち果たされ、退却する朝倉勢を信長軍と挟み撃ちにする作戦は実行できなくなった。

信長は朝倉氏からの和解工作に応じることにした。浅井・朝倉軍は孤立せざるを得なくなっており、朝倉勢は越前に戻るために和議交渉に入れば譲歩すると予想され、将軍の義昭と関白の二条晴良が和議の仲介を託された。義昭は、朝倉氏には恩義があり、和議に協力すれば朝倉氏に恩を売ることができる。関白の晴良は、越前の朝倉氏のところにいた義昭が元服するに際し、その立ち会いとなるために越前まで出向いており、義昭とは親しい関係にあった。

信長が、和議の条件として出したのが、自分を裏切った浅井氏が支配する北近江の一部を信長の支配地域にすることだった。むろん、浅井氏は承諾したくないが、和議を成立させないと困るのは朝倉氏である。朝倉氏が浅井氏を説得して、浅井氏が割りを食うかたちで和議が成立した。

和議が成立する前に、家康軍は宇佐山城から引き上げている。城に滞在していただけで戦いには出なかったものの、結果として信長を助ける働きをした。一時的に苦境に陥った信長も、終わってみれば、その立場は以前より悪くなっていなかった。

これで一段落したと思ったところに、新しい敵が出現した。尾張と伊勢の国境にある伊勢長島(ながしま)で信長に反発する一向一揆が起きたのだ。伊勢湾の入り込んだ奥にある木曽川と揖斐川に挟まれた中洲となっている島々からなる長島は、尾張と隣接する織田氏の勢力圏の伊勢湾の一郭、織田氏が支配する津島と熱田の水運の拠点となる地域である。「仏敵信長」を倒せという檄を飛ばし一揆を旗上げした門徒衆の兵力が、織田氏の支配する古木江城を攻撃した。不意をつかれて、城主である信長の弟の信興が自害に追い込まれた。本願寺は反信長の姿勢を鮮明にしたわけだが、本拠地の大坂で戦うのは賢明でないと長島に兵力を結集させたのである。

そのうえ、依然として延暦寺も信長が要求する中立を保とうとしていない。和議がなったはずなのに、その条件に不満があった浅井氏は、半月も経たないうちに信長に奪われた地域を攻撃している。最初から和議を反故にするつもりでいたのだ。

3

年が明けた一五七一年（元亀二年）は、信長軍の浅井氏への攻撃から始まった。浅井・朝倉軍より先に動いて、彼らが京をうかがう体制をつくられないようにする作戦を展開した。

信長軍はすでに横山城と佐和山城を手中におさめており、浅井久政と長政父子がいる小谷城は孤立していたが、この地域にいる一向宗の門徒たちの支援を受け、予想以上に浅井氏の抵抗は大きかった。早期に浅井氏を攻略してしまおうという信長の思惑どおりにいかずに、戦いは長期にわたる様相を呈したので、信長は浅井氏が籠る小谷城への攻撃を横山城に入った羽柴秀吉に任せ、岐阜城に引き上げた。

そして、長島一向一揆への攻撃は柴田勝家を指揮官とする部隊に担当させた。一揆側は信長軍の攻撃を予想して護りをかためているから簡単に落ちる状況にない。勝家が攻撃を敢行しても犠牲が出るだけで、突破口を開くのはむずかしい。睨み合いが続き戦いは長期化すると予想された。

いったんは平穏になった畿内でも、信長に従っていた松永久秀が反信長勢力に寝返った。松永久秀の離反は、正確には将軍の義昭への反発からである。以前から大和地方の支配は安定していなかったから、久秀は信長の支援で万全を期そうとしていたのだが、その思惑が外れたのだ。大和をめぐっては対立が続いており、興福寺が松永久秀に反発して敵対する筒井順慶(つついじゅんけい)を支援し、将軍の義昭もそれを支持した。久秀は、このままでは自分の地位を保つのがむずかしくなると考え、反信長連合に加わる決断をした。久秀にしてみれば、協力した将軍に裏切られた気持ちであり、信長まで敵にまわしたくはなかったが、信長は将軍の義昭を擁しているから選択のしようがなかった。

連鎖反応のように前年に和議を受け入れた六角承禎もふたたび信長に離反した。久秀に呼応して六角氏は、かつて支配していた国衆を味方につけた。畿内はふたたび不安定になり、三好三人衆が京を狙おうとして動き始めているという噂が流れた。

主要な敵は浅井・朝倉勢であるが、複数の敵と対峙する状況を打開する作戦として信長が立てたのが、比叡山延暦寺への総攻撃である。敵が連合して戦いを仕かけてきてからでは遅く、敵に効果的なダメージを与える秘策が必要である。浅井・朝倉軍が逃げ込める安全地帯として放置していたのでは、戦いに決着をつけることがむずかしくなる。それに、延暦寺を無力化すれば琵琶湖の水運を獲得でき、岐阜と京の往復の安全性は飛躍的に高まる。中立を保とうとしない延暦寺を倒すことは先制攻撃としての効果も大きい。

そう考えた信長は、実行に移すまで内密に作戦を進めることにした。

前年に和議が成立して信長が岐阜に戻る際に宇佐山城を任せたのが明智光秀である。森可成が討ち死にしたので後任に抜擢し、延暦寺への攻撃には光秀に、ひと働きさせるつもりだった。将軍の付家老という身分はそのままにして、信長は光秀に武将として働く場を与えた。光秀は京と宇佐山城を頻繁に往復していたが、将軍との関係より城を護ることを優先せよと信長は釘を刺した。光秀を起用したのは、これからの戦いは勇猛果敢な武将より全体を見通して知恵を働かせる武将のほうがよいと信長が考えたからで、武将としての実績のない光秀の起用は信長にとっては賭けだったが、戦いのあり方が変わっていく予感があったのだ。

ちなみに、討ち死にした森可成の嫡男の森長可が家督を継いで信長配下の武将になり、その弟である森蘭丸、坊丸、力丸らは信長の小姓として仕えている。そして末弟は勝家の娘を妻にし、同じく勇猛な武将として知られる塙直政の養子になっている。

宇佐山城を預けられた光秀が取り組んだのが、琵琶湖畔にある志賀郡の中小領主や土豪などへの調略である。浅井・朝倉軍が砦を築いて陣取っていた地域の国衆を味方に引き入れれば、浅井・朝倉軍は前年より不利な状況におかれる。信長からの指示がある前に積極的に調略活動を始め、延暦寺の城下町ともいえる比叡山の麓に広がる坂本の有力者たちに接触した。だが、坂本は延暦寺があるから栄えている地域で、延暦寺の意向に逆らう住人はおらず、延暦寺が浅井・朝倉軍を匿えば協力するのは当然と考えている。信長軍に味方するようにと彼らを説得するのはむずかしいだけでなく、中立を保つように要請することすら不可能だった。

延暦寺撲滅作戦の敢行を信長から伝えられた光秀の驚きは尋常ではなかった。信長の話を聞いた光秀は、とたんに顔面蒼白となり身体を震わせた。確かに延暦寺には横暴なところがあり、信長が許せないと思う気持ちは理解できたが、宗門のなかでも特別な存在であり、朝廷と深い関係にある延暦寺を攻撃するというのは恐ろしい話である。光秀は、信長を恐ろしい人であると思わざるを得なかった。だが、そこまでの決断をするのも信長だからである。並の大名とは違う所以もそこにある。光秀の心のなかの葛藤にまで、信長はかかわるつもりはない。信長は、従うつもりがあるかどうかだけに関心があったから、光秀は自分が試されているのではないかと考えた。延暦寺への攻撃作戦に怯むような武将は必要ないと信長が考えているのは明らかだ。しかし、率先して作戦に従えば光秀も同じように非難される。だが、延暦寺攻撃が成功するかどうかは、光秀にとって信長配下の有力武将になれるかどうかの試金石でもある。

信長の家臣団のなかで光秀は譜代ではないのに、信長が上洛して以来、義昭の付家老に抜擢されて重要な任務をまかされた。信長の望みを尊重して交渉に当たり、信長の評価が高くなっている。だが、この試練を乗り越えなくては信長のもとでの飛躍はない。せっかく城持ち武将になるという以前からの目的を達成できる可能性が生じてきたところである。信長は、光秀の葛藤には知らん顔だった。イエスかノーかしかない。光秀は長い迷いの末に覚悟を決めた。信長の果断な計画についていくしかなかった。

信長が兵を率いて岐阜を出立したときには、京に向かうと周囲に信じさせた。そして、琵琶湖の南端近くにある三井（みい）寺に信長が入ると、光秀のいる宇佐山城と信長のあいだを馬廻衆が往復して最終的に蹶起の確認をした。多くの伽藍を焼き、僧侶までためらわずに殺すようにと、光秀は言いわたされた。

光秀の率いる部隊とともに比叡山への攻撃が開始されたのは一五七一年（元亀二年）七月十二日であ

る。比叡山のなかには立派な伽藍がたくさんあり、僧侶や僧兵たちの住む館があり、さまざまな施設がある。光秀の部隊が先兵となり、比叡山に侵攻した信長軍は、進む先にある伽藍や館に火を放ち、向かってくる僧兵たちを攻撃し、逃げ惑う僧侶を武器の餌食にした。建物とともに焼かれる人たちも多かった。不意をついた攻撃で、延暦寺の抱える兵力の抵抗も大きくなく、なす術なく蹂躙された。あちこちで建物が燃え上がる煙が高く立ちのぼった。広い敷地のなかにある伽藍は信長軍が進むにつれて炎に包まれた。立ち上る煙と炎により見通しも悪くなり、立木まで燃えている箇所もあった。歴史を誇り、国家鎮護を祈願する、朝廷とも関係が深い比叡山延暦寺は一日でその機能を失った。信長は延暦寺が中立を保たない場合は焼き討ちすると申しわたしていたから、それを実行したにすぎないと怯むことはなかった。

京の人たちには、延暦寺が炎に包まれるのを目にするのは信じられない光景だった。延暦寺を信仰の対象として崇めていた人たちには、何とも仏を怖れぬ蛮行に思えた。まともに修行しない僧侶の退廃振りが知られていたものの、まじめに修行して人々の尊敬を集めている僧侶もいた。そうした人たちまで殺戮したのは行きすぎだという声が聞かれた。延暦寺に対して快く思っていなかった人たちも、宗教的な権威として君臨し信仰の対象として長い伝統がある寺院の焼失という事実を衝撃なしには受け入れられなかった。予想できない事態に襲われて、何か良くないことが起きる前兆のような不安を感じたのである。

信長の行動は、いつものように素早い。延暦寺とともに城下町である坂本を支配下におさめると宣言し、この地域の統治を光秀に託した。延暦寺の城下町ともいえる坂本に新しく城を造営して、延暦寺の影響をできるだけ早くなくすよう指示した。延暦寺に依存していた町場に住む人々を従わせるのも光秀の役目だった。そのために、宇佐山城からできるだけ早く新しい城に移るように光秀に伝えると、信長は兵を率いて京に向かった。

　光秀は、坂本に新しく城をつくると住民たちに伝え、彼らを労役に駆り立てた。一部の住民は逃散したものの、住民の多くは光秀の指示に従った。延暦寺が持っていた琵琶湖の水運を獲得し、琵琶湖で働く人たちを従わせた。光秀は、信長の威光を最大限に利用し、延暦寺の持つ権限を自分たちが受け継ごうと活動した。延暦寺と関係の深かった人たちも、これまでと同じように彼らが持っている権利や仕事を保証すると言われると、次第に従順な姿勢を見せる人たちが多くなった。どうなるのか不安を感じながら対応していた光秀も、次第に自信を持って采配を振るようになった。今までどおりにするというのは、支配権が延暦寺から信長に代わったことを意味する。延暦寺が得ていた利権が信長に帰属した。この地域の支配を託された明智光秀が信長の期待に応えたのである。

4

　信長軍が入京すると、人々は延暦寺の焼き討ちに関して否定的な言動を控えるようになった。信長の果敢な行動に恐ろしさを感じても、信長が京に現れると治安が乱れる恐れがなくなる。朝山日乗と村井貞勝を奉行にして進めていた禁裏の修理も、ようやく計画していたすべてが終わったところだった。紫宸殿や清涼殿（せいりょうでん）も立派になり、朝廷のさまざまな儀式を挙行できる場が完成した。

　信長は、すかさず朝廷の財政を手当する計画を実施した。近隣の農家から朝廷への特別税を徴集し、それを京の商人たちに貸し付けて、その利息を米で彼らが朝廷に支払う。米を現金代わりに運用し、その利息分が毎月朝廷に入れば、長期的に朝廷の財政が安定する。貸し付けに対する利子は現在では考えられないほど高率である。

そもそも高利貸しは延暦寺が事業として運営していたものだ。一年に一度しか収穫できない米に頼る生活では、多くの人たちは収穫前に米や資金がなくなって借金をしなくては生活がたち行かない。金貸し業が人々の生活のなかに根をおろしているのも、そのせいである。延暦寺から京の商人たちにこの事業の担い手を移させたうえで、朝廷の財政の手当と絡ませて実行したのだ。さらに、京にある寺院にも、それぞれの所領の広さに応じて一定の割合で朝廷に米を納入するように命じた。それほどの負担にならない範囲で、多くの寺院に割り当てて一定量を確保する。町人や寺院には起請文を出させ、朝廷に資金や米がきちんと入ってくる体制を構築した。

延暦寺の焼き討ちに対する京の人々の抵抗感が大きいのを信長は知っていた。これ以上敵を増やしたくないから、朝廷が信長に感謝するような状況をつくれば、京の人々はそれを帳消しにしてくれるだろうと、朝廷にとっての泣きどころである財政の手当をしたのである。

信長が京に入って四日後には、信長の馬廻衆に率いられた兵士たちが、有力寺院や豪商の館を尋ね歩いた。京の町のあちこちで彼らが活動する姿が見られたから、信長が何を企んでいるのか関心が集まった。やがて朝廷の財政を手当するためと分かり、信長の素早い行動に人々は驚いたのである。

こののち、信長は京に住む有力な商人たちを茶の湯に招待した。昔から朝廷が危機に陥る気配があると、彼らは警護に駆けつけ、天皇以下の人たちに危害が加えられないよう護衛していた。朝廷の財政を安定させる信長の政策は、彼らにも歓迎された。京で信長が茶の湯を開くのは初めてだが、茶の湯を取り仕切るのは千利休（宗易）である。今井宗久の推薦で信長に接した利休は、さっそく信長から重要な役割を与えられた。宗久や宗及たちも茶道に関する造詣は深いものの、利休が茶の湯に命をかけて取り組んでいるのを信長が見抜いたからである。利休は、このときには五十歳を過ぎており、師匠の武井紹鷗に学んだ茶道を洗練させ、道を極める努力を続けてきた。

宗久に連れられて訪れた利休が、茶室で茶を点てるのを見た信長は、何気ない動作なのに茶の湯を主導している雰囲気をつくり出しているのを見逃さなかった。柔らかい動きなのに凛とした空気が部屋のなかを包み込んでいた。初対面に等しいのにいまをときめく信長と対等に振舞うようでありながら、不遜な感じがしない。自信にあふれていながら謙虚さを失わずにいる。

茶の湯にかける利休の姿勢を見てとった信長は、商人たちを集めた茶の湯で、利休がどのように場を仕切るか試してみたくなった。招待する京の豪商たちの席順は、今井宗久と村井貞勝に決めさせた。茶の湯の席では参加した人たちは平等である建前だが、点てられた茶をまわして飲むとなると順番を無視できない。それを心得て席順を決めれば、彼らのあいだにある序列を、主催者である信長が把握していると思わせられる。

「京の商人たちに改めて朝廷をよろしく頼むのが茶会の趣旨であるから、そう心得て当たるように」とだけ信長は述べ、あとは利休に任せた。この席に、信長は明智光秀も呼んでいた。信長の代理で延暦寺の持つ権限を引き継いでおり、それと関連して京の商人との関係も光秀があいだに立つことになるからと、自分の隣の席につかせた。集まった豪商たちを見て、信長は、彼らが朝廷にいる公家たちより生き生きしている印象を受けた。自分の裁量で活動しているから、信長を前にしても自信を持っているようだ。そんな商人たちを前に利休がどのように振舞うのか。

視線を浴びながらも伸び伸びとした表情の利休が茶を点てる。信長も利休から視線をはなさない。前に見ていたときと同じようなのに、どこか違いがある。その違いがどこにあるのか、動作は同じでも、利休が商人たちと同じ次元にいるように信長には見えた。自分や光秀とは違うところにいる感じだ。どうしてなのか疑問に思った信長は、やがて利休の肩の位置がわずかに前屈みになっているのに気づいた。そのわずかな違いが、腰の低い商人のような素振りを思わせ、招かれている人たちと同じ立場にいる印象を与えている。そのさりげない素振りは注視しなければ見逃すところだった。さすがは利休だった。

点てた茶を丁重に信長に差し出し、利休は一礼した。茶会を主宰するのが信長であることを、動作ひとつで雄弁に語っていた。信長は飲みおわると茶碗を光秀の前に置いた。光秀のしぐさも堂に入ったものだった。茶が順番にまわされ、時間をかけて一巡した。そこで「これからも禁裏をよろしくたのみます」と信長の代わりに光秀が商人たちに語りかけ、頭を下げた。それを待っていたように利休は深々と腰を折り、頭を下げた。光秀が述べた信長の言葉への副状のような感じのする頭の下げ方だった。信長が思っていたようなかたちで茶会は終了した。

酒宴の用意が大広間に調っていた。信長も席についたが、最初の献杯が終わると出された料理にわずかに箸をつけて「後はよろしく」といって立ち去り、すぐに岐阜に戻る準備を始めた。

延暦寺焼き討ちの後だけに、信長の迅速な朝廷への財政手当と商人たちへの扱いは人々を感心させた。意外に思えるようなバランス感覚を信長なりに発揮したのだ。そして、光秀は延暦寺が実施していた事業をそっくり信長から任された。森可成が討ち死にしていなければ、坂本につくる城には森可成が入り、光秀は延暦寺の事業のうち京に関係した分野だけを任されただろうが、結果として両方を託された。武将としての能力だけでなく、交渉や事務に関する能力でも光秀が優れていると信長が評価したからである。その期待に応えるだけの働きをしなくてはならないから、ますます足利義昭の側にいて信長との関係を良好に保つ任務をこなす時間はなくなった。それでも、義昭との関係は以前と変わらないままであると信長から言われたが、信長から託された任務を優先するので、将軍御所に顔を出す機会は減らざるを得なかった。

信長から疎外されているのではないかと心配した義昭は、信長に将軍御所に来てほしいという使者を派遣した。さすがの信長も、それを無視できず御所に顔を出した。このときの上洛ではまだ将軍御所に顔を見せていなかったのだ。

最大限の親しさを表情に現して迎えた義昭は、信長にさっそく新しい提案をした。信長が京に滞在する際の館を新しく建設したほうがよい、ついては自分が骨を折ろうと申し出たのだ。信長は上洛するつど寺院や個人の邸宅に滞在していたが、仮の宿ではなく長期滞在できる施設を京につくるべきであると、信長との関係修復を確かなものにしたいという思いで義昭は提案した。信長自身の安全のためにも防備の堅固な屋敷を将軍自らが指揮をとって造営すれば、京の人たちにも信長との関係が密であると思わせることができる。二人の関係は悪くなっているという噂があったから、それを打ち消すには格好の事業となるはずで、将軍としての権威を高めるのに役立つという思惑も働いていた。

義昭に対する信長の不信感は消えたわけではないが、信長はその提案を了承した。

5

徳川家康が信長軍への支援を終えて浜松城に戻った、前年の十一月中旬に話を戻そう。

思わぬ味方が到来したと信長に感謝されたので、駆けつけた甲斐があった。家康にとっても、宇佐山城で信長の指揮振りを間近に見て学ぶところが多かった。家康が宇佐山城にいるときに浅井・朝倉軍と戦っていれば、家康軍も戦場に駆り出されただろうが、実際には城のなかで一か月ほど過ごしただけだった。

城のなかにいる信長は、戦場にいるときと変わらない高揚した状況にあった。馬廻衆からの報告を聞き、質問して確かめてから指示を出す。信長の頭は目まぐるしく回転し、戦いの様子を想い描き、素早く決断し指令を出していた。複数の相手との戦いに司令官として各方面での戦いに対応し、的確に指示を出す信長の姿は家康には刺激的だった。宇佐山城をはなれるに際して、家康が信長に挨拶すると、信長は家康の目を見て、次の瞬間に家康の手をとってしっかりと握りしめた。そして、二度、三度と大きくうなずいた。信長が家康の援軍に大いに感謝している気持ちが伝わった。家康もうなずき返し「では」と短く言っただけだった。雪が舞うなか近江を後にした。浜松は冬になっても雪が降らず温暖な気候である。

帰城した家康を待っていたのは、越後の上杉氏との同盟が成立する見通しが立ったという報告だった。家康は、ずっと武田氏がどのように動いているか気になっていた。すぐに遠江を攻める恐れはないようだが、いずれは対決しなくてはならない。強力な武田軍と対等に戦うのは徳川の勢力だけでは不足であるが、あちこちに敵を抱えている信長に支援を求めるわけにもいかない。となれば、武田軍の敵である上杉氏と同盟するのが得策である。上杉氏は北条氏とも友好関係にあり、家康が上杉氏と同盟すれば、武田氏は孤立する方向に進むに違いない。

信長を支援するため宇佐山城へ出発する前に、上杉氏との同盟の可能性があるか酒井忠次に交渉するように託しておいたのだ。使僧の叶坊(かのうぼう)が越後に赴いて交渉にあたっていた。この時代には僧侶であれば道中の往来に危害が加えられる恐れが少なく、外交交渉にかかわる僧侶を大名たちは重用していた。このとき予備交渉で同盟に前向きであることを双方が確認したので、お互いの重臣が会合して詰めの話し合いに進んだ。上杉氏にしても、宿敵の武田氏を牽制する大名がいるのは心強い。武田氏の領地に隣接する徳川氏が味方になることを歓迎するはずだった。

酒井忠次が、上杉氏との詰めの交渉から戻ったばかりだった。同盟の成立に当たって、信長にも武田氏との同盟を見直すよう徳川氏から申し入れてほしいと上杉氏から要請されていた。

上杉氏の要請を信長に伝えると約束したと忠次が報告した。家康は、それを受けて信長にどう伝えるか思案した。上杉氏との同盟については信長の了承を得なくてはならないが、目下の信長は京と岐阜とを往復して複数の敵への対応に追われている。家康が上杉氏と同盟するのは、武田氏を敵にまわす覚悟を決めたからだが、上杉氏と同盟するという報告をした場合、信長がどのような反応を見せるのか。

織田氏にも、武田氏との関係を絶つよう求める上杉氏の狙いは理解できる。だが、それを家康から信長に申し出た場合、武田をとるか家康をとるか、信長に選択を迫るのと同じである。目下のところ信長とは強い絆で結ばれている。それをあてにして、家康がおかれている状況を正直に信長に伝えるしかないと考えた家康は、信長に手紙を書き、忠次を岐阜に派遣した。武田氏に対する不信感を表明するとともに、織田氏が上杉氏と同盟を結ぶように促すためだった。

一か月ほどして岐阜から戻ってきた酒井忠次が信長との会見の報告をした。むずかしい顔をしているから家康は不安になったが、信長が拒否したわけではないという。

忠次が岐阜城で信長に面会した際に、家康の支援に感謝していると改めて信長から言われたという。そして、武田信玄から手紙がきたところであると、その手紙を見せた。家康を非難する内容だった。上杉氏と同盟しようとしているのを知り、信玄は家康の態度に不快感を示していた。上杉氏との同盟を考え直すように信長から家康を説得してほしいと要請していた。

家康が上杉氏と同盟するつもりであると、忠次が報告すると、信長は、それなりに考えてのことであるから、独立している大名に指図することはできないと答え、家康の行動を容認したのである。

そこで、忠次は武田氏にどのように伝えるのか信長にたずねた。徳川氏は家臣ではないから、とやかく指図できる立場ではないと答えるつもりであるというのが信長の答えだった。しかしながら、徳川氏からの要請でも、いまは武田氏と敵対するわけにはいかないという。武田氏との同盟関係は続けるが、家康が武田氏と対立し、上杉と同盟するのは黙認するというのが信長の見解だった。つまり、武田氏との同盟を破棄するわけにはいかないから上杉氏の要請は受け入れないものの、上杉氏との同盟を結ぶという家康の立場は理解する。実際のところは尾張より東側の地域のことまでは手がまわらないから、織田氏を巻き込むような問題が起きないようにしてほしいというのが、信長の本音だろうと思われた。

信長から見せられた信玄の手紙は、家康を信長の家臣であるかのような扱いで記述しており、忠次は腹を立てた。信長が指示すれば、家康は黙って従わざるを得ない家臣であるかのように、大名として格下の存在として扱っている。その程度にしか信玄に思われていなかった。確かに武力で信玄に太刀打ちできないのは明らかだ。信玄は、信長とは対等であるが、明らかに家康を侮っている。家康も、信玄の態度はおもしろくないが、強くなければ発言権を確保できないのが戦国の世である。力をつけて見返す以外にない。なんとかしたいと痛切に感じた。

いずれにしても武田氏と徳川氏の対立は抜き差しならなくなっている。国境を接しているから、その周辺の国衆たちは、武田氏から圧力をかけられて従うように迫られれば、曖昧にしたままでは済まなくなる。徳川氏の支配を受け入れた地域の国衆に武田氏が調略の手を伸ばしてくるのは間違いないと思っていたが、そのとおりに家康が考えていたより早く実行に移された。武田氏は国境付近を中心にして調略の手を伸ばし家康を刺激した。対立はいっそう深刻になっていく。大きな戦いにならない程度の小競り合いが頻繁に起き、いずれは決着を迫られるのは確実である。家康は警戒感を強めたが、遠江の国衆との絆を強めるどころか手に入れた地域を少しずつ失っている。それを食い止める動きができないのは、徳川氏より武田氏のほうが頼りになると国衆が思っているからだ。有効な手を打てずにじわじわと後退した。

信長が延暦寺を焼き討ちしたのは、家康が浜松に帰還して八か月後のことである。その報に接したときに、家康は複雑な心境になった。もし宇佐山城に入って信長の行動を見ていなければ、信長の焼き討ちは非難されても仕方ないと思ったに違いない。だが、戦場にいなくても戦う姿勢を持ち続ける信長の姿を見ていたから理解できた。それに、琵琶湖の水運を支配すれば、浅井・朝倉軍を追いつめていくことができる。信長が実行に移すまでは、延暦寺への攻撃など家康には思いもつかなかった。焼き討ちが実行されて初めて、そうした選択が可能だったと気づかされた。戦いに勝利するための行動を最優先する信長なら、ためらわずに実行したのも当然であると思えた。

家康は、遠江の国衆との関係を深めて、武田氏による調略があっても簡単に靡(なび)かないようにする体制をつくることに全力を挙げるしかない。だが、相手の勢いが強ければ、そうした努力も水泡に帰してしまう。窮地に追いこまれた家康は、信長の支援が欲しいと思った。

6

信長による延暦寺の焼き討ちは、反信長連合を結束させる作用があった。その中心に躍り出たのが大坂本願寺の門跡の顕如である。それまでは、信長に反対する勢力を支援するにしても消極的な態度だったが、そこから抜け出し反信長連合の結成を積極的に画策し始めた。守護大名と関係を持ち、朝廷との繋がりを持ち続ける顕如は、そのネットワークを駆使して各方面に働きかけるだけの実力を持っていた。

一向宗の信徒は中小領主から農民まで幅広い。門跡の顕如の指令が末端まで行き届く組織になっていた。さらに、顕如の正室は名門公家の三条(さんじょう)家の娘であるが、甲斐の武田信玄の正室も同じ三条家の娘であり、顕如と信玄とは義理の兄弟になる。姻戚関係で結びつけられた二人は、ゆるい同盟関係にあるといっていい。顕如が反信長勢力を結束させようとすれば、真っ先に声を懸けるのが信玄である。信長に反旗を翻すように信玄に働きかけ、その中核となるように促したのは、信玄ほど頼りになる武将はいないからだ。

徳川氏との対立が激化しているなかで、信玄は信長に家康が武田氏に敵対しないよう説得してほしいと再三にわたって要請しているのに、信長は応えようとしない。そんな折に顕如の誘いがあったから無関心ではいられなかった。それだけではない。比叡山延暦寺への攻撃のあった数か月後の一五七一年十月に初代北条早雲から数えて三代目の当主である氏康が死亡して、北条氏では息子の氏政が権力を掌握し、それまでとは違う方向が打ち出された。武田氏との連携を強める動きを示したのである。十年以上前に家督を譲られていたものの、実質的な権限は持っていなかった氏政は、武田氏と敵対するのに反対だったが、父の氏康に押し切られていた。北条氏の権力を掌握した氏政が、武田氏との結びつきを修復することにしたのは、遠くの上杉氏ではなく武田氏との連携のほうが関東の安定が図れると思ったからだ。二年前から中風を患っていた氏康に遠慮していた氏政は、自分が北条氏の当主として采配を振る時節の到来を待っていたのだ。

これで、信玄は顕如の誘いに応じるのに迷いがなくなった。特別な存在になっている信長を敵にまわすには覚悟がいる。北条氏と敵対している状況では、さすがの信玄も織田氏との同盟を破棄する決心がつかないでいたのだ。

織田氏との縁切りを決断した信玄が最初にやったことは、将軍の義昭に対する「武田氏が蹶起するから、将軍も織田氏のもとをはなれ、我らとともに行動することを望む」という申し出だった。将軍に対する信長の態度は、とても臣下としてのそれではないように思えたから、義昭が信長を見限る可能性は低くないと判断したのである。そして、浅井・朝倉軍と連絡をとり、同時に蹶起する作戦を立てた。信長包囲網の中心に信玄が躍り出るという情勢の変化が生じた。しかし、信長も家康も、そうした動きを事前に察知することはできなかった。

信玄が反信長連合に加わって動き出したのは一五七二年（元亀三年）十月である。大軍を率いて駿河から徳川氏の支配地域である遠江に攻め入った。計画ではそれより前に出馬するはずだったが、持病が悪化して遅れたのだ。信玄は五十歳を過ぎてから体調がすぐれなくなっていたが、信玄が指揮をとらないわけにはいかない。後継者である武田勝頼は二十七歳になっていたが、義信が廃嫡されて諏訪地域の支配者になる予定から急遽跡継ぎになった関係で、信玄の古くからの家臣たちからの信頼がいまひとつだった。修行中の身であると見なされて、出陣には帯同するが、信玄の指揮下に入って活動していた。信玄は戦勝祈願と病気平癒の両方の願いを神仏にかけた。神仏への信仰の篤い信玄は、このときの祈願によって願いが叶うだろうと希望的な観測のもとに出陣した。しかし一か月ほど計画より遅れたことが、のちに微妙な影響を与えることになる。

顕如は、いっぽうで朝倉氏と接近した。自分の跡継ぎである息子の教如（きょうにょ）と朝倉義景の娘との婚姻により、親戚になることで絆を強める政略結婚が成立した。こうした顕如の活動は守護大名の政治的な動きと変わらず、本願寺は大名と同じように機能する組織であった。反信長連合に新しい息吹をもたらす動きが顕如によって加速されたのである。

7

信玄が動いたという報に接した家康は慌てざるを得なかった。信玄が駿河から遠江に向かっているという情報をつかんだのは、この年（一五七二年）十一月だった。武田氏の別働隊が信濃から山を越えて三河に入り、不意をついて長篠（ながしの）城を攻撃したという。信玄軍が攻撃するのは東海道沿いにある城だと思っていたから、長篠城の護りはかたくなかった。重要な城だが、彼らの手に落ちた。

その勢いで武田軍の別働隊は遠江にある二俣城をめざした。家康のいる浜松城の東にある二俣城は、天竜川の東岸にある徳川氏の重要拠点であり、これが落ちると浜松城が脅かされかねない。主力の信玄軍は、駿河に近い遠江の高天神（たかてんじん）城を攻撃して落とし、西進して二俣城に迫り、別働隊が南下して信玄の本隊と合流し、二俣城を攻撃する作戦だった。

知らせを受けた家康は急ぎ信長に援軍を求めた。このままでは武田氏の進軍を止めることはできそうもない。家康は、事態の急変に気持ちが追いついていなかった。武田氏が反信長陣営に加わったとなれば、近江や畿内での戦いでも敵方が勢いを増し信長軍は苦戦を強いられる。そうなると家康の支援どころではない。単独で信玄という強敵と戦うのは、どう考えても成算があるとは思えなかった。同盟を結んだ上杉軍も、雪の季節を迎えて支援を期待できなかった。何もかもが悪い方向に進んでいるように思えたが、とりあえず家康は二俣城の救援に駆けつけた。だが、二俣城の近くまで来た家康は、圧倒的な信玄軍を前にして、とても城を護れる状況にないと判断せざるを得なかった。二俣城は遠江の重要な拠点であるにしても、ここで家康が戦って敗れてしまえば、その先は信玄の蹂躙を許してしまう。

家康は態勢を立て直そうと浜松城に戻った。家康軍の撤退により、二俣城にいる味方は孤立した。見殺しにせざるを得ないが、浜松城で信長からの援軍を待つより方法はなかった。そして、懸念したとおり二俣城も武田軍の手にわたった。

武田信玄の敵対行動を知った信長は激怒した。家康と信玄がうまくいっていないのは承知していたが、信玄が織田氏との同盟まで破るとは思っていなかった。信玄と謙信との関係は良くないから、このままでは信玄が苦しい立場になると察した信長は、上杉氏と織田氏の同盟を進めるかたわら、武田氏と上杉氏のあいだが友好関係になるように骨を折ろうと思っていたところだった。それだけに、何の断りもなく浅井・朝倉軍と呼応して遠江から三河に攻め寄せるという信玄の行動は許せなかった。

このときに信長は岐阜城にいたが、北近江での浅井・朝倉軍との戦いが膠着状態にあり、味方の部隊の主力がこれと対峙している最中だった。信長も、家康が窮地に陥っていることは分かっていたものの、大軍をその支援に送るわけにはいかない。迷った末に、信長は、平手汎秀（ひらてひろひで）、佐久間信盛、それに水野信元による三千の兵士を支援に派遣した。それ以上の部隊を派遣する余裕はなかった。同時に信長は、これを機に上杉謙信との同盟締結を急いだ。前から交渉していたが、武田氏が敵にまわった以上猶予するわけにはいかなかった。もとから武田氏と敵対関係にある上杉氏は、一向一揆にも悩まされていることもあり、信長の求めに応じたのである。

二俣城を手に入れた信玄の部隊は、そのまま進んで浜松城に近づこうとしていた。途中にある家康の支配していた地域の国衆を味方につけながら進軍してくる。信長の支援軍を入れても味方の兵力は敵の半分以下である。信玄が意のままに蹂躙しているのに手出しができない。

もはや浜松城に籠城して戦う以外に考えられない。いつまで持ちこたえられるかは分からないが、籠城のための備えに怠りはない。鉄砲も銃弾もあるし、食料の蓄えもある。城の改修の際に堀を深くするなど護りも堅固にしてある。だが、信玄の戦いぶりは誰もが一目置いている。三十一歳になった家康は、この城と運命をともにすることになるかもしれないと覚悟を決めたが、負けると思って行動するわけにはいかない。信長の送ってくれた武将たちの前では気丈に振舞っていても、酒井忠次や石川数正など、心を許した家臣たちだけになると、家康はつい弱音を吐いてしまう。

偵察に出ていた兵士から、信玄の一行が浜松城には向かわずに、北にある道を通って進軍していると知らせてきた。浜松城を迂回して進軍しているようにしか見えないという。なぜ徳川氏の本拠である浜松城を攻撃しようとせずに三河に進もうとしているのだろうか。三河の岡崎城を標的にして、徳川軍を分断する作戦なのか。あるいは信長の支配地域である尾張か美濃を攻撃するために急いでいるのか。

そのとき、家康の頭に十年以上前の桶狭間山の出来事が浮かんだ。実際には現場にいなかったものの、信長が数倍以上の兵力を誇る今川義元の本隊めがけて攻撃し、みごと義元の首をとったのだ。敵が逃げ惑って右往左往した状況なら、少ない兵力でも相手を圧倒できる。迂回して進軍している敵を後方から攻撃できるのではないか。敵が戸惑って右往左往すれば兵の数の違いは問題ではなくなる。

そう考えた家康は、この機を逃さず攻撃すべきだとして家臣の意見を聞いた。だが、あまりにも危険すぎるという意見が多かった。それでも勝てる可能性が少しでもあれば、攻撃を仕かける価値がある。敵が素通りするのを見過ごしたのでは総大将である家康の面目が立たない。家康の意向に、支援に来た武将たちも、積極的とはいえないにしても賛成したので出陣が決まった。家康は勝てるかもしれないと、落ち込んだ気分が晴れていった。敵が高台から下っていくときを見はからい、後方から攻めれば勝機はある。土地勘があるから戦いは有利に展開するはずだ。

家康は、出陣のために鬨の声を上げた。外の空気はさわやかで、久しぶりの緊張に身震いした。敵を発見し、攻撃の機会を逃さないで進めば勝利できるだろう。信玄を打ち破れば、自ずと道が開かれる。

ところが、敵を発見したとたんに楽観的な思いは消し飛んだ。浜松城を迂回したのは、信玄が仕かけた罠だったのだ。彼方に慄然とする光景が広がっていた。遠くの丘の上に整然と並んでいる信玄軍が目に入った。敵の姿を求めて早駆けした家康の部隊は停止した。三方ヶ原（みかたがはら）で戦う準備ができている信玄の軍勢が大きな固まりとなり、こちらを向いて待機している。家康をおびき出す作戦にまんまとはまったのである。兵の数でも圧倒的な差があるうえに、敵は緩い坂を下って攻め寄せられる有利な陣形をとっている。

家康はしばらくあっけにとられていた。「殿、いかがしましょうか」という酒井忠次の言葉に我に返った。勝ち目のない戦場が目の前に広がっている。逃げたいと思ったが、敵に後ろを見せたのでは、最初から負け戦になり犠牲も大きくなる。叶わないまでも、敵に向かって攻撃するしかない。

大きく息を吸い込み時間をかけて吐き出した家康は、ここが自分の最後の場と覚悟した。と思うと、不思議なもので身体の震えは止まり、身体が軽くなった。わずかな確率だとしても、勝つために努力する以外にない。これまでも、多くの武将が、こういう場面を経験し散っていったことだろう。自分も、そんななかの一人になるのかと自分の人生を振り返った。それを受け入れるしかあるまいと覚悟を決め、家康は静かにうなずく仕草を見せた。

支援に駆けつけた信長配下の武将たちに伝令を送った。戦いは徳川軍が先に攻め込むから、様子を見て無理に動かないようにしてほしいと連絡させた。全滅は避けなければならないと思ったからだ。

家康が一歩前に進み出るのを見た酒井忠次が軍配を大きく振り下ろした。「わあっ」と鬨の声をあげて兵士たちが突っ込んでいった。だが、敵が動くほうがわずかに早かった。こちらとの距離は見る見るうちに縮まった。向かっていく味方の軍勢に武田軍からの石飛礫（つぶて）が雨あられのように飛んできた。それをものともせずに兵たちは勢いよく進んでいく。左側のやや中央寄りのところで敵軍と激突した。押し寄せる武田軍は、波がうねるように大きく動き横に広がった。家康軍の先陣は中央から果敢に攻め込み、突出して前に進んで押している。その両側の兵士の一団も敵と激突、槍による戦いは、まさに白兵戦である。だが、寡兵の味方は、たちまちのうちに囲まれて敵の攻撃に晒された。

それを見た酒井忠次や石川数正が、家康を両方から抱え込み、安全と思われる後方まで連れ戻した。拉致されるように下がった家康の前に椅子が用意された。それに座ると、家康はふたたび身体が震え出した。見ないで済ませたいが、前方では見るに耐えない戦いが展開している。いずれにしても、それほど時間がかからないうちに決着するのは間違いない。深呼吸して自分を落ち着かせ、立ち上がると大声で兵士たちに檄を飛ばした。

わずかな時間だが、家康には時の流れが緩慢に感じられた。どうにかしなくてはならないと焦っても、方法が浮かばない。自分が首を振っているのにも気付かずにいると、馬で逃げるように促された。とんでもない負け戦である。重臣たちは、家康をなんとか浜松城まで無事に戻すこと以外に考えていなかった。家康は、我に返り、彼らが何を考えているか分かったが、自分だけ戦場をはなれるわけにはいかない。生き残ることは思いもよらない。

だが、酒井忠次に「家臣は、この場にいる者だけではありません。殿が生き残れなくては徳川が消滅してしまいます」と言われた。忠次だけでなく何人もの家臣が家康を取り囲み、それぞれが何か叫んでいる。戦死を覚悟していたのに、家康は、急に生き残らなくてはという思いにとらわれた。

何人かの家臣が家康のまわりを囲んだ。馬で逃げるしかない。猶予はない。敵兵が、こちらに向かってくるのが見えた。敵兵を近づけないようにするには、味方の兵の一部が留まって戦い、そのあいだに家康を逃がさなければならない。

家康は馬に乗るとひたすら逃げた。無事に浜松城までたどり着けないだろうという恐怖に襲われた。手綱をとる手が震え、歯ががたがたと鳴り、身体の震えが止まらなかった。生き残ろうとした瞬間から、それまでにない恐怖が家康の身を包んだ。戦場の様子も、自分と敵兵との距離があるのかないのかも分からない。馬で走る自分の姿だけを高いところから見ている意識にとらわれ、鷹になれば空高く舞って逃げられるのにと思った。だが、鷹にはなれない。自分の身体が重く感じられた。そして、二度と能を舞うこともできないと思った。能を舞う楽しみを味わう機会がないと思うと悲しかった。「タカ、タカ、タカ。ノウ、ノウ、ノウ」と家康は口走っていた。だが、家康はそれを意識していなかった。うろたえていた家康は、後ろを振り返らなかった。周囲には家臣の何人かが常に取り囲んでいる。途中で、敵兵に追いつかれそうになったが、辛うじて城に逃げ帰ることができた。家康は、酒井忠次に抱きかかえられるようにして本丸に入った。

今川義元が討ち死にした後に大樹寺を経て岡崎城に入ったときの不安を家康は思い出した。だが、そのときの不安は、身体の外側からじわじわとなかに入ってくる感じだったが、それとは違って戦いに敗れて逃げるときの不安は、身体のなかにある軸が不安に絡め取られて目まぐるしく回転しながら身体中に広がる感じだった。おそらく間近に迫った死を意識せざるを得なかったからだろう。

それにしても徳川軍の犠牲は大きかった。織田氏の援軍としてやって来た平手汎秀は、果敢に敵陣に突っ込み戦死した。信長の家老で自刃した平手秀政の孫である汎秀は、このときわずか十九歳だった。信長にとっては悲しい知らせとなった。

その後も、武田軍が攻撃してくるのではないかと浜松城で防戦体制をとった。鉄砲隊を総動員して配置を決め、鉄砲をはじめ槍や石飛礫を素早く使えるように手配した。だが、信玄軍は浜松城を攻撃してこなかった。十日ほど信玄軍は浜松城付近に留まり、周囲の館を焼き、田畑を荒らした。攻撃しそうに見えたが、結局はそのまま去って行った。とりあえずは助かったものの、これで終わりではない。

なぜ信玄が浜松城を攻めなかったのか、家康にも分からなかった。先を急いでいるとしか思えない。家康は、罠にはまったこと、平手汎秀が戦死したこと、浜松城を後に武田軍が西に向かったことなどを急いで岐阜城の信長に知らせる使者を派遣した。さらに、この戦いでの戦死者を供養し、その家族に今後の生活の保障をし、家康が逃げる際に身代わりになった家臣を顕彰するなど配慮した。

自分の能力不足が悲しかった。信玄に好きなように蹂躙され、せっかく手に入れた遠江も、武田氏に大半を奪われてしまった。

家康がいる浜松城を攻撃しなかったのは、これに時間を費やすわけにはいかないと信玄が判断したからである。籠城した敵を攻略するには時間がかかる。浅井・朝倉軍と呼応して兵をあげたのだから、徳川氏との戦いだけに専念しているわけにはいかない。信玄は、ふたたび身体が不調になることを心配していたから、主要な目標である尾張への攻撃を急ぎたかった。浜松城は諦め、三河に入って拠点の城である野田(のだ)

城を落として先に進むことにした。

野田城を取り囲んでいるときに信玄はふたたび将軍の義昭に手紙を出している。信長に敵対する道を選択したので、将軍も反信長陣営を支持するよう改めて説得を試みたのだ。そのなかで信玄は、信長を激しく非難していた。比叡山延暦寺を焼き討ちした信長は、公家や将軍を侮る逆臣であると主張し、同盟を維持できるような相手ではないとこき下ろした。

同じ時期に、信長も信玄を非難する手紙を謙信に出している。厳父の意志を尊重せずに駆逐し、罪もない息子の義信を殺害し、家臣たちを焼き殺し、甥である今川氏の土地を奪うなど無道な振舞いをする不埒な人物であると指摘している。信長も信玄も、相手の非を言い立てて自分を正当化した。

信玄軍が、このまま順調に進んでいたら歴史は変わっていただろう。だが、家康には運という強い味方がついていた。逆に信玄は運に見放された。

遠江から三河への侵攻を計画どおりに進めた信玄は、ここで衝撃的な情報に接した。浅井氏を支援して近江に兵を展開していた朝倉氏が、戦線に留まらずに撤退してしまったという。信玄の西征は、信長軍を攻撃する浅井・朝倉軍と連携して展開する作戦だった。信長を窮地に追い込むためには彼らの近江での戦いと連動して、信玄が尾張を攻撃するから効果がある。だが、朝倉氏にしてみれば、信玄が攻撃するまで待つより帰国できなくなるほうが一大事であると、雪に閉ざされないうちに帰国することにした。信玄が出陣するのが、当初の打ち合わせより一か月ほど遅れていたからでもあった。

信玄にしてみれば、帰国できなくても信長を討てば、得られるものが大きいはずだという思いがある。朝倉義景の撤退は理解できなかった。信玄の失望は大きい。宿敵となった織田氏を追いつめるチャンスを失い、怒り心頭に発し、これによるストレスが引き金になり、信玄は腹の痛みが激しくなり食欲をなくした。病がぶり返したようだ。数日のうちに歩くこともできなくなり、息も臭くなった。野田城を落とすのは可能だが、それから尾張まで進軍するのは無理な状況になった。信玄あっての武田軍であり、帯同している嫡男の勝頼も、どうしてよいか分からない。しばらく様子を見るよりほかになかった。

回復を願うには効果のある寺院で病気平癒の祈願をするのがよいといわれている。信玄軍は尾張への進軍を諦め、長篠城近くにある鳳来寺（ほうらい）に行くことにした。この地域で名の知られた名刹（めいさつ）である。引き返す道をとり、輿（こし）に乗せられた信玄が山道を登って鳳来寺に到着すると、最大限に効果があるように護摩を焚いて病気快癒を祈禱させた。

その甲斐あって病状は回復する方向に向かうように見えたが、それも束の間だった。とても歩ける状態ではない。苦しそうに息をする信玄は、甲府（こうふ）に戻るよう命じた。甲府に戻って養生すれば元気を取り戻すだろうと思ったのだ。勝頼や家臣はそれに従うしかない。輿の上であえぐ信玄とともに、武田軍は引き上げ始めた。しかし、信玄は甲府までたどり着くことはできず、途中で帰らぬ人となった。一五七三年四月、享年五十三である。先がないと悟った信玄は、自分の死を当分のあいだ知られないようにせよと勝頼に指示した。だが、信玄軍が甲府に向かって撤退するのを知られないようにするのはむずかしかった。信玄のそれまでの戦いぶりから見れば、この撤退はあり得ないことに思えた。異変があったとしか考えられない。

反信長陣営にとって武田信玄の死去は大きな打撃であり、織田氏と徳川氏にとっては、不利な状況から抜け出る契機となった。

家康は信玄が重い病にかかっているという情報を得ていた。遠江の鳳来寺には家康と関係する者たちもいたからだ。信玄が重病になったとすれば、武田軍が突如として撤退した謎がとける。浜松城を攻撃しなかったのだから先を急ぐはずなのに、途中で陣を張ったままいたずらに時間を過ごすことが多くなれば、食料の補給も大変になるし、兵の士気も下がってしまう。

不安のなかで動きがとれない状況が続いていた家康は、危機が遠ざかりつつあると感じた。信玄の病気が重いか、あるいはすでに死亡しているかもしれないが、確証は得られない。窮地に陥り、生き残る道は狭く心もとなくなっていたのに、天は家康を助けてくれたのだ。強い者が勝つとはかぎらないようだ。天佑神助ともいうべき奇跡が起きたとしか思えず、何とも不思議な気分に襲われた。どうすることもできない「運命」の糸がこの世には存在しているようだ。とりあえず、武田軍の進撃が止まり撤退していると信長に報告した。

だが、考えてみると天佑を得ているのは信長ではないか。自分はそれにあやかっているにすぎない。信長と同盟しているおかげで、危なくなっても助けられている。予想できない行動をする信長は、とてつもなく強い運を身に引きつける能力を持っていると思わざるを得なかった。やはり信長についていく以外に道はないと家康は思った。

8

家康が武田氏との戦いで苦しんでいるあいだ、信長も岐阜と京を往復して反信長連合と戦い、加えて将軍や朝廷とのやりとりがあり忙しく過ごしていた。

信長軍は一五七二年五月に小谷城を攻めたのちに岐阜に戻り、七月にふたたび浅井氏攻めを敢行した。このときは十六歳になった信長の嫡男、信忠の初陣だった。信長軍は越前の国境近くまで進出して周囲を焼き払い、小谷城を取り囲んだ。城の手前に砦を築き、小谷城の封じ込め作戦を展開した。朝倉氏の応援部隊が到着したが、砦にいる信長軍に近寄ろうとはしなかった。浅井氏に従っていた国衆が、信長軍による調略を受けて離反していたため、浅井氏は籠城して護りに入っていた。

戦いが長期化すると見た信長は、あとは羽柴秀吉に任せ、信忠とともに九月に岐阜に戻った。信玄が敵対行動をとろうと準備を始めているのを、このときの信長はまだ知らなかった。岐阜に引き上げた信長は、将軍の義昭に弾劾状を送りつけた。将軍の後ろ盾になり幕府を盛り立てているのに、いつまでたっても足を引っ張っていると信長は腹を立てていた。

信長が怒ったのは、将軍が改元に協力しなかったからだ。「元亀」という年号は不吉であるから改元したいと朝廷が望んでいた。前から信長もそれを支持しており、将軍としての役目を果たすように義昭に促していた。だが、義昭は何もしようとしない。年号を決めるのは朝廷の権限であるにしても、改元にあたっては将軍に相談することになっており、改元にかかる費用は幕府が負担する決まりになっていた。それなのに、義昭は関心を示さずに各地の大名に御内書を発給して馬を勝手に所望するなど将軍として好ましくない振舞いをしていると、襟を正すよう警告した。

信長が義昭に送る文書が否定的な内容になるのは、信長の頭のなかにある、あるべき将軍の姿に義昭がいつまでたっても近づいていないという不満があるからだ。信長は非難するかたちでしか義昭に呼びかけず、二人のあいだの対話は成立しないままだった。

　義昭が信長からの手紙を細川藤孝に見せ、腹立たしさをぶちまけたが、いつものように藤孝は自重するよう促した。義昭が提案した信長の京における館の工事が進んでおり、近江や美濃などからも労役の人たちが集められていた。義昭は、この工事を「天下仕置き」と位置づけて推進しており、信長との関係を断ち切るという選択はしづらかった。とはいえ、信長に気に入られるようにするのは不可能ではないかとの思いもあった。

　義昭が信長に敵対して兵をあげるのは翌一五七三年二月で、徳川軍が三方ヶ原で大敗した三か月後である。信玄が反信長陣営に加わり、信長に逆らっても勝算があると計算したからだ。そう決意をしたのは、義昭の側近となっていた上野秀政(うえのひでまさ)のように信長を快く思わない人たちに囲まれていたせいでもあった。信長との関係が悪化するのを防ぐ役目を果たしてきた明智光秀や細川藤孝が、義昭と距離をとるようになり、信長に反発して強硬な主張をする上野秀政が、義昭に影響を与えるようになっていた。

　本願寺の顕如の誘いに乗ることにした信玄から、信長との関係を断ち切るべきだという手紙がきたときには、義昭はまだためらっていた。だが、反信長連合が強力になるように思え、信長と袂を分かっても情勢が自分に有利に展開するはずだった。側近の上野秀政が信長を非難する主張を展開し、義昭も次第にその気になってきた。上野秀政は義昭に取り入ろうと信長を批判する口調を強めた。

　ついに信長と縁を切りたいという思いが打ち勝った。そうなると一気に溜飲を下げられ、義昭は信玄や謙信に上洛するようにという御内書を送った。信長と敵対している松永久秀や三好義継とも連絡をとりたかったが、過去の経緯を考慮すれば、反信長の旗色を鮮明にする前に彼らに話すわけにはいかない。それでも将軍の権威を示せば、彼らも従うだろうと計算した。

すべてを自分に都合良く解釈し、見とおしをつけないまま、義昭は信長に追放されてしまう前に決断したほうがよいという上野秀政の助言に従った。義昭は、工事が途中まで進んでいた信長の京の館を焼きはらい、信長に敵対する立場を鮮明にした。

まさか義昭が自分を裏切るとは思っていなかった信長は、腹を立てながらも、京にいる朝山日乗や村井貞勝に連絡して、義昭に翻意させるよう説得せよと伝えた。だが、強気になっていた義昭は、二人の説得に聞く耳を持たなかった。義昭はこの二人の前で信長を非難し、それまで溜まっていた鬱憤を晴らした。

義昭への説得はならず、将軍と信長の対立が表面化して京の人たちは動揺した。信長が上洛すれば、京が戦場になるのではと財産を京から運び出したり隠したりする人々の姿が見られた。二条第に留まっていた義昭は、信長の攻撃に備えて護りをかため、奉公衆を中心に兵士を引き連れて籠城した。義昭が強気でいられたのは、信玄が病に倒れて再起できないのを知らなかったからだが、信長のほうは家康からすでに報告を受けていた。

将軍御所をつくったのは信長である。どう攻略すればよいか分かっており、信長がその気になれば義昭が対等に戦えるはずはない。それでも、信長の攻撃が始まれば、反信長陣営の誰かが支援してくれるという思いがある。そうでなくとも、信長に敵対する勢力は勢いを増しているから、信長のほうが降伏するかもしれないと義昭は自分に都合良く考えた。それに対し、信長のほうは自分に反旗を翻したからといって将軍を亡きものにしようとまでは考えていなかった。足利将軍を倒してとって代わるつもりはなく、どのように懲らしめるか思案した。

信長が上洛したのは三月の後半である。京は緊張に包まれたが、信長はすぐには動かなかった。不気味な沈黙のなかで、信長は堺奉行となっている松井友閑を呼び寄せ、村井貞勝と島田秀満を使者に立て義昭に考え直すように申し入れた。人質まで差し出すという条件をつけて交渉させたが、義昭は強気に拒否した。それでも信長は下手に出て交渉を続けさせた。信長にしても、将軍を敵にまわせば、自分に敵対する勢力を利することになるという懸念があったから、穏便に済ませたいという思いがあった。

戦いが始まるのか、何ごともなく終わるのか、京にいる人々は固唾を飲んで交渉の行方を見守った。信長が将軍を説得しているという噂が広がり、それにもかかわらず義昭があくまで頑なな態度をとっているという印象を世間に与えた。いまのうちなら許すという信長の最後通告を義昭は拒否した。

信長は義昭を懲らしめる決心をした。京の町の一部を火の海にするつもりだった。京の町に火を放てば非難する声が高まるだろうが、信長は義昭のいる二条第を武力で攻撃するのではなく、義昭を震撼させるための作戦を展開した。自分に逆らうと、どんな目に遭うのか義昭に分からせたかった。

将軍御所である二条第に籠っていた義昭は、反信長陣営に援軍を派遣するよう使者を送った。自分の都合でないがしろにした松永久秀や三好義継のところまで使者を送ったが、彼らはそれに応じようとはしなかった。それでも、信長軍は二条第を攻めなかった。

信長は、二条第の周囲にある館を焼き払った。義昭が籠る将軍御所である二条第だけがぽつんと残るかたちにしたから、二条第は次元の違う世界に取り残されたようだった。そのことは義昭が孤立している印象をもたらした。

攻撃が始まったのに鉄砲も石飛礫も弓矢も飛んでこないが、周囲は火が放たれて炎と煙に包まれている。気がつくと、周囲の建物がなくなり、薄い煙がところどころで立ちのぼっているばかりだった。予想もできない光景に接して、信長の恐ろしさに義昭は震え上がった。

後の処理を兄の織田信広に任せ、信長は岐阜に戻った。信広が信長の名代として義昭に和議を申し出ると、義昭は即座に応じた。信長からは、義昭をこのまま京に留まらせてはならないと言われていたから、宇治にある槙島城に移らせた。京から退去せよとの信長の条件を呑んだ義昭は、宇治川と巨椋池に囲まれた要害の地にある槙島城に送り届けられ、謹慎するように言われた。

信長はあくまでも義昭と和議を成立させるつもりだった。そのために義昭の息子の義尋を人質として差し出させるという条件を出した。しかし、義昭はそれを拒否した。信長は、義尋を次の将軍にしてもよいと思っていたが、義昭は将軍として権力を掌握するのを諦めず、信長に歩み寄ろうとはしなかった。この時点でも義昭は、反信長連合の武将たちが結束すれば、信長を倒すことは可能だと思っていた。

信長としても、このまま義昭を許すわけにはいかない。完成したばかりの大船で琵琶湖をわたり坂本から京に入った信長は、残された将軍御所の二条第を破却させた。それを見届けた信長は、義昭が籠っている槙島城を攻撃した。反信長勢力の面々に援軍を出すよう義昭が指示を出したが、誰も応じようとしなかった。攻撃が始まると、すぐに義昭は降伏した。

信長の厳しい表情に接した義昭は、信長から切腹せよと言われるのではと震え上がった。信長は義昭を許せなかったが、切腹させたのでは、自分が将軍にとって代わろうとする姿勢を見せたと思われてしまうとがまんした。将軍にふさわしくない義昭を懲らしめようと、「二度と京に戻って来るな」と言いわたし、息子の義尋を人質に取り、義昭を追放した。義昭が河内にある若江城に入るのを許し、羽柴秀吉に送り届けさせた。

こののち、京に戻った信長は村井貞勝を「天下所司代」に任命した。それまでは奉行として朝廷や将軍とのあいだに立って活動していたが、京の治安を担当するとともに、畿内に睨みを利かせられるようにしたのである。

信長と義昭の対立が抜き差しならなくなってからも、朝廷は何の動きも見せなかった。成り行きを見守るだけで、二人の関係修復を図ろうとはしなかった。信長の態度を見れば、とても調整できる状況ではないと判断したからだ。義昭も朝廷には働きかけていない。義昭に従う昵懇衆といわれる公家たちがいたが、彼らにも朝廷を動かす力があるわけではなく、もとより信長に対抗して戦う度胸もない。

義昭を追放して京に戻った信長は、朝廷に使者を派遣し、前から要望していた改元の儀を進めてほしいと申し入れた。改元に関しては一大名が朝廷に申し出る案件ではないものの、実力者の信長の申し出なので朝廷も敏感に反応した。正親町（おおぎまち）天皇も将軍が追放されて決着がついたと安心して、改元のための朝廷の手続きを始めた。年号の候補は高位の公家たちによって選ばれ、議論の末に候補が絞られて、最終的には天皇によって裁可される。この場合は、特別な配慮により、候補の段階で信長に示された。そのなかから信長が選んだのが「天正」である。前例がないことだが、それだけ朝廷は信長に気を遣っていた。

朝廷では一連の儀式を経て、正親町天皇が「安永」と「天正」という最終候補のうち「天正」を選んだという手続きを踏んだ。朝廷の権威が失墜しないように気を遣いながら、信長の希望を叶え、一五七三年七月二十八日に元亀四年が天正元年になった。翌二十九日には信長のもとに勅使が派遣されて「天正」という年号に決まったと知らせる綸旨が出された。身分としては一大名にすぎない信長にこうした綸旨を出すのは前代未聞である。「改元により天下静謐および安穏のもとができたので満足していただけるでしょう」という内容である。改元にかかる費用は将軍が負担することになっているが、このときには信長が負担したから、世間では信長が将軍になったと見なした。信長への朝廷の気の遣いようは京の噂となって広がり、信長が近く関白に就任するという噂がまことしやかに囁かれた。信長自身は、将軍の代わりに負担しただけと思っていたが、京の人たちはそうは思わなかった。

朝廷では八月七日に「世上患い」を払う祈願を挙行した。中心になったのが正親町天皇を父に持つ誠仁親王である。信長が親王の元服に際して費用を提供しており、また信長のところに勅使が派遣される際に何度か親王も一緒に訪れており、天皇家のなかでは信長に親近感を抱いていた。誠仁親王が率先して祈願したのも信長を意識してのことである。翌日には天皇が、同様に朝廷内で「世上患い」を払う祈願をするよう命じている。そして、京にある寺院でも同じように祈禱をするよう天皇が改めて命じている。この後、山科言継が岐阜に派遣されて、天皇と親王がこのような祈願をしたことを信長に伝えている。「世上患い」を払う祈願は「信長のための戦勝祈願」の意味があると言継が語ったのは、信長が本格的に浅井・朝倉軍を攻略する準備を進めていたからだ。

9

反信長陣営の結束はゆるいままだった。これに対し、信長軍は信長のもとに一丸となっていた。盟主となるべき武田信玄を失い、それぞれに自分の思惑を優先して、反信長陣営は協力体制を積極的に進めるようにはならなかった。おかげで、信長は浅井・朝倉軍との戦いに集中できた。

義昭の追放は、幕間の小さなエピソードにすぎないとばかりに、信長は兵力増強に取り組んだ。その一つが新しい軍船の建造である。湖上や海上からの攻撃を可能にし、兵士の輸送にも利用するためである。これで琵琶湖を渡り短時間で岐阜と京の往復が可能になった。戦力向上に取り組む姿勢も、信長は敵対する勢力より一日の長を示した。軍船は輸送に効力を発揮するだけでなく、信長の軍事力を喧伝するにも効果を発揮した。

信長にとって、天正と改元された早々の一五七三年八月は戦局が大きく動いた月である。

その前から、信長配下の武将たちによって近江の浅井氏に従う地域の国衆の調略が進められ、織田方に寝返る国衆が増えていた。それにより、浅井軍は勢力を弱め、信長は一気に制圧する決意をかためていた。将軍の足利義昭を追放し、岐阜に戻った信長は、柴田勝家、丹羽長秀、滝川一益、羽柴秀吉、佐久間信盛という武将たちを連れて出陣した。

朝倉軍と浅井軍を分断するために浅井氏の本拠である小谷城から北にまわり込み、信長軍は小谷城と越前を結ぶ地域に陣を構えた。朝倉軍が浅井氏の支援に来れば、小谷城の後詰めに入る前に信長軍と対峙しなくてはならない。このときの朝倉氏は、地元で蹶起した一向一揆にてこずり浅井氏への援軍派遣が遅れた。

この分断作戦が成功すれば、浅井久政と長政父子が護る小谷城は孤立する。それを防ごうと信長軍の陣の手前に浅井氏は焼尾砦(やきお)を築き、ここを支配する国衆の兵でかためさせた。こうすれば、朝倉氏の応援部隊が到着したときに信長軍を挟み撃ちにできる。だが、浅井側の作戦は事前にほころびが生じた。信長軍の調略の手が伸びており、焼尾砦を護る国衆は、浅井氏に見切りをつけ信長軍に寝返る決心をした。密かに信長軍と連絡をとり、信長軍の兵士たちが焼尾砦に入るよう促した。これにより、浅井氏の砦は、信長軍の砦になってしまった。

浅井氏の支援のために駆けつけた朝倉軍は、小谷城の手前に陣を張っている信長軍に対抗して、その手前にいくつも砦を築いた。最前線となるのが大嶽（おおづく）にある砦である。この砦には朝倉軍が多くの兵士を送り込んでいない。そこで信長は、敵が態勢を整えないうちに叩くほうがよいと、大嶽砦の攻撃を開始した。豪雨の夜中に、馬廻衆を主力とする精鋭部隊とともに信長が先頭に立ち、忠誠心が高い家臣だけで勇んで敵に向かっていった。

まさか敵が来襲すると思っていなかった朝倉軍は混乱し、戦いは一方的になった。雨で鉄砲が使用できないから安心して攻撃できる。信長は向かってくる敵兵を自ら槍を使って倒していく。命のやりとりをする緊張感は何ものにも代えがたい。総大将が戦いの最前線で率先して敵と戦うから、士気はとてつもなく高い。その戦い方はガキ大将のころと変わらない。朝倉軍の多くは逃げ惑い、砦にいた朝倉軍の武将は捕虜になった。「すぐに首をはねましょう」という家臣の言葉に信長は首を横に振った。砦は一夜にして壊滅状態になったから、彼を解き放せば朝倉義景のいる砦に逃げ込むはずだ。そうすれば、敗戦の様子を知らせるだろう。捕縛された朝倉軍の武将は恐ろしさに震えていたから、彼に戦況を報告させるのが効果的であると判断した。

ほどなく信長軍の武将たちは、そのほかの砦に陣を張る朝倉軍に攻撃をかけた。兵力と士気の違いは明らかだった。次々に砦は落ちた。浅井氏の支援どころか自軍の維持そのものが危うくなった。信長軍により総大将の朝倉義景のいる本陣のある田上山（たなかみ）が囲まれた。鬨の声をあげて信長軍の攻撃が始まると、朝倉軍の総大将である義景は越前まで逃げ帰る道を選択し、撤退を開始した。

信長は、ただちに越前まで追撃し、逃げる敵に損害を与えるつもりだった。進軍するよう配下の武将たちに下知した。一刻の猶予が敵に与える損害を小さくするから、信長は即座に行動を起こしたかった。しかし、信長が次から次へと矢継ぎ早に出す指示に武将たちはついていけなかった。勢いに乗じて戦うのが信長の手法であるが、念願の浅井氏の攻略を先にしたほうがよいのではないか、あるいはひと息ついてから追撃してもよいのではないかという思いがあって、柴田勝家をはじめ武将たちの動きが鈍かった。業を煮やした信長は、「お前たちは戦い方を知らんのか」と言うと馬廻衆を従えて先頭に立って朝倉軍の追撃に移った。配下の武将たちを説得する時間を惜しんで行動する信長を見て、慌てた武将たちも兵士を引き連れて後を追った。このときに信長の指示どおりに動こうとせず抗弁したのが佐久間信盛だったといわれている。

追撃が始まると、総大将の義景を越前まで逃がそうと、朝倉軍の殿りを受け持つ兵士たちが向かってくる。だが、追いかける信長軍が圧倒し、越前にいたるまでに朝倉軍の兵士をかなり討ちとった。そんななかで、朝倉義景は越前の敦賀になんとかたどり着いた。とりあえず逃げ切ったと思ったのも束の間、信長軍が敦賀に到着した。敗走する朝倉軍は態勢を整える余裕がなく、朝倉方の有力武将が何人も討ち取られた。一乗谷の城に逃げ込んだ義景は、籠城するつもりだったが、城の周囲が焼き払われた。危険を感じた義景は、城攻めが始まる前に逃げ出して、大野(おおの)郡にある平泉(へいせん)寺に入った。

すでに統率力を失っていた義景は、無事では済まなかった。行動をともにしてきた従兄弟の朝倉景鏡(かげあきら)は、自分だけは助かろうと信長軍に下る決断をした。平泉寺の衆徒も、信長軍の総攻撃が始まる前に義景を見限った。孤立した義景は自刃するよりほかなかった。従兄弟の景鏡は、義景の首を持って信長の陣営に駆けつけた。こののち、彼は信長の配下となり生き残ることができた。京の貴族のような生活を楽しみ名門と謳われた朝倉氏の支配はあっけなく終わり、越前も信長の支配地となった。

義景が自刃したのは八月二十日だったが、信長軍は早くも二十六日には小谷城を攻める前線基地である虎御前山に帰陣した。間髪を入れずに浅井氏を亡ぼす作戦である。翌二十七日に小谷城のはなれの京極丸を羽柴秀吉が攻撃して占拠し、翌日には本丸を攻撃した。浅井氏に与していた国衆の多くは、すでに浅井氏を見限っており、浅井氏とともに戦う兵士の数も少なくなっていた。もはや防戦もままならず、浅井長政は父の久政とともに自刃した。その前に信長の妹であり長政の妻であるお市とその娘たち三人は城から外に出され、信長軍に保護された。

朝倉義景、浅井久政と長政親子の首は見せしめのため京に送られ、獄門台に晒された。長く続いた浅井・朝倉軍との戦いはようやく決着したのである。

越前の朝倉氏の領地は柴田勝家が任され、北近江の浅井氏の所領は羽柴秀吉が任された。

信長は、寝返って味方になった武将たちを粗末に扱ってはいない。味方として実績をあげれば、過去を問わず抜擢した。朝倉氏から織田氏に下った武将たちも、また越前の地で一定の領地を与えられている。信長に仕えるようになった朝倉景鏡は土橋信鏡と名前を変え、かつて朝倉義景からもらった偏諱である「景」を消し、信長の「信」に変えて忠誠を誓う姿勢を見せたのである。ほかにも朝倉色を消そうと名前を変える人たちが相次いだ。

北近江の支配を任された秀吉も、このときに浅井氏に仕えていた有力者を家臣にしている。主人を失った武将や兵士は、新しい支配者に仕える以外に選択肢はない。信長が越前に滞在しているわずかなあいだに、浅井氏、朝倉氏に仕えていた人たちが信長に仕えたいとやって来た。信長が圧倒的な勝利をおさめたからである。

10

信玄の死に直面した武田氏は、本拠地から動かなかった。家督を継いだ勝頼は、母が諏訪氏の出であることから諏訪地方を任されるはずだったが、異母兄の義信が廃嫡され武田氏の当主になったために、武田氏の領内をまとめるのに苦労した。勝頼のもとにいた家臣たちと、信玄の重臣たちとのあいだに対立があり、勝頼の支配権が確立するには、ある程度の時間が必要だった。

しばらくは他国との争いを避けたかったが、家康がそうはさせなかった。最初は、信玄の死が確実かどうか判断するためもあって、武田氏の支配下にある三河や遠江に近い地域に家康が兵を出した。信玄が生きていれば、すかさず対抗するために武田氏の部隊がやってくるはずだったが、そんな動きは見られなかった。家康は、前年に信玄軍に侵略された地域の国衆に、ふたたび徳川氏に帰順するよう働きかけ、一定の成果をあげた。信長の助けを借りずに行動できることに自信を深めた家康は、北三河にある長篠城を奪還する計画を立てた。信濃に通じる拠点となる城であるから、この地域を支配すれば、武田軍の侵入を阻止できる。

攻撃に入る前に調略を進めた。それに応じたのが、野田城の北に位置する作手(さくて)城一帯を他の国衆と分け合って支配している奥平(おくだいら)氏である。武田氏が支配するようになったとき、奥平氏と他の国衆とのあいだで土地の所有権をめぐる争いが生じていたが、支配する武田氏が裁定しておさまっていた。このときの裁定が奥平氏にとって不利だったことから奥平氏は武田氏に不満を持っており、家康からの調略に応じて密かに作手城を抜け出し家康軍に合流したのである。戦い方を信玄に学んでいた奥平氏が味方になったのは大きかった。

家康軍が長篠城を取り囲むと、武田勝頼は援軍を派遣した。ところが、家康軍がじわじわと支配を広げており、勝頼からの援軍は数が少なく頼むに足りなかった。家康軍が攻撃する姿勢を見せると、城を任されていた武田氏の家臣は城を捨てて故国に逃げ帰ってしまった。家康軍はなんなく長篠城に入り、周囲に支配地域を広げる工作を続けた。とはいっても、武田軍の戦力は維持されている。混乱がおさまれば、家康が単独で戦える相手ではない。浅井・朝倉軍を殲滅した信長が、ようやく余裕が持てる体制になって、家康は信長を当てにできるようになった。

畿内においても、信長の敵だった三好三人衆の勢力が消滅した。三人衆の一人である三好宗渭が死亡し、阿波での支配も安泰でなくなっており、勢力はかなり衰えてきていた。それでも、信長と袂を分かった義昭から自陣に加わるよう誘われ、三好長逸と石成友通が、これに応じて山科(やましな)の淀(よど)城に入った。だが、呼応して集まる兵士の数は多くなかった。信長自身が出馬するまでもなく、細川藤孝と彼が集めた兵力で攻撃した。彼らに呼応する勢力はなく、この戦いで石成友通は討ちとられ、三好長逸は息子とともに逃れたものの、行くえ知れずのままだった。三人衆の勢力は消え、かつての三好勢のなかで反信長勢力に与するのは三好義継と松永久秀だけとなった。

朝倉氏と浅井氏を亡ぼした信長は十一月に上洛し、京の二条（にじょう）にある妙覚寺（みょうかく）を宿舎とした。

三好義継も松永久秀も、いまさら許しを請うわけにはいかない。義継は、佐久間信盛を指揮官とする信長軍の攻撃を受けた。一応は戦う姿勢を見せたものの、とても敵う相手ではなかった。義継の家老たちの裏切りで、佐久間信盛の軍は城内に導かれた。三好氏の嫡流である義継は命脈が尽きたと知り、妻子を殺して信長軍に立ち向かい討ち取られた。

残る松永久秀は信長に反抗したというより、義昭に対する反発から敵の陣営に下っていた。それを知っている信長は、あまり憎しみは持っていなかった。降伏すれば命までとるつもりはないと、久秀には多聞山城（たもんやま）を明けわたすように通告した。久秀はこれに従い、もうひとつの城である信貴山城（しぎさん）に入り謹慎した。罰として多聞山城を接収したのは、この城を信長が気に入っていたからだ。砦としての機能だけでなく、優雅なつくりの城として新しい試みがなされていたのである。これにより、信長は大和を三分割し、松永秀久の領地を減らして、筒井順慶と信長の家臣である塙直政に分け与えた。

畿内に信長に敵対する勢力はなくなった。堺に留まっている義昭は、それでも信長に抵抗した。あくまでも将軍としての権威を失っていないとして従う大名を求め続けた。とくに援助を求めたのが毛利輝元（てるもと）だった。以前から、要請に応えて金品を寄進している毛利氏を義昭は頼るつもりだった。

ところが、毛利氏は義昭の申し出を迷惑に感じていた。将軍として京で権威を保っているときなら、寄進してほしいという程度の要請に応えてもよいが、信長に見限られた義昭を将軍として毛利氏が迎え入れれば、信長に敵対するものと思われてしまいかねない。将軍をないがしろにするつもりはないが、だからといって反信長連合に加わるつもりはなかった。信長とは同盟関係にあるといってよいほど友好関係にあったからだ。

安芸を中心に広域を支配する毛利氏は、勢力拡大を果たした元就が二年前に亡くなり、いまは孫の輝元が後を継いでいた。元就の嫡男である隆元が早くに亡くなっており、幼少の元就の孫である輝元を支える体制がつくられていた。元就によって、自分の死後の毛利家が混乱しないようにと、間違っても京に上って天下を取るような野心を示してはならないという遺言を残していた。

毛利氏は石見銀山を支配し、博多にまで勢力を広げて西日本地域で有数の大名になっており、元就の次男である吉川元春と三男である小早川隆景が毛利本家を支えていた。中央からは距離をとる姿勢であり、それまでは将軍から要請があればそれなりに応えていたが、義昭から後ろ盾になってほしいと改めて要請され、どう対処するべきか迷わざるを得なかった。そこで、この問題の解決のために、信長のもとに安国寺恵瓊を派遣して、京の様子や信長の意向を探ってから態度を決めることにした。政僧として毛利氏のもとで外交交渉を担当する恵瓊は、したたかさでも定評のある人物として知られていた。

恵瓊との交渉に当たったのは朝山日乗と羽柴秀吉である。恵瓊は信長の上洛以来の敵味方の戦いがどのように展開してきたか日乗と秀吉から詳しく聞いた。そのうえで、二人とともに堺にいる義昭に会いに行った。この時点でも「自分の非を認めれば許すつもりである」という信長の意向が義昭に伝えられた。義昭が、どのような態度をとるのか、恵瓊は真意を確かめようと考えた。信長と義昭が和解すれば、毛利氏は悩まないで済む。

恵瓊をともなってきた日乗と秀吉との会談に義昭は臨んだ。日乗は、どのような条件であれば、義昭が信長との関係を修復するつもりなのかたずねた。恵瓊も、信長と和解して京に戻るのが最善であると考えていたが、義昭はあくまでも将軍としての権限を行使する姿勢を示して弱気になっておらず、信長との関係を修復するには、信長が人質を自分のところに寄越すようにすべきであると主張した。

呆れたのは秀吉である。自分のおかれている状況を理解しておらず何を考えているのか。だが、怒りをぶちまけるわけにはいかないと秀吉は、その場を後にする選択をした。その場を去ることで義昭に考え直すように促したのだが、残った恵瓊と日乗が説得しても、義昭は主張を変えなかった。そして、これから紀州に行くと宣言し、毛利の支配する地域まで行くつもりはないと語った。こんな態度の義昭を信長が許すつもりはないだろうと恵瓊は思った。だが、日乗も信長が最終的に義昭をどうするかはうかがい知れないと言う。そこで、恵瓊は、信長に会って真意を確かめたいと会見の席をつくってくれるよう秀吉に改めて申し入れた。秀吉が熱心に取り組んでくれたので、恵瓊は、京で信長との会見にこぎ着けた。

義昭の処遇をどうするつもりかという恵瓊の問いに信長は、「いまさら首をとっても仕方あるまい。大人しくしてくれれば、それでよい。毛利氏が保護するのはかまわないが、将軍として扱ってほしくない」と言った。それ以外の恵瓊の質問には答えなかったから、信長との会見は短時間で終わった。恵瓊には信長の態度は尊大に見えた。自分だけが特別な存在であると恵瓊を見下して話をしているようだった。

義昭の命までとるつもりはないと信長が思っているのを知ったのは、恵瓊にとっては収穫だった。だが、将軍を追放して京に君臨している信長に恵瓊は危うさを感じた。確かに反信長勢力を畿内から駆逐できたから、天下は信長のものになっているが、敵との戦いでは能力を発揮しても、天下の静謐のための政治でも信長が能力を発揮できるのか。対立すれば戦って勝てばよいという考えでは、つくらなくてもよい敵をつくってしまうと恵瓊は思った。

いっぽうで、羽柴秀吉の交渉術や説明の確かさに恵瓊は感心した。信長の信頼を得ているせいか自信を持って相対している。秀吉は身体も小さく見栄えも良くないうえに、ちょこまかと落ち着きがないから、その態度だけ見ていると小ものであるとしか思えない。だが、いったん相対すると口が達者なうえに、言うことは鋭くて肝腎なことは逃さない。そのうえ愛想も良い。武将として戦いの場数を踏み、危ない橋を何度もわたって修羅場をくぐり抜けてきた強靱さがある。こうした人たちを使いこなしているのが信長の強さであるのは確かだった。彼らが、信長の言うことを絶対と思って行動しているのも分かった。

この後、恵瓊は、備前の浦上宗景と播磨の大名である別所長治の上洛に合わせて信長に会った。二人の大名の面会は、信長から支配地域を安堵してもらうためである。信長が支配している地域ではないのに、信長の朱印状が欲しいというのは、その天下を彼らが認めたことを意味する。信長も、その要請に快く応えて安堵状を出した。自分の支配地ではない地域の大名に安堵状を出すのは、将軍である天下人だけに限られた特権であるはずだ。彼らが、信長を天下人であると認めた行為である。

恵瓊は、義昭が安芸まで下るつもりはないと言うので、毛利氏が保護しなくてもよさそうであると報告した。そして信長が毛利氏に敵対するような気配はないと伝えて、吉川元春と小早川隆景を安心させた。だが、その後の事態は恵瓊の報告とは異なる展開になり、信長と毛利氏は対立する様相を見せていく。信長の勢力が西に伸びていき、毛利氏を脅かすようになったからである。

第四章　朝廷と信長、そして家康の武田氏との戦い

1

一五七四年（天正二年）正月、家康の名代として岐阜の信長のところへ年賀の挨拶に行った酒井忠次が浜松に戻り、信長の近況を報告した。

近隣の領主や公家の他にも大勢が信長のもとを訪れ、酒宴でもてなされたという。酒を飲めない信長だが、正月だからと酒席をもうけた。珍しいことで、よほど機嫌が良かったのだろう。敵対する浅井氏と朝倉氏の攻略に成功し、義昭を追放して京や畿内の治安が確保され、当面の敵も動きそうになかった。招待客の宴席が終わってから、馬廻衆だけの宴会が開かれた。子飼いの家臣である彼らを特別に慰労し、信長も長いあいだ宴席に留まって楽しんだという。

酒井忠次は、信長の京での評判についても報告した。播磨の別所氏や備前の浦上氏が、信長とは関係なく獲得した所領の安堵状を求めてきたという。信長の威令が畿内を越えて広く伝えられているからだ。それを聞いた家康は、いまや将軍以上の存在になっている信長と自分との距離が以前より増した気がした。

信長は京で権力を発揮しているというのに、自分は武田氏から三河と遠江の一部を取り戻そうとして苦労している状況である。武田氏と戦火を交えるとなれば、信長の力を借りなくてはならない。それでも、信長は同盟を大切にしてくれており、岐阜城を後にする酒井忠次は「徳川どのによろしく伝えてほしい」と言われて、年賀に訪れた人たちのなかで特別に声をかけられ、面目をほどこしたと報告した。

これで、しばらくは平穏なときが続くと思われたのだが、一月の後半になると事態が動き始めた。越前で一向一揆が勃発したのである。

朝倉氏をたおした後に柴田勝家に託された越前で、勝家が留守にしているあいだに一揆軍が蜂起した。組織的に対抗できず、留守を守っていた前波吉継(まえなみよしつぐ)は自害に追い込まれ、越前は一向宗が支配する地域になってしまった。信長は、すぐに柴田勝家とその部隊を越前に向かわせた。どのような状況になっているのか調べたうえで、平定するための作戦を練ることにしたのだ。以前なら何をおいても駆けつけたに違いないが、なぜか慌てることはないという思いがあった。適切な対応が必要であるとはいえ、長期的な展望に立てば、岐阜や京でのまつりごとを優先したほうがよいと信長が考えたのは、越前内の政変を後まわしにする決断をしても、その影響が広がる可能性がないと思われたからだ。

だが、武田氏が動いたので、信長は悠長に構えているわけにはいかなくなった。予想された動きとは異なり、織田氏の支配地域である東美濃に進出してきた。武田氏が攻撃するのは家康の支配する遠江であると思っていたから信長も虚をつかれたかたちだった。信濃に隣接する美濃の山あいにある岩村城(いわむら)に入った武田軍は、ここを拠点にして近くにある明智城(あけち)を攻撃してきた。

奥美濃にある岩村城は木材の集積地として重要な地域であり、かつては織田氏の支配下にあった。この城を護っていた国衆の遠山（とおやま）氏が武田氏に降伏して城を武田氏に明けわたしたのだ。国衆の遠山氏が支配しているときに、当主は信長の叔母を夫人に迎えていたが、城を武田軍に明けわたす際に、遠山氏は夫人を新しく城を任された武田方の武将、秋山繁虎（あきやましげとら）に差し出した。繁虎は夫人を妻とした。信長は、岩村城を取り戻そうとしたものの、他の地域の戦いを優先せざるを得ない状況が続き、主力部隊を投入するわけにいかず奪還できないままだった。

信長は、武田勝頼が父の信玄ほどの武将ではないと思っていたが、遠江ではなく美濃を攻撃するという選択をしたのを知り、侮っては大変と認識した。思いもよらない攻撃であり、このまま武田氏の攻撃を許せば、信長が支配する尾張に近づく恐れが生じ、家康の支配する三河にも影響を与えかねない。すぐに動員できる兵士たちを先に明智城の護りのために派遣し、攻撃態勢を整えたうえで、嫡男の信忠をともない出陣した。しかし、信長軍が到着するより前に明智城は、武田軍の攻撃を受けて開城してしまった。武田軍の猛攻に加えて内部に裏切りがあり、予想より早く武田氏の手に落ちたのだ。

ただちに奪い返そうとしたが、二万の兵力の武田軍は周到に対策を練って、城にいたる道路に砦を築き、信長の攻撃に備えた。険しい山あいにある道路を封鎖すると、他に行きようがないから城に近づくのはむずかしい。細い道を通って行き来するしかない地形である。武田軍は短期間で砦を築く工事をしたから、城を攻撃する前に砦を落とさなくてはならない。だが、これではいちどきに多くの兵力を投入できず小競り合いのような戦いにしかならない。お互いに攻撃を仕かけることができず、築いた砦に籠って両軍は睨み合いを続けた。

自分がいても戦いは有利にならないと判断した信長は、軍勢を残して信忠とともに岐阜に戻ることにした。膠着状態が続けば、大軍を率いて遠征して陣を張る武田軍が留まるには兵糧の補給を欠かすことができない。それはむずかしいから長期にわたって彼らが留まることはないと見越した信長は、勝ち急ぐことはないと判断したのだ。武田軍は、四月まで滞在したが、それ以上の成果をあげられず引き上げた。そうなると武田軍は、当初の予想どおりに家康が支配する遠江を攻略するはずである。家康軍と武田軍との戦いが本格的に始まろうとしていた。

2

武田氏の攻撃に対応したために、信長が上洛したのは遅れて三月十二日になった。

義昭を京から追放して、朝廷と信長のあいだに将軍というクッションがなくなり、信長は朝廷との関係をどうするかという課題に直面した。こうなると、京の景色が以前とは違っているように見えた。上洛の目的もそれまでとは違っていた。京の治安のためでも、敵と戦うためでもない。この上洛は大和の多聞山城の明けわたしの確認が目的であるが、それが自分の未来に繋がる予感があった。

財政的に苦しむ公家たちのあいだで腐敗が進んでいる状況をなんとかしたいので協力してほしいと、三条西実澄から言われていた。このままでは朝廷の権威を保てなくなると心配し、信長の助けを借りようとしたのである。

元や明をはじめ中国の皇帝は権限を持って統治しており、我が国とは違う政治体制である。我が国の天皇は政治的な権力はないが、長い伝統の上に立ち尊敬を集める存在で、その地位は誰も侵すことができない。天下静謐のためには天皇や朝廷の権威がしっかりと保たれている必要がある。信長も、そう考えており、だから、そのためにも朝廷の改革を進めるのに協力してほしいと三条西実澄から要請されると、断わるわけにはいかなかった。朝廷はしっかりした組織で伝統を守り、行事や儀式が厳粛におこなわれているように外からは見えるが、実際はさまざまな問題を抱えている。財政的に苦しい公家のなかには、わずかな金銭や土地の所有をめぐって浅ましい行為に及ぶ者が見られる。天皇や摂関家の人々が勝手をする公家を制御できないのが実情である。

源氏物語や伊勢物語の解釈を家伝として連綿と伝えてきた由緒ある家柄の当主である三条西実澄は、若いころから文学を中心に研鑽を積んできた。三条西家は、父から息子一人、または弟子にだけ相伝される文学の伝統を引き継いでいた。相伝は、受け継ぐのにふさわしい教養人を指名して継承する。古今和歌集の相伝のために実澄が選んだのが細川藤孝だった。こうした相伝の話を聞いた信長は、我が国の文化を後世に伝える役目を朝廷と武家とが相携えて果たしている事実に感動した。

権大納言だった実澄のような高潔な人物は少数派だった。摂関家という摂政・関白になれる家柄、清華家といって大臣になれる家柄、それに次ぐ三番目の格式である大臣家に属すのが三条西家である。大納言にまでなれる家柄であり、各種の儀式では重要な役割を果たしているものの、摂関家や清華家ほど高い身分ではない。しかし実澄は、朝廷の改革に取り組もうとしており、そのためには信長の力を借りなくてはならないと考えたのである。

前年に相談を受けたときには、信長はそれほど深く考えなかった。改革を推進するには朝廷の頂点に立つ天皇や上皇が権限を掌握すればよいと思った。かつて譲位して上皇になると治天の君と呼ばれて権力を掌握していた時代があった。院政と呼ばれていたが、そうした権限を持った上皇が朝廷の秩序を正しくするとよいと信長は考えた。そこで、信長は所司代の村井貞勝に天皇の存念を聞くよう指示した。譲位して上皇となり、朝廷の権限を強めて改革に取り組んではどうか。

信長の意見を伝えられて、正親町天皇は意外なほど乗り気になり、譲位して上皇になる意向を示した。ところが、それを知った実澄が、権限を一人だけに集中すれば済む問題ではなく、院政の復活より良い方法があるのではないかと村井貞勝を通じて信長に意見を述べた。内部の自浄作用に期待するのはむずかしいと思っている実澄は、信長に朝廷のほうを向いてほしかったのだ。改革を進めるには、信長が朝廷の官位を受け、朝廷内部から変えていくように働きかけてほしいというのが実澄の考えだった。本来なら信長も和歌を詠み、歴史的な文学書を講読し、蹴鞠などを楽しむようにして公家の文化を学んでほしかった。しかし、公家と同じような教養を身につけるには相当の時間を割かなくてはならない。信長にそんな余裕はない。そこで実澄が考えたのが、朝廷の伝統の奥深さに接して、朝廷の持つ伝統に裏付けられた権威を知る機会を信長につくることだった。そうなれば、信長も官位につくのに抵抗を示さなくなるのではないか。

信長の上洛時には、松永久秀から奪った多聞山城に行く計画があると聞いた三条西実澄は、この機会に東大(とうだい)寺正倉院(しょうそういん)の開封を思いついた。松永久秀が結果として信長に反逆したから、処罰として居城だった多聞山城を接収し、大和を三分割して久秀のほか筒井順慶と信長の寵臣である塙直政に与えており、これを機会に多聞山城の明けわたしを確認するために信長は大和に行く。前からこの城に興味を持っていた信長は、それまでの防衛に徹した機能的な城とは異なり、新しい試みによって見栄えが良い城としてつくられているのをじっくりと見るつもりだった。

　多聞山城に信長が行くと聞いた三条西実澄は、その機会に信長に価値ある朝廷の宝物を見てもらうのがよいと考えた。多聞山城のすぐそばに天皇家や藤原家に伝わる宝物が保管されている正倉院がある。堅苦しい朝廷の伝統的な儀式には関心を示さない信長に、天皇家の栄華の伝統と、そのなかで培われた朝廷の権威を感じとってもらうようにすれば、朝廷のほうを向くようになるのではないか。それには、正倉院に大切に保管されている「蘭奢待（らんじゃたい）」を披露するのがいちばんではないか。南方でとれる貴重な香木である「蘭奢待」の香（かぐわ）しさは特別であり、ごくわずかな断片でも香りの素晴らしさが分かる超貴重品である。それを信長に見せ、切り取って一部を信長に与えてはどうだろうか。

「蘭奢待」のごく一部を切り取った将軍は、過去にも足利義満（よしみつ）、義教（よしのり）、義政（よしまさ）だけである。信長がこれを実行すれば、室町将軍のなかでも並の将軍以上の扱いを受けたのと同じになる。もちろん、天皇が許可するのが前提だが、正倉院の宝物に手を触れるとなると、それだけでも大変な行事となり、その次第はすべて文書化されて後の世まで伝えられる。多くの人たちを巻き込む一大イベントとなるのだ。

　信長が関心を示すに違いないと実澄は確信した。武士は戦いの場で身体を危険にさらし血なまぐさい修羅場を経験するから、戦いの場を離れたときには、宴会や会食、茶の湯や能の鑑賞といったイベントを催して気分転換を図っている。価値のある薫香に接するのは、それ以上に効果があるはずだ。信長の感覚は敏感であるから、必ずや「蘭奢待」の持つ価値を知れば欲しがるはずである。

　そこで、実澄は信頼がおけて口の堅い部下を岐阜の信長のもとに派遣し「蘭奢待」について説明させた。そして、それを欲しいかどうか打診した。案のじょう、この提案に信長は「ぜひとも立ち合わせてもらって切り取ってほしい」と言ってきた。再度、使者を派遣して、どのような段取りにするか綿密に打ち合わせした。実澄が提案したのではなく、あくまでも信長が朝廷に自主的に願い出るかたちにする必要があった。

「蘭奢待」が欲しいと丁重に天皇に願い出ること、そのためには天皇から特別に官位を一時的に授けられるように願い出ること、ついては朝廷の行事として前例に則って行動するつもりであると表明し、これからも朝廷を大切にすると誓うことなど、事前に信長のほうから朝廷に申し出て実行するように伝えた。「蘭奢待」の価値を知った信長は、すべて実澄の言うとおりにすると返事をした。

といっても、問題なくことが運んだわけではない。「蘭奢待」を見学し、場合によっては一部を切り取るという信長からの要請に、事情を知らない公家たちは驚き慌てふためいた。予想もできない申し出であり、いかな実力者であっても無位無官の武将が要望するような話ではない。将軍が申し出ても拒否される可能性があるほどなのだ。公家たちのあいだで侃々諤々（かんかんがくがく）の議論となった。普通なら門前払いとなる要請だが、ほかならぬ信長の申し出である。前例を重視する者たちは拒否すべきであると主張したが、将軍を追放するほどの実力者となっている信長に、いざとなれば誰も鈴をつける役目はしたくない。結果として反対するわけにはいかなかった。

正親町天皇も、困った願いが寄せられたと思ったものの、拒否できないのは最初から分かっていた。右往左往しながら、信長の上洛にあわせて、正倉院の開封手続きが進行した。百年以上なかったことが実施されるから、禁裏でも大和の正倉院のある東大寺でも大騒ぎだった。

三月十七日に信長が京都に到着したときには、所司代の村井貞勝が信長からの指示にもとづいて朝廷に働きかけ内諾を得ていたが、上洛した信長は改めて正式に願い出た。正親町天皇から勅許が出たのは二十六日。さっそく信長は馬廻衆をともない大和へ行き、多聞山城に入った。迎えたのは城を託された武将の塙直政である。

松永久秀が十数年前につくった城だが、多聞山城は天下の名城として知られている。眼下に東大寺と興福寺を見下ろす位置にある大和地方の拠点となる城で、その壮麗さとみごとなつくりはつとに有名だった。それまでの城は木造の館を堅固にして周囲に防御施設を構築した実用本意の建物と施設だった。ところが、松永久秀は石垣を築いたうえに土壁を白塗りにした。多聞山城は、石垣と白い壁に瓦で葺いた屋根が一体となった華麗な城として誕生した。後世に広く城のイメージとして定着したスタイルの原型ともいえる。板壁がむき出しの館とは異なる凛とした印象であり、松永久秀の教養と趣味が反映されていて、のちに天守といわれる本丸御殿がそびえ立ち、その佇まいの立派さから城つくりの手本になった。

防御のための堀の内側にある石垣の上に長屋状の櫓が建てられており、これも多聞山城の特徴となっている。同じ形式の櫓が多くの城で採用されるようになり、のちに多聞櫓（たもんやぐら）と呼ばれるようになった。まさに久秀の思いが込められている城だった。それまでにない豪壮な城にしたのは、延暦寺と並び称される大和地方の興福寺があったからで、大和の支配者となった松永久秀の、興福寺を圧倒して君臨するという姿勢を見せる決意が込められていたからだ。

城づくりに興味を持つ信長は、時間をかけて城の内外を見てまわった。

すぐ近くにある藤原氏の氏寺として建てられた興福寺は、信長が兵士を引き連れてやってくるという話が伝わると緊張に包まれた。比叡山と同じように信長が興福寺を焼き討ちするという噂が立ったからだ。そこで、事前に信長がそんなことはしないと保証してようやくおさまった。興福寺の歴代の門跡には、藤原氏の血統を受け継ぐ名門の公家の子弟が就任する伝統があり、それが権力の源泉にもなっていた。

「蘭奢待」の切り取りに当たっては、信長はきわめて神妙な態度を貫いた。「蘭奢待」を見るために正倉院に行くつもりでいたが、公家でもない信長が正倉院のなかに入るのは許されない。許可が出ていなくとも信長が振り切って入ることはできたかもしれないが、それでは混乱を招く。そうでなくとも「蘭奢待」の切り取りという信長の要望は関係者一同を緊張させ、どう扱ってよいか戸惑わせていた。

多聞山城に「蘭奢待」を運び込むのが無難な処置であると知り、信長もそうするよう指示した。城内にある能舞台が「蘭奢待」を置く場所に選ばれ、二十八日に東大寺に所属する僧侶により長持に入った「蘭奢待」が運び込まれた。長持は漆塗りで、担ぐ僧侶たちも正装である。伝統に則り、重要な任務をこなしているといった面持ちで担がれてきた。すべての動作はゆったりしていた。

能舞台に運ばれた長持が、僧侶の手によって開けられた。何重にも布に包まれた香木は、人間の背丈ほどもある長さだから、布を取り去るのに時間がかかる。人々が見つめるなかで布がとられ、そのとたんに煙がたなびくようにあたりに香りが広がった。まるで「蘭奢待」が光を発したかのようである。誰もが思わず「ほおっ」と声をあげた。僧侶たちは、それでも急ごうとしない。信長には、それが予想を超えた価値があるものだと分かった。「蘭奢待」が、その姿を現したとたん、室内の空気がまるで変わった。しばらくは誰も口を開かなかった。

僧侶たちが間をとるように動きを停止した後、思いついたように動き出した。あらかじめ要望が出されていたから、僧侶たちがノコギリを手にして、取り出された「蘭奢待」から一部を切り取り、それを一寸四方の二片に切り分けた。僧侶たちの行動は、すべてを心得ているようにゆったりと確実で無駄がない。

そのあいだも香りが広がり続けた。
二片にしたのは、「ひとつは天皇に、そしてもうひとつは信長にわたす」からだった。取り分けられた断片は、用意された布に幾重にも包まれ、それぞれ漆塗りの木箱に納められた。その瞬間に見守っていた人たちが息を吐き出した。それまで居合わせた人たちは息を止めていたのだ。信長も、その一人だった。圧倒的な香木の芳しい香りに包まれていると、権力も身分も関係ない世界となり、居並ぶ人たちは経験したことのない特別な空間のなかにいるという気になった。

もうひとつの銘木である「紅沈（こうちん）」も持ちこまれていた。こちらは切り取った前例がないという。さすがの信長も、それまで切り取れと言うわけにはいかず、見るだけに留めた。信長は「蘭奢待」を切り取った過去の記録があれば見せてほしいと要請した。しかし、咄嗟のことなので探すわけにはいかず、信長もすぐに諦めている。

正親町天皇に信長から「蘭奢待」が献上されるというのも奇妙な話であるが、天皇でさえ手にしたことのない貴重な宝物である。こののち、信長は重要な茶会などで、選ばれた人にだけ、削り節のひとかけらほどの「蘭奢待」を分け与えた。そして、自らも、その素晴らしい芳香を楽しんだのである。

多聞山城での「蘭奢待」の切り取りは、信長にわが国の伝統の奥行きを感じさせた。城のなかにある能舞台は、いかにもそれにふさわしい場だった。多くの将軍でさえ実行できなかったことであり、京都でも大きな話題となった。信長は依然として無位無官のままだが、多くの人たちが将軍以上の存在であると思ったのも無理はない。

これが、それまで頑なに拒んでいた朝廷からの官位を信長が受けるきっかけとなった。だが、信長は忙しい。朝廷改革に協力する気にはなったものの、長島の一向一揆への対策や美濃に侵攻した武田軍の動向が気になり、ゆっくりと京に滞在するわけにもいかず岐阜に戻った。

3

信濃から美濃へと意表をついて武田氏の攻撃はそれなりに成果をあげたが、遅かれ早かれ彼らが遠江にやってくるからと、家康は武田氏の攻撃に備えた。

案のじょう、武田軍が動き出した。六月には遠江に進出し、駿河と遠江とを隔てる大井川と、遠江中央部を流れる天竜川との中間地点にある高天神城に攻撃を仕かけてきた。高天神城は、徳川軍が支配する遠江東部の拠点である。北には懸川城があり、高天神城が武田軍に落とされると遠江西部への武田軍による攻略の足がかりを与えてしまう。なんとか食い止めたかったものの、大軍を率いてきた武田軍に、徳川勢だけでは対抗できそうにない。家康は、すぐに織田氏に援軍を要請した。信長が京から岐阜に戻った直後だった。

信長は、徳川氏を支援しようと、自ら兵を率いて遠江に向かった。家康はその到着を待って高天神城の護りをかためるつもりだったが、信長軍が到着する前に高天神城は陥落してしまった。城を護っていた小笠原一族のなかで内紛が起き、武田氏に寝返った連中が武田軍を城内に引き入れる手助けをしたため、武田軍は大した戦いもせずに高天神城を手に入れた。

遠江の国衆が、勢いのある大名に靡かざるを得ないにしても、それまで臣従していた大名への恩義があったり、逆に冷遇されて恨みを抱いたりと、さまざまな思惑や利害が入り組んで、国衆の一族のなかで意見が分かれ、内輪もめが起きる。高天神城が武田氏の手に落ちたのも、この地の国衆である小笠原氏を家康が完全に掌握していなかったのが原因だった。支配地域を広げていくむずかしさを知り、家康にとっては苦い体験だった。

浜名（はまな）湖までできたところで高天神城が敵の手に落ちたという報に接した信長は、その後の遠江の護りを家康に託して引き返すことにした。高天神城の奪還のためには改めて作戦を立て直さなくてはならないが、とりあえずは信長の兵力は他の敵に当てることに変更したのだ。

岐阜に戻る前に信長は、家康に軍資金にせよと砂金の入った皮袋を二つ差し出した。京を支配するようになった信長のところには、各地の寺院や商人たちが、信長の保護を得ようと金銀を寄進するようになっていた。それに琵琶湖の利権がもたらされ、信長の財政は豊かになっていた。ひとつの皮袋は一人の力では持ち上げられないほどだったから相当な量である。家康に力をつけよと、このようなかたちで励ましたのである。

それ以上の武田軍の侵入を防がなくてはならない家康は、高天神城と浜松城の中間地点に馬伏塚（まむしづか）城の建設を急いだ。高天神城を拠点にして攻撃を仕かけてくるのに備えたのだが、高天神城をとったことで成果があったとして、武田軍は主力部隊を引き上げるに違いないというのが信長の予想だった。大軍を率いた遠征では、長期戦になると兵站（へいたん）の補給が困難になるから、いずれは撤退するという信長の読みどおりに高天神城に一定の兵力を残して武田軍は撤退した。とはいうものの、高天神城を手中におさめた武田氏は、その周辺の国衆に武田氏に下るよう圧力をかけ、遠江の中央近くまで調略が進んで徳川氏の所領は武田氏に侵された。

この直後に、信長は長島の一向一揆を撲滅する戦いを開始した。家康の援軍に差し向けた兵力をそのまま投入したのである。そろそろ決着をつけなくてはと信長は果敢に攻め入った。連動して信長配下の九鬼（くき）嘉隆（よしたか）の水軍が海上から攻撃した。木曽川と揖斐川に挟まれたいくつもの島で形成される長島を蹂躙するには、陸と海から同時に攻撃するのが効果的である。琵琶湖で用いた囲い船に加え、大砲を装備した安宅船（あたかせん）と呼ばれた軍船を動員し、圧倒的な兵力で一揆衆が籠る島々を囲い込み、多方面から攻撃した。一向宗の門徒の勢力をじりじりと後退させ追いつめた。

一揆勢は降伏を申し出たが、信長は聞き入れなかった。陸路と海上から封鎖したので、一揆軍は籠城して犠牲を防ごうとした。城は幾重にも取り囲まれ、外部との連絡が断ち切られた。長期戦になると予想していなかった一揆軍は、食料の備蓄をしていなかった。九月になると食料が尽き餓死者が出た。城内にいても希望はないと、城外に這うように出てくる者がいた。だが、そうした門徒たちは、信長軍の鉄砲隊の一斉攻撃を受けてたおれた。城のなかにいた者たちも、四方から火をかけられて焼け死んだ。一向一揆に対する信長の憎しみの大きさを示すように、殲滅するという容赦ない仕打ちがなされた。他の地域で信長に反抗している一揆衆に対する見せしめの意味もあった。信長が岐阜に引き上げたのは九月末だった。

信長は、家康に対しては寄り添うように気を遣い、反抗する一向宗には憎しみをあらわにした。明らかに感情の振幅が以前より大きくなっていた。

4

信長が上洛したのは翌一五七五年（天正三年）三月である。

相国寺に入った信長のところに今川氏真が挨拶にきた。駿河を追われて北条氏を頼ったが、その後、北条氏のところにいづらくなって小田原城を出てあちこち放浪した。その後は、家康が引き取って面倒を見ていた。家康としては、子供時代に人質になり駿府にいるときにともに学んだ経験があり、たまたま敵と味方に分かれたものの、氏真に悪感情は持っておらず、支城の一つくらいなら与えるつもりがあった。しかし氏真は、家康とともに戦場に出たりしたものの、武将としての能力がないと自ら悟り、家康のもとをはなれて、憧れの京に出てきていた。

今川氏真は家康の紹介状を持って信長のもとを訪ねてきた。蹴鞠の達人であると知った信長は、日を改めて披露するよう要請した。氏真は、蹴鞠と連歌を生き甲斐にしていたから喜んで応じた。

装飾をほどこされた毬を優雅に空中に蹴りあげ、地上に落とさず蹴り続ける。その技術を身につけた氏真は、武将として生きる道を捨てて生き生きとしていた。この席に三条西実澄はじめ蹴鞠に関心のある公家たちが招待された。彼らは氏真の蹴鞠の素晴らしさをそれぞれ口にした。氏真の蹴鞠の見物にかこつけて、信長と実澄が朝廷の改革について話し合う場が設定された。信長は、それまでゆっくりと実澄と話す機会が持てなかった。

朝廷の改革に関して、信長は前向きに対処する姿勢を示すようになった。何かといえば果断な処置をしたがった信長も、三条西実澄が進めたいと思っている穏健な改革に理解を示した。かつてなら、腐敗している公家には証拠を突きつけ厳罰に処して見せしめにすればよいと言って済ませただろうが、公家たちが浅ましい行為におよぶのは、室町将軍が権力を失って以来の財政難に原因があると分かったからだ。「我も、子供を満足に養えなくなれば浅ましい行為も、あえていたします。それを罰しても問題は解決しません」という実澄の言葉に信長は率直にうなずいた。そのとおりだと思った。

信長は公家衆に対する徳政令を打ち出した。もともと徳政というのは「徳のあるまつりごと」の意味だったが、借金の棒引きや、取得した土地や財産をもとの所有者に戻すように促す法が、そう呼ばれるようになっていた。徳政令は天災などで借金を返せなくなった人たちを救済する施策として実施されていたが、彼らは一揆を組んで徳政を求める行為におよぶ場合があり、徳政令はあちこちで出されるようになっていた。

このときの徳政令は、公家たちが抱えている借金を帳消しにし、かつて所有していた土地を彼らに返還させて彼らの財政状況を改善する狙いがあった。財政難に苦しむ寺院も適用範囲に含まれ、京では信長の徳政令は歓迎された。村井貞勝に加えて丹羽長秀が指名され、この問題に取り組んだ。

当初の狙いどおりにはいかなかったとしても、公家衆の財政に改善が見られ、実力者の信長が動いてくれたお陰であると公家や寺院から感謝された。長島の一向一揆への容赦ない信長のやり方に対する批判も和らいだ観があったが、銭を貸している側や、土地を所有し、それを凌ぎにしている人たちからは反発が起きた。京の豪商たちは、信長に寄進したと思って目をつぶればよいと考え協力的だったが、すべての人たちが信長の徳政令に納得したわけではない。土地所有権の移転に関しては複雑な事情が絡む場合があり、徳政による所有者の変更は簡単にはいかず、所有者が変更した経緯も不明だったりして、徳政令は半ばしか効果がなかった。

実澄は、正親町天皇が院政を実施したがっているのを知っていたが、信長は、実澄の進言を入れて放置したままにしていた。実澄は、どのようにするか、とにかく天皇にいましばらく検討してからにしたいと申し上げたほうがよいと信長に懸念を表明した。信長は笑って「そのままにしておけば諦めるであろう。何も言わないでよいと思う」と応えた。そして、実際にそのとおりとなった。

こうしたなかでも、信長は大坂本願寺の不穏な動きに対処した。長島の一向一揆を殲滅したのを根にもって信長を打倒しようとする動きを見せたので、信長は大軍で大坂本願寺を取り囲んだ。本願寺の蹶起に呼応して、河内の高屋城で三好康長が反信長の態度を示した。信長は、高屋城を攻撃する前に、康長に降伏するよう促した。康長は、趣味人として茶道に関心が高く、かつては信長の家臣として堺奉行になっている松井友閑とも親しく交際していた。信長は友閑に、悪いようにはしないから信長に帰順するようにと康長を説得させた。この誘いに康長が応じると、信長は、康長に本願寺との和睦を仲介するよう指示した。康長は、先に京で勢力を振るった三好長慶の叔父に当たり、三好氏のなかでは長老格である。本願寺と和睦したほうがよいと信長が判断したのは、武田氏が出陣してきたので家康が支援を求めてきたからである。複数の敵に対応して兵力を分散するわけにはいかなかった。武田氏に遠江を制圧されれば、美濃や尾張も脅かされかねないから武田氏対策を優先しなくてはならない。そのために本願寺との戦いを回避したかった。本願寺の顕如も、信長から集中的に攻撃されては太刀打ちできないと考え和睦を受け入れた。

本願寺の脅威がなくなり、信長は武田氏との決戦の準備を始めた。先の武田軍と徳川軍が戦った三方ヶ原では、中途半端な支援しかできなかったので、徳川氏は信玄軍に打ち負かされた。同じ愚はくり返してはならないと、信長は全力で武田氏と対決する決意をかためた。

5

この年の四月に武田勝頼が三河へ侵入してきた、信長が本願寺を取り囲んでいる最中のことである。信玄の三回忌の法要を済ませての出陣である。

前年に遠江に進出した武田軍が引き上げてからも、武田氏による徳川氏の獲得した領地への調略が続けられていた。家康は、そうした武田氏の動きを警戒しながら、武田軍がふたたび遠江に攻撃を仕かけてくるのに備えて、懸川城や新しく築いた馬伏塚城の護りをかためていた。

そんな折に、岡崎城にいる家老の大賀弥四郎(おおがやしろう)を味方に引き入れ、密かに武田軍を岡崎城に導く工作が進められていた。それが発覚して武田方の策動が実らなかったのは、武田氏への内通者のなかに、これを事前に漏らす者がいたからだ。この件は家康の嫡男である信康の知るところとなり、大賀弥四郎が成敗されてことなきを得た。だが、どこに落とし穴があるか分からない。武田氏に対する警戒を強めなくてはならなかった。武田氏はどこから攻撃してくるか分からない。敵の狙いは浜松城か岡崎城だろうが、東海道を西に進むのか、信濃の山あいから来るのか。どこから来てもよいように、可能性のある地域に砦を築き、監視体制を強化して戦いに備えた。

やがて武田勝頼の狙いは長篠城であることが明らかになった。武田の主力が動く前に別働隊が奥三河の山間にある足助(あすけ)城を攻略してきた。この動きに合わせ、武田軍の主力は信濃から駿河を経由して遠江に入り、長篠城をめがけて進んだのだ。

浜名湖のはるか北に位置する長篠城は、信濃から山あいを抜けて美濃や三河に通じる道すじにあり、大野(おおの)川が寒狭(かんさ)川と合流する山の中腹に築かれた山城である。北から南に流れる寒狭川の周囲は深い谷になっており、長篠城には北側の山道から入るしかない。護りのかたい城であるのを知る武田勝頼は、近くの医王寺(いおうじ)城の北にある医王寺を本陣にして周辺にいくつもの砦を築いた。そして土塁や堀をつくる工事を進め、兵士が滞在できる攻撃のための拠点づくりを敢行した。かつては武田軍の支配地域だったから土地の様子を知っており、砦を築く場所もあらかじめ決めて準備していた。工事の進行は長篠城にいる奥平信昌(のぶまさ)には大きな圧力となった。しかし、勝頼は大軍を率いてきているから、城を出て工事を阻止するわけにはいかない。

長篠城を家康から任されていた奥平信昌は、信玄に奪われた長篠城の奪還の立役者だった。武田氏の支配を受け入れる国衆が多いなかで、奥平氏は家康の調略を受け入れて味方したが、それゆえに武田氏に人質として差し出していた信昌夫人は見せしめのために磔けにされていた。それでも、奥平信昌は徳川氏に仕えて戦闘意欲も高かった。だが、武田軍の脅威を受ければ、家康に相談せずに降伏するという選択をしないともかぎらない。心配した家康は、万一のことを考慮して監視と支援を兼ねて一門衆の松平景忠(かげただ)を派遣した。それでも、長篠城には千人あまりの兵士しかいない。籠城して戦うにしても、応援部隊がやってくるのを待って持ちこたえる以外にない。鉄砲の数を多くし、食料も大量に備蓄し籠城する準備をし、武田軍の砦の工事を妨害する攻撃を散発的にくり返させた。だが、それほどの効果はなく武田軍は砦の工事を続けた。武田軍の築いた砦は、長篠城を見下ろす絶好の位置にある。

家康からの支援要請を受けて、信長は、羽柴秀吉、丹羽長秀、滝川一益、佐久間信盛など有力武将を従えて出陣した。本願寺との和議を成立させ、武田氏との戦いに集中するつもりでいた。そろそろ武田氏との戦いに決着をつけるべきときであるという意識を持っていたから、信長は、家康に対して、武田氏が動く気配があれば知らせるように指示していた。信長は、途中で船を利用して知多半島の付け根にある吉田城に入り、家康のいる浜松城にやって来た。兵糧を用意して待っていた家康に迎えられ、どう戦うか話し合った。

信長は、出陣する直前に佐久間信盛を長篠城周辺に派遣して地形を調査させていた。浜松城で家康と話し合う際には、それをもとに作成した地形図を用意していた。家康から聞いた武田軍の砦の位置を書き込み、決戦となる場所がどこになるか予測した。話し合いといっても作戦を立てるのは信長で、家康は、ときに信長が発する質問に答える程度で、積極的に提案するわけにはいかない。山の高さや原の広さ、山ふところの傾斜の具合など綿密に地形を分析した。信長が考え込むと、誰も口を開こうとしない。信長の頭のなかでは戦いの様子が思い浮かんでいるのだろうが、それを語ろうとはしなかった。

翌日に、柵をつくれるようにと、枝を払った木とそれを結ぶ縄を用意するよう信長から指示が出された。決戦場となる地域に長く柵を築いて敵を防ぎ味方が籠る陣地をつくるというのだ。柵となるよう長さを揃えた木と、それを固定させる縄とは、かなりな数になるから、それを兵士たちに運ばせようというのだ。家康は、多くの兵に森の木を切り、揃える作業を実施させた。信長の立てた作戦がどのようなものか予想はつけられたが、あらかじめ地形を読んで準備する周到さに家康は感心した。戦いの経験の蓄積があるからだ。信長軍の支援がなければ、どのように戦うべきか現地に入ってから考えていたに違いない。そうなれば、その場しのぎの戦いにならざるを得ない。とてもまねできないと思い、家康は信長の指示に従わざるを得なかった。

数日後には武器と柵木を持った織田軍と徳川軍の兵士が長篠城のある地域へ向かった。

長篠城の西数キロのところに二つの南北に広がる丘陵地帯が続いている。丘陵のあいだの浅い谷の底の部分はわずかに平地が広がっており、中央部には北から南に連子(れんご)川という小川が流れている。織田・徳川連合軍が陣を張ったのは、二つある丘陵の西側である。兵士たちが運んできた木と縄で南北に二キロほどの長い柵をつくった。そして、柵の前面の谷への傾斜がゆるい部分を急傾斜になるよう削り、敵の侵入を容易に許さないようにした。柵の途切れる南側は断崖になっていて迂回するのは不可能である。

織田・徳川連合軍が来たと知った武田軍は、長篠城の攻略のために砦に陣取っていた主力部隊を移動させた。長篠城を攻撃するつもりだったが、その前に敵の主力との決戦に臨むためだった。対抗して谷を挟んだ東側の高台に武田軍が布陣した。信長は、主力部隊の大半を丘陵の陰に潜ませて、敵に見えないように布陣させ、武田軍の陣地から織田・徳川連合軍の全貌が把握できないようにした。

信長の指示で別働隊が組織された。家康に仕える酒井忠次を指揮官にして、徳川軍の鉄砲と弓を主力にした部隊に織田方の鉄砲隊の五百を加えて長篠城の支援に向かわせた。四千人という大部隊である。武田軍の主力が、織田・徳川連合軍の築いた陣地の東にある丘陵に集結したのを確認すると、別働隊が夜陰にまぎれて出発した。彼らは、手薄になった長篠城を囲む武田軍の砦を落とし、長篠城に入り、奥平信昌と合流した。酒井忠次率いる味方の兵士を迎え、籠城していた徳川軍は愁眉を開いた。その一部を城に残し、酒井忠次率いる別働隊は、武田軍の後方から攻撃を仕かける作戦だった。そうすれば、武田の主力部隊は、織田・徳川連合軍の陣地に向けて突撃してくる。野戦に持ち込んで敵を圧倒するつもりだった。

武田軍が強気に攻撃を決断したのは、信長が巧妙に主力部隊を隠していたからである。激戦になると予想したものの、勝頼は負けるとは思っていなかった。攻撃を仕かければ犠牲が生じるが、勢いをつけて攻めれば敵を圧倒できるはずだった。勝頼は戦いの機微を心得ており、多くの武将たちも勝頼の采配振りに信頼を寄せていた。

決戦は五月二十一日、明るくなるのを待って始まった。前夜から活動していた別働隊が長篠城から出て、武田軍の背後から攻撃を仕かけた。それに向き合わずに武田軍は、谷を隔てた織田・徳川の連合軍の陣に突撃を開始した。挟み撃ちにあう前に決着しようと、武田軍の精鋭部隊が谷をくだり、小川を越え、勢いをつけて攻撃してきた。徳川軍の一部が柵の外に出て応戦し白兵戦が始まった。波状攻撃をくり返す武田軍に対し、信長軍の多くは柵の外には出ずに鉄砲や石飛礫(つぶて)で応戦した。武田軍は柵の突破を試みたが、鉄砲の餌食になる兵が続出した。やがて柵の一部が突破されたが、信長の主力部隊が前線に出てきて武田軍を圧倒した。敵を退かせられないまま武田軍は分断されて攻撃に晒され、たまらず退却を始めた。

朝から始まった戦いは、織田・徳川連合軍の圧勝だった。武田軍も鉄砲を揃えていたものの、弾丸の数に違いがあり、時間が経つにつれて戦いは一方的になった。先に攻撃させ、それを受けて戦った織田・徳川連合軍は、敵が攻撃する力がなくなり後退し始めると、勢い込んで追撃した。武田軍の犠牲は、さらに大きくなった。

追撃戦が終わったのは午後二時ごろだった。武田勝頼は辛うじて逃げ切ったものの、山県昌景(やまがたまさかげ)をはじめ武田氏を支えてきた有力な武将が次々に戦死した。武田軍のダメージは大きく、その後の戦力の低下を招くことになった。

信長が想い描いたとおりの展開となり、信長は充分に満足した。家康も、武田軍に勝利して安堵したが、戦いの主導権は終始信長がとっており、実際には配下の一武将として戦ったにすぎないように思え、信長の能力の大きさに対して自分の力のなさを感じざるを得なかった。

家康は、心の底から安堵する気持ちが湧き上がった。信長にはいくら感謝してもしきれない。だが、勝利を当然のことのように受け止めている信長に、家康が浜松城で勝利の宴をはろうと声をかけたが、このまま岐阜に引き上げるという。なんともそっけない態度だったが、そこが信長らしいといえるだろう。

信長は兵を率いて岐阜に凱旋した。このときに、戦いに帯同した嫡男の信忠に、そのまま美濃の岩村城の攻撃を命じた。前年に武田軍が美濃に攻め入ったとき、この城を拠点にして攻撃したから、武田氏から奪還することにしたのである。長篠での勝利に油断することなく戦えという信長の命令は、息子に武将としての経験を積ませる意味もあった。それに岩村城は、信長にとっては武田氏に対する憎しみの象徴的な城であり、奪還しなくては気が済まなかった。

この後、信長は武田氏との戦いで勝利したことを細川藤孝に伝えた。すぐに彼を通じて京や畿内に信長勝利の報が広がった。さらに上杉謙信をはじめ各地の大名にもこの勝利を信長は喧伝している。

家康も、こののちは信長の応援を借りずに武田氏の支配地域になった遠江を取り戻す戦いをくり広げていく。

6

武田軍を撃退してから一か月も経たずに信長は上洛した。二か月振りの京である。徳川氏とともに武田氏と戦ってきたことは、ちょっと用事を済ませてきただけという様子で現れた。信長の入京を知ると公家や豪商たちが次々に挨拶に訪れた。信長の威勢が、将軍のそれをはるかに超えているのは誰の目にも明らかだった。

三条西実澄も、信長の上洛を待っていた。朝廷の腐敗状況を具体的にまとめ、改革を進めるためである。「蘭奢待」の切り取り以来、実澄が狙ったとおりに信長は朝廷の改革に関心を示すようになっていた。

天台（てんだい）宗からの訴えがあり、「絹衣」にかかわる問題が生じていた。仏法による鎮護国家を唱えて朝廷と結びついていた天台宗の僧侶だけが「絹衣」を身につけることが許されていたが、真言（しんごん）宗の僧侶も同じ「絹衣」を身につけて布教していた。天台宗側が抗議したが、一向に改めないので朝廷に訴え出た。それを受けて下されたのは、案に相違して天台宗の訴えを認めないという裁定だった。しかもその裁定は綸旨として出された。天皇が出すはずの綸旨を、天皇には奏上せずに、高位の公家が勝手に出したのだ。真言宗側が賄賂として金品を贈った結果、天台宗側の訴えが認められなかったわけだ。明らかに朝廷の権威を利用した不正行為である。腐敗が蔓延しており、低位の公家を養わなくてはならない身分の高い公家も、収入がままならなければ品位を保っていられない。こうした不正が咎められないほど規律がゆるんでいた。

実澄が話すのに信長は耳を傾けた。この事例は極端としても、朝廷の腐敗を糾さなくてはならないと実澄は訴えた。信長に然るべき官位につくように話そうと考えていたが、まずは朝廷の改革の必要性を理解してもらうほうが先だった。その後で、信長に官位についてほしいと言うと、その話は後まわしにして、こうした問題の解決が先であるというのが信長の考えだった。不正を犯した公家を罰するだけでは済まない。

二人でどうするか話し合った。腐敗をなくすには公家たちの襟を正さなくてはならないが、問題が起きてから対応するにしても、その裁定を信長のところにいちいち持ち込むわけにはいかない。信長が常に京にいるわけではないから、組織的に解決するめどをつけなくてはならない。

信長が提案したのが「五奉行制度」であり、その場しのぎで済まさない対応をする組織をつくるという考えである。「奉行」というのは武家の役職であり、朝廷が使用するのにはふさわしくないが、三条西実澄もこれに同調した。特定の個人に権力が集中するより合議制のほうがよいという考えである。公的には信長の意向として所司代の村井貞勝が提案した。その際、実澄との事前協議はなかったことにされた。「蘭奢待」の切り取りのときと同じ経緯である。ほかならぬ信長の提案であり、不正を正すのに反対する者はいないから、なんの問題もなく採用された。そして、これを機に朝廷の自浄作用をめざすことが公家のあいだで確認された。

誰を奉行にするかが、この提案が生きるかどうかの鍵となる。腐敗を助長するような人物では意味がない。信長と相談して人選が進められた。三条西実澄を含め、中山孝親（なかやまたかちか）、勧修寺晴右（かじゅうじはれすけ）、庭田重保（にわたしげやす）、甘露寺経元（かんろじつねもと）の五人が奉行に任命された。

奉行制度ができると裁定を求める人たちが殺到して対応が大変になった。実澄が当初狙った腐敗の防止よりも、公家たちの土地や財産をめぐる紛争を裁くことに多くの時間をとられた。それでも、偽の綸旨を出すような不正を働くわけにはいかなくなり効果はそれなりに上がった。とはいえ、これで問題の解決が図られたと結論づけるわけにはいかない。

実澄は、さらに朝廷の構造改革を推進したかった。そのために信長が官位について朝廷のほうを向き、指導的な役割を果たしてほしいと思った。打ち合わせを重ねているうちに、信長が少しずつ軟化しているように感じて期待した。もう少しであるからと、実澄は誠仁親王に協力してもらうことにした。信長が武田氏を破って勝利したのを祝う蹴鞠の会を開催し、信長を招待すれば、天皇から信長に官位につくように申し出る機会が持てる。信長は、伝統を伝える朝廷の正式な蹴鞠の観戦に興味を示すはずである。そのときなら、天皇も、信長が官位につくのを望んでいるから協力してくれる。

その話は、誠仁親王が天皇に前もって話してくれるように段取りがつけられた。元服の費用を信長に出してもらって以来、誠仁親王は信長との関係を保っており、信長も蹴鞠見物に喜んで応じた。

七月三日、天皇や上級公家とともに信長は馬廻衆を引き連れて禁裏を訪れた。清涼殿の庭に信長たちが座る場所が用意された。天皇をはじめ官位の高い公家たちが顔を揃えたが、信長は昇殿を許される官位を持っていない。本来なら招かれるはずはないが、勅許により信長に仮に官位を与えるという便宜が図られていた。通常は、それにふさわしい服装をして臨むのが朝廷の決まりである。しかし信長はそれに従う姿勢を見せず、馬廻衆とあわせた武将の服装をして禁裏を訪れた。この一団だけが公家衆とは違う雰囲気を醸し出していた。だが、誰もそれを咎めるわけにはいかない。

蹴鞠に招待された信長は、事前に関係者一同に金銀を贈っていた。公家たちは何食わぬ顔で受け取ったものの、誰もが思わぬ収入をありがたがっていた。

誠仁親王の御所の前庭には、蹴鞠が実施される場所を取り囲むように四隅に柳、桜、松、楓の木が植えられて仕切りがつけられている。その囲いのなかにある毱場は、あらかじめ掘り起こして筵（むしろ）を埋め込んだうえに白砂を敷き詰めてある。こうすると雨が降っても水はけが良く、晴天の場合にも砂ぼこりが舞うのを防げる。蹴鞠の家と呼ばれている難波（なんば）家と飛鳥（あすかい）家の人たちが準備を進め、新しい毱を用意し、すべてを取り仕切る。

日ごろから訓練を積んだ公家たちが誠仁親王とともに八人で丸く輪になり、親王が毱を蹴って蹴鞠が始まった。誠仁親王はときどき毱を高く蹴上げるが、他の人たちは，常に人々の背の高さより少しだけ高く蹴り上げる。技術を身につけているから、毱はみごとに制御されて乱れない。毱が蹴られるたびに数が数えられる。達人たちであるから、その回数は三百、五百と驚くほど長く続く。誤って地面に着くまで毱は優雅に蹴り続けられる。靴に毱が接触するわずかな瞬間に足を巧みに動かして鞠を制御する様は見応えがあった。

蹴鞠が終わると、信長は実澄の案内で誠仁親王の館の縁側に向かった。その内側に座している正親町天皇に信長が拝謁するためである。信長のために「天盃」が用意され、畏まって信長は受けた。それを満足げに見ていた天皇が「官位を授けるので正式に受けてほしい」と直々に声をかけた。異例なことである。信長も、それを知っていたから恐縮して深々と頭を下げた。信長が天皇の言葉に素直に反応するのを見た公家たちも、ほっとした表情になった。

天皇や公家が、信長に官位を授けて朝廷に取り込もうとしているのを信長は承知していた。毛利氏が寄進して朝廷を助けてはいるものの、朝廷の財政は信長に依存しているといっていい。したがって、義昭に代わって信長が将軍になるのが望ましいと朝廷の公家たちが望んでいるにしても、義昭が生存しているあいだには信長を将軍にするわけにはいかない。将軍が京にいるかどうかが問題なのではなく、朝廷が授けた官位は簡単に取り上げるわけにはいかないのだ。

信長も、朝廷とのあいだに距離を保つという考えに変わりはないが、これだけ気を遣われると相手の希望を無碍にはできないという心理が働いた。官位を授けられることにあまり関心のない信長にも、朝廷の官位を受けてほしいという気持ちが充分に伝わった。微妙な心境の変化といったらよいのか、それに応えてもいいのではないかと信長も思うようになった。少なくとも、義昭の息子である義尋を次の将軍にするという考えは消えていた。室町幕府を存続させることが望ましいとは思えないものの、だからといって自分が、それにとって代わるというのもためらいがあった。

天皇から声をかけられて信長が頭を下げたから、その場に居合わせた公家たちは、天皇の要請を信長が承諾したと解釈した。この機会を逃さないようにと、翌日には天皇の使者が信長の逗留している相国寺を訪れた。信長がどんな官位を望んでいるのか意向を確かめるためである。信長も断るわけにはいかなかった。

信長はその場で家臣たちに官職を与えることを思いついた。自分は、敵対する勢力と戦わなくてはならないから官位につくつもりはない。代わりに家臣たちに然るべき官職を与えてほしいと願い出た。勅使にしてみれば肩すかしを食ったような感じだが、とりあえず信長の願いを聞いて、望むとおりにしましょうと応えた。そのうえで、粘り強く信長自身が官位につくように働きかけるつもりだった。

家臣たちの官職には特別の意味があるわけではないが、信長は思いつくままに提示した。明智光秀は日向守、羽柴秀吉は筑前守、滝川一益は伊予守、村井貞勝は長門守、そして丹羽長秀には国司ではなく九州の有力者の惟住という姓を賜うというものだ。信長が家臣を支配下においていない地域の支配者に据えたのは、いまのところ敵でも味方でもない地域を彼らに攻略させようと思ったからである。とはいえ、日向守や筑前守と名乗っても、実際にはその地域と何の関係もなく実質をともなわない官職である。松井友閑は宮内卿法印、武井夕庵は二位法印（友閑と夕庵は僧籍だから法印となる）とした。この二人は、信長のブレーンで武将ではない。いずれにせよこのときに官職を与えられたのは、信長に評価されている家臣たちだった。これにより、光秀は「日向」、秀吉は「筑前」と呼ばれるようになるが、家臣が叙任したのだから、次は信長自身が授けられる番であると朝廷は信長に申し入れた。信長にとってはそれほどのことではないが、朝廷のほうは真剣である。執拗に信長に迫る三条西実澄の要請に、さすがの信長も「否」とは言いづらくなった。「まあ、少し待ってくれ」と応え、数日後に岐阜へ戻った。

7

次に信長が取りかかったのが、越前の一向一揆の平定である。せっかく朝倉氏を亡ぼしたのに一向宗がこの地域を支配するようになり、そのままにしておくわけにはいかなかった。敦賀湾までは彼らに支配されていなかったので、柴田勝家が敦賀湾を中心に活躍する回船問屋に手をまわし、信長の到来にあわせて海上からの攻撃を準備し、八月十五日、信長軍は海上と陸路から攻めたてた。途中にある敵方の城を攻略し、本拠である一乗谷を囲い込んだ。圧倒的な兵力で攻撃する信長軍に、はじめのうちは対抗していた一揆軍も、やがて逃げ惑うようになった。逃れる方向にも信長軍の兵士たちが待ち構えていて一向宗門徒たちは根こそぎ討ち取られた。長島の一向一揆の攻略と同じように根絶やしにする殺略が実行された。

勝利した信長は、支配を確実にするために越前にしばらく留まることにした。戦いに勝つことが目標であるにしても、戦いの後に支配をかためることの重要性を認識するようになっていた。朝倉氏に仕えていた者たちに支配の多くを任せて失敗したから、支配を徹底するように戦後処理をしなくてはならなかった。

新しく北ノ庄に城を築き、柴田勝家に越前の大半を支配させた。そのほかの地域は前田利家や佐々成政に支配させ、二人を勝家の与力とした。

信長配下の武将たちに各国を統治させる体制になってはいるが、それぞれの地域の国衆を彼らの支配下において家臣と同じように従わせないと、いったん勝利しても、彼らが抵抗すれば、せっかくの勝利を失いかねない。旧来の支配の仕方とは違う体制にすることが求められた。信長に領地を与えられた武将は、これからも信長に従って戦いを続けなくてはならないから、与えられた領地の統治に専念することはできない。信長の持つ権限が強大になるにつれて武将たちの権限も大きくなるとはいえ、信長の指示は絶対であり、これまで同様に戦い続けることが前提となる。このために重要なのが、出陣しているあいだの留守を守る家老の存在である。留守中の支配がおろそかにならないように、領国の統治を任せられる人物に存分に働いてもらわなくてはならない。武人として戦う能力に優れた者だけを優遇するわけにいかず、腕力はなくても統治能力のある家臣が求められた。戦いに専念しているだけで済む時代ではなくなってきたということである。

信長は四十日ほど越前に滞在したのち、いったん岐阜に戻ってから十月十日に上洛している。

京に入る信長を多くの公家衆が出迎え、信長が相国寺に入ると、各地の大名たちが信長を喜ばせようと、選りすぐりの名馬や大鷹を手みやげに持ってきた。畿内にある有力寺院や豪商たちも、自分たちの財産や商売を保障してもらおうと、信長が要求しなくとも多額の金銀を献上した。信長の権力がいっそう強まった証拠である。

本願寺とは停戦中だったが、越前の一向一揆を攻撃しているあいだは和議の交渉が途絶えていたので、信長の上洛を待って交渉が再開された。越前の一向一揆が信長軍の圧倒的な武力に屈したので、このまま敵対していることへの危機感が門徒衆のあいだに広がっていた。信長に敵対するより宗派の存続を優先したほうがよいと、顕如も方向転換を図るしかないと思うようになっていた。本願寺との交渉に当たったのが三好康長と松井友閑である。本願寺側は弱腰になっていて、今後は信長に逆らわないと約束させられた。信長も門跡の罪を許すと通達し、正式に調印された。本願寺は、貴重な掛け軸などを信長に献上して恭順の意を示し、和議が成立した。

上洛のもう一つの目的は、朝廷の官位を受けることである。朝廷からの粘り強い要請に信長がようやく応諾したのは、畿内に抵抗勢力がなくなり、信長がこれまで口にしていた官位を受けない理由がなくなったからである。いつまでも朝廷の要請に応えないままでいては、朝廷をないがしろにしているととらえられかねないと思ったからで、朝廷との距離をおきたいという信長の基本的な考えに変化があったわけではない。

前年に昇殿を許すために信長に仮の官位が授けられていたが、実際には無位無官である。そうした人物が最初に授与されるのは従五位下が慣例で、それ以上の高い官位にいきなりつくことはない。だが、信長の場合は、異例であっても最初から高い官位につけるしかない。前例にこだわって信長に拒否されてしまうほうが問題である。前例がない叙任を不安に思う公家たちも口をつぐんでいた。信長の傲慢とも見える態度に不信を抱く公家たちが、密かに彼が失脚するのを待って、そうなったときには勢い込んで信長のために動いた公家たちを非難するつもりであっても、いまは逆らわないほうが賢明であると思っている。信長が何かのきっかけで失脚すれば、真っ先に非難されるのは三条西実澄となるだろう。信長の台頭を面白く思っていない公家もいる。そうした空気を感じながらも実澄と村井貞勝が主導して、信長の任官の見とおしをつけた。

授与式をどのようにおこなうか、信長が上洛する前から所司代の村井貞勝によって細部にわたり三条西実澄と打ち合わせがおこなわれた。信長は、どのような官位がよいかこだわる姿勢を見せていないが、足利義昭より低い地位にならないよう配慮した。信長は、実澄たちが悪いようにするはずはないから任せておけばよいと言っていたが、貞勝は、それに従ってのんきに構えているわけにはいかなかった。

足利義昭を奉じて信長が上洛したときの将軍宣下の儀式に信長は出席していない。義昭が将軍になったときに授けられた官位に関しても信長は興味を示さなかったが、義昭は従四位下で左中将という宣下を受けている。歴代の室町幕府の将軍が任官するときの例にならった身分で、信長にはそれよりも高い官位につけなくてはならないと貞勝が公家衆と話し合い、従三位・権大納言に叙任するという決定を見た。天下人としての権限を行使している信長に、何としても官位についてほしい天皇や公家が、信長に拒否されないよう配慮した結果である。

任官の儀式の準備が進められている最中に、確認にきた貞勝に信長が何気なく「ところで、鎌倉幕府を開いた源頼朝どのは、武将としてどんな地位についていたのかな」と聞いた。貞勝はすぐに応えられなかった。だが、信長がそうした問いを発するのは、源氏の頭領である頼朝と同じ官職につけろというのと同じである。それを察することができないようでは所司代はつとまらない。さっそく村井貞勝は朝廷に三条西実澄をたずねた。源頼朝は右大将だった。義昭は左中将であるから、それより一段高い地位である。

実澄は蒼くなった。すでに儀式の手続きが進んでいたから、いまから改めて新しい地位につけるには再度公家たちによる会議を開催して天皇に奏上するという手続きを踏まなくてはならないが、それでは計画どおりの日程では無理があり、任官の儀式を延期するしかない。そうなると、信長が「別に官位になどつかなくてもよいのだ」と言いかねない。悩んだ末に実澄は、信長の叙任を二回に分けて実施するという案を思いついた。信長の望みを叶えることが大切である。そのために無理をしてでも、最初に当初の予定どおりに叙任し、後から右大将につけるという二段構えの儀式にする。そうすれば、何とか間にあわせることができる。

そうでなくとも、いきなり従三位という高い地位を与えるというのは前例がない。そこで、形式的であっても、前例のない事態を避けようと考え出されたのが叙任帳簿の改竄（かいざん）である。事前にさかのぼって、それより低い官位を授けたことにする。記録として残しておけば、あとでいくらでも言いわけができる。最初の正式な叙任の時期を前年にさかのぼって、従五位下につけた記録を残しておけば、いきなり高い地位につけたわけではないことになり、前例を無視した叙任にはならない。そして、右大将に任じるのは十一月四日ではなく、その三日後にする。辻褄を合わせ、後世になって信長の叙任にかかわった自分たちが批判されるのを免れようとしたのだ。

朝廷は気を遣って叙任の儀式がおこなわれる陣座をしつらえた。朝廷の正式な儀式として実施される叙任は、禁裏のなかに新しくつくられる陣座で実施される決まりである。義昭のときには資金がないから新しくつくらずに仮の陣座で済ませたが、信長の場合は、立派な陣座を造営しなくてはならない。造営奉行が任じられて建設が進められた。広間を持つ館をつくるのだから、いかに信長を大切に扱おうとしたかが分かろうというものだ。

信長は、叙任式には朝廷の仕来りに従って朝服を着用した。儀式にのぞむ際の礼服には細部にわたって決まりがあり、それを取り仕切るのが山科言継の任務である。言継の指導を受け信長は衣冠束帯姿になって式に臨んだ。後にも先にも、信長が朝廷の仕来りに従った服装をしたのはこのときだけである。さすがの信長も、朝廷の伝統的な儀式では神妙にしてわがままは言わなかった。

この後、信長から天皇や公家に一時金が支給され、さらには公家に対して土地を与え、改めて財政的な手当を施した。官位や家柄に従って数百石から数十石が与えられている。下級の公家や朝廷に仕える職人たちにも、わずかながら知行を与えた。

右大将という武家の頭領としての地位についたものの、信長にはありがたがるような地位ではないという思いがあった。実澄や貞勝が苦労したし、家臣も喜んだが、右大将にならなくても、彼らは信長に従うはずだから、衣服が一枚増えた程度の感じしかなく、逆に官位についてからのほうが意識して朝廷との距離をおくようになった感じである。朝廷という権威を認めるのはやぶさかではないにしても、自分がそれに縛られることに対しては抵抗があるという、いささかひねくれたところが信長にはあった。

8

岐阜に戻った信長は、信忠に家督を譲ると宣言した。信長が上洛する前から美濃の岩村城を取り戻す任務を与えられていた嫡男の信忠が、任務を達成して岐阜に戻ってきたときだった。

武田軍との長篠における戦いの後、信忠とその部隊は美濃の山奥にある岩村城を攻略するために張りついていた。長篠の戦いで手痛い敗北を喫した武田軍は、岩村城に籠っている秋山繁虎をすぐには支援できなかった。岩村城に武田氏の部隊が支援に来たのは十一月十日である。彼らは信忠の部隊の近くに砦を築き、隙を見て城に入る構えを見せた。それほどの兵力ではないと見た信忠は、この砦に攻撃を仕かけた。すると、支援部隊は大した抵抗もせずに撤退し、岩村城はふたたび孤立した。半年近くの籠城で食料は尽きていた。鉄砲の弾薬もなくなり籠城を続けるのは不可能になった。信忠は、そんな内情を推測して、支援部隊を討ち破ったという矢文を放ち降伏を促した。

降伏して城を明けわたせば双方の犠牲も少なくなる。悪いようにはしないという信忠の申し出に、武田方の武将、秋山繁虎は降伏を決意し、城を出て夫人とともに捕虜となった。夫人は信長の叔母にあたる。もとは織田方の国衆だった遠山氏に嫁いでいたが、城が武田氏の支配下になる際に城に残り敵将の夫人となった。遠山氏が城を明けわたす際に人質として差し出したからである。夫人が信長の親戚であるから命だけは助けられると望みをつないだのだが、秋山繁虎と夫人は主要な家臣とともに岐阜に連れて来られ磔けにされた。信長は初めから許す気などなかったのである。

信忠に織田家の家督を譲ることにしたのは、信長が官位につき一大名の立場を超える存在になったからだが、自分の将来に関して以前より明確な目標ができたからでもあった。大名が権力を握ったまま嫡男に家督を譲る例はよくある。信長の場合も、そういう仕来りに沿っていると受け取られたが、そこには根本的な違いがあった。信長の場合は、尾張と美濃の支配権をはじめ岐阜城まで信忠に譲っている。十一月の終わり近くに、信長は岐阜城を去り、佐久間信盛の館に茶道具だけを持って移り住んだ。身ひとつで新しい出発をするという宣言だった。

家督を継ぐ前の若き信長は、ガキ大将として君臨していた。家督を継いだ信長は、その延長であるかのように戦い戦術や戦略を磨き経験を積んだ。いつも「いちばん」をめざし、武将として「いちばん」になるという願いを達成した。戦いに関しては誰にも負けないという自負があったが、それは日本という狭い国のなかでの「いちばん」にすぎない。宣教師が持ってきた地球儀で見るように世界は広い。だから、世界で「いちばん」をめざそうと信長は思った。わが国では、伝統と権威という点で朝廷がいちばんであるが、限定された範囲内の地位にすぎない。それはそれとして認めるにしても、伝統と儀式だけで成り立っている彼らの世界と、信長が思い描いている世界とは違うのである。

身ひとつで岐阜城を出た信長は、自分の新しい城をつくるつもりだった。信長がめざす「いちばん」がどのようなかたちなのかは造営される城で示される。圧倒的に「いちばん」と思わせる、誰も見たことのない城にするつもりだった。見栄えが良くて豪華で常識を超えた規模にする。造営のため自分が持っている権限を最大限に発揮して、土木建築は言うまでもなく、我が国の持つ伝統や知見、技術の最高水準にある人たちを動員する。彼らを存分に使い、城であって城以上の建築物にする。そのために城づくりにかかわる人たちは膨大な数にのぼるだろうが、できるだけ早く完成させたい。目標の達成をめざし、家臣たちにはどんな無理でもさせるつもりだった。

城をどこにつくるか。もとより京にするつもりはない。既存の権威とは関係ない地点を拠点にしなくては意味がない。室町幕府は、天皇と同じ京に住んだゆえに朝廷と癒着し堕落したではないか。

頻繁に上洛するようになった信長にとって、琵琶湖は馴染みのある重要な地域である。岐阜から京に行くには琵琶湖に出て船を利用する。その琵琶湖を自分の庭の一部にするくらいの気持ちがあった。信長が目をつけたのが琵琶湖を見下ろす安土（あづち）山である。山というほどの高さはないが、東山道や北国街道に繋がる地点であり、全国のどこに行くのも都合良く、わが国の中心にふさわしい場所である。近くには六角氏がつくった観音寺城があったが、北国街道に面しており琵琶湖を見下ろす位置にはない。その北の安土山の頂きなら琵琶湖を眺望できる。琵琶湖の東岸の中央地点よりやや南にあり、城に隣接して港をつくれば、船で対岸の坂本まで短時間で行けるから、百メートルほどの高さがある安土山の頂上を平らにならして城を築く。中国の古書である「周礼」にある「天子は南面す」を参考にして城を南向きにするのは、藤原京をはじめ平城京や平安京と同じである。護りをかためて本丸にいたる城内の通り道は曲輪（くるわ）にする。南側だけはまっすぐな道にするのは特別な場合のためであり、普段は誰もが西側の道を利用して出入りする。そして、誰も見たことのない天守にし、城の西側の山から下ったところに総見（そうけん）寺という、信長の宗教に対する考えを表現した寺院をつくる。

城を構成する材料は安土に運ばれた後、麓から城のある頂上まで運び上げなくてはならない。高層で贅を尽くした城になるから、運ばれる材料も膨大になる。石垣用の石だけでも大変な量になるが、それに庭石や礎石、飾り石などが加わり、使用する石の数は半端ではない。これらは安土に近い観音寺山、長明寺山、長光寺山、伊庭山などから切り出してくる。とても並の守護大名にできるレベルではない。普通の城の造営にかかる労働力とはけたが違う人数を確保しなくてはならず、配下の武将たちが支配する地域の国衆たちにも声をかけて労役に従事する人たちを集める。彼らには戦うとき以上の負荷がかかる。

石垣や白壁の外観を持つ建築物だが、基本は木造である。京や大和、堺から一流の職人たちが集められた。信長がこだわったのは、伝統的な建物である寺院や神社の建築に関する技が受け継がれている優秀な職人集団に担当させることだった。彼らを呼び集めて、城の建築に専念させる。大工の棟梁には室町幕府に仕え伝統的な技術を受け継いでいる岡部又右衛門が起用された。寺院建築に携わる職人たちは、当時の武将とかかわることはなかったが、そうした垣根を認めない信長は、寺院を専門にした技能の優れた大工たちを集めた。寺院をも黙らせるだけの権力を信長が持っているからで、我が国の優秀な技術のすべてを動員するといっていい。だからといって、わが国の伝統に則った建物にするつもりはない。唐様の印象を持つ天守にするというのが信長の構想である。

当時の城の屋根は板葺きが多かったが、信長は瓦屋根にこだわった。天守を含めて屋根に使用する瓦は膨大な数にのぼる。寺院や宮殿の瓦とは違い見栄えを優先するために、明国から一観という瓦師を呼び寄せ、瓦の製作の指導に当たらせている。豪華さを強調して金箔を施した瓦にする意向が示され、建物の装飾にも金細工がふんだんに用いられる。金細工は、室町幕府に重用された伝統ある京の後藤家の当主、平四郎を頭領に一流の職人たちだけで仕上げるよう手配した。

安土城の天守を中国の宮殿のような建物にするという案は、単に日本の支配者として留まるほど小さい野心の持ち主ではないぞという信長の考えを表している。室内もそれにふさわしい装飾が施される。明国まで支配するようになったときに、天守のかたちを唐様にし、その内部に中国の歴史と関係ある絵画を描かせた意図が分かるはずである。

　天守の外観と室内の装飾に関しては、天竜寺の住職である禅宗の僧侶、策彦周良に相談した。彼が明国で学んだ経験を生かし、信長が望む天守のかたちや内装が決められた。龍は中国では皇帝の建物や飾りにのみ用いられ、絵画や彫刻という装飾にしても皇帝以外には使用が許されない。ぜひとも室内に龍の絵を描くようにしたいと信長が望み、そのほかにも中国に伝わる故事来歴を選んで絵にする。どのような絵がふさわしいかは策彦周良が選択した。それは主として信長が使用する上の階にかぎられる。そして、下の階は家臣や大名たちが頻繁に訪れる空間となるから、室内の襖や壁、天井の絵は狩野永徳・光信（みつのぶ）親子が采配を振って日本風に飾る。城の室内を絵画で飾るのは、それまでにも多少の試みがあったものの、徹底して飾ったのは信長の発想による。それは、松永久秀が造営した多聞山城からのヒントでもある。

　狩野永徳に絵師を集めさせた際も、二流の絵師は使用してはならぬと信長は強く釘を刺した。絵が描かれる空間は天井まで含まれるから広大になる。だからといって手を抜いてはならない。どれひとつとっても芸術作品になっていなくてはならない。そうした信長の希望は、絵師として誇りを持つ永徳にも魅力的な仕事だった。時間をかけずに完成させるように、という無理な注文を叶えるため広く絵師が集められた。

　蛇石という巨大な名石を安土城の庭に配置するときも大騒ぎだった。平地を運ぶのさえ大変なのに頂上まで坂道を延々と運び上げなくてはならない。運ぶ前に坂道をならし、大勢が巨石を運ぶために活動するスペースをつくる。丸い木材を石の下に置いて摩擦抵抗を減らしても、重力に逆らって坂を上げるには並大抵の人数では足りない。羽柴秀吉、丹羽長秀、滝川一益が指揮官となり、千人を超える人たちにより、上で引っ張り、下から押し上げる作業が続けられた。石に縄をかけるだけでも大ごとだが、かけ声とともに力を入れてわずかずつ動かしていく。石に大勢の人たちが張り付いて動きまわらなくてはならい。信長は、こうした大げさな行為が大好きなのだ。人々が時間をかけて大変な思いをするのも、これまでにない城をつくるのにふさわしい挿話となる。秀吉は、信長に気に入られようと張り切り方も尋常ではなかった。まさに戦場にいるかのような動きだった。

一五七六年（天正四年）の一月から工事が始まったが、その前に岐阜と安土をつなぐ道路が整備された。物資を運ぶ道路をつくり、信長が住む館が突貫工事でつくられた。二月には急ごしらえの館が完成して、信長は佐久間信盛の屋敷から移り住み、造営中の安土城の槌音を聞きながら、どのような城にするか細部の計画を立てた。決して手を抜かずに作業するという信長の意志は携わる配下の武将たちや一流の職人や芸術家たちにも伝わり、集中的に造営が進められた。信長が工事を見守っているから現場には常に緊張感がみなぎっていた。

周辺には城下町をつくる平地が広がり、信長配下の武将たちは、城下に土地と館を与えられた。

9

信長はますます高みに立ち、自分との距離が大きくなっていくばかりであると、家康は以前にも増して思うようになった。とても追いつける相手でないと分かってはいたが、家督を嫡男の信忠に譲り、守護大名と一線を画す身になったと聞き、信長は同盟相手というより従わなくてはならない武家の頭領のように感じられた。家督を譲られた信忠が尾張と美濃の大名になれば、大名として家康と同等の身分になる。明智光秀や羽柴秀吉も、いまでは城持ち大名である。彼らは、依然として信長の支配下にある武将であるにしても、家康と同等の身分と思えなくもない。

そんな家康を苦しい立場に追い込む事件が起きた。信長にとっては、さして重要ではないのだろうが、家康には大きな問題だった。織田信忠が岩村城を取り囲んでいるときに、家康の伯父に当たる水野信元に造反の疑惑が生じたのである。

武田氏の支配する岩村城は、信忠軍に囲まれて孤立した状況が続き、籠城が長期にわたり食料が尽きかけた。なんとか食料を確保しようと、城内にある銭や貴重品を持って、何人かが密かに城を抜け出して近隣で食料を調達しようと試みた。命がけで山あいの道のない地域を通り刈谷城下に出て商人のもとで食料を購入した。武田氏に好意を持つ商人と接触するわけにもいかず、たまたま刈谷城主である水野信元の支配する町のなかで調達した。事前に察知して差し止めることができれば問題なかったが、城に食料が運び込まれてから、こうした事実が発覚した。

これを知った織田氏の有力武将である佐久間信盛が、水野信元を信長に讒訴（ざんそ）した。佐久間信盛と水野信元とは領地が隣接していた。籠城している敵が食料を調達し岩村城に運び込めたのは、水野信元が武田氏と通じていたからであるというのが信盛の言い分だった。身に覚えのない信元は、弁明しようと信長のところに家臣を派遣したが途中で殺害され、その機会を失った。

信長は水野信元が弁明しないと思い、利敵行為におよぶとは不届きであると切腹を申しわたした。驚いた信元は、改めて弁明の使者を派遣したが、信長との面会が叶わなかった。信元が直接関与していたかどうかではなく、結果として支配する城下で利敵行為があったのは許しがたいと責められた。佐久間信盛は、水野信元を寄子として戦ったことがあるが、誇り高い信元は、もとから傲慢なところのある信盛を嫌っており、二人の仲はしっくりいっていなかった。

このまま切腹したくなかった水野信元は、悩んだ末に家康のもとに身を寄せた。信元の妹が家康の母、お大の方であり、そもそも信長と家康との同盟を仲介したのも信元である。家康にとっては恩人である。信元は信長の配下になっていたが、家康の支援も担当していた。

伯父であり恩人でもある信元を、家康は岡崎の大樹寺に匿い、信長のもとに使者を立てた。だが、忙しい信長は、会う機会をつくってくれず、信長と信元との板挟みで家康は苦しい立場に追い込まれた。信長に再考するように要請し、信元の助命を嘆願しようと使者を送ったが、信元に対する処罰は決定しているから覆せないという返事だった。こうなると、ふたたび信長本人に使者を派遣するわけにはいかない。家康が直々に信長に会って嘆願しようかとも考えたが、すでに決まったことと退けられているのに、家康自身が蒸し返せば信長の怒りを買いかねない。

酒井忠次に相談しても良い知恵は浮かばない。なんとか信元を助けたかったが、徳川氏の存亡を賭けてまで信長に嘆願するわけにはいかない。しばらくはためらいながらそのままにした。そして、信長の叙任を祝う使節として酒井忠次を岐阜に派遣した際に、信長に水野信元の助命を嘆願できるかもしれないと最後の望みをつないだ。信長が上機嫌であり、しかも酒井忠次の話に耳を傾けてくれる機会が得られるという条件が叶えられたとしての話である。かすかな望みしかないが、これが最後となる。だが、酒井忠次は、信長と面会できたのはわずかな時間で、多くの人たちと会わなくてはならない信長に、祝いの言葉だけしか口にすることができなかった。そのまま帰国せざるを得ず、わずかな望みも潰(つい)えてしまった。

家康は、密かに石川数正に言い含めて、水野信元には大樹寺から岡崎城に移らせると思わせ、途中で信元を殺害させた。そして、その首を岐阜に届けた。信長との関係に罅が入る事態を家康は避けたのである。

こうした家康の態度に反発したのが嫡男の信康である。武田氏との戦いに参陣したときも信康は、父の家康が、信長の意向を最優先にして家臣のように従う態度を見せることに疑問を感じていた。信元の事件で、父があまりにも信長に気を遣いすぎると反発した。

家康は、信康の言うのはもっともであると思ったものの、同調するような姿勢を見せるわけにはいかなかった。「そんな話は聞きたくない」と一喝して下がらせた。信長にとっては些細な問題のひとつにすぎなかったが、徳川氏のなかでは小さな事件で済まされたわけではない。これが家康と信康のあいだの隙間を大きくするきっかけとなった。ちなみに、この後、佐久間信盛は息子とともに信長の怒りに触れて支配する土地を取り上げられて追放されるが、その際に水野信元の末弟が刈谷城主に迎えられた。それにより兄の信元と同じ任務を与えられたのは家康の取りなしによるものであり、水野家は復活できた。


このころの家康は遠江にある武田氏が支配する地域への侵食に力を入れた。武田氏が内向きになっているのに乗じて勢力を伸ばしたのである。だが、武田氏も黙ってそれを見過ごしたわけではない。

信玄は、その死を三年間は隠すように遺言した。それまでは密葬や仮の葬式しかおこなわれていなかったが、ようやく三年が経ち、武田勝頼が喪主となって本葬が盛大に挙行された。「心頭滅却すれば火もまた涼し」とのちに恵林寺で焼き殺される際に名言を残したといわれる快川和尚が導師となり、武田氏の居城である躑躅が崎で武田氏と関係する人々が列席して葬儀が営まれた。

家康のところにも盛大な葬儀だったと伝わった。これが終われば、武田氏との本格的な戦いになるのは必定である。だが、信玄の葬儀が終わっても、武田勝頼は攻撃を仕かけてこなかった。信濃全域を護る体制の構築を優先したからだ。織田軍が攻撃してきても対処できるよう対策を施してから徳川氏を攻める計画だった。長篠の戦いで多くの有力武将をなくした武田氏は、拠点となる城を護る武将の配置を検討し直したのである。重要拠点には信頼のおける武将を配置しなくてはならない。武田氏の勢力が弱くなると見れば裏切る可能性のある武将や国衆に、重要拠点を任せるわけにはいかない。護りをかためるのに時間を費やさざるを得なかった。

家康は、武田氏に支配されている地域の調略を粘り強く続けた。二俣城や犬居城を奪還してからは、駿河や信濃から遠江に入る街道にある地域を支配下におき、さらに駿河との国境の近くまで支配を広げた。じわじわと押し寄せる家康の調略を食い止めようと武田氏側も抵抗を続けた。

遠江にある高天神城は武田氏の重要拠点である。国衆である小笠原信興が城主となっていたが、武田勝頼は、徳川方に寝返る可能性があるとして、城主を岡部元信に替えた。かつて桶狭間の戦いで勝利した信長が今川義元の首を持って引き上げるときに、鳴海城にいた岡部元信が信長に戦いを挑んだ。そのときから織田氏とは敵対しており、今川氏が滅んでからは武田氏に仕えるようになっていた。駿河の国衆だったから水軍を所有しており、武田氏には心強い味方として勝頼の信頼を得ており、周辺に手を伸ばしている家康の調略を防いでいた。この城を徳川氏にとられては駿河を攻撃する足がかりを与えてしまうと、元信は堀をさらに深くし土塁を高く築いて城の護りをかためる工事を実施した。

高天神城の近くの国衆たちが、徳川氏に調略されないよう接触を密にし、監視のための兵士や使者を頻繁に派遣した。このため家康軍の調略はむずかしくなった。

武田と徳川の両軍が対峙するのは翌一五七七年九月である。

家康軍が迫ってくるという報に接して、武田軍が動いた。高天神城が徳川方に落ちたのでは駿河も危うくなると、勝頼は大軍を率いて駿河の江尻（えじり）城に入った。駿河にある江尻城から大井川を越えて西に進んだところにある高天神城を護るためである。勝頼が率いる武田軍の主力の到来に、武田氏に所属する国衆も徳川氏との決戦に備えて士気が上がった。

勝頼軍が西進しているという報に接した家康は、高天神城への進軍を中止した。武田氏の主力部隊が到着する前に高天神城を攻撃するつもりだったが、武田軍の主力と激突する覚悟まではしていなかったからだ。

岡崎城から出陣していた嫡男の信康は、武田軍の到来という報を受けて決戦に意気込んでいた。それだけに、戦いを避けるという家康が下した決断に不満をあらわにした。信康は、家康に高天神城を攻撃するよう主張した。家康は、改修され護りをかためた高天神城を攻めるのは容易でなく、犠牲が大きくなり攻撃できないと話した。それでも、信康は考えを変えようとしなかった。家臣たちが見ている前で、攻撃しようという主張はいかにも勇ましく見える。家康は、「考えが甘い」と一喝して懸川城まで撤退するよう厳命した。むっとした顔をしたが、信康は「分かりました」と言って引き下がった。

家康は馬伏塚城に入った。高天神城が武田氏にとられてからその西側に築いた城である。

勝頼軍は、大井川をわたったところにある遠江の小山（こやま）城まできた。高天神城をあいだにして西側に徳川氏、東側に武田氏が対峙した。睨み合いが続いたが、どちらも打って出ようとはしなかった。先に引き上げたのは家康軍だった。城攻めはむずかしく、野戦になっても勝てる自信がなかったからだ。

勝頼のほうも、徳川軍の撤退を知ると兵を引き上げた。高天神城を護り切ったから目的は達した。両者痛み分けとなり、戦いは先延ばしされた。

10

この前年の一五七六年（天正四年）四月に信長が上洛したのは、畿内がきな臭くなり、安閑としているわけにはいかなかったからだ。安土城の工事の指揮は奉行の丹羽長秀に任せた。武田軍が徳川氏を攻撃する体制を整えているときで、信長はふたたび強力となった反信長連合と対峙しなくてはならなかった。そのため、武田氏との戦いに苦しむ家康を支援する余裕はなかった。

紀伊(きい)で逼塞していた足利義昭が、この年二月に安芸の毛利氏を頼って鞆(とも)の浦に滞在するようになった。毛利氏に受け入れられたのではなく、押しかけたかたちだったが、将軍という肩書きを持つ義昭を粗末に扱うわけにはいかないと考え毛利家は、丁重に迎えた。以前は、信長との関係が悪化するのを避けていたが、信長の勢力が大きくなり西日本にまで進出する気配を見せたので、毛利氏は警戒感を抱くようになっていた。義昭が毛利氏の懐に飛び込むタイミングが良かったといえよう。迷惑ではなくなっていたのである。

紀州(きしゅう)にいるときから、義昭は新たに反信長連合を結成すべく有力大名たちへ活発に働きかけた。信長の庇護のもとでは信長から強い圧力があり、義昭は思うように振舞えなかった。その軋轢(あつれき)から解放され、ようやく将軍らしい態度をとれると積極的に行動するようになった。毛利氏が受け入れてくれて義昭は、信長をたおそうと執念を燃やした。それには東と西から挟み撃ちにするのがよいとばかり、甲信越や関東に領地を持つ武田氏・上杉氏・北条氏に働きかけた。彼らが連合するには、上杉氏が織田氏との同盟を廃棄し、反信長連合に加わる必要がある。信玄なきいま、謙信なら反信長連合の盟主として期待できるし、それだけの武将である。だが、上杉氏と北条氏とは友好な関係にない。すぐに連合を組むのはむずかしいにしても、武田氏を含めた強力な反信長連合が結成できれば、西日本の毛利氏と組んで信長を追い詰めることが可能である。それぞれに同盟を結ぶようにという内容の御内書を義昭は送りつけ、使者を派遣するなど熱心に働きかけた。

義昭が反信長連合を呼びかけたのに呼応したのが大坂本願寺の顕如である。信長とは和議が成立していたものの、いつでも自分の都合で和議を反故にするつもりでいた顕如は、義昭の動きに同調する意思を示し、信長に対抗する決意をかためた。織田氏との同盟関係にあった上杉謙信が反信長連合に加われば信長を怖れることはないと、顕如は武田氏と同盟するよう謙信の説得を始めた。

謙信が信長に対する警戒感を抱き始めたときだったから、義昭からの誘いに加え顕如まで接近してきて、謙信の気持ちが動いた。脈があると見た義昭は、武田勝頼にも上杉謙信と同盟するよう働きかけを強めた。徳川氏の後ろに織田氏がおり、いずれは対決が避けられない武田氏も、彼らに対抗するには、かつての宿敵だった上杉氏とも同盟するのに躊躇はなかった。上杉氏と北条氏と友好関係が築くことができれば、武田勝頼は安心して遠江や三河に攻め入ることができる。

上杉謙信が織田氏との同盟を廃棄する決意をかためたから、武田・上杉・北条という三国同盟が成立する方向に進むはずだった。だが、反信長連合に加わることにした北条氏政は上杉氏との同盟に踏み切れなかった。北条氏に敵対する勢力を支援している上杉氏とは相容れないという思いが強かったからだ。

それでも、義昭は諦めず、上杉氏との同盟を北条氏に働きかけ続けた。武田勝頼も、上杉氏と同盟するよう北条氏政に促した。上杉氏と北条氏が同盟すれば、国境周辺で紛争している里見氏や佐竹氏を上杉氏が支援しなくなるメリットがあるという勝頼の説得に、氏政も耳を傾けるようになった。北条氏は迷った末に同盟に加わることにし、辛うじて東日本の有力大名による三国同盟が成立した。東国と西国の強大な反信長連合が形成され、これに大坂の本願寺が加わることにより、信長包囲網は以前より強力な体制になると思われた。ここまでは義昭の思惑どおりに進んだ。

毛利氏と信長の対立が強まったのは、信長の勢力範囲が毛利の支配地域に近づいてきたからである。きっかけは備前における浦上氏と宇喜多氏との抗争だった。浦上宗景は、備前や美作の支配を信長から安堵されていたが、浦上氏に従っていた宇喜多氏が備前の支配をめぐって浦上氏と対立し、毛利氏が宇喜多氏を支援したので、備前の支配権をめぐり織田氏を後ろ盾とする浦上氏と、毛利氏の支援を受ける宇喜多氏との戦いの様相を呈した。

この戦いは宇喜多氏が勝利をおさめた。戦いに敗れた浦上宗景は、播磨の御着城主の小寺正職を頼った。宗景は小寺一族の小寺孝高（のちの黒田如水）の娘婿という関係にあった。宇喜多氏は毛利氏の後ろ盾を得て備前の支配者になったが、信長は播磨に羽柴秀吉を派遣し、毛利陣営の浸透を防ぐために播磨の小寺氏を味方につけ、奪われた浦上氏の領土奪還をめざした。織田氏と毛利氏は国境を接して睨み合った。

上洛した信長は、反信長連合がどのように動くのか情報を集めながら、京に自分の館をつくる準備にとりかかった。それまでは、上洛するたびに寺院や個人の屋敷に寝泊まりしていたが、安土城と並行して京に自分の屋敷をつくることにした。安土を本拠にするとしても、京に滞在する機会は前より多くなるようだったからだ。そのために、摂関家である二条家の屋敷跡で空き地になっていたところを選び、その近くに住んでいた人たちに代替地を与えて土地を接収した。規模は大きくなかったものの、庭に池をつくり防備を考えた信長の京の館の工事が始まった。

そんなときに大坂の本願寺が和議を破って蹶起した。将軍の足利義昭が毛利氏に庇護を求め、関東を中心に同盟する動きがあり、上杉氏が敵にまわりそうな情報をつかんだ信長は、顕如が反信長の動きを中心的に進めていることに気づいた。その証拠に、加賀から技術者を呼び寄せ、本願寺は城郭の護りをかためていた。そのうえで、信長の攻撃に備えて木津（きづ）砦を築き、各地の一向宗の門徒を集めて兵力の増強を図るとともに、紀州の雑賀（さいか）の鉄砲隊を動員して布陣した。雑賀一帯には鉄砲を製造し、それを巧みに使う強力な集団がおり、大名たちの要請に応えて戦う集団として注目されていたが、このときに本願寺の要請に応えたのは一向宗を中心にした頼りになる集団である。信長が思っていた以上に本願寺は蹶起の準備に怠りがなく、本願寺は反信長連合の中心的な存在になろうとしていた。

ことの重要性を認識した信長は、矢継ぎ早に配下の武将たちに指令を発した。荒木村重、細川藤孝、明智光秀、それに大和の塙直政と筒井順慶に動員令を発し、本願寺との戦いに突入した。すぐにも大坂の本願寺を攻撃したかったが、護りをかためているので、本願寺に近い北と東と南の三方面に寺を挟み込むように砦を築いて布陣した。敵の攻撃を防ぐために、近くを流れる木津川と淀（よど）川の河口付近を封鎖して、本願寺が外部と連絡がとれないようにした。大坂湾には信長配下の九鬼水軍を配置し、本願寺が孤立する態勢に追い込んだ。京にいる信長が采配を振り、馬廻衆が連絡役となり、武将たちがそれに従って動いた。

信長は、攻撃を開始する前に一向宗の信徒が本願寺に参拝に来るのを禁止した。一向宗信仰の中心地であり、全国から溢れるほどの人たちが参拝に訪れていたが、道路を封鎖して通行を禁止した。この禁止を破った者は敵と見なして容赦なく殺すから覚悟せよと信長は威嚇した。

本願寺が築いた木津砦を信長軍が攻撃して戦いが本格化した。勢い込んで大軍で攻めれば攻略できると思っていたが、そうはいかなかった。計算違いだったのは、本願寺の応援に駆けつけた雑賀衆の鉄砲による応戦だった。石飛礫や弓矢などは使用せずに大勢の鉄砲隊が攻撃を退けようと待ち構えており、向かってくる信長軍の兵士にいっせいに射撃を開始した。訓練が行き届いている雑賀衆の精鋭部隊の射撃は狙いも正確だった。攻撃の指揮をとっていた信長軍の武将である塙直政をはじめ、四人の武将が鉄砲に撃たれ討ち死にした。塙直政は山城の一部のほかに大和地方にも所領を与えられていた信長のお気に入りの武将だった。信長軍の犠牲は大きく、最前線にいる雑賀衆が雨あられと撃ちかける鉄砲の攻撃に苦しめられ、撤退を余儀なくされた。

この知らせを京で受けた信長は、じっとしていられなかった。戦いの支度もそこそこに急ぎ河内の若江城に入った。信長軍を退けて勢いに乗った本願寺勢は、信長軍が築いた本願寺の南に位置する天王寺砦に攻撃を仕かけてきた。この砦にいた明智光秀は必死に応戦した。いまやここが主戦場となっている。信長は、緊急に集めた三千人の兵士を引き連れて天王寺砦に向かった。本願寺に対する憎しみが燃え上がり、信長が陣頭指揮をとった。最前線で攻撃を仕かける雑賀衆の鉄砲による集中攻撃を受けても信長は怯まない。怒りが勝っていたからだ。こうしたときの信長は、戦いの最前線に率先して進んでいく。それが信長軍の士気を高めたが、信長自身は鉄砲の弾にあたり足に怪我をした。それでも、信長は鉄砲に怯む兵士に攻撃を続けるよう叱咤し続けた。犠牲者が出ても、攻撃の手をゆるめない。さすがの雑賀衆も、連続して鉄砲による攻撃はできない。犠牲者が出ても怯む姿勢を見せない信長軍は、鉄砲隊の反撃が弱まったと見てとると砦を出て攻撃し始めた。

本願寺側の部隊は後退し、信長軍は天王寺砦を護りとおした。撤退した本願寺側は、その後は攻撃してこなかった。それでも、護りのかたい本願寺まで攻め込むのは無謀である。お互いに牽制し合う状態が続き、戦いは容易に決着がつきそうにない状況だった。こうなると、大坂の本願寺への道を遮断し、大坂湾を封鎖して本願寺を孤立させる作戦が有効となる。籠城する本願寺は食料が尽きれば降伏せざるを得なくなるはずだ。長島における一向一揆の殲滅のときと同じ展開になると思われた。信長は、この砦を佐久間信盛に任せて京へ戻った。だが、本願寺は簡単には降伏しなかった。

11

本願寺を孤立させる信長の作戦に齟齬が生じた。籠城を続ける本願寺を救おうと、毛利氏が立ち上がったのだ。瀬戸内海で活躍する村上（むらかみ）水軍を味方につけている毛利氏は、彼らを動員して大坂湾を封鎖する信長軍に攻撃を仕かけた。海上での戦いなら誰にも負けないという自負がある村上水軍は、毛利氏から支援要請を受けて大坂湾に向かった。これに勝利すれば、瀬戸内海の東の地域まで支配を広げるチャンスであると村上水軍も張り切った。一五七六年七月、信長配下の九鬼嘉隆を頭領とする水軍が大坂湾の封鎖を続けるなか、大量の食料や兵器を積んだ村上水軍の七百隻近い船団が大坂湾に近づいた。水軍どうしによる、これまでにない規模の対決となった。

迎え撃つ織田勢の九鬼水軍は思わぬ苦戦を強いられた。「ほうろく」という火薬を詰めた球形の手榴弾ともいうべき兵器を村上水軍が使用し、威力を発揮した。近づいてきた敵船に投擲し船上で爆発させる。「ほうろく」による攻撃で軍船が炎上し、九鬼水軍は苦戦した。さらに、近づいてきた船から兵士が九鬼水軍の船に乗り移り攻撃する。船数でも村上水軍が圧倒し、九鬼水軍は尻尾を巻いて逃げる始末だった。本願寺の封鎖が破られ、村上水軍の軍船が大坂湾に陸続と入った。兵糧の運搬に成功し、本願寺は息を吹き返した。大坂湾で毛利方が勝利し、周辺海域の制海権は毛利方に握られて、本願寺を孤立させる信長の作戦は頓挫した。

信長は、敗戦を知ると言葉を失うほどの衝撃を受けた。このままで済ますわけにはいかない。どうしたら勝利できるか改めて作戦を立てる必要があった。毛利氏の支配下にある村上水軍に対抗するには時間がかかるが、戦いを有利に展開するために、信長の指令で新しい装備の軍船をつくる計画が進められた。これにより大坂本願寺との戦いは長期戦の様相を呈することとなった。

年が開けて一五七七年（天正五年）二月九日、信長は新たな作戦を展開するために上洛し、紀州の雑賀への攻撃を開始した。前年の本願寺との戦いで織田軍を苦しめた武装集団の雑賀衆は、紀伊の北西部に本拠地を持ち、鉄砲を使いこなす傭兵として活躍している。彼らは契約により雇い主の兵力となるが、このときには一向宗の門徒を中心とした雑賀衆が本願寺に味方した。敵の鉄砲で自らも負傷して怒りに燃えた信長は、本願寺の兵力として機能している雑賀衆を地元で叩くことにした。すべての雑賀衆が信長に敵対していたわけではなく、信長の雑賀攻めに当たって、彼らを引き入れる役目を果たした雑賀衆もいる。一向宗徒により組織されている雑賀衆だけが信長の敵である。

信長軍は、信忠をはじめ息子たちを中心とした部隊、配下の武将たち、さらには周辺の支配下にある大名の部隊の連合軍からなる態勢で攻撃した。数でも驚かす作戦である。二手に分けて陸側と海側から攻めたてたが、柵を設えて鉄砲で迎え撃つ雑賀衆を攻め落とすのはむずかしく、かなりの犠牲者が出た。

ようやく敵が降伏したのは三月十五日、てこずったうえの勝利だった。毛利氏は雑賀衆を支援するために兵を派遣したが、戦いには間にあわなかった。

敵はいたるところにいる。浅井・朝倉軍をせっかく殲滅したのに、今度は上杉軍と対決しなくてはならない。信長と決別した謙信は、加賀に進出し、信長から越前を任されている柴田勝家の部隊との戦いとなっていた。

謙信は、信玄と並んで戦上手として知られており、手強い相手である。大事をとって羽柴秀吉の部隊も派遣されたが、こともあろうに勝家と秀吉が最前線で布陣している最中に意見の相違で内輪もめを演じた。勝家にしてみれば、譜代の最古参の武将としての誇りがあり、ちょっとばかり信長に可愛がられているからといっていい気になっている秀吉が面白くない。秀吉にしてみれば、そんな立場とは関係なく謙信と戦うには生半可な作戦では通用しないと判断しており、勝家の考えにはついていけないと思った。

口論となった挙げ句に、秀吉は独断で陣を引き上げてしまった。明らかな統制違反である。並の武将であれば、信長の怒りを買って追放か切腹となっていただろう。だが、強敵をあちこちに抱える信長は優秀な武将を失うわけにはいかない。信長自身も、かつてのようには即決で果断な処置を取れなくなっていた。秀吉には謹慎を申し付けたものの、すぐに畿内の戦いに秀吉を投入した。規律違反であるのは分かっていたが、秀吉があえて勝家と袂を分かったのは、信長が戦さに関しては勝家を高く買っているわけではないと知っていたからだ。意見が違った場合、勝家の考えより自分のほうが正しいと信長が思ってくれるに違いないという自負が秀吉にはあった。

秀吉が撤退してから柴田軍は、暴れ川として知られる手取川(てどり)のそばで謙信軍の攻撃を受けた。謙信は、この戦いに信長が指揮を執っていると思い込んでいたが、信長にとっては畿内の戦いのほうが重要である。勝家も、ここで謙信との本格的な対決を避けて撤退したので、謙信も深追いせずに越後に引き返した。

秀吉が加賀から戻った直後に、大和の松永久秀が反乱を起こした。それを知って駆けつけたと思えるほどのタイミングだった。信長の譴責(けんせき)を受けて謹慎していた秀吉は、お詫びのために最前線で戦いたいと申し出た。信長も、それを認めざるを得ない状況であり、武将として目立った態度をとらないようにという条件をつけて秀吉の参陣を許した。このときに多聞山城を明けわたし信貴山城に入っていた松永久秀は、信長からの指示で本願寺との戦いに参陣していた。信長にくだるという条件で許されたときに引退していた久秀は、信長から久秀自身が兵を率いて天王寺砦に詰めるよう命じられた。そのうえ、精魂込めて築城した多聞山城を解体するのでその作業にも人手を出すよう指示された。かつて三好長慶に仕えていたときに京におけるまつりごとを取り仕切った経歴を持っている久秀の誇りが傷つけられた。

かくして、信長方として出陣した松永久秀は、信長とその家臣たちに対する不満が鬱積していた。信長軍として本願寺と対決するのはよいとしても、信長配下の武将たちが久秀を配下のごとくに扱うだけでなく、信長にくだって多聞山城を明けわたしたものの、城だけはそのまま残しておいてほしかった。久秀にとっては自分の生涯をかけた作品である。美術に関心があり、茶の湯をたしなむ教養人の久秀は、城の良さが信長も分かっていると思っていた。

参陣して二日後、なんの断りもなく、久秀は配下の兵を引き上げ、信貴山城に戻ってしまった。最前線である天王寺砦から無断で引き上げるのは重大な規律違反であるが、久秀は本願寺とも連絡をとり、反信長連合に加わる意志を表明した。

久秀が持ち場をはなれたという報に、信長は松井友閑を使者に立て、すぐに戻れば許すと説得を試みた。それだけ信長も切羽詰まっていた。だが、覚悟のうえの離反である。説得できないと知ると信長は、息子の信忠を総大将にして松永久秀とその一党の成敗を命令した。

信長軍が攻撃を仕かけると、松永久秀は信貴山城に籠って戦った。むろん、勝ち目があるはずはないが、生きながらえて誇りを失う道を選択する気持ちはなかった。十月十日に城は落ち、久秀は息子の久通（ひさみち）とともに自害して果てた。秀吉も、目立たないように配慮しながら総大将の信忠を助けて奮戦した。松永久秀は、人生の前半においては伸し上がるためにあらゆる苦労をし、五十歳を過ぎてからは大名として大和を支配し、趣味人として活躍し、六十八歳で死を迎えた。人質に差し出した妻は磔けにされ、息子も死なせた。波乱の人生の締めくくりとして覚悟の死だった。大和に君臨した松永久秀の死は、かつての久秀の戦いの最中に東大寺の大仏殿が焼失してから十年目の同じ月日であり、これも何かの因縁であると奈良の人たちは囁き合った。

本願寺との戦いで鉄砲傷を受けてからの信長は、戦いでも以前と違う対処の仕方をするようになった。戦いの現場に自分からは行かず、報告を受けて指示を出すようになり、戦い方も配下の武将たちに任せるようになった。朝廷では、信長が敗れはしないかと正親町天皇をはじめ朝廷の公家たちがはらはらしながら見守っていたが、信長は、見た目ではのんびりとしているようだった。にもかかわらず、上洛したからといって、すぐには参内しようとしない。

叙任すれば、信長の態度も変わるだろうという期待は裏切られた。依然として朝廷との距離をとろうとする態度は変わらない。参内するようにという朝廷からの使者がきても素直に応じようとせず、三条西実澄とも会う機会が少なくなっていた。

そんな折りに、前の関白である近衛前久が信長を訪ねて来た。信長が紀伊の雑賀衆との戦いから帰還するのを待ってのことである。前久は将軍となった足利義昭とは折り合いが悪く、義昭が信長とともに上洛して以来京からはなれていたが、信長が義昭を追放したのを知って戻って来ていた。家康が三河守に就任するときに前久が骨を折ったように、彼は大名との接触が多く、信長とも旧知のあいだであり、信長が前から親しくしている公家だった。聞けば薩摩の島津氏のところにしばらく滞在していたという。信長は、一人の公家との再会というより、なつかしい友との出会いのように感じた。それだけ前久の人なつこい態度に以前から心を許していたのである。

前久は、自分の息子の元服に際し、信長に加冠の役をつとめてほしいと頼んだ。烏帽子親になることを意味するが、その役を信長が引き受けてくれれば信長が後ろ盾になるから、朝廷のなかで公家としての立場がよくなる。摂関家の筆頭である近衛家の当主が頭を下げて頼むのは、朝廷のなかで信長の立場が将軍以上であることを示している。

信長は承諾した。前久の息子は元服の際に、信長から一字をもらい信基（のぶもと）（のちに信輔に改名）と名乗った。元服式は、完成したばかりの信長の京における新しい館の二条御新造で挙行された。摂関家の嫡男の元服は禁裏内でおこなわれることが多いから、信長の館が、それに匹敵する場所であるという解釈さえ成り立つ。

二条御新造の完成祝いには多くの人たちが訪れて大変な賑わいを見せた。信長もいちいち付き合っていられないほどだった。こうした一連の行事により、信長の意思とは関係なく、信長が朝廷に取り込まれているという印象を世間には与えた。

正親町天皇は信長に気を遣い、信長が希望していないのに従二位に昇格させるとともに、右大臣に就任させるという決定をした。右大臣は太政大臣と左大臣に次ぐ高い地位で、律令制度においては朝廷を代表する、国の政策を決定する要職である。もちろん、この時代にあっては名誉職にすぎないが、武将としては異例ともいえる高い官職である。さらに、信長の嫡男の信忠も、前年までの正四位上という地位から従三位下に昇位し左中将にする措置がとられた。右大将である信長に次ぐ武人の地位である。信貴山城の松永久秀を討ち破った功績を理由にした朝廷の叙任である。いかにも朝廷が信長に迎合する姿勢だった。だが、朝廷のこうした扱いが、逆に信長を朝廷からはなれさせる働きをした。朝廷に仕える人たちには、あまのじゃくなところがある信長の意識が理解できない。

普通ならすぐに朝廷の意向に敬意を表して参内して、叙任のお礼を丁寧にするところだ。だが、信長は何の反応も示そうとしない。だからといって朝廷のほうから参内するよう要請するのも変な話だ。どうしたものかと思っているところに、信長から久しぶりに禁裏を訪れたいという申し出があった。
禁裏では、信長を丁重に扱おうと準備した。

参内するときには、それにふさわしい衣服を身にまとい伝統に則って振舞うことになっているが、信長は鷹狩りの衣裳で禁裏を訪れた。飾り立てた頭巾を被り、獣の皮でできたマントを身に着け、派手な色合いの衣裳をまとい、いかにも傾奇者（かぶきもの）と見紛う出で立ちだった。信長だけでなく、彼に従う馬廻衆も、同様に傾奇者風の衣裳だった。とても右大臣という地位にある人の振舞いではない。信長一行は、それぞれに派手やかに着飾り、馬に乗って二条御新造を出発、京の町なかを悠々と行進して禁裏に向かった。京の人たちに見せるためである。そのまま禁裏に入るのではあるまいと人々は思っていたが、信長にしてみれば、こうした格好で参内することに意味があった。鷹狩りの格好をしているのだから、見方によっては禁裏に行くのがついでであるという解釈が成り立つ。信長主従の異様ともいうべき行列に、多くの見物人が集まり話題になった。

信長は禁裏の小御所の庭に入った。多くの公家衆が待機していた。信長一行の格好を目の当たりにして、公家衆は開いた口が塞がらないようだった。禁裏に入るのにふさわしいはずがなく、考えられない格好である。公家のひとりが「何という姿か」と絶句するように声を出した。聞こえたのか、信長は声のほうに顔を向けてにやりとした。

「これこそがわが織田家の正装で、武家は戦いが仕事なので鷹狩りに行くのも訓練を怠らないためであります」と胸を張りながらも神妙に応えた。こうした場合、神妙にすればするほど「はみ出した姿」であるのが強調される。だが、多くの公家たちは、信長の顔を見てうなずき返した。了解したという合図であり、なかにはへつらうように笑う公家もいた。

信長が来たと報告を受けた天皇が急いで小御所の庭に姿を現した。天皇に平伏した信長は、高い官職を授与されたことには触れずに挨拶した。そして、天皇から盃を受けた。天皇は、信長の格好に驚いていたものの、それを顔には出さず何ごともないように振舞った。信長は畏まって天皇からの盃をありがたくちょうだいした。その後、わずかな会話をしたのちに立ち上がって、「では」といって帰り支度を始めた。こうした信長の行為は、朝廷との関係を自分なりに示したものだが、天皇や公家たちに理解できるはずもなかった。

この後、信長主従は東山で鷹狩りをした。百人を超える馬廻衆を従えての集団による大規模な鷹狩りである。軍事訓練といっていたが、このように京で我がもの顔に振舞う信長に眉をひそめる者もいた。そうはいっても、傾奇者たちを支持する人たちが京には多くいたから、信長の不敬ともとれる振舞いは小気味よいと思われるところもあったのである。

第五章　安土城の完成と反信長連合の解体

1

十一月に安土に戻った信長は、戦いを忘れたように鷹狩りに明け暮れ、一五七八年（天正六年）正月を迎えた。

安土城も天守を除く施設がほぼでき上がった。城下町には多くの人たちが移り住み、信長がめざした日本の中心都市としての機能が整い始めた。

信長の戦いは全国規模に広がり、戦いそのものが長期にわたる攻防となってきている。それに呼応するように息子の信忠に家督を譲ってからの信長は、肝腎なときだけ指示を出すようになり、武将たちに自分で戦術を立てて戦う権限を与えた。

戦線が伸びており、各地にいる武将が信長と連絡をとるのにも時間がかかる。任された武将たちは、そのぶん成果をあげることが求められ、他方で最終的には信長の判断を仰がなくてはならない。自分の裁量でどこまで決められるかは明瞭でなく、信長との関係は以前と同じく絶対服従が原則だった。

長期戦の様相を呈している各地の戦いは、それまでの激しい白兵戦や領地の奪い合いのような戦いではなくなっており、勝利を得るためにも、それまでとは違う作戦を立てなくてはならなかった。いっぽうで、東日本での上杉・武田・北条による三国同盟が成立したといっても、彼らがすぐに結束して信長に戦いを挑むほど強い結びつきになったわけではない。同盟そのものが危うさを含んでいるところがあり、かつて武田信玄が浅井・朝倉軍と呼応して徳川氏や織田氏を攻めたような動きをすぐに見せるようにはならない。敵対しない関係になっただけで、今後、どのような動きを見せるのか見通しが立ったわけではない。信長も、警戒を怠らないようにしながらも、この時点での主要な敵は本願寺であり、西日本の毛利氏と連携する反信長連合であると考えていた。

信長は、盛大に正月の祝いをしようと、丹波(たんば)を受け持つ明智光秀や、播磨で戦う羽柴秀吉まで安土に呼び寄せた。安土城ができてから最初の正月である。近隣諸国の大名たちも、信長に挨拶に来ており、城内は祝賀ムードに溢れていた。

信長への挨拶が終わると、招かれた人たちは安土城を見物した。天守となる八角形の六階と七階部分はまだ完成しておらず、本丸御殿の四階までの各部屋に案内された。各階の部屋は手が込んだ装飾が施されている。壁や襖や天井にいたるまで絵が描かれていた。狩野永徳の采配により金色をふんだんに使い、ひたすら豪華絢爛で華麗、そして幽玄が表現されている。とくに信長からむずかしい注文が出されたわけではなく、永徳の指導で絵描きたちが技術の粋をこらし丹誠込めて描いたものだ。

和風の場合は花鳥風月や四季の自然が描かれている。そして、山水画風の絵では瀟湘(しょうしょう)八景を中心に中国の故事来歴が画材に取り入れられている。中国でもてはやされた風光明媚な水郷地帯である。この湖南省長沙（ちょうさ）一帯はかつて楚の国の中心地で、多くの伝説や神話が生まれた土地であり、桃源郷伝説を生んだ地域として知られている。中国からもたらされた風景画の影響を受けて、これらの題材は我が国でも山水画として描かれるようになった。中国の特定の地域の絵であるが、絵として馴染みがあっても、日本人のほとんどは実際には見たことがない景色である。

見物する人たちは新しい部屋に入るたびに感嘆の声をあげた。永徳一門の絵師たちが精魂込めて描いた絵の迫力に圧倒されたが、一流の職人たちによる技術の粋を凝らした欄間や障子や窓、そして畳のつくりも並の出来ではなかった。これまでに見たことがないだけでなく、今後もこれほどのものはつくられないだろうと人々は褒めそやした。信長の権威がいかんなく発揮されており、信長自身も満足げだった。

元日の夕方、安土城で茶会が催された。呼ばれたのは十二人、信長による人選である。何も言わなくてもこられの家臣が特別扱いされていると分かる。息子の信忠、武井夕庵、林秀貞（はやしひでさだ）、滝川一益、丹羽秀長、明智光秀、羽柴秀吉、細川藤孝、荒木村重、長谷川秀一（はせがわひでかず）などであり、茶頭は松井友閑がつとめた。前年の働きを信長に評価された人たちである。酒が飲めない信長は、正月だからといって酒宴を催すつもりはない。

四日には、さらに厳選された武将が茶会に招待された。信長から信忠に譲りわたした名品の茶道具を披露するためである。このときに光秀と秀吉に茶会を開く権限が与えられた。前年の二人の働きが特別に評価されたからである。家臣は、信長の許可なく勝手に茶会を開くことを許されていなかった。茶の湯は単なる趣味のイベントではなく、信長による「御政道」として扱われていたから、許しを受けた秀吉は、感激のあまり涙を流した。茶会の開催権を与えられるのは、城ひとつもらう以上の褒美であると思われた。

さほど喜びを表さない光秀と、大げさな態度を見せて喜ぶ秀吉とは対照的だった。

朝廷の正月も特別な祝いになった。財政難が続いて開催できずにいたが、二十年振りに元日節会(せちえ)が実施されたのだ。正月を祝う天皇を中心とする宴会である。暮に信長が鷹狩りで獲った鶴や雉とともに朝廷に金銀が送られていた。古希に近くなっている正二位大納言の三条西実澄が節会復活の準備を取り仕切った。

正月を祝う宮廷の伝統的な宴会である元日節会は、儀式として決まりがきちんと守られる。宴に招かれる人たちの名簿が奏上され、挨拶の順序も決められ、供される料理も伝統に則っている。天皇が紫宸殿に入るのを待って宴会が始まる。三献の儀をはじめすべて型どおりに進行する。新しい年が豊作に恵まれるよう祈願し、天下静謐を願い、実澄によって信長に感謝する言葉が述べられた。

この後、前の関白だった近衛前久が安土に勅使としてやってきた。朝廷で正月に催された宴会の報告と感謝を伝えるためである。信長は前久と機嫌良く話した。そして、彼が宿にしたのが町人の家であると知ると、急いで松井友閑を呼び出し、その館に留まるよう指示した。たくさんの土産をもらい、翌日に前久は京に戻った。

のんびりとした正月を過ごした信長は、その後も鷹狩りや相撲大会を開催して楽しんだが、一月十九日、安土城下で火災が発生した。火元は信長の弓衆の屋敷だった。信長と行動をともにする馬廻衆と同じく、弓衆も側近として信長に近侍している。彼らは、信長が安土城に入るときに家族とともに城下に引っ越すように指示されていた。ところが、火元の弓衆は家族を岐阜に残して単身赴任しており、火の不始末により出火したのだ。それを知った信長は馬廻衆や弓衆が家族を連れてきているか調べさせた。すると百人以上が単身赴任であることが分かった。信長は、岐阜にいる嫡男の信忠に命じて、単身赴任している馬廻衆や弓衆の岐阜にある屋敷のすべてを焼き払うよう命じた。すぐに妻子を安土に来させるためである。つべこべ言わせない信長の果断な処置である。そのうえで単身赴任していた者たちには安土城周辺の道路を新しく造営する罰が課せられ、その任務をこなして許された。

2

この年の三月、四十九歳の上杉謙信は、次の戦いのための準備をしているときに脳溢血で倒れ、そのまま帰らぬ人となった。周囲に毘沙門天の生まれ変わりであると信じさせた謙信の突然の死で、反信長連合は盟主になり得る人物を失った。そして、上杉氏は後継者争いが勃発して外部との戦いどころではない事態に陥った。偉大な武将が死に、関東や北陸の勢力バランスが崩れた。せっかく本願寺の顕如や将軍の足利義昭が苦労して成立させた上杉・武田・北条の三国同盟は、これを契機に瓦解したも同然になった。

妻帯していない謙信には景勝（かげかつ）と景虎（かげとら）という二人の養子がいたが、この二人のあいだで上杉氏の家督相続をめぐる内戦となり、混乱に輪をかけた。謙信の姉の子である景勝は、上田（うえだ）（魚沼（うおぬま））長尾家の出であり、いっぽうの景虎は北条氏政の弟であるが、上杉氏と北条氏の同盟にともなって人質として越後に来てから謙信の姉の娘と婚姻し謙信の養子になっていた。血縁関係で謙信に近い景勝が家督を継いだが、当主になってからの景勝の行動に反発する勢力が大きくなり、後継者をめぐって争いに発展した。北条氏の出である景虎を後継者として支持する者たちがいて家督を継いだ景勝に対抗する勢力になったのには、複雑な事情があった。

景虎が謙信の養子になったのは、一五六九年に北条氏と上杉氏のあいだで同盟が成立したときで、上杉氏のもとに人質として差し出された北条氏政の弟の氏秀（うじひで）が、越後で謙信の養子となり上杉景虎と名乗った。それ以来、彼は北条氏と上杉氏の取次役として働いた。その後、上杉氏と北条氏は対立していたものの、北条氏との対立を解消して反信長陣営に加わるように謙信に将軍の足利義昭から働きかけがあり、そのときに上杉氏に反発する北条氏を説得し、謙信との同盟にこぎつけさせる努力をした景虎は謙信の信頼を獲得していた。そうしたなかで謙信の突然の死により、後継者を決めなくてはならなかった。結果として、血筋の濃い景勝に決まり、景虎は与力としてそれなりの領地を獲得して事態はおさまるかに見えた。ところが、偉大な指導者の後を継いだという意識が強い景勝は独断的な態度をとり、謙信の持つカリスマ性まで引き継いだように振舞って反発を買い、離反する国衆が相次いだ。彼らは景虎を担ぐ動きを見せたのである。

　有力国衆である三条（さんじょう）城主の神余親綱（かまなりちかつな）が許可なく住民を動員したのを、景勝が謀叛の疑いありとして処罰しようとしたのが諍（いさか）いのはじまりだった。謙信の死後の混乱につけ込もうと会津（あいづ）の葦名（あしな）氏が越後に侵攻して、親綱がこれに呼応して敵対したと思った景勝は、事実ではないという弁明に耳を貸そうとせずに処罰を断行する姿勢を見せた。そこで、隠居の身であるが越後で長老として尊敬されている上杉憲政（のりまさ）が調停に乗り出した。だが、景勝は耳を傾けなかった。そのため、憲政だけでなく国衆や家臣たちが景勝では謙信の後継者にふさわしくないと思うようになった。上杉憲政はもとの関東管領であり、越後の守護代だった長尾氏の出で長尾景虎と名乗っていた謙信が憲政の養子となり上杉氏を継いだという経緯があり、憲政の影響力は越後では無視できなかった。そこで、上杉憲政の動きに越後の国衆が同調した。景虎は北条氏政の弟であるが、謙信が以前に名乗っていた景虎という名を受け継いでおり、家督を継ぐ資格は充分にあるとして担ぎ出した。当の景虎もその気になったのである。

謙信の死の二か月後の五月十六日、景虎軍によって春日山（かすがやま）城下に火がかけられ、家督争いは内戦に発展した。景虎を擁立する人たちは、景虎とともに春日山城を脱出して上杉憲政の隠居所である御館（おたて）に入った。城塞化されていた御館は日本海に近く春日山城から遠くないところにある。上杉氏の支配下にあった国衆が二手に分かれて争いがくり広げられ、それが北条氏や武田氏に影響を与えた。

北条氏の当主である氏政は、実弟の景虎を支援する姿勢を示したものの、このときには佐竹義重（よししげ）を中心とする結城（ゆうき）晴朝（はるとも）、宇都宮（うつのみや）氏などの連合軍と戦いの最中だった。反北条氏の諸大名は、結束を強めて北条氏に対抗していたので、北条氏政は越後の景虎を支援できる情況ではなかった。越後と国境を接する北上野（こうずけ）では、北条氏に従う国衆が、景虎を支持する越後の国衆と連携する動きを見せたものの、北条氏は景虎軍を支援できないままだった。

北条氏政は、同盟している武田勝頼に景虎を支援するよう要請した。勝頼は、これに応えるかたちで越後に兵を率いて進軍したが、氏政と勝頼の上杉氏への対応には最初から思惑の違いがあった。

勝頼が甲府を出発したのは六月初めだった。信濃を北上して川中島（かわなかじま）あたりの上杉氏が支配する地域で調略をくり返し、この機に乗じて謙信に支配された地域を取り戻しただけでなく、信濃の北部まで武田領にした。支援要請を受けて出陣したものの、勝頼は景虎軍の支援より国境付近の領土拡大を優先した。実際には、北条氏政の弟の景虎が上杉氏の当主になるのはよくないと考えていたからでもある。上杉氏まで北条氏の血筋を引く当主になると、東国における勢力バランスが崩れかねないとの思いがあり、景勝が当主におさまるほうが好ましいと勝頼は思っていた。

越後に入った勝頼は、御館にいる景虎軍と連絡をとらなかった。それを知った上杉景勝は、急遽、勝頼に和議を申し入れた。思っていた以上に強敵となっている景虎との戦いに手を焼いた景勝は、武田氏が景虎軍を支援するのではないかと不安を感じていた。勝頼は簡単には応じないと思われたが、生き残るためには話し合いに応じてもらわなくてはならないと、勝頼への使者に大量の砂金を持参させた。和議を申し入れる側が、どれだけ熱意を持っているかは、贈りものの多寡が一つの尺度になる。それが勝頼には充分に伝わった。しかも、武田氏が調略した信濃と越後の国境付近の地域は、上杉氏が取り返すことはしないという条件までつけ、自分たちに敵対しないようにしてほしいと勝頼に要請した。家督を継いだ上杉景勝は、これ以上の反発を招かないようにと、采配を家老の直江兼続（なおえかねつぐ）に任せて、敵対する国衆の懐柔を図っていた。

武田勝頼にしても、織田氏や徳川氏が動いてくる可能性があるから、越後にいつまでも留まっているわけにはいかない。和議の申し出は考慮する価値があるもので、これに応じる決断を下したのは六月下旬である。上杉景勝との絆を強めるために、勝頼は自分の妹と景勝の政略結婚を成立させる提案をした。景勝にとっては悪くない条件である。話し合いが進められ、敵対している景虎に自分に従うよう説得してほしいと勝頼は要請された。これを受けて先鋒隊を景勝のいる春日山城の近くまで進軍させたところで勝頼は中立を宣言し、景虎の説得を試みた。だが、敵対する景勝と通じている勝頼の呼びかけは拒否された。このとき、北条氏による景虎支援部隊がようやく三国峠（みくに）を越えて越後に入ってきた。

勝頼は、上杉景勝との和議の成立に関して事前に北条氏政から了解をとっていなかったので、氏政が、勝頼に不信感を抱いた。景虎の支援のために兵を出すと約束しておきながら、勝頼が景勝の家督相続を認めたから、北条氏との同盟に罅が入るのは避けられない。

八月に入って徳川氏が遠江で行動を起こしたという報告を受けた勝頼は慌てて兵を引き上げた。越後から甲府に戻り、緊急に対策を立てることにした。

勝頼に腹を立てた北条氏政は、十月になってたまりかねて自ら越後に出陣したが、冬の降雪期が迫っており、引き上げられなくなるのを怖れて越後に長く滞在しなかった。結果として、越後では景勝と景虎が互いに他国の大名の支援がないなかで戦い、景勝側が勝利した。敗れた景虎が自刃して決着がついたが、反景勝勢力が完全に駆逐されたわけではなく、景勝が越後を統一するには、なお三年ほどを要し、他国との戦いに出る余裕などなかった。

越後と甲斐と相模との三国同盟は瓦解し、武田氏と袂を分かった北条氏が選んだのは織田氏への接近だった。

以前からもっと積極的に武田氏と戦うようにと信長から督促を受けていた家康は、願ってもない状況になった。武田勝頼が越後に出陣したことは、遠江の東部地方を攻略するチャンスと判断した。支援するわけにはいかないが、自力で勢力を拡大するようにと、信長は家康に檄を飛ばした。だが、目標とする遠江の高天神城の攻略はたやすくない。武田方は護りをかためる工事をし、周辺の城も兵を増強して徳川氏の攻撃に備えている。勝頼が遠征しているからといって、簡単に攻めるわけにはいかない。しかし信長には、状況が好転しているのに座視しているような家康が歯がゆく思われた。

それにしても、信長も家康も、またしても突然に敵の有力武将の死により、敵の勢力に陰りが見えるようになるという運の強さがあった。西日本の敵だけでなく、上杉謙信を中心とした東日本の敵が信長に対抗することになれば、信長が窮地に陥りかねなかったのだ。

　自力で高天神城を攻略せよと信長に言われた家康は、かつて築いた馬伏塚城の東側に横須賀（よこすか）城を建設し、攻撃の拠点をつくって敵に圧力をかけた。完成したのは七月半ばで、八月に入ると家康は動員できるかぎりの兵力で高天神城への攻撃を開始した。越後に遠征していた武田勝頼は、家康軍が動いたという知らせを受け、籠城に備えて高天神城に大量の食料を運び込むよう指示したうえで、越後から帰国し、駿河へ出陣したのである。

　横須賀城までやってきた徳川軍は、高天神城に近い地域で収穫期を迎えた田んぼの稲を刈り取り、兵士たちに分け与えた。徳川軍と武田軍との睨み合いが続いた。だが、どちらも手出しはしなかった。そして、家康が兵を引き上げたのは、強い気持ちで高天神城を落とす決意ができなかったからである。それを知って武田軍も兵を引いた。

　こののちも、何度か家康軍が遠江の東部に進出して高天神城をうかがうが、武田氏との戦闘におよぶまでにはいたらずに一五七八年が終わった。

3

　信長が上洛したのは、上杉謙信が他界した一か月後の四月である。

　信長は、事前に馬廻衆を京に出向かせて、恒例となった大勢の人たちが信長の上洛を出迎えるのを止めさせた。信長が上洛すると聞くと、京の商人や寺院、公家衆、さらには近隣の諸大名が京の入り口やその手前の街道沿いに挨拶をするために顔を揃えるようになっていた。信長の権勢が高まっている証であったが、そんな歓迎振りは迷惑であると信長が事前に表明したのである。

このときに信長は、所司代の村井貞勝を通じて前年までに朝廷から与えられた官位を辞すると申し出ている。朝廷との距離をとろうというわけではなく、戦いの現場での指揮を自分の代わりに信忠にとらせるつもりで、これまで朝廷から受けた地位を、そっくり息子の信忠に与えてほしいと願い出た。若い信忠に自分の官位を引き継がせれば、信長の権限を譲りわたしたと思われる。息子の権威づけのためだが、官位は世襲するものではないとして拒絶された。信長自身は、右大臣だろうが無冠だろうが何の変わりもなかったが、さすがの正親町天皇もこの件は朝廷の権威が損なわれてしまうから承諾するわけにはいかなかった。

信長は、要望が聞き入れられなかったことをあっさりと了承した。では、これまでと同じでよいかという問いには、いったん辞任すると言い出したのだから官位の辞任を取り消すつもりはなく、信忠に譲るわけにはいかないのであれば、それはそれとして仕方がないと辞任したままだった。近衛前久や三条西実澄があいだに入って辞任を取り消すように説得を試みたが、信長の意志は変わらなかった。それでも、信長のほうから朝廷との関係は従来と何も変わらないので安心せよと村井貞勝によって伝えられた。なおも説得が続けられたが、まだ全国の統一ができておらず戦いが続くからと改めて拒絶した。それ以上の説得はできないから、統一がなった暁にはさらに高い官位につくようにしてほしいと前久が信長に申し入れた。「まあ、それはそうなったときに考えるとしよう」というのが信長の返事だった。

上杉氏が反信長戦線から離脱したとはいえ、友好関係にあった毛利氏が敵にまわり、鞆の浦に滞在する足利義昭が信長の包囲網を強化しようと活発に動いていた。それもあって、各地で信長に敵対する連鎖反応が起きたかのようだった。

この年の一月に丹波の八上（やがみ）城の波多野秀治（はたのひではる）が裏切り、二月には播磨の三木（みき）城を本拠にする別所長治が毛利方に寝返った。どちらも信長から安堵状を交付されて信長側に属していたが、毛利氏の説得や大坂の本願寺からの誘いを受け決断したのである。相次ぐ有力大名の造反により、将軍義昭を擁する反信長陣営が有利になったという観測がなされた。

信長陣営が窮地に陥ったという予測を撥ね返すのが信長の当面の課題である。そのためには造反した武将たちの息の根を止めなくてはならない。信長に造反するとどうなるか見せしめにする必要があり、朝廷との関係など信長にとっては二の次だった。

丹波の有力大名の波多野氏が反乱を企てたのは、同国の赤井（あかい）氏らの反信長陣営を明智光秀が前年から成敗しようと兵を展開していたときで、それまでは波多野氏も、ともに赤井氏の籠る黒井（くろい）城の攻撃を続けており、落城が近いと思われていたときに、城を包囲していた味方であるはずの波多野氏の軍団が、突如として光秀軍に襲いかかったのである。予想外の攻撃に光秀はほうほうの体で逃げるのが精いっぱいだった。

丹波の攻略は長期化する雲行きになった。八上城主の波多野秀治は、かつては三好三人衆に逆らって戦っており、そのころから籠城して持ちこたえられるように防御施設を充実させており簡単には攻略できない。兵糧攻め以外に選択肢はなかった。波多野氏は応仁の乱のときに細川勝元（かつもと）方で活躍し丹波一国を支配し、赤井氏とは姻戚関係にあって、敵対するのが心苦しいと思っていたときに、別所長治が信長に敵対する決断をし、波多野氏にも同調するように求めた。それで覚悟を決めたのである。波多野秀治の妹が別所氏に嫁いでおり、生き残りのためというより義による選択の結果だった。

播磨の別所氏も、毛利氏や本願寺から誘いを受けた当初はそれほど心を動かされなかったが、信長の指令でやってきた羽柴秀吉が戦いの指揮をとるようになると反発を強めた。上月城(こうづき)の奪還を狙う毛利勢への攻撃に際して、秀吉は別所氏に対し先陣をつとめるようにと、配下の武将であるかのように命令する傲慢な態度だった。三木城の若い城主は別所長治だったが、反旗を翻そうと強力に主張したのは、実力者で叔父の別所吉親(よしちか)だった。もともと信長に靡きたくなかったからで、若い当主を誘導して迷いを振り切らせたのである。国衆のなかにも秀吉にいいようにされて面白くないという空気があり、迷いに迷った挙げ句、城主の長治も決断したのだ。

そんななかで、毛利軍は前年に信長軍に奪われた上月城の奪還のために動いた。播磨と美作の国境近くにある上月城を前年に落とされたことで、毛利氏の支配する地域に信長陣営の支配地が近づいてきた。そのために毛利氏は危機感を強め、四月に入ると、毛利軍に加えて吉川軍、小早川軍、それに宇喜多軍が大挙して上月城を包囲した。ただちに信長の指令で、前からこの地域の軍略を担当している羽柴秀吉、それに荒木村重が、上月城を護るために先陣として出陣した。そして、毛利側の主力との戦いになるからと、信長軍も最大限の動員体制を敷いた。明智光秀、滝川一益、丹羽長政の部隊が加わり、信忠をはじめ、北畠信雄、神部信孝といった信長の息子たちの部隊、それに信長の弟、信包の部隊が続いた。信長と血縁関係にある武将の部隊は連枝衆(れんししゅう)と呼ばれた。嫡男の信忠以下、息子たちが二十代に入って部隊の指揮をとる時代がやってきたのである。さらに、佐久間信盛、細川藤孝の部隊も出陣したうえに、越前にいる柴田勝家からの兵士もやってきてオールスターキャストの観があった。

織田勢は五月六日には加古川に陣を張り、毛利軍の動向を探った。

京にいる信長も、じっとしていられず、戦場に行くと言い出した。京都所司代の村井貞勝が止めたものの、それを振り切って十三日に出発することになった。ところが、十一日から近畿地方は暴風雨に襲われた。梅雨時の豪雨と強風が京を襲い、各地の川が氾濫して水没する館もあった。そのうえ、架け替えたばかりの五条大橋も流されてしまった。奈良にも被害が出て、近江も無事ではないという。

それでもいったん言い出した信長は嵐をついて出陣するだろうと村井貞勝は船を用意したが、出陣の直前になって安土城の天守が崩壊したという情報が入った。安土山の頂上にある安土城が強風にあおられて内部に風が入り、建設中の天守部分の屋根が吹き飛ばされ、柱が倒れて倒壊したのだ。下敷きになって死者まで出たという。間もなく完成というところで、天守の部分はつくり直さなくてはならなくなり、信長自身の出陣は見送られ安土に帰還した。

4

上月城の攻防は、毛利軍と信長軍との睨み合いのなかで膠着状態に陥った。このときの信長軍の総大将は織田信忠だったが、彼は播磨の別所氏への攻撃を担当しており、上月城の支援軍の指揮をとったのは羽柴秀吉だった。

秀吉は、応援に駆けつけた信長軍をまとめようとしたが、それぞれに実績のある信長配下の武将たちは、秀吉の言うとおりに動こうとはしなかった。信長が最前線で指揮をとらなかったせいで、統制のとれた組織になっていなかった。信長に気に入られて摂津の守護として頭角を現していた荒木村重も、自分のことを配下の足軽大将のように扱う秀吉に腹を立てていた。信長から采配を任されたと思っている秀吉は、自分が信長になったような気になり、武将たちの反発を買った。だが、秀吉はそれに気づいていなかった。

敵がすぐには攻撃を仕かけてこないと読んだ秀吉は、いったん安土に戻って状況を説明し、信長の指示を仰ぐことにした。当面の敵は上月城を攻略しようとする毛利軍と、彼らと連絡をとっている播磨の別府長治である。長治のいる三木城を攻略するには、その南にある神吉城(かんきじょう)を攻め落とす必要がある。この戦いの総大将は信長の嫡男の信忠であり、連枝衆である信雄や信孝の部隊、それに林貞秀、佐久間信盛、細川藤孝の部隊が加わっている。いっぽうの上月城を攻略しようとする毛利軍との対決は、羽柴秀吉をはじめ信長配下の武将たちの部隊が担当していた。

状況を詳しく聞いた信長は、上月城の護りより別所長治との戦いを優先するよう指示した。毛利氏の支配地域に近い上月城が敵にわたっても、京に近い播磨の敵を殲滅するほうが後の戦いで有利になるという判断である。毛利の大軍が播磨まで来る確率は大きくないと思われるから、別所長治の裏切りを許さず見せしめにする道が選択された。

前線に戻った秀吉は、主要な武将たちに信長の指示を伝えた。信長配下の武将たちに信長の指示を伝える役目を果たして、秀吉は戦いの主導権をとる姿勢を示した。

信長から大砲を有効に使用せよという指示が出ていた。以前から輸入した大砲をもとに国産化が進められていたが、発砲の衝撃に耐え、熱に強い材料の確保が鍵であった。その材料に適しているのが、青銅だった。青銅製の梵鐘は古くから寺院にあり、大和の筒井順慶が率先して奈良をはじめとする寺院の梵鐘を集めて熔解し、大砲がつくられた。

この大砲が主力兵器として登場し、三木城を孤立させようと神吉城の攻撃が開始された。城の近くに築山をつくって城を見下ろす位置に大砲を据えた。飛距離を大きくするためで、城からはなれた位置からでも攻撃が可能になる。神吉城は、長治のいる三木城の南、西国街道に面し加古川の右岸の低地にあるので、大砲による攻撃が有効である。

六月十六日に毛利氏との対決の場から信長軍の各部隊が移動し、信忠軍と合流して神吉城を包囲した。それまでの包囲作戦とはくらべものにならない完全包囲となった。大砲による攻撃は籠城している人たちを威嚇した。神吉城が落ちたのは七月十六日である。その後に三木城の攻略をめざしたが、神吉城と立地条件が違って大砲は有効に機能しない。敵は攻撃に備えて防御施設を整え、長期の籠城に耐えられるようにして毛利氏の援軍が来るのを待っている。へたに攻撃しても犠牲が多くなるばかりだ。突破口となる攻撃できる箇所を見つけようとしても見当たらない。睨み合いが続いたが、毛利軍が播磨まで進軍してくる様子はなかった。八月中旬になると信忠をはじめ連枝衆の部隊は引き上げ、秀吉を中心とした部隊が包囲を続けた。敵が消耗し食料が尽きるまで待つ戦いになった。

ちなみに、信長によって見捨てられた上月城は、毛利の大軍に蹂躙された。前年に苦労して落としただけに秀吉には辛い作戦だった。七月初めに上月城は落ち、城を護っていた尼子勝久（あまこかつひさ）の助命嘆願は許されなかった。捕らえられた家老の山中鹿之介（やまなかしかのすけ）も毛利氏の陣に運ばれる途中で殺された。

信長の指令を受けて大型の軍船六隻が水軍を率いる九鬼嘉隆らによって伊勢湾で完成したのが、神吉城を大砲で攻撃しているときだった。長さ三十メートルほどの大きさで、敵の攻撃に備えながら攻撃的な兵器を搭載できる軍船として、大砲を備え鉄板を船べりや甲板の一部に張り巡らしている。敵の鉄砲やほうろくによる攻撃を防ぐための鉄板を張り巡らせるアイディアは、信長が鎧を着ているときに思いついたものだ。軍船にも鎧を着せるというわけだが、そうなると船の重量が増えて巡航速度が落ちるから、兵士の移動や他の戦場に素早く駆けつけるのには適さない。だが、毛利水軍が大坂湾から本願寺へ兵糧を運び込むのを阻止する狙いに絞った軍船としてなら効果を発揮する。

この軍船は木津川の河口付近の大坂湾に待機し、敵が出現したら撃退する任務を果たす狙いで、大砲だけでなく大鉄砲も装備された。大鉄砲は野戦などで用いる火縄銃と異なり、筒の部分を長くして飛距離を伸ばしたもので、城の護りをかためるために固定した位置からの射撃に用いられていた。それを軍船に備えて攻撃力の増強を図った。それぞれの大型軍船は多くの小型の軍船を従えて活動する。

竣工した六隻の大型軍船は、伊勢湾でさまざまな試験航行が実施され、不具合箇所を修繕し、七月の中旬には堺まで運ばれた。そこへ完成を待ちわびていた信長が検分に訪れた。軍船には三門の大砲を積載し、鉄板が張り巡らされているのを見て満足した。もっと多くの鉄板を張ったほうがいいのではないかと信長が意見を述べたが、これ以上船の重量を増やすのは好ましくないと、九鬼嘉隆が説得して変更しないことにした。

毛利方の村上水軍との戦闘が開始されたのは十一月六日である。大坂の本願寺に兵糧を海上から運び込むために瀬戸内海を東上する村上水軍の六百艘という船団を、大型軍船を主力とする九鬼水軍が待ち伏せする作戦が可能になり、ようやく信長陣営が一矢報いる機会が訪れようとしていた。

後述するように村上水軍の船団が木津川の河口に近づいてきたのは、苦境に陥った信長が本願寺との和平を進め始めたときだった。だが、信長方の九鬼水軍も毛利方の村上水軍も、そんな話が進行していることは知らないから、戦いの火蓋が切って落とされた。新造された敵の軍船を発見した村上水軍は、それがどのような性能を有しているかは把握していないが、新兵器であるのは明らかだったから恐る恐る接近した。

九鬼水軍は、敵の船団を近くまで引きつけてから攻撃する作戦だった。村上水軍は、いつもと違う様子に戸惑いを見せていたが、距離を徐々に縮めてきた。それでも九鬼水軍の船団には何の動きも見られない。さらに近づいていくと、突然、九鬼水軍による一斉攻撃が開始された。敵の軍船にぶつかるように接近して「ほうろく」を投げ、相手の船に乗り移って攻撃する作戦の村上水軍の強者たちも、はなれた距離からの大型軍船に搭載された大砲や大鉄砲という飛び道具による攻撃に慌てた。大砲は届く距離だが、手で投げるほうろくが届く距離ではない。このままでは、攻撃に晒され続けてしまう。急いで停止命令を出したが、船の速度を殺して迂回し逃げるのは簡単ではない。まわり込もうとしているあいだにも攻撃され、村上水軍の各船に多くの犠牲が出た。ようやくのことで九鬼水軍の大砲や大鉄砲が届かないところまで後退して村上水軍は停止し、向きを変えて対峙した。だが、ふたたび近づくわけにはいかなかった。

陸上でも戦闘が始まっていた。村上水軍の船が木津川に入り無事に接岸できるよう支援するために、本願寺側の兵士たちが港周辺に押し寄せた。それを阻止しようとしたのは、本願寺を取り囲んでいた佐久間信盛の部隊である。村上水軍の船が接岸できないので、攻撃を仕かけられた本願寺側の兵士たちは、戦いが激しくなる前に撤退した。

その後、木津川河口における水軍どうしの戦いが散発的に実施されたものの、村上水軍は九鬼水軍の火器による攻撃を恐れて河口付近に近づかなかった。やがて、九鬼水軍の軍船がゆっくりと動き出した。村上水軍の船団との距離が少しずつ縮まった。もう少しで大砲が届く距離まで近づくと、村上水軍の船団は明らかに動揺しているのが船の動きから見てとれた。届かないと分かってはいたが、大型軍船から村上水軍の船めがけて大砲が撃ち放たれた。村上水軍の船から離れた水中に砲弾が着水すると水煙が高く立ちのぼり、さらに何発も撃ち込まれた。

九鬼水軍の威嚇射撃は効果を発揮した。大型軍船が近づいてくれば猛攻に晒されると、村上水軍の船団は退却を決めた。これ以上の犠牲を出すわけにはいかなかった。信長方が勝利し、本願寺への海上からの食料の補給路が絶たれた。本願寺と毛利氏との連絡も円滑にできなくなり、本願寺はふたたび孤立した。

5

これに先立つ十月二十一日、摂津の守護となっていた荒木村重が造反するという事件が起きた。信長に忠誠を誓い、信長に信頼されていただけに思いもよらぬ裏切りである。播磨の別所長治の三木城の東にある摂津で、信長に敵対する勢力が出現したのである。村重はもともと摂津の国衆の一人で、摂津守護の一人だった池田勝正に従っていたが、一五七〇年（元亀元年）に池田氏のなかで反信長色を強めた反乱が起きた際に三好三人衆側に寝返り、池田氏にとって代わり頭角を現した。そして摂津の守護の一人、伊丹忠親の居城である伊丹城を攻めて支配下におき、その後はふたたび信長方につき実績を積んだ。その過程で信長に気に入られて譜代の家臣と同じように特別扱いされるようになり、摂津一国の支配を任されると伊丹城を有岡城と改名して城主となっていた。

そんな荒木村重が造反したという連絡を受けても、信長は信じようとしなかった。この年の正月、安土城における信長が開いた茶会に招待された十二人のなかに村重も入っており、古くからの家臣と同様に扱うほど優遇していた。

信長は、松井友閑と明智光秀を荒木村重のもとに派遣した。光秀は村重と姻戚関係にあり親しい付き合いをしていたから、真偽を確かめさせたのだ。この二人に対して村重は、「家臣の一部が暴走しただけで、謀叛など企てていない」と弁明した。それを聞いた信長は、念のため母親を人質に差し出させるよう指示した。ふたたび村重のもとを友閑と光秀が訪れると、今度は態度が違っていた。すでに本願寺の顕如の誘いを受けて起請文を提出しており、時間稼ぎのために謀叛の事実を一時的に隠していたことが判明した。鞆の浦にいる足利義昭に忠誠を誓えば、摂津以外にも領地を与えると言われ、その気になっていた。

摂津の荒木村重は、隣国の播磨の国衆ともつながりがあったから、毛利氏との戦いでは秀吉にも自分の意見を尊重してほしいと思っていたが、秀吉は配下の武将のように扱った。自分は信長に気に入られていると思っていたものの、秀吉のような武将が大切にされ、自分たちは駒のひとつにすぎないのかと裏切られた気がした。信長に忠誠を誓って戦っても、手柄は秀吉のものになる。それより、頼りになりそうな毛利氏とともに足利義昭を擁して信長を亡きものにする側に与したほうが将来は明るいと思えた。池田氏にとって代わろうとした際に権力を掌握するために三好三人衆側につく選択をしたものの、信長の勢力の拡大を見て、将来を託すには信長方がよいと判断して忠誠を誓っていた。だが、敵と味方を自分の都合でころころと変える村重を信長は深く信頼していないという批判の声が聞こえてきていた。

摂津の国衆も味方につけて反信長陣営に自分が加われば、信長陣営の勢力には大きな打撃を与えられる。荒木村重は熟慮の結果、顕如の誘いに乗ることにした。瀬戸内海の半分以上は、毛利氏の支配下にある村上水軍が制海権を握っており、本願寺と毛利氏、さらには武田氏や北条氏が東国で信長に敵対しているから、反信長陣営は強力であると思われた。自分が味方すれば勢力のバランスが崩れ、反信長陣営が有利に展開するという読みが村重にはあった。

摂津まで信長に敵対するようになり、信長は深刻に受け止めた。これ以上の形勢悪化を防ぐにはどうするか思案しながら、信長は十一月三日に上洛して二条御新造に入った。前述した信長方の九鬼水軍と毛利方の村上水軍との戦いの三日前のことだった。

上月城を犠牲にしてまで三木城を攻撃したが、簡単には落ちそうにない。そのうえ荒木村重にまで裏切られ、摂津から遠くない丹波の八上城主の波多野秀治も敵方にまわり、どの地域の戦いも長期化していた。それぞれに味方の部隊を張り付けておかなくてはならないが、このままだと持ちこたえられないところが出てくるかもしれない。どこか一か所で敗北を喫してしまえば連鎖反応が起きかねない。さすがの信長も、強気でいるわけにはいかなかった。とりあえずは本願寺との戦さを和議に持ち込まなくてはまずいと決意して上洛した。

朝廷が和議に乗り出せば、本願寺も知らん顔はできない。本願寺が勢力を伸ばしたのは朝廷と結びついていたからだ。信長との関係を強めて財政的に信長に依存するようになってからも、朝廷は本願寺に財政的な支援を求めていた。それに本願寺が応じていたのは、朝廷との結びつきを大切にしていたからだ。信長は、それを知っていたから、自分が要請すれば朝廷は動かざるを得ないし、本願寺も応じるはずであると読んでいたのである。

「とりあえず本願寺に勅使を派遣してもらいたい」との信長の意向を受けた村井貞勝が近衛前久と面会し、大坂の本願寺に信長との和議に応じるようにという勅使の派遣を要請した。前久は、それを受けて正親町天皇に奏上、本願寺に勅使を派遣する手筈が整えられ、武家伝奏である庭田重保と勧修寺晴豊(はるとよ)が本願寺の顕如のもとを訪れた。

にわかに和議という話を聞かされた顕如の驚きは大きかったものの、朝廷からの使者を粗末に扱うわけにはいかない。信長との関係を考えれば、その場で拒否したい気持ちがあったものの、朝廷の意向を汲んで「毛利氏の意向を尊重したいので、それを聞いてから返事をしたい」と応えた。信長と和議を結ぶとなれば、毛利氏の理解を得なくてはならないからという顕如の反応は当然のことに思われた。信長は、顕如の意向を聞くと、すぐに毛利氏に勅使を派遣してほしいと朝廷に要請した。

禁裏と大坂本願寺とは一日で往復できる距離にあるが、毛利氏に勅使を送るとなると長旅になる。その準備が進められている最中に村上水軍と九鬼水軍の戦いが始まった。信長は戦闘に備えて、九鬼水軍を大坂湾に向かわせていたが、このタイミングで村上水軍との戦いが始まるとは思っていなかった。戦いは、村上水軍の攻撃で始まったが、前述したように信長方の九鬼水軍が勝利し、本願寺への兵糧の補給を絶つのに成功した。本願寺側は、和議の話を進めている最中に戦いを始めるのは許せないと信長に抗議した。

戦闘中止の指令が届く前に戦いが開始されたのは村上水軍が攻めて来たからで、和議を成立させる意思に変わりはないと、信長は弁明した。それに納得したわけではないが、兵糧が断たれてしまう本願寺側は、何らかの対策を立てなくてはならなかった。

いっぽうで、信長は荒木村重に従っている高槻(たかつき)城主の高山右近(たかやまうこん)と茨木(いばらき)城主の中川清秀(なかがわきよひで)の調略を進めていた。彼らは村重に支城を任されていたが、前から信長に忠誠を誓う姿勢を見せていたから、村重の謀叛に従うかどうか迷っているはずであり、信長は調略できる可能性が強いと予想した。高山右近の説得に成算があると思えたのは、彼がキリシタン大名であるからだ。右近は信長がキリスト教を保護しているのを知っているから、京にいる宣教師のオルガンチーノを派遣して、信長に従わなければキリシタンの弾圧も考慮すると言わせればよい。この恫喝は効果があった。右近は、信長に逆らうわけにはいかず、荒木村重には従わないと約束した。右近と親しい中川清秀も信長に忠誠を誓った。これで荒木村重の謀叛の脅威は半分に減ったことになる。しかも村上水軍を撃退したことにより、信長側は戦いを有利に進められる状況になった。

本願寺は孤立しているし、荒木村重の攻略も何とかなりそうだった。信長は、無理して和議を成立させなくてもよいと、前言を翻した。朝廷の使いがちょうど安芸へ出発しようとしているところだった。信長は、急いで毛利氏への勅使を止めるように朝廷に要請し、毛利氏への勅使の派遣は中止された。信長に振りまわされっぱなしの朝廷だが、信長に逆らうことはできず言うとおりに動いたのである。

信長は、改めて配下の武将たちに心して戦うように檄を飛ばし、従来の戦いが継続された。本願寺の顕如にしてみれば、自分に都合良いようにしか行動しない信長の態度に呆れたが、仏敵であるとして一向宗の門徒たちに戦いの継続を指示した。

6

翌一五七九年（天正七年）の正月は、各地で戦いが継続しているため安土城における新年の祝賀はおこなわれなかった。依然として摂津の有岡城、播磨の三木城、丹波の八上城への攻撃で、信長配下の武将たちには正月などない。籠城する敵を消耗させるには、蟻の這い出る隙もない包囲網を敷いていなくてはならない。摂津の有岡城攻撃の総大将は織田信忠、播磨の三木城は羽柴秀吉、そして丹波の八上城は明智光秀である。和議が不成立となった大坂の本願寺の包囲は佐久間信盛が担当していた。

丹波の八上城が落ちたのはこの年六月である。前年から籠城を続ける城内に食料が運び込まれないよう、光秀は厳重に包囲していた。丹波の篠山（ささやま）にある高城山（たかしろ）の頂上につくられた八上城は天然の要害の地であり、護りはかたい。光秀は陣地の周囲に堀を穿（うが）ち、柵を立て、兵士たちを交代で張り付かせ、夜陰にまぎれて城兵が外部と連絡をとるのを防いでいた。そのうえで、援軍が来る見込みはないという矢文を頻繁に城内に射込んで降伏を促した。

届かないのを承知で弓矢や石飛礫で城に攻撃を仕かける。それに応えるかのように城からも鉄砲や石飛礫の攻撃がくり返された。ところが、次第にそうした見せかけの攻撃に対しても城からの反応は鈍くなってきた。食料が尽き、草木だけでなく牛馬や犬や鶏をも食し、餓死者が出てきているようだ。こうなると城内には降伏すべきであるという声が出てきているはずだった。一般の兵士に呼びかける矢文が光秀の指示で放たれた。密かに城を出て光秀軍に連絡をとれば、命を保証し食べものを用意して待っているという内容だった。

　辛抱強く待っているうち、それに応えるように城外に出てくる者が現れはじめた。這うように逃れ出てくるなか、城内からこれを阻止しようと鉄砲が放たれてたおれる者もいたが、逃げ切れた者たちには食料が用意された。その後は、城から出た者たちの様子を記した矢文が放たれ、やがて城から外に出る者が続出した。光秀側は城内の困窮状況を知るとともに、城主には降伏する意思がないことが確かめられた。城を護る兵士の数は減少している。頃合いを見て、光秀は密かに城に入るのを妨げている堀を埋めはじめた。城からは散発的な攻撃しかない。そして、命の保証をしてくれるなら、密かに門を開けるという連絡をしてくる者が現れた。最後はあっけない落城となった。深く掘られた堀を埋めても、敵は攻撃を仕かけてこないから、難なく城に入ることが可能になり、その後も大した抵抗はなかった。最後まで降伏を拒んでいた城主の波多野秀治らは捕らえられた。城主と主要な家臣は安土に送られ磔けにされた。その後、光秀は残存する地域の敵対勢力を掃討し、八月には最後の抵抗拠点となっていた丹波の黒川（くろかわ）城の攻略を果たした。

　光秀が丹波を平定し、安土で信長に報告したのは十月に入ってからだった。信長は喜び、丹波の支配を光秀に託し、光秀は坂本城とともに新しく亀山（かめやま）城を造営して城主になった。

　羽柴秀吉が指揮する播磨の三木城の攻略も時間がかかった。籠城する別所長治を城主とする勢力は、秀吉率いる部隊に包囲され、瀬戸内海から加古川への食料の補給ルートも封鎖されて、毛利の援軍が近寄ることができなかった。

秀吉により調略や裏切りを促す手が打たれた。毛利方に属しており備前を支配する宇喜多直家（なおいえ）が秀吉に近づいてきた。信長に帰順していた浦上氏を攻略して伸し上がった宇喜多氏を信長は快く思っていない。だが、秀吉は毛利氏よりも信長陣営のほうが頼りになると宇喜多直家を説得し、反信長陣営の脆さを強調して織田氏に帰順するよう誘いをかけた。秀吉の説得に興味を示した直家は、これまでどおりに備前を支配することを保証してほしいと要求した。二つ返事で応じるべきところだが、信長にお伺いを立てて決めるのが筋である。勝手に決めたら信長に叱責される可能性がある。だが、返答に時間がかかると直家が考えを変えてしまうかもしれない。そこで秀吉は、独断でその要求に応ずると答えた。

信長に報告がてら意向を確かめなくてはならないと思い、戦線が動かないうちに秀吉は安土に戻った。状況を考慮すれば、秀吉のとった行動を信長が承諾すると思っていた。だが、信長は秀吉の話を聞いて激怒した。自分の判断を仰ぐ前に勝手に宇喜多氏の領土を安堵すると相手に伝えたのはよくないという。ただし、信長の怒りは秀吉に対してというより、独断で決めるのはよくないというメッセージを他の武将たちに発する狙いがあった。秀吉の態度に激怒する姿勢を見せたものの、弾劾するつもりはなかった。その場で平伏して恐れ入った態度を示した秀吉は、信長のために粉骨砕身の働きをしているから分かってもらえると思っていた。信長の怒り方を見れば、秀吉なら安心して怒鳴ることができるという信長の考えを見てとることができた。秀吉を叱咤したという話は、すぐに他の武将たちに伝わった。

現地に戻った秀吉は、宇喜多直家の要求は問題なく受け入れられたから安心するようにと伝えた。そして、何ごともなかったように、それまで以上に信長のまねをして威張りながら采配を振った。こののち、秀吉は宇喜多直家とその息子である秀家（ひでいえ）には心を許すようになる。

籠城する三木城が持ちこたえるには外部からの食料補給が必要である。味方する毛利軍が海上からの救援物資の搬入を試み、これを察知した秀吉軍と戦闘になった。村上水軍の船が明石の港まで食料を運び、そこから陸路で三木城に運び込む計画であるという連絡があり、三木城から兵士が出てきた。彼らは秀吉軍の砦を攻めて、秀吉軍をそちらに引きつけ、その隙に食料を夜陰にまぎれて港から運び込む作戦だった。だが、砦の攻撃は秀吉軍によってはねのけられ、途中の道も封鎖されて食料を確保できなかった。この戦いにより別所氏に所属する有力武将が討ち死にし、食料も運び込まれなかったから、城内の士気は急速に低下した。

秀吉は降伏の呼びかけを活発化させた。だが、城側がそれに応じる様子はない。城主の叔父である実力者の別所吉親が強硬に降伏に反対していたからだが、すでに食料は尽きており、毛利氏の支援も望み薄となっていた。これでは持ちこたえられないと、降伏勧告に応じるべきであるという意見が多くなった。だが、吉親は説を曲げず不満分子を抑え込んだ。秀吉からは、別所長治以下一族三人の命と引き換えに城内の兵士の命を助けるという条件が提示された。籠城している側が降伏する場合、城主をはじめ主要な人物が切腹すれば兵士たちの命はとらないというのが一般的な結末のかたちである。だが、吉親が最後まで徹底抗戦を主張している。食料が尽きかけているうえに援軍が来る見込みがないのに降伏しないとなれば、全員が討ち死に覚悟で討って出るか、飢え死にするしかない。城内は切羽詰まった状況になったが、打開するには頑なに降伏しないと主張する吉親を消すしかない。ついには降伏派の者たちにより殺害が実行された。

長治と弟の友之(ともゆき)が切腹して開城したのは翌一五八〇年（天正八年）二月だった。予想外に時間がかかったが、三木の干殺しといわれるほど、食料が尽きてもなお籠城を続けた悲惨な戦いだった。

摂津の有岡城の場合は違う結末をたどったが、荒木村重も持ちこたえることができなかった。有岡城を包囲して兵糧攻めにする作戦は他の地域の戦いと変わらないが、信忠を総大将にして信雄、信孝など信長の息子たち連枝衆の部隊のほか、信長の指示で滝川一益の部隊が加勢した。

摂津にある港や淡路島の北にある岩屋城を拠点にして有岡城へ兵糧は運び込まれていた。このルートさえ確保していれば有岡城は持ちこたえられる。そうなると戦いが長期化してしまうから、信長軍は港に続く道路を封鎖し、兵糧の補給路を断った。これにより有岡城とその周辺の支城は孤立した。城から打って出るわけにはいかない荒木村重は、毛利氏が大軍を率いて東上し、信長軍と決戦するはずであると、その機会が訪れるのを待った。だが、毛利軍が東上するという報はなかなかもたらされない。毛利軍が到来しなくては孤立無援になってしまう。

九月に入ると毛利軍の支援を要請しようと、荒木村重はわずかな家臣とともに有岡城を抜け出し、瀬戸内海に面した尼崎城に移動した。尼崎城には毛利氏の家臣が派遣されていたから、村重は毛利氏に連絡をとるよう促した。使者が安芸に派遣されたが、返事はなかなか来なかった。村重はさらに毛利氏と連絡をとろうと努力を重ねたが、はかばかしい反応はなかった。

本願寺への兵糧の搬入が阻止されてからも、毛利氏は反信長の旗色を鮮明にして戦う勢力を支援する態度は変えないように見えた。将軍の足利義昭を鞆の浦に迎えて、毛利氏は反信長連合の中心となっている。義昭も、毛利輝元を総大将として信長軍を積極的に攻撃するように促していた。このときの毛利氏の当主は輝元であるが、彼を支えていたのが叔父の吉川元春と小早川隆景だった。主導権を発揮した小早川隆景は味方の支援のために出兵を主張し、そのための準備に入った。だが、出陣する計画は中止された。毛利氏の領内で毛利氏に抵抗する勢力が動き出そうとする気配があったからだ。こうしたときに大軍を率いて領地を留守にすることは不安であった。

さらに九州の豊後（ぶんご）の大名である大友宗麟（おおともそうりん）が毛利氏を攻撃する動きを見せた。北九州を手に入れようとする毛利氏とは敵対関係にあった大友氏は、信長から毛利氏を牽制するように連絡を受けた。このときの大友氏は九州の南にいる島津氏とも対立していて前後に敵がいた。それを知る信長が朝廷に要請して使者を派遣させ、薩摩の島津氏に大友氏との戦いをおさめるよう促した。和議を進める勅使として派遣されたのが前の関白、近衛前久である。

将軍だった足利義昭と対立していた関係から京をはなれていた前久は、かつて島津氏のところに寄寓していたことがある。近衛家と島津氏とは以前から親しくしており、義昭追放後に京に戻って信長と親交を深めていた前久が、信長の求めに応じて島津氏に対し大友氏と敵対しないように要請したのである。鷹狩りが好きな前久は、信長とは肌があい、お互いに気心が知れた仲である。また、信長のために働くことにより朝廷内での立場も良くなる。前久がこの大役を引き受けたのは、島津氏と大友氏の和議が成立する可能性は高いと見通したからだ。

島津氏が大友氏との和議を受け入れたので、大友氏は安心して目を東に向けることが可能になった。毛利氏は、こうした状況の変化で反信長陣営の支援を諦め、支配地の安定を優先した。荒木村重が寝返ったのは毛利氏が信長と同じように敵との戦いに積極的であると思ったからだが、期待する支援が来ることは望み薄だった。仕方なく村重は、有岡城に戻ろうとしたが、兵糧の補給を断つため信長軍により外部との連絡が遮断されて主要な道路が封鎖されているから、戻るのは困難だった。仕方なく村重は尼崎城に留まり、有岡城に使いを出して城内を制御しようとしたが、連絡をとるのも容易ではなかった。城主のいない有岡城に籠る者たちは苦しい立場に追い込まれた。

信長軍は有岡城に降伏を促す矢文を打ち込んだ。城主の村重が戻れないと知ると、荒木一門の者たちの意見は降伏に傾いた。その意向が信長軍に伝えられて交渉がおこなわれた。降伏の条件として出されたのは、有岡城だけでなく尼崎城と花隈（はなくま）城も一緒に明けわたすことだった。それを呑めば城内の者たちの助命嘆願を認めるというものだ。

有岡城の面々は、必死の思いで尼崎城にいる荒木村重と連絡をとり、これを受け入れてほしいと要請した。ところが、村重はこれを拒否、たとえ有岡城が開城しても尼崎城に留まって戦うという返事だった。村重には意地があり、強気な姿勢を崩さなかった。尼崎城には毛利の家臣がいるから降伏を選択するのもためらわれる状況でもあった。

有岡城に籠る者たちは、このままでは展望が開けないからと城を明けわたす決断をした。信長軍がそれを受け入れたので、城に残っていた荒木村重の家族は助命されると思っていた。だが、信長軍が有岡城に入ると、村重の家族や家臣の多くは磔けにされた。村重と彼に従う者たちに対する見せしめである。

いっぽう、尼崎城で抵抗を続けていた荒木村重は、これ以上持ちこたえるのは困難であると判断して、密かに城を抜け出した。その後、村重は毛利氏を頼って安芸に落ち延びた。これで、摂津は信長の支配する地域に戻ったが、敗北したにもかかわらず村重だけは生き延びている。人々は生き恥をさらしたと語ったが、その後の村重は権力とは無縁なまま趣味人として生き天寿をまっとうしている。ちなみに、このときに二歳だった村重の息子が乳母によって密かに有明城を脱出し、その後は身分を隠して育てられ、岩佐(いわさ)又兵衛(またべえ)と名乗って個性的な画風の画家として名を成したという。岩佐というのは村重の妻の実家である。

反信長陣営にくだった武将たちとの戦いは、いずれも信長陣営の勝利に終わった。結果から見れば、前年に荒木村重に裏切られ、窮地に追い込まれたときに信長は朝廷に和議を要請するほど追い詰められたが、それを引っ込めて正解だったといえる。

とはいえ、朝廷をわずらわせたことに変わりはないから、そのお礼をしなくてはならないと信長は考えた。どうするか思案していると、天皇の後継者である誠仁親王が家族をたくさん抱えているので禁裏内の館が狭くなっていると聞いた。そこで信長は京の二条御新造を誠仁親王に差し上げることにした。一五七九年（天正七年）十一月のことである。二条御新造を譲れば誠仁親王は恩義を感じるはずだ。気前の良いところを見せて恩を売り、ふたたび戦いで和議を進めるときに朝廷に動いてもらうという狙いが信長にはあった。

もとより誠仁親王にとっては思いもよらぬ申し出である。自分の息子を信長の猶子(ゆうし)にしてはどうかと信長に申し入れるほど感激した。猶子というのは形式的に親子関係を結ぶことである。同居したり財産を継承したりはしないが、養子と同じ親子関係になる。そうすれば天皇の孫が信長の義理の息子になるから、信長は将来的には天皇の父になる可能性が生じて朝廷との関係は強まる。息子を猶子にしたいという誠仁親王の申し入れを信長は受け入れた。

禁裏から二条にある信長の館へ誠仁親王一家が引っ越す際には、信長自らが采配を振った。二条御新造は城のように要塞として堅固でありながら丹誠込めてつくられており、天皇の御所に匹敵する館である。これ以降は二条御所と呼ばれるようになる。なるべく早く安土に戻るつもりだった信長は引っ越しを急がせた。占いの結果、十一月二十二日と決まり引越しを実行したが、ゆったりとことを運ぶのが常の朝廷では、信長のせっかちさに呆れながら、公家衆や女官たちが忙しなく動きまわった。

親王の引っ越しは朝廷の一大行事である。行列の先頭は先の関白、近衛前久がつとめ、位の高い公家衆が輿に乗って従い、さらに奉公衆や下級役人が続き、女官たちも身分や家柄による序列に従った長い行列が禁裏から出て二条御所まで進んだ。前久から行列の先頭に立つように請われたのを断った信長は、京の住民に交じって誠仁親王の引っ越しの行列を設えられた特別席で見物した。賑やかで派手な行列にするようにという信長の意向に沿って大人数が動員され、京の人たちが楽しめるイベントとなった。見物するより主役になりたいと思う信長は、自分がいつか京の人々を驚かすような儀式の主役となるのも悪くないと思いながら行列に見入っていた。

これ以降の信長は、京では本能寺に宿泊するようになる。この寺にいた僧侶たちを追い出し、宿泊するのに不足がないように改修した。二条御所とは違って要塞として堅固とはいえないが、信長は少しも気にするふうはなかった。

なお、この年までに信長が親しくしていた三条西実澄や山科言継などの公家が相次いで亡くなっている。それもあって近衛前久と信長との関係は、いちだんと深められていたのである。

7

この年（一五七九年）は、家康にとってもさまざまな出来事に遭遇する年になった。信長は、武田氏との戦いで精いっぱいの家康に軍事動員をかけなかったが、支援するほどの余裕もなかった。家康は独自の判断で領国の安泰と拡大を図った。

二月に家康のところに思わぬ使者が訪れた。北条氏政が徳川氏と友好関係を結びたいと言ってきたのだ。使者は太刀や馬や鷹、大量の金銀を持って訪れてきた。贈りものが並ではないことから、真剣な申し出であると判断できた。武田氏と同盟している北条氏が徳川氏に近づいてきたのは、武田氏に対する不信感が増したからだ。越後の上杉謙信の後継者をめぐる争いがくり広げられるなかで、北条氏政と武田勝頼とのあいだに思惑の違いが生じて友好関係が崩れていた。武田氏が北条氏の支配する相模との国境近くにある城の防御工事を始めたのは、北条氏からの攻撃に備える動きである。これを座視するわけにはいかないと、北条氏も対抗するため戦いに備える工事を急いだ。これにより対立は決定的になった。武田氏が北条氏と敵対すれば北条氏と国境付近で戦う佐竹氏や結城氏と結びつくと考えられ、北条氏の周囲が敵だらけになりかねない。それを避けるには徳川氏に接近し、家康に仲介してもらい織田氏とも友好関係を保ちたいと考えたのである。

家康にとっても、北条氏と誼（よし）みを通じれば武田氏と戦ううえで有利になる。意外な申し出だったが、考慮する余地があると考えた家康は、側近の榊原康政を使者として派遣して話し合いを進めることにした。

三河からの譜代、榊原氏の出である康政は十三歳のときから家康に仕え、このとき二十歳になっていた。その能力を家康が評価しており、三河の一向一揆のときは若武者として目覚ましい活躍をし、その後の家康の主要な戦いのほとんどに参加している。自分の考えを躊躇なく主張し、家康の信頼が厚くなっていた。北条氏が同盟に積極的な姿勢を見せたのを受けて、榊原康政による交渉は、同盟の成立は当然のこととして、共通の敵である武田氏とどのように戦うかという話し合いになった。

家康は、帰国した康政から詳細な報告を聞き、北条氏との同盟の成立に期待した。北条氏に敵対している佐竹氏や結城氏と武田氏が組んで国境付近で兵を展開しているが、徳川氏が武田氏の拠点を攻撃すれば、武田氏も彼らの支援に手がまわらなくなる。それが北条氏の狙いである。信長から、なるべく早く遠江の全域を支配するようにと言われていた家康にとって、北条氏とともに蹶起して武田氏を攻撃する機会が生じるのは願ってもないことだ。織田氏の助けを借りなくても武田氏に対抗できる道が開かれる可能性が出てきた。

北条氏と示し合わせて九月に入ったら挙兵すると決まり、家康は兵の動員を指示した。もちろん、信長には報告してある。今度こそは目に見える成果をあげるようにという内容の手紙が信長から寄せられた。だが、出陣を前にして内部で思わぬ問題が生じた。家康の嫡男である信康が、北条氏との同盟に疑問を呈したのである。それだけでなく、家康からの出兵指令に従わなかったのだ。以前から家康の行動に批判的な言動があったものの、嫡男の信康が命令に従わないというのはただごとではない。

出陣の日程も決まり、心配した家康の使いが信康のいる岡崎城を訪れると、信康は出兵に反対だから兵を出すつもりはないと言う。明らかに父への反抗である。蒼い顔をして浜松城に報告に来たのは信康の家老をしている石川数正である。前から父の家康に批判的なところがあったとはいえ、それとこれとは話が別であり、武田氏との戦いはすべてに優先する重大な任務であると説得したが、信康は言うことを聞かず、数正にはどうすることもできないという報告だった。

信康が父に反抗するようになったのは、母の築山どのと家康との関係が影響しているようだった。築山どのは今川義元の重臣だった関口親永の娘であり、義元とは親戚筋にあたるから、彼女は今川氏が亡んだのは織田信長のせいであると恨みを持ち続けていた。幼い家康が大伯母のお久から祖父の清康の偉大さを吹き込まれたように、信康は、織田氏憎しの思いを母から刷り込まれて育った。家康の叔父である水野信元を死に追いやったのも、信長の意向を父が考慮しすぎたからであり、毅然とした態度をとれば助命が可能だったと思っていた。長篠城を護った奥平信昌に信康の妹の徳(とく)姫を嫁がせるようにという信長の進言に家康が二つ返事で応えたのも、信康には面白くなかった。地方の国衆の一人にすぎない奥平氏では徳川家の姫の嫁ぎ先としてはふさわしくないと信康は思っていた。徳川氏の内面にまで介入してくる信長に従う父に疑問を感じたのである。

家康が浜松城に入り、岡崎城を信康に任せて以来、西三河の国衆と東三河の国衆との対立が目立つようになっていた。岡崎城を拠点とする西三河の家臣たちは、家康が自分たちよりも東三河出身の者たちを優遇しているという印象を持っているという。家康自身はそんな差別はしていないと思っていたが、実力本位の登用が必ずしも理解されていないようだった。

数正に対して家康は「お前がついていながら、どうしたことか」と声を荒らげたが、そうしたところで問題解決からはほど遠い。岡崎城の信康のところに再度使者を派遣したが、出陣の準備はしたくないという返事がもたらされ、家康は急いで岡崎城を訪れた。

もともと信康の母の築山どのと、嫁である信長の娘の五徳との仲は悪かった。信康と五徳との夫婦仲もしっくりといっていない。それを修復するのはむずかしい状況だが、いまは出陣の準備を急がなければならない。家康は声を荒らげて信康の思い違いを指摘したが、まるで聞こえないかのように頑なな態度を崩そうとしない。家康は、息子の育て方を間違えたと自省したが、いまさら取り返しがつかない。

戦国武将は生みの母に育てられない例が多いのは、母の愛情が注がれて育つと人情に厚くなって果断な戦いや決断ができなくなるのを恐れてのことだ。信康は慈しみをかけられ母と過ごすことが多かったから、二十歳を超えているのに母の言うとおりにしようとする。もう少し経験を積めば父の苦労も分かるだろうと、本人にも考え直すように言い、宿老たちにもそのように言いおいて家康は浜松城に戻った。

父子の思惑や考え方の違いは、徳川氏にかぎらずとも、よく見られることだ。北条家でも当主の氏政は、かつて父の氏康が上杉氏と同盟を組んだことを快く思わず、氏康が亡くなってすぐに武田氏との同盟を復活させた。武田信玄も家督を奪ったときに父を追放しており、織田氏と同盟するのに反対した息子を切腹させている。美濃の斎藤家では、父の道三と息子の義龍が対立し戦いで決着がつけられ、敗れた父の道三は殺害された。父と子が一緒に暮らさずに、家臣も別々につけられる慣例があり、父の影響を受けずに育つ場合が多い。

信康が頑なな態度をとったのは、母の築山どのが信じる僧侶が、出陣してはならぬという仏のお告げを伝え、彼女が強く信康を引き止めたからであると判明した。出陣の準備をはじめた信康を必死の思いで止め、このまま戦さに行けば呪われた身となり、命も失いかねないと言う築山どのに従ったからと分かった。どうやら僧侶は武田氏と通じていたようで、武田氏は信康に接近して徳川氏の分断を画策する動きを見せていた形跡もあった。

出陣が目前に迫っても信康は態度を変えなかった。当主の指示に従わなければ重大な命令違反になる。嫡男であっても許されることではない。北条氏との約束があり、いまさら出陣を止めるわけにはいかない。家康は信康を謹慎させるために岡崎城から退去するよう指示した。そのうえで、これ以上の混乱が生じないように、西三河の有力な家臣たちからは、信康ではなく家康に従うという起請文をとり浜松城に集めた。

築山どのを生かしておくわけにはいかなかった。信康のためにならないだけでなく、徳川家に災いをもたらす存在である。密かに殺害し、彼女をそそのかした僧侶も殺害、その寺院は焼き払われた。家康から見放されて縋（すが）るものは神仏しかなくなった築山どののあわれな最期だった。

家康は、悩んだ末、出陣する前に信康に切腹を命じた。二俣城に幽閉されていた信康をそのままにして出陣するわけにはいかない。出陣する二日前に切腹を言いわたした。信長を頼りにしなくても武田氏と戦えると勇躍、出陣するはずだったが、北条氏との約束を履行するため兵を展開する家康軍の士気はあがらなかった。家康は見た目にも分かる落ち込みようだった。こののちは信康について語るのは徳川氏のなかではタブーになった。信康の死が、武田氏攻撃の出陣と重なったこともあり、事情を知る当事者たちは真相に触れようとしなかった。多くの者たちには、なぜ信康が切腹させられたのか疑問が残ったままだったゆえに、その後はさまざまな憶測を呼び、信長が切腹するように命令したという話までまことしやかに囁かれたのである。

だが、北条氏との約束を違(たが)えるわけにはいかない。勝頼を総大将とする武田主力部隊は、伊豆と駿河の国境付近に向かって兵を動かしていた。武田氏は北条氏との戦いを優先している様子で、決戦の場所は沼津(ぬまづ)になると思われた。北条氏政からは、徳川軍が遠江から駿河に侵攻し、北条氏と徳川氏とで武田氏を挟み撃ちにする作戦が提案され、出陣は九月十七日と予定された。

武田勝頼は、北条氏と呼応して徳川氏が駿河に侵入してくると知って慌てた。挟み撃ちにあっては勝ち目がない。北条氏と対峙した勝頼は、徳川軍の進撃に備えて作戦を変更し、全軍を駿河に向かわせる決断をした。二方向の敵と戦うわけにはいかないから、北条氏が自国の護りを優先して武田氏が退却しても深追いはしないと予想して、徳川軍への攻撃を優先したのだ。徳川氏との戦いとなれば充分に勝算があると思えたからでもある。織田氏の支援がない徳川軍は恐れるに足りないのだ。

浜松城を出発した家康は、遠江の懸川城に入り、そこから東に兵を進めて途中にある武田方の支城を攻撃し駿河との国境近くまで進軍した。ここで武田氏の主力が沼津から家康のいる駿河に向かっていると知らされた。北条氏と戦わず徳川軍を攻撃しようとしている。家康が想い描いた戦いとは状況が違った。

そんなところに、このたびの同盟による共同作戦は武田軍の動きが予想と違ったので終了したいという、北条氏からの連絡があった。武田氏が方向転換したので、相模周辺で敵対する勢力との戦いを優先せざるを得ないと、徳川氏に断りを入れてきた。こうなると、家康軍は、単独で武田軍と戦わなくてはならない。そこまでの覚悟はしていなかった家康は、このまま武田氏の主力部隊と戦いたくなかった。北条氏との約束を守るのが第一義の出兵であり、積極的な指揮をとれる精神状態でもなかった。重臣たちも戦うのにためらいを見せており、家康は撤退を決めた。

家康との決戦に意気込んでいた武田勝頼は肩すかしを食い悔しがった。

その後、北条氏から家康に、これからも共同作戦を実施したいと申し入れがあった。さらに、織田氏との同盟を成立させたいからと仲立ちを働きかけてきた。それを受けて家康は、いつものように酒井忠次を信長のもとに派遣した。武田氏と戦うつもりの信長にとっても悪い話ではない。とくに障害もなく北条氏と織田氏の同盟が成立し、武田氏との戦いを有利に展開できる目処がついた。

このとき信康の切腹の報告と、未亡人になった信長の娘、五徳の処遇について、酒井忠次は信長に相談した。信長は、信康の切腹はやむを得ないとし、娘はこちらで引き取るという。それはそれとして、徳川氏とはこれまでどおりの関係を維持することが確認された。

話をまとめて浜松城に戻った酒井忠次は、高天神城を積極的に攻撃するようにという信長の指示を家康に伝えた。家康の優柔不断な態度に信長は苛立っているようだった。そろそろ武田氏との戦いに成果をあげなくてはならないと家康も焦り始めた。気の短い信長の怒りを買わないためにも、単独で高天神城を落とさなくてはならない。そのためには、高天神城を孤立させる作戦をとる必要があった。山道を通って定期的に補給がある高天神城へのルートを遮断する工事をして、籠城する敵を追い詰めようと家康は考えた。それを察した武田軍はこのルートを護るために兵力を展開し、小競り合いが続いた。武田氏は大軍を送り込んでいないので、家康はただちに対抗する措置に出た。こうして、家康は気の休まらない戦いを継続したのである。

8

翌一五八〇年（天正八年）は、反信長連合が解体する年となった。和解が成立し本願寺との長い戦いが終わったのである。

前年の終わり近くから朝廷による本願寺への和議の打診が始まっていた。二条御新造を誠仁親王に譲った信長が、安土に戻る前に、朝廷の勅使を本願寺に派遣してほしいと要請したのを受けてのことである。毛利氏の援軍を期待できなくなっており、このまま信長軍と対決し続けても展望が開けず、本願寺は孤立したままだった。戦いが長期化していることに天皇が心を痛めていると伝えれば、本願寺側も無視できるはずがない。信長は、護りをかためる本願寺に総攻撃をかけるより、朝廷に仲介させて実質的な降伏に追い込む肚（はら）だった。朝廷があいだに立てば顕如の誇りを傷つけずに済むからだ。信長の働きかけに応じて、武家伝奏の庭田重保と勧修寺晴豊が勅使として和睦を命じる正親町天皇の勅書を持参して本願寺を訪れた。和議の条件を提示せずに戦いをおさめるようにという天皇の命令である。

本願寺を率いる顕如も、和議を受け入れるしかないと思っていた。上杉氏・武田氏・北条氏による三国同盟の瓦解、各地の反信長陣営の苦戦、そして毛利氏の支援が期待できない状況では、本願寺は信長との戦いを継続するのは不可能である。毛利氏は、かつての安芸の支配者だった大内氏のように頼りになる存在ではなかった。せめて本願寺の存続を願うほかにないと、勅使を迎えて「受諾するつもりだが、信長側の出す条件を聞いてから返事をしたい」と顕如は応えた。

顕如の意思を伝えるために、武家伝奏の勧修寺晴豊が一月中旬に安土城に信長を訪ねた。信長は本願寺が大坂の地を明けわたせば和議に応じると答えた。それを認めるなら顕如をはじめ有力者の処罰はしないし、一向宗の布教も禁止しない。重要な商業の拠点である大坂の支配権を獲得するのが信長の狙いである。本願寺の存続と一向宗の活動が保証されるとなれば、顕如には信長の条件を呑む以外の選択肢はない。その条件で和睦を進めたいと返事し、和議の成立が確実になった。

三月一日、武家伝奏の二人をともなって前の関白である近衛前久が大坂の本願寺を訪れた。顕如とは以前から気心が知れた仲である前久が加わったのは、顕如の面子がつぶれないようにという配慮からである。信長側の目付として松井友閑と佐久間信盛が行動をともにしている。友閑は事務的な処理のために、そして信盛は対本願寺担当の武将として明けわたしを取り仕切るためである。

朝廷からの勅使と信長の名代が訪れるとあって、この日の本願寺は緊張に包まれた。門跡の顕如は、和議の交渉を側近たちにしか話していなかったが、いつの間にか漏れて大勢の信徒や僧兵たちの知るところとなっていた。顕如が事前に「勅使一行に乱暴狼藉を働いた場合は絶対に許さない。そんなことをしたのでは仏罰があたり極楽に行くことはできない」と宣言していたから、勅使一行に危害を加えるような問題は起きなかった。顕如が、門徒衆に対して、このような警告ともとれる布告を出したのは、信長にくだることに何が何でも反対するという強硬な意見を持つ一団がいたからだった。それを抑え込まなくては信長との和議は成立しない。

最後の願いとして顕如は、多くの人たちが大坂をあとにするのだから、それなりの時間が欲しいと希望を述べた。信長からは「退去するのは七月のお盆前まで」と伝えられ、顕如の希望が叶えられた。本願寺に関係する町方の者たちとの交渉や、本願寺が行使していた権限をどのように引き継ぐかが話し合われたが、顕如が最初から恭順の意を示したので揉めるようなことはなかった。

顕如は本願寺の門跡を息子の教如に譲り、四月九日に本願寺を出て紀州の雑賀に移った。だが、それではおさまらなかった。信長に対して徹底抗戦を主張する過激派が教如を担いで和議に反対したのである。顕如が退去してからも、彼らは全国の一向宗の門徒に檄を飛ばし、信長に対抗して結束するよう呼びかけた。「仏敵信長をたおせ」と檄をとばしたのはほかならぬ顕如ではなかったのかと主張して、顕如が去ってから彼らは行動を起こし、本願寺を明けわたすわけにはいかないと騒ぎ立てた。父に従う姿勢を見せていた教如も、顕如がいなくなってから過激集団に担がれて本願寺に居座る態度を見せたのである。

雑賀に移った顕如は激怒した。速やかに全員が退去するよう命じたが、教如たちは素直に応じようとしなかった。破門すると恫喝しても、教如は態度を変えなかった。本願寺に留まって蹶起しても押しつぶされるだけであり、多少の遅れは認めるから抵抗せずに立ち退くようにと、改めて公家や佐久間信盛が彼らを説得した。

時間が経つうちに教如に従う門徒のなかから脱落者が出てきた。信長が一向一揆を各地で殲滅してきたのを知っているから、頑張るというのは死を意味することになる。やがて教如も説得を聞き入れて雑賀に移る決心をした。本願寺を完全に明けわたしたのは八月二日、雑賀からの多くの船が大坂湾から木津川を遡って退去する人たちと荷物を運んだ。

八町（約八百七十三メートル）四方という本願寺の広大な敷地にある建物や施設はもちろん、周囲に張り巡らされた道路まできちんと清掃して、検分にきた佐久間信盛とその配下に引きわたされた。雑賀に移った者もいたが、多くの信徒たちは各地に散っていった。

これで一件落着と思われたが、教如たちが撤去した夜に本願寺は火災により建物の多くが灰燼に帰した。松明が燃え移ったという者もいたが、何人かがあちこちで火を放たなくては、これほどの被害になるはずはない。信長方に本願寺の施設を残すのを快く思わなかった門徒たちによる最後の反発であると思われた。

これを聞いた信長は激怒した。明らかに引き継ぎを担当した佐久間信盛の落ち度である。貴重な建物があり、貴重な品々や書類が残されていたはずだった。大坂は安土や京と並ぶ重要な都市である。信長は本願寺が行使していた権限を受け継ぎ、大坂を直轄地として支配するために本願寺の敷地内にある施設や建物の多くを利用するつもりだった。きちんと引き継ぎをしていれば防げたはずだと思うと、佐久間信盛の怠慢が許せなかった。将来は、安土と並んで大坂を全国制覇のための拠点とする構想に狂いが出てしまった。

信長は、それからそれへと信盛の落ち度ばかりを思い起こした。前から許しがたいと思っていたのが、八年前に家康の支援のために派遣した三方ヶ原での戦いだった。不利な野戦のなかで若い武将の平手汎秀は先頭を切って信玄軍に向かって行き討ち死にした。ところが、信盛自身だけでなく彼に従う兵士のほとんどが犠牲になっていない。敵と戦わずにひたすら逃げたのは明らかだった。信長はそれに気づいていたものの、弾劾すれば信盛を武将として働かせることができなくなるのでそのままにしておいたが、がまんの限界だった。本願寺との戦いも長年にわたり信盛が担当していたにもかかわらず、何の成果もあげられないままだった。もはや頼むに足りない人物であると、間髪を入れずに追放処分にした。信長が言い出せば、そのまま実行に移される。領地を取り上げられた佐久間信盛・信栄親子は高野山に蟄居させられた。

こうした事態になるのを想定していたかのように、信長は佐久間信盛の縁者に自分の一族や有力武将の家族との縁組みを取り計らっていなかった。例えば柴田勝家の妹が滝川一益の妻になっているが、その際には彼女をいったん信長の養女にして嫁がせている。勝家は信長の娘を妻にしているし、一益と池田恒興は親戚になっている。丹羽長秀も信長の娘を娶っているし、明智光秀の娘は信長の甥である津田信澄（織田から改名）に嫁いでおり、信長と光秀とは姻戚になる。また羽柴秀吉には自分の息子の秀勝を養子にさせていた。秀吉には子供がいないからだ。

こうした縁組みは、信長による指令に近いかたちで調えられた。光秀の娘と細川藤孝の息子の忠興との婚姻も、信長が言い出して実現した。信長は、大名との同盟でも婚姻による結びつきを強める策をよく用いた。ところが、佐久間信盛だけは、信長とそうした関係になっていないだけでなく、有力武将とも親類になっていなかった。それゆえにこのときは信長に取りなす者がいなかった。

これを契機に信長は、配下の武将たちの再編成を実行し、林秀貞も引退させた。彼は信長の嫡男である信忠の家老となっていたが、老齢となり、引き継ぐ息子もいなかったからだ。さらに、美濃三人衆の一人、安東守就に対しても武将としての将来性に疑問を持ち追放処分とした。

信長は、本願寺のあった場所に新しく城をつくるよう指示した。安土城ほどではないにしても、畿内の要衝である大坂の拠点となる城は要塞として堅固にして、多くの人たちを収容できる施設にし、統治のために万全を期した立派な城にする計画である。普請奉行に丹羽長秀を任命し、急いで造営するよう指示を出した。

この機会に、信長は配下の武将たちの所領を改めて決めた。越前の大半は柴田勝家、残った越前を前田利家と佐々成政に分け与え、丹波の一部と南近江は明智光秀に、北近江と播磨は羽柴秀吉に、丹後は細川藤孝に、そして北伊勢は滝川一益に与えた。

かつて信長自身が領有していたのは尾張一国のみだった。そのときからの家臣たちが城持ち大名になり、守護大名が治めていた領国を受け継いだ。とはいえ、彼らは信長からの指令を最優先しなくてはならず、領地を与えられたからといって経営に専念しているわけにはいかない。信長の戦いは続けられるはずであり、彼らも、戦いを優先しなくてはならない。そのためには、支配地域を大過なく治め、できるだけ多くの兵士を動員する体制を築かなくてはならない。統治に不安があるようでは信長からの指示に応えられない。佐久間信盛や林秀貞などを追放したのも、彼らには大名として支配地域を統括する能力がないと信長が判断したからである。

柴田勝家は、越前をいったん支配したのに一向一揆に権力を奪われたという苦い経験があった。反対勢力から調略されても寝返られないようにするために、独立して活動しがちな国衆の権限を一部取り上げた。税の安定的な確保、兵役や労役の動員に関して国衆が掌握している状況を改めるのが狙いである。収穫高がどれくらいになるかも国衆による申告に基づいて税が決められている体制を変えるには、彼らと住民とのあいだに楔（くさび）を打ち込む必要がある。人口と収穫高を把握するために勝家が実施したのが「御縄打ち」と称する検地だった。名主や庄屋といった住民の代表、村落の長老などから収穫高を勝家の家臣のもとに申告させたのである。検地の実施は、国衆の権限を侵害する行為であるから、自分たちの立場が脅かされないように事前に名主や庄屋に圧力をかける国衆もいたが、勝家が強い態度で臨むと、それに逆らう国衆は多くなかった。

調査は、勝家の家臣たちが手分けして進めた。予想されたことだが、国衆による申告より実際の収穫高が多い例が見られた。収穫高を少なく申告しておけば、国衆の取り分は多くなる。名主や庄屋と結託して従来の申告と変わらないと主張した場合は、疑わしい地域の耕地面積を縄で実際に計り、収穫高がどの程度なのか調査した。わずかな違いの場合は目こぼししたが、食い違いが大きい場合は処罰した。

こうした一連の行動は、住民と支配者のあいだにいる国衆の存在を否定することになるが、だからといって国衆を排除すれば反発を招き混乱しかねない。住民を代表する名主や庄屋との調整や動員の指示を出すためには、彼らに働いてもらうほうがよい。そこで考え出されたのが、家臣と同じように、それまでの実績に応じて国衆にも知行を与えるというやり方である。支配する地域の収穫高を調査した資料にもとづいて積み上げていけば一国の石高がおよそのところは把握できるから、どの程度の知行を与えればよいか算出できる。半ば独立した権限を持っていた国衆も、武将に仕える家臣として再編していけば上下関係が明確になり、独立した国衆としての従来の権限は持たなくなるものの、彼らも家臣として生き残る道が開かれる。

とはいえ、改革は徐々にしか進んでいかないところがある。それでも、支配体制としては従来とは異なる方向に進み、時間的なずれがあったものの、他の武将たちも同じような制度を実施し、共通した体制が構築された。武力で圧倒して国衆を従わせていた秀吉も、途中からこの方式を採用して統治するようになる。

与えられた知行が石高という単位になっているのは、銭がまだ安定した通貨になっていなかったからである。北条氏は収穫高を銭に換算して銭高制を採用していたものの、全国の統一通貨としては米が支持されていた。

明智光秀も、丹波を支配するようになってからは柴田勝家と同じく国衆の権限を弱める施策を実行した。さらに、国衆や家臣に与えた石高によって動員する兵の人数を決めるようにした。それまでは支配を任された武将が、配下の家臣たちを使って兵士をかき集めていた。どの程度の人数になるかは、そのときどきによって違いがあり、不足すれば信長に援軍要請すれば済んでいた。

知行高によって兵士の動員数を決めれば、どの程度集められるかがあらかじめ計算できる。そのほうが合理的である。兵力の確保はもっとも大切な問題だ。石高に比例する方式にすれば無理せずとも兵士の確保が可能になり、この方式はその後も大名たちに広く採用されている。信長の指令で遠征する武将は支配地域を留守にすることが多いから、留守部隊による所領の統治のあり方をおろそかにできない。家老とか宿老と呼ばれる家臣の能力がものをいうようになり、戦いに役立つ者たちの他にも事務的な能力のある家臣の存在が重要視されるようになった。

信長は、支配地域を広げていくと同時に、新しい施策をいくつか打ち出した。そのひとつが大和地方で実施した一国一城方式である。

大坂の本願寺が信長にくだるときに、京に挨拶に来た筒井順慶に対し、居城の大和郡山(こおりやま)にある城以外の大和の城すべてを破壊するよう命じた。「城割り」といわれる措置で、いくつもの地域に点在する城が反抗の拠点になるのを防ぐためである。国衆が拠りどころにしている城の破壊が進めば、彼らが独立した態勢をとれなくなる。これには国衆の抵抗があるはずだが「城割り」を実行しなくては、大和地方を任された筒井順慶は支配者としての能力を信長から疑われるから、必死になって国衆に働きかけて城の破壊を続けた。

信長の要求どおりに実施されたか、滝川一益と明智光秀が奉行となって検分した。攻防に欠かせない城を破壊することは、戦国の時代のありようを大きく変える。一益と光秀による大和における一連の検分が完了し、指示に従ったことを確認して、改めて筒井順慶に大和の国主として信長から朱印状が出された。こうした体制は信長の時代に始まり、秀吉の時代になって本格的に実施されていく。

大和では、これ以外に「国指し出し」という査察も実行された。有力な寺院や領主に対し、所有する土地の面積や仕える人たちの数などを書類にして提出するように指示したのである。これは興福寺に代表される有力寺院の権限を奪うためで、宗教的な収入だけに頼る財政にして特権を廃し、政治的な権力を所有できなくさせる狙いだった。本願寺が反信長勢力となったのも政治的な特権を持っていたからで、そうした体制を改めようとする信長の強引ともいえる圧力がかけられた。本願寺は信長に降伏していたから、そのほかの寺院も、これらの措置に逆らうわけにはいかなかった。

「国指し出し」は翌年には和泉国でも実施された。その際に、観音霊場として知られた槙尾寺（まきおじ）が信長の指令を拒否した。奉行に任命した堀秀政（ほりひでまさ）からこの報告を受けた信長は激怒した。従わない僧侶を殺し、寺を焼き払えと命じた。過酷な信長の処置に僧侶たちは驚いたが、残る僧侶たちの命まではとらずに寺から退去させ、寺院の施設と経典は焼き払われた。

この年の八月に槙尾寺と同じ真言宗の高野山も弾圧された。匿った荒木村重の家臣を差し出せという信長の命令を聞かずに、使者まで殺害したからだ。信長軍が高野山を襲い、高野聖（こうやひじり）数百人を殺害している。

ちなみに一五七九年に安土城でおこなわれた「宗論」も、信長が宗門のあり方に介入した例といえる。

日蓮宗（法華宗）が自分たちの宗教の優位性を強調する傾向が目立ち、一向宗と同様に一揆を形成する勢力と見られて、信長はその芽を摘もうとした。法華宗の僧侶が安土の町なかで説法をしているときに浄土宗の宗徒の武士が宗論を仕かけたところ、僧侶となら応じると応えたのが発端で、両派の僧侶による宗論がおこなわれて話題になった。これを聞きつけた信長が、争いの裁定を自身でくだすことにして、目の前で宗教問答を展開させた。法華宗を懲らしめるつもりだった信長は、法華宗の敗北と裁定し、宗教界の秩序を乱したとして罰を科した。そして、法華宗に対して他の宗派に説法を仕かけないと誓約させている。

信長によって進められた兵農分離も、それまでの戦いのあり方を変え、統治の仕方に影響を与えた。依然として農閑期に農民を兵士として動員する大名が多いなかで、飛び道具を使用するようになったために一定の訓練が必要だった。戦いを有利にするには兵士の質的な向上が求められ、専業の兵士でなくては強力な武装集団にはならない。戦いといっても白兵戦で腕力に頼るだけでは済まなくなっている。さまざまな作戦を立て自分の任務をまっとうすることが求められる。籠城する敵を降伏させるために包囲する場合も長期にわたる出張になり、食料の補給などの兵站部門が重要になり、兵士の士気を高めるために知恵を出さなくてはならない。

信長が居住する城下に、武士や町人が住むようにして安土の城下町の繁栄を図ったが、これと同じように各武将が支配する地域の城下にも、スケールを縮小した町がつくられていった。

9

一五八一年（天正九年）正月、信長は各地の大名や有力者たちに安土城への出仕を免除した。仰々しい儀式のような正月の祝いを受けるのはわずらわしく、酒の飲めない信長は宴会を好まない。日ごろから溜まっている鬱憤を思い切り晴らすために派手なイベントをもよおしたいと思った。気心知れた連中で暴れまわりたかったのだ。

信長が思いついたのが馬揃えである。元日早々に馬廻衆の代表を呼び出して準備させた。小正月の一月十五日と十八日に宮中の庭でおこなわれる青竹を焼く火祭りをかつて禁裏で見たことのある信長は、朝廷の行事になぞらえて独自に考案したイベントとして十五日に開催することにした。

安土城下の広場を馬場として整備し、そこで馬を操って派手なパフォーマンスをくり広げる。火を燃やすだけでは面白くないとたくさんの爆竹を用意させた。それに火をつけて爆(は)ぜさせると驚いた馬が暴れまわる。それを乗りこなし落馬しないように巧みに制御する。皆でやれば軍事訓練にもなる。ひと暴れしたあとで街なかにくり出してパレードするのも面白い。

指示を受けたのは菅屋長頼(すがやながより)、堀秀政、長谷川秀一という近習たち、信長が何を望んでいるか、どのように振舞いたいかを心得ている面々である。彼らは馬廻衆を呼び集めて馬場を整備し、参加する馬廻衆には、できるだけ派手で見栄えのする格好をしてくるように指示した。こうしたイベントのために集めたわけではないが、信長は堺の貿易商人やイエズス会の宣教師たちから贈られた珍品といえる衣裳や布類を所持している。それらのなかから見繕って着飾れば、誰も見たことがないようなスタイルになる。その姿を見て驚く人々の表情に接することも、信長の気分を晴れやかにする。

その日がやってきた。それぞれに派手やかな頭巾装束というスタイルで馬廻衆が馬場に集まった。勢揃いしたという知らせを受けた信長はすっかり用意ができていた。あらかじめ南北二手に分かれて馬場で待機しているように指示してある。そこに、小姓を引き連れた信長がゆっくりと姿を現した。とても予想できない珍妙というか奇抜というか、それでいて様になる姿で騎馬上の人になっていた。被っていた南蛮風のフェルト帽は、鍔が広くて目立つだけに異国の雰囲気を漂わせていた。眉を描いて顔に濃い目の化粧を施しており、帽子の強い印象とバランスがとれている。そんな首から上のイメージに負けないように派手な赤色の布を首に巻き、胴衣のうえに唐風の袖無し羽織を着て、虎皮を縫い付けた袴という格好だった。ゆっくり走らせる芦毛（あしげ）の馬の背で信長は颯爽とし、わずかに照れたような目をしたものの化粧のせいで表情までは分からないが、いかにも得意そうな雰囲気が漂っていた。目を奪われた人たちがその姿に思わず「おおっ」と声をあげた。

近衛前久が一歩前に出て信長を迎えた。前の関白であるというのに前久は、このイベントのためにわざわざ安土にやってきた。信長に声をかけられ特別に参加している。馬を巧みに乗りこなす前久は、家柄が良く年配であるにもかかわらず茶目っ気があり、こうしたイベントに興味を示し、信長の誘いに喜んで応じた。天皇から安土城に正月の挨拶に行くように言われた前久は、挨拶もそこそこにイベントに参加する準備に明け暮れた。一人だけ浮かないようにと彼らにあわせた派手な服装をしていた。騎乗している馬は、金細工と刺繍された布で装飾され、公家の服装のうえに鎧のような金で装飾された外衣をまとい、凛々しいというか無理して武張った格好といえばよいのか、馬廻衆とは違う目につくスタイルである。
嫡男の信忠は武田氏と戦っている徳川氏の支援のために遠江に出陣していて姿を見せなかった。弟の信雄や信孝、さらには一門の信包や信澄などは参加している。

信長が短く挨拶すると、それが終わるのを待って馬場の四隅で爆竹が派手に鳴らされた。整然と並んだ馬たちが、耳を聾する爆発音に驚き、前足や後ろ足を上げ、首を大きく左右に振り暴れて走り出し、馬場は混乱状態になった。馬どうしの衝突があり、馬の嘶きや荒い息が聞こえ、騎乗している者たちの騒がしい声があがった。彼らは暴れる馬から振り落とされまいとして懸命に馬を制御しようと手綱を引き、声をかけ、姿勢が乱れるのを防ごうと必死だった。混乱は容易におさまらず白兵戦のように馬と馬が接触した。叫んだり喚いたり、大声でぶつかりそうな馬を威嚇したり、混乱に拍車がかかった。信長も、近衛前久も、その渦中にいた。このような混乱のなかにいてもスタイルを乱さずにいることが重要なのである。途中で、ふたたび爆竹が四隅ではじけ、爆発音が大きくなると、馬はさらに驚いて暴れまわり、混乱の輪が広がった。

ひと暴れもふた暴れもした後で、十人、ついでに十人と集団になって馬場を出発したが、馬の後方で爆竹を鳴らすので馬は速足となり高く跳ねて進んだ。町なかを派手に飾られた人馬の集団がいくつも勢いよく走り抜けていった。多くの見物人が集まり、その派手やかな騎乗の武人たちを見物し、信長が現れると歓声がひときわ高くなった。彼らは町なかを駆け巡るとふたたび馬場に戻ってきた。残っていた爆竹を派手に鳴らして馬場のなかで暴れまわる馬をそれぞれに乗りこなし、互いの馬がぶつかり合い、相手を落馬させようと争った。しばらくは無礼講のごとく全員が馬とともに走りまわり、なかには落馬して危うく大けがを負いそうになる者もいた。

信長の乗る馬は、ひときわ動きが速く馬体も大きいので、ぶつかってくる他の馬を圧倒した。「かかってこい」「もっと暴れろ」と信長は声をあげながら、いつまでも馬上で激しく動きまわり、寒い季節にもかかわらず汗をかいていた。それがいたずら小僧やガキ大将を思わせ、遠目にも賑やかなお祭り騒ぎだった。

安土における信長の馬揃えの様子は、参加した近衛前久が伝えて、朝廷の公家たちが知るところとなった。様子を耳にした正親町天皇が興味を持ったと伝え聞いた信長は、京でも馬揃えをしようと考えた。安土での馬揃えは鬱憤を晴らして暴れまわるのが狙いだったが、京で馬揃えをするとなれば見る人たちを楽しませるイベントにする必要があった。天皇に見てもらう公式的な行事となれば、それ相当の準備をしなくてはならない。

信長は、配下の武将たちに参加するよう指示した。武将や公家たちへの連絡は明智光秀が担当し、京の禁裏のすぐ東側に八百メートルを越える長さの馬場を整え、天覧に供するために桟敷席ならぬ仮の御所が設えられ、見物する場として豪華に飾られた席が用意された。こうした準備は村井貞勝が指揮して実行に移された。参加を命じられた武将や領主たちは、派手な振舞いが好きな信長の意に沿わなくてはならないから、それぞれが出陣するとき以上の慌ただしい準備に追われた。安土での信長の華麗なスタイルについて噂が飛び交っていたから、参加者たちは、競って派手な格好にするよう配慮した。とびきりの良馬を金具や飾り布で派手やかに飾り立てる。騎乗する武将も並の武具で装飾する程度では済まない。信長がどう評価するか、見物席に陣取る天皇や公家衆、さらに京の見物人たちに関心を持たれようと趣向を凝らした。

二月二十日に信長が上洛し、馬揃えは二十八日に挙行された。このときに信長の嫡男の信忠も遠江の戦場から駆けつけて姿を見せた。

当日の信長の姿といえば、安土での馬揃えとは違う趣向で一段と傾奇（かぶき）振りを披露した。顔の化粧は同じだが、南蛮の帽子の代わりに唐冠（とうかんむり）の頭巾を被り頭の後ろに梅花を飾り、かつて唐（とう）の皇帝が身にまとったという金紗をマフラーのように首に巻いていた。この金紗は信長だけでなく信忠、信雄、信孝など一族も身にまとっている。衣服は紅梅紋様や桐唐草の紋様に白を配した縞模様の小袖、そのうえに蜀江錦（しょうこうにしき）といわれる色とりどりのみごとな紋様の錦織の服を羽織り、袖口には金糸の刺繍が施されている。紅色の緞子（どんす）に桐唐草模様の肩衣、ヤクの尻尾の白毛でつくられた腰蓑、同じ紋様の袴には牡丹の造花を挿している。天皇から信長に贈られた花である。太刀や脇差しも金銀で飾られ、沓（くつ）は猩々緋（しょうじょうひ）で先端が跳ねるようにとんがっている。

信長の露払いをする中間（ちゅうげん）たちも着飾り、信長が騎乗する前後左右に小姓衆が付き従い、さらには槍や杖や薙刀を持った兵士たちがそれに続く。彼らは赤い小袖に白地の肩衣、黒皮の袴で統一している。総勢二十七人である。

信長は颯爽と馬を乗りこなし、パフォーマンスの中心にいて何度も違う馬に乗り換えながら馬場を往復した。その後に、関東から呼ばれた馬術者によって目を見張るような曲芸が披露された。

天皇や公家衆は、派手やかで勇壮な雰囲気が横溢（おういつ）した馬揃えを楽しんだ。正親町天皇と誠仁親王の脇には松井友閑が控えていて、二人の質問に答え、必要な解説を加えた。「これからやってくるのは丹羽長秀さまの行列です」とか「続いて光秀さまの行列がやってきます」という具合である。西国の戦いに張り付いていた羽柴秀吉は、参加できずに大いに悔しがった。

10

同じころ、家康による遠江の高天神城の攻略が本格化していた。馬揃えに夢中になりながらも、信長は家康からの戦況報告を受けるたびに戦いについての指示を出した。

高天神の攻撃は前年の十月から始まっていたが、城の攻防戦は新しい段階に入っていた。防御をかためて籠城する相手を攻略するには兵糧攻めが確実な戦術である。家康も、その作戦を用いた。信長は、近いうちに武田氏を亡ぼす戦いをすると宣言していた。その前に家康はできるだけ武田氏にダメージを与えておきたかった。

今川氏に仕えたのちに武田氏の武将になった岡部元信が高天神城を護っていた。今川海賊衆といわれた水軍とのかかわりが深い岡部元信は、いまや武田水軍の主力となっており、籠城する際には海上ルートによる兵糧の運び込みを考慮して、駿河から遠江の海上が徳川氏の支配下におかれないよう気を配っていた。遠州灘に近い高天神城への兵糧運搬は、城の近くまで穿たれた堀を通して海上から運ぶことになる。この海上からの補給ルートを断ち切るために、徳川軍は高天神城の近くの海を臨む地域に付け城を築いて、補給のための敵の船が接岸するのを撃退する作戦をとった。

家康からの戦況報告を受けた信長は、どのように武田氏を攻略するか、馬廻衆の長谷川秀一を家康のところに派遣して、籠城する敵を包囲するのに必要なノウハウを伝授した。その助言を受けて、家康は城の包囲を見直し、改めて工事を急いで完成したのが新しい年がくる直前だった。

　年が明けて早々、武田軍が高天神城の支援に動こうとしているという情報を得た。外部から攻撃して敵の包囲を解いて、高天神城を救おうとしたのである。家康はすぐに信長に連絡した。すると、即座に信長の嫡男の信忠の部隊が派遣されてきた。信忠は、そのおかげで安土における一月十五日の馬揃えに参加できなかった。家康は高天神城の東側、駿河の方向に砦を築き、深い堀をめぐらせ高い土塁を築いた。東方から武田軍が攻撃するのに備えるとともに、籠城する岡部元信の兵が城から討って出てきたときに対応するためでもある。

　武田勝頼は信長や家康が予想した以上に追いつめられていた。北条氏との苦しい戦いが続き、本拠地の甲斐へ北条氏が侵入するのを許す事態が起きていたからだ。本拠である躑躅(つつじ)が崎の館にまで敵が侵入するのは想定外だったから、城の防備をかためていなかった。敵と戦うには城の防御が完璧でなくてはならない。それなのに、躑躅が崎の館は防御に向いていない。短時間で防御できる城につくり変えるのはむずかしい。それより新しい土地に本拠となる城を築いたほうが確実であると考えた勝頼は、甲府を引き払い韮崎(にらさき)に新しい本拠地となる城を築くことにした。そうなれば、家臣を含め多くの者たちが移り住む大掛かりな施設をつくる必要があるが、勝頼の決断に家臣たちから疑問の声が出された。兵士の動員で苦労しているというのに、別の地域に新しい城を造営するには多くの人たちに作業させる必要がある。とても無理であるという意見だった。しかし、勝頼は反対を押し切った。

　大坂の本願寺が和議を成立させ降伏したのも武田氏には衝撃だった。同盟している上杉氏は越後の安定を優先して頼りにならないのに、対立する北条氏は手強い相手であり、そのうえ織田氏と徳川氏を敵にまわして追い詰められた。徳川氏による高天神城の攻略にさらされ、籠城している岡部元信からは矢のように支援要請が来ている。なんとかやりくりして支援軍の派遣を指示し、途中まで進んだものの、周囲は敵に囲まれて城に近づくことはできなかった。仕方なく引き返す措置がとられた。どうすることもできない状況である。

窮地から脱するには織田氏との対立を解消し、同盟関係を結ぶように要請するしかないと勝頼の心が和議に傾いた。というのも、北条氏との戦いで同盟関係にある常陸の佐竹氏が織田氏との和議で仲介の労をとってくれるといってきたからだ。降伏するかたちになるにしても、武田氏の生き残りのためには他に方法がないと判断した。

勝頼は甲州でとれた砂金や名馬などを取り揃え、安土の信長のところに使者を派遣した。佐竹氏は、助けを求めてくる相手を信長は拒否しないだろうと、和議の成立に脈があるという観測をしていた。だが、信長は武田氏からの和議の申し出を受け入れるつもりはなかった。派遣された勝頼の使者は、安土城下でむなしく待たされた。使者は帰るに帰れず信長からの返事をむなしく待ち続けるだけだった。

高天神城で籠城している岡部元信は、勝頼に援軍の派遣をくり返し要請したが、はかばかしい返事がない。そのうちに勝頼が織田氏との和議を進めているという噂が伝わってきた。武田氏は高天神城を見捨てることにしたのだろうか。そうなると武田氏からの援軍はあてにできない。いっぽうで徳川軍の包囲が解かれる兆しはない。このままでは、城にある食料が尽きて万事休すとなる。二月初めに元信は包囲する徳川軍に降伏する旨の矢文で連絡をとった。そこには城を明けわたすので籠城している全員の命を助けてほしいという願いが記されていた。

こうした連絡が来るのを待っていた家康は、すぐにでも了承すると言いたかったが、信長から支援を受けている以上、独断で受け入れる返事をするわけにはいかず、信長の指示を仰ぐことにした。そのために信忠の部隊に撤収して岐阜に帰ってもらうことにした。これで信忠は京の馬揃えに間にあったのである。

信長の返事は「否」だった。家康には意外だったが、京の馬揃えの準備を進めていた信長は、武田氏の勢力を弱めるには降伏を認めないほうがよいと判断したのだ。籠城している敵が降伏を申し出れば、城を明けわたす見返りとして城内の兵士の命を助けるのが常道であるが、それでは単に城一つを獲ったにすぎない。それより、このまま高天神城が落ちれば、勝頼が味方を見殺しにしたと思われ、武田氏は頼りにならないと多くの人たちに思わせることができる。武田氏の求心力を失わせ、弱体化させる狙いである。

家康は、岡部元信の矢文を無視して囲いを解かなかった。三月に入ると、高天神城のなかで餓死者が出た。その後も元信は徳川氏に連絡の矢文を送り降伏すると訴えた。だが、その申し出は無視され続けた。返事がないのは降伏を認めないつもりであると元信も悟らざるを得ない。たまりかねた高天神城に籠る家臣たちが二手に分かれて城から打って出た。だが、待ち構える徳川軍の餌食になるだけだった。悲惨なかたちで高天神城は家康の手に落ちた。わずかに逃げおおせた兵士が、甲斐にいる勝頼のもとにたどり着き落城の報告をしたが、どうすることもできなかった。

来るはずのない信長からの返事を勝頼もいまかいまかと待っていたが、高天神城が落ちても返事がない。信長に和議を結ぶ意思がないのをようやく悟ったのである。

浜松城に戻った家康は信長に城を落とした報告をしたが、後味の良い勝利ではなかった。それでも信長の指示に従い高天神城を落として安堵した。信長の信頼を辛うじて繋ぐことができたのだった。

11

京における馬揃えの五日前に、イエズス会の東インド管区の巡察史が信長のもとにやって来た。東洋でキリスト教の布教を取り仕切るアレッサンドロ・ヴァリアーノである。イタリアの名門貴族の出であるヴァリアーノは、明国と日本の布教を重要視していた。

それまで布教に携わっていた日本での宣教師のやり方に彼は批判的だった。布教はそれぞれの国情にあうやり方でしなくてはならないのに、エリート意識が強く現地人を見下して布教する宣教師が多い。それでは反発を招くとヴァリアーノは新しい方針を打ち出した。日本は古くから文明が発達し、ヨーロッパのキリスト教国とは違う慣習が築かれているのを尊重したうえで布教すべきであるという考えだった。

キリスト教がわが国に伝えられた当初は、聖書の言葉を日本語に翻訳する際に「極楽」とか「観音」「大日」という仏教用語が用いられた。このために仏教の一宗派であるかのように受け取られた。良いおこないをして信仰を深めれば天国に行けるという教えは、仏教を信仰して極楽浄土に迎えられるという教えに共通する。

仏教とは違うことを強調しなくてはキリスト教の本来の教えを正しく伝えられないと悟り、布教の途中で「ゼウス」を「大日」という訳語にするのを禁止し、用語はポルトガル語をそのまま用いるように改めた。とはいえ、仏教の教えに共通するところがあると感じた日本では、キリスト教の信仰が受け入れられる要素があった。

ヴァリアーノは、日本がそれなりに秩序を保ち、小さい島国でありながら、人々は知性に溢れ、論理的な説明を理解するのを知り、それを踏まえた布教のあり方にしなくてはならないと、仏教の世界で僧侶の身分が厳格に決まっているように、キリスト教の世界でも宣教師の身分が高いことを示し、尊敬を集めるようにした。出歩くときには必ず従者を連れて、身分が高いと分かる服装にするなど、日本の風習を取り入れた。

わが国の仏教各派の政治的活動を嫌った信長は、それらを抑え込む効果を期待してキリスト教の布教に理解を示した。キリストの教えに対してというより、本当のところは彼らがもたらす海外の珍しい文物、日本にない知識や思想に興味を持った。好奇心が旺盛な京の住民も、キリスト教という宗教ではなく、宣教師一行がもたらした珍しい服装や装飾品に興味を示した。それらにわが国のそれと大きく異なる風俗として関心を示し、傾奇者たちが率先して取り入れていた。

キリスト教の布教は九州地方から始まり、宣教師たちは病院をつくって慈善活動をし、信者の獲得をめざした。そのために必要な資金をつくろうと宣教師たちは貿易活動に携わっていた。鉄砲や絹布、火薬のもとになる硝石、さらに鉛などは重要な商品として日本で受け入れられた。九州の大名が進んでキリスト教の布教を許したのも、彼らがもたらす商品に魅力を感じたからでもあった。ポルトガル船の多くは、長崎(ながさき)の北にある平戸(ひらど)に入港したから、博多や堺の商人たちが、そのたびに訪れて取引した。九州のキリシタン大名の大友宗麟が大砲を購入したのも宣教師を通してである。

ヴァリアーノは、日本での布教のために日本人司祭の育成に力を入れようと考えた。日本に派遣される宣教師の数は限られていたから、日本人にも布教の手伝いを積極的にさせようと、肥前(ひぜん)の有馬(ありま)にセミナリオという神学校を開設し、キリスト教の思想を教え、信者を導く司祭の育成を図った。上洛したヴァリアーノが信長のもとを訪れたのも、安土にセミナリオを設立する許可を求めてだった。

キリシタン大名である大友宗麟、高山右近との会見を果たしたヴァリアーノは、京で天下人といわれる信長に謁見し、さらに禁裏を訪れて天皇に挨拶するつもりでいた。ヴァリアーノの上洛にともなって付き添ったルイス・フロイスは、その後、九州地方の担当となっていたので、信長とは久しぶりの対面だった。信長は、もっと異国の状況を知りたいと思っていた。宣教師と話すのはそうした機会となり、信長にとって彼らとの会見は望むところだった。その席で、ヴァリアーノはさまざまな提案をした。布教に関する案件は信長が許可したが、天皇に会いたいという要望は拒否した。その理由として、「この国のまつりごとに関して天皇には権限はなく、すべて自分が取り仕切っているから天皇に会う必要はない」と信長は語った。

納得したわけではなかったが、ヴァリアーノも、それ以上要請できなかった。宣教師が禁裏を訪れるのを信長が許さなかったのは、禁裏に外国人が入るのは問題があると思ったからで、自分がすべて取り仕切るというのは断る口実だった。髪の毛や目の色の異なる南蛮人は、もともと穢れた人たちであるという見方が朝廷にはあった。穢れを気にするのは朝廷の伝統であり、穢れたら禊ぎをして清い身体にするという風習のない者たちが禁裏に入れるはずがない。それに、禁裏に入れるのは官位を持っている人に限られ、外国人に対しそんな手続きを踏むという前例がない。南蛮人が天皇と会うのは不可能に近いという朝廷の仕来りや伝統を説明して分からせるのも面倒である。信長が仲介して天皇との謁見を実現させようとすれば、あるいは朝廷もしぶしぶ認めたかもしれないが、実現させるには、それこそ波乱を覚悟しなくてはならないから避けたほうが賢明である。ヴァリアーノはそうした信長の思惑を知りようがないから、信長が天皇をも凌ぐ権限を持っているのだろうと解釈したとしても無理はない。

信長が、安土での馬揃えのときに南蛮人の用いる鍔のひろいフェルト帽を被ったのに、京での馬揃えでは唐風の頭巾にしたのも、天皇が見物するのを意識したからである。傾奇者のスタイルをとるにしても、京では天皇や公家が違和感を持つ格好をするのは避けたのである。信長には、南蛮人は穢れているから避けたいという思いはないが、朝廷という純粋培養されている人たちは、その意味では特殊な感覚を持っていると信長も忖度（そんたく）したのである。

その後、信長は、ヴァリアーノとルイス・フロイスの二人を安土に招いた。彼らに安土城を見せたかったからだ。禁裏は、誰でもが入れるところではないが、安土城に入るには、そんな手続きは不要であり、信長の一存で天守まで見学が許される。

ヴァリアーノとフロイスは、信長の案内で装飾された各部屋を見てまわり天守に登った。琵琶湖を臨む絶景に感動し、信長の城に敬意を示し、日本人の感性がヨーロッパの人たちに負けず劣らず優れていることに言及した。これほど文化が進んだ国はアジアにはないと語り、信長の権力の大きさに感じ入った。

イタリア貴族として誇り高いヴァリアーノとの会話は、信長を充分に楽しませた。恐らく信長が対等の意識を持って話した相手はヴァリアーノぐらいかもしれない。家族はイタリアの名士たちとつきあい、ヴァリアーノ自身も教皇やイエズス会の総長とは友人であり、宣教師としてもエリートだったから、誰と話すにも臆することはなく、自分の学識の深さと知性にも自負を持っていた。そんなヴァリアーノから「これから何をしたいか」と問われて、信長は「日本という狭いところに留まらず、唐天竺（からてんじく）まで自分の支配地にしたいと考えている」と気を許して応えたのだった。

なお、ヴァリアーノは九州に戻ってからキリスト教の信徒になっている少年たち四人をヨーロッパに派遣する計画を実行に移した。日本人にヨーロッパを見せるためであり、ヨーロッパの人たちにもアジアに日本という進んだ国があるということを知らせるためだった。ローマ教皇に拝謁させて、信仰を強固にした少年たちが帰国してキリスト教の布教に貢献することを期待したのである。

その後、ヴァリアーノが黒人の警護人を連れていることが話題になった。ひときわ背が高く逞しい肉体で肌が黒ければ話題にならないはずがない。

この話を耳にした信長は、宣教師のオルガンチーノにその黒人を連れてくるよう要請した。彼はセミナリオの設立では信長の世話になっていたから、すぐに求めに応じた。その際、場合によってはその黒人を手みやげ代わりに献上してもよいと事前に準備した。珍しいもの、変わったものに信長は目がない。信長を驚かすのにふさわしいものは容易に見当たらないから、信長に恩を売るチャンスである。ヨーロッパではアフリカとの交流が盛んだったから黒人は珍しくないが、日本人には髪の色や目の色が違うだけで珍しがられ、黒人ならさらに輪をかけて注目される。

ヴァリアーノの許可を得てオルガンチーノはくだんの黒人に言い含め、信長が要求した場合は、日本に留まって信長に仕えることになるかもしれないが、それを承知するようにあらかじめ話をしておいた。彼としては召し使われている身分であるから従わざるを得ない。

信長が質問した。「どうして彼だけ黒い肌に塗られているのか」と。黒人など見たことがないから顔や手などに色をつけていると思ったのだ。そうではなく生まれつき黒い肌をしていると言うと、さらに信長は驚き、信じられないという顔をした。オルガンチーノが促して黒人は上半身裸になった。掌などを別にすればすべて黒い。それだけに歯の白さが際立った。肌を擦っても色が落ちないのを見て、生まれつきであると納得したものの、それを除けば普通の人間であることが分かった。

「自分の従者にしたいので譲ってほしい」と信長は要求を出した。自分が驚いたのと同じように大名や武将たちを驚かせたかった。ヨーロッパやアフリカという遠い地域には、日本では考えも及ばない世界が広がっている証拠として人々に見せたかったのだ。

オルガンチーノは黒人を見てうなずいた。「よろしければ差し上げましょう。その代わりキリスト教の布教のために我らを援助してください」と応えた。瞬時に了承されたので、信長は驚きながらも願いが叶ってうれしそうだった。

黒人には信長により「弥助」という名前がつけられ、家臣の一人に加えられた。特殊な者まで自分に従わせることに信長は満足感を覚え、弥助のために安土に館を用意した。

その礼として信長が進呈したのが狩野永徳作の安土城を描いた屏風絵である。天守が完成したときに狩野永徳に命じて描かせたもので、安土城と琵琶湖が描かれ、信長の権勢を示す日本の最高峰の美術作品である。この屏風は正親町天皇が見たがったので禁裏まで運ばれ、ちょうど戻ってきたばかりだった。この贈りものは宣教師たちに喜ばれた。のちに教皇グレゴリウス十三世に贈られローマで保管されたということだ。

第六章　武田氏の滅亡と本能寺の変

1

一五八二年（天正十年）の安土城における正月は賑やかに祝われた。

正月の祝いに安土を訪問したいので、信長の意向を知りたいという問い合わせが相次ぎ、正月をどのように過ごすか近習たちから訊かれた信長は、多くの人たちを安土城に招待するよう指示した。それを受けて、暮れのうちから大名や有力者たちが家臣や従者を連れて安土に集まり、城下はふだんにもまして賑わいを見せた。

馬廻衆を率いる堀秀政と長谷川秀一が、安土に集まった招待客たちの応対にあたった。元日の朝の集合場所を知らせ、祝い金として一人百文を持参するよう触れまわった。もちろん、信長へは、これとは別に気に入りそうな土産をそれぞれが取り揃えてきているのはいうまでもない。

元旦は、夜が明ける前から安土山の麓にある総見寺前の広場に、招待された人たちが集まりはじめた。彼らは琵琶湖に通じる運河にかかる百々橋（どどばし）を渡って総見寺前までやってきた。運河の西側にある城下町方面から城に入る脇道である。城の正面は南側にあり、王宮の朱雀（すざく）大路に匹敵する大通りがあり、この通りの先に御成（おなり）門がある。こちらは、天皇の行幸のときのためでふだんは使用されない。

安土城から下ったところにつくられた総見寺は、信長が建てた特別な寺院である。寺院は特定の宗派に属し格式が与えられるが、総見寺は信長宗ともいうべき寺院であり、本堂はなく本尊である仏像も安置されていない。いくつかの寺院から材料が集められて建設されたが、安土城の天守にある信長の部屋とセットになっていると考えられる。というのは、仏像の代わりに崇められるのは、信長自身であることを暗示しているからだ。

勇壮で個性的な安土城は、城の六階と七階の部分が朱塗りの八角形をした天守である。五階は天守とのつなぎの部分で、六階が信長の居住空間になる。壁には釈迦（しゃか）の説法図と並んで釈迦十大弟子の図が描かれ、縁側には餓鬼たちの姿が描かれ地獄を表している。これらは寺院にあるのと同じ仏教世界の説話を絵にしている。その部屋に座る信長が仏像の代わりとなる。寺院が純粋に宗教活動をしていれば、信長の宗教観も違っていたのだろうが、日本の仏教界のあり方に疑問を持つ信長の皮肉な表現形式でもあった。

七階が最上階で、こちらは特殊な空間になっている。三間四方という狭さだが、大きく開いた窓から琵琶湖が一望できる。安土山の頂上に建てられた高層建築の最上階であるから、これ以上の高みはない。はるか彼方まで見晴らすことができる。ここに立つと天下を自分のものにしたという実感を噛み締められる。四方にある太い柱には登り龍と下り龍が相対するように壮麗に描かれている。中国では、龍は装飾に使用するにしても皇帝以外は許されない。それだけに信長がここに龍を描かせたことの意味がそれとなく伝わる。室内の壁に描かれているのは三皇五帝という中国の伝説的な帝王たち、それに孔子（こうし）とその弟子である孔門十哲、漢王朝に仕えた竹林の七賢人である。ここは中国の権力と知性の頂点に立つ人たちに囲まれている空間である。信長が思い描く「いちばん」を象徴しているといえよう。

こうした装飾の企画をしたのが信長の思想的な師である策彦周良である。彼は二年前に亡くなっていたが、信長の相談に乗っていたのである。信長は、計画が出来あがったときに、策彦周良に安土城の完成を祝う「賛」を書くように頼んだが、策彦はもはや自分にはできないからと弟子の南化玄興に依頼し『安土山記』が著された。それによると、安土城の天守は中国山東省の泰山にある皇帝の宮殿になぞらえている。泰山は、中国皇帝が天下を静謐に治めていることを天の神に報告する儀式である「泰山封禅」をおこなう霊山で、道教信仰の中心地でもある。そうした故事を踏まえた天守として、唐様につくられたと記されている。したがって、安土城の最上階は、わが国が遠く及ばない伝統と歴史を持つ中国への憧れを表現しただけでなく、信長の明国まで支配するという野望をも暗示していた。

信長が招待した人々を総見寺前に集めたのは、まずは総見寺で礼拝させるためである。総見寺に入った人々は、六階にいる信長を仏像の代わりに拝礼してから城に入る段取りになっていた。それは信長に対する絶対的な服従を強いる行為であるともいえる。拝礼する順番は、あらかじめ決められていた。まずは織田一族、続いて大名と小名、さらに信長の家臣団である。

総見寺での儀式が終わり、城の敷地内を進む。その先には能舞台がある。それを見物し、傾斜の急な階段をあがって黒金門を通り、何重にも掘られた堀のもっとも内側にある堀をぐるりとまわって進むと、本丸御殿の前の広場に出る。そこは白い砂利が敷き詰められている。招待客は北風が吹いて寒い広場で待たされ、やがて信長が小姓を連れて姿を現した。馬廻衆がふたたび集まった者たちを順番に並べなおした。

一人ずつ信長に挨拶させるためである。

最初に信長の前に進み出たのは嫡男の信忠である。彼も手に百文を持っており、信長に恭しく渡した。鷹揚にうなずいて信長は受け取った。息子の信雄と信孝が続く。すべての人たちが信長に接するので時間がかかる。冷たい風で震え出す者もいたが、信長はずっと立っていても寒そうな気配を見せない。ひとりずつからきちんと銭を受け取り続けた。このときの百文には賽銭の意味があった。

次に人々は渡り廊下で繋がっている本丸御殿に入り、派手に装飾された御殿内にある施設を見学した。圧巻なのは御幸の間だった。天皇の行幸に備えて特別に設えられた部屋である。この建物だけは檜皮葺きとなっている。部屋は金細工で飾られ、壁も金箔が施されて目映く、畳の縁も装飾が施されている。天皇しか入れないのに特別な計らいで見物できたと、人々は感謝しながら口々に感嘆の声をあげた。大勢が見物するから時間がかかる。馬廻衆は、混乱が起きないように家臣たちに指示を与えながら誘導するのに神経を使った。

一連の見学が終わると、彼らは城下に設えられた宴会場で馳走になった。いくつもの広間に御膳が用意されており、それぞれが決められた部屋で饗応を受けた。

宴会場に行かずに、天守の最上階まで上がるよう指示されたのは十人にも満たない。信長がもっとも大切にしている柴田勝家、丹羽長秀、滝川一益、明智光秀、羽柴秀吉らで、馬廻衆の堀秀政と長谷川秀一の二人が案内役を兼ねる。なお、嫡男の信忠以下の一門の人たちはすでに見ているので含まれていない。

選ばれた人たちにしか天守の最上階の部屋を披露しないのも、信長がいかに高みに上っているかを示す方法である。この部屋に入ることを許された人たちは、大げさに感嘆してみせなくてはならなかった。褒め言葉を出し惜しみせずに表現しなくては信長の自尊心は満足しない。

信長は、以前から安土城下の住民たちに総見寺にお参りをすると仏のご利益があると宣伝していた。この日は、総見寺への拝礼が誰でも許されていたから、初参りを兼ねた城下の人たちが予想を超えて押し寄せた。大勢が狭い道に溢れ、後方から押されて人々が石垣を壊してしまった。そのときに下敷きになって死者が出るほどだったが、信長は、事故も人気の裏返しでしかないと考えていた。ただし、死亡した家族への見舞金を与える指示は忘れなかった。

この年も十五日には馬場に家臣や近習たちを集めて馬揃えが実施された。多くの爆竹を用意して馬で暴れまわっての鬱憤晴らしであり、例によって傾奇者風の派手な衣裳を身にまとい人目を引くスタイルだった。なお、翌日に追放した佐久間信盛が死んだという知らせを受けた信長は、さすがに哀れと思ったのか、息子の信栄を許し信忠の家臣に復帰させた。考えてみれば、信盛も信長に忠実に仕えた武将だったのだ。

さらに、二十五日には伊勢神宮の遷宮にかかる費用を信長が負担すると朝廷に申し出ている。信長が朝廷に対して気を遣うようになって財政的に改善されたが、天皇家の祖先を祀る伊勢神宮にかかる費用までは捻出できずにいるのを信長が知ったからである。朝廷の儀式を挙行する費用さえ調達できなかった時代が続いたのだから、神宮を建て替える工事などできない相談だった。二十年に一度建て替えることで、本来の姿を保ち続けるという伝統が守られなくなって百年以上も経過していた。それを知った信長が、遷宮を実施するための資金の提供を申し出た。その費用は、岐阜城の土蔵に貯めておいた銭をあてるよう指示した。百枚ずつ縄を穴に通して結ばれていた銅銭は、長いあいだ放置されていたから縄がぼろぼろになっていた。そこで新しい縄に結び直して持ち出された。岐阜城主の信長の嫡男である信忠も、家督を継いだとはいえ、岐阜城にある財産は信長が自由に使える立場を維持していたのだ。

今井宗久をはじめ津田宗及や千利休など年賀の挨拶に安土城を訪れた堺の商人たちは、帰りがてらに明智光秀の坂本城に立ち寄っている。

光秀は彼らを歓迎し、さっそく城内で茶会を開いた。信長が大切にしている商人であり、茶道に関しては光秀の師匠にあたる人たちである。光秀は、自分が設えた茶室の雰囲気に問題があることに気づいたら指摘してほしいと思っており、同じように茶会を開くことを許された羽柴秀吉より自分のほうが彼らに受け入れられる茶会をおこなえるという自負を持っていた。古典に対する教養や立ち居振る舞いに関しても、秀吉ごときに負けるはずがない。それに武将としての能力でも秀吉より自分が劣っているとは思わなかった。

彼らを茶室に招くに当たって、彼らが納得できるように、使用する茶道具や部屋の飾りを品よく調えた。ただひとつ、彼らが首を傾げざるを得ないようにしたのが、床の間に飾った掛け軸である。ふつうは中国の枯淡な風景画や古くから知られた歌人の書などを使うのだが、このときには信長の直筆の書が飾られていた。床の間に信長の書を飾るのは、信長に敬意を払っている証拠である。幽玄とか枯淡を表現すべき茶室の床の間に飾るにしては俗に脱しているきらいがあるのに、あえて茶会の雰囲気をこわしてもなお、そこにいない信長を茶会に出席した人たちが意識せざるを得ない雰囲気になる。

最近の信長は、以前にも増して傲慢になっているように光秀には思える。光秀が配下の武将として信長の指揮のもとで戦いはじめたときには、戦場でくだす信長の決断や作戦のみごとさに舌を巻いたものだ。

ときには過酷な指令があったにしても、そんな信長に従い、少しでも味方が有利になるよう光秀も懸命に努力し知恵を出した。それは信長のためであり、自分のためでもあった。敵側の情報を集め、調略を成功させ、戦いに勝利した報告をすると、信長は、ふだんはあまり見せないうれしそうな顔をして喜んだ。そんな信長の表情を見ると、ともに戦っている実感があり、戦いに挑む信長の必死さに身が震える思いをしたこともあった。

光秀の功績が認められて城を与えられ、いまでは多くの家臣を持つようになった。信長が支配する地域が広がるいっぽうで、戦いの規模が大きくなり、戦術も複雑になった。信長自身は戦いの渦中に入らず大所高所から指示を出すようになっている。当人は鷹狩りや乗馬などにかまけていても、必死に戦う各地の武将たちからの信長を不安にするような報告は少なくなっている。

信長には報告していないが、荒木村重が造反したときに、光秀のところにも一緒に蹶起するようにという誘いの手紙が届けられていた。大和を支配する筒井順慶も誘われており、一緒に信長に反旗を翻せば「我らに勝ち目がある。ぜひとも決心なされよ」と記されていた。

荒木村重とは仲が良かったし、松永久秀と対立していた筒井順慶を味方につけたのも光秀である。信長に造反すると決心した荒木村重から声をかけられ、心が動かなかったわけではないが、信長を敵にまわすのは、それまでの自分を否定することになると思い留まることにした。光秀は、いまは安土と京をつなぐ重要な地域だけでなく、丹波まで支配することが許されている。村重にくらべれば、光秀は信長との付き合いが長かったぶん選択の余地はなかったのだ。

いまの信長は、一人前になりつつある自分の息子たちを重用するようになり、配下の武将たちとの距離はなれてきている。これからのことを考えると光秀は不安な気持ちになる。信長という主君の存在をどうとらえたらよいのか、そんな思いがあって、茶会に信長の書を掛け軸として飾っておいた。

茶会では、茶頭となっている宗及が、話題の主導権をとる。彼が、安土城の天守について話題にしたのは、掛け軸を見たからではないようだ。彼らは、趣味人であるとはいえ商人である。信長と組んでからの彼らは、貿易により莫大な利益を得ており、堺も大いに発展した。

武将どうしでは、戦いの話になると生臭くなる傾向になるのは避けられず、茶会では戦いについては口にしない。主君についての話はなおさらである。だから、このときに光秀は、宗及たちなら武将たちとは違う角度で見た信長について聞けるかもしれないと思っていた。だが、どうやら空振りに終わってしまったようだ。

2

二月になって武田氏との戦いが本格的に開始された。家康が中心ではなく信長のもとに結集しての戦いである。武田氏の有力国衆である信濃の木曽義昌（きそよしまさ）が織田信忠のところに内通してきたことがきっかけだった。信濃の木曽地方を支配する福島（ふくしま）城主の木曽義昌は、武田方の有力武将として織田氏の支配地である美濃との国境に近い重要な拠点を任されていたから、その帰趨が与える影響は大きかった。

長篠における手痛い敗戦のあとで、武田氏を裏切らないように木曽氏から忠誠を誓う起請文をとり、その後も気を遣ってきただけに、信玄の娘を正室に持ち武田氏との繋がりが強い木曽氏が武田氏を見限ったと知ると、勝頼をはじめ武田氏の武将たちの受けた衝撃は大きかった。木曽氏が敵方に内通したという報告が届くと、武田勝頼は、信濃に織田氏の勢力が入り込むのを避けなくてはならないと、木曽地域を押さえるために兵を派遣する指示を出した。

甲府の躑躅が崎の館から韮崎にある新府に勝頼が移ったのは前年の十二月、この二か月前である。防御体制を構築する工事が進められていたが、まだ完成していなかった。それを中断してでも木曽氏の裏切りに対応しなくてはならなかった。

勝頼が木曽に攻め入る動きを察知した木曽義昌は、岐阜の信忠に援軍派遣を求めた。信忠から連絡を受けた信長は、ただちに各方面に出陣命令を出した。これを機に、武田氏との長年にわたる戦いに決着をつけようと主力部隊の投入を決めた。徳川家康も、信長の指揮下におかれる。武田軍の本拠まで攻め込んで武田軍を殲滅するつもりだった。そうなると、複数の地点から進撃して武田軍を後退させ包囲して叩くのがよい。武田氏の支配地域である甲斐、信濃、駿河、上野というすべてを攻撃する作戦だった。

最前線のひとつは、美濃と国境を接している信濃地方になる。調略に応じた木曽氏を見殺しにしないように、伊那口と飛騨口の二方面から信濃に進撃する。伊那口は織田信忠の部隊、これを飛騨口の金森長近が補う体制になる。遠江から駿河への進攻は徳川家康、そして上野への攻撃は相模の北条氏政が受け持つ。四方面から武田氏を追いつめようとする布陣である。

激戦が予想される伊那口からの部隊の大将は織田信忠である。ここに主力部隊を投入し、信長も状況によっては自ら出陣するつもりでいる。これを補佐する役目の金森長近は、柴田勝家の寄子であるが、もともと飛騨の国衆として土地勘があるために、上杉氏との戦いに専念している柴田勝家の代打として起用された。長篠の戦いでも戦功をあげており、山岳地帯の進撃では土地勘がある武将が指揮をとるのが好ましい。出陣命令を出したのは二月九日だった。信忠の指揮する部隊は、十二日に岐阜を出発し十四日に信濃に近い岩村城に入った。滝川一益と河尻秀隆（かわじりひでたか）の部隊が加わり、歴戦の雄である一益は信忠の戦いの作戦参謀をつとめる。

信長が気を遣ったのは進軍する各部隊への食料の補給だった。甲斐まで武田氏を追いつめるには時間がかかると予想され、進む距離も短くない。途中の拠点となる城を落としながら進むから、不安なく進軍するには兵糧が足りていなくてはならない。動員された兵士が、自分の才覚で兵糧を用意するのが原則であるが、長い距離の進軍であるから兵糧の補給を怠らないよう特別に配慮せよという指示を出している。

武田勝頼は、木曽氏の裏切りという緊急事態に対応するために諏訪にある上原（うえはら）城に入った。そして、敵がどこから来るのか、どのような情勢になっているのか把握して作戦を立てるつもりだったが、まずは木曽氏への討伐軍を派遣した。

武田軍の部隊が攻撃してくると知った木曽義昌は、織田氏からの援軍がなかなか来ないのに苛立った。武田軍が大挙して押し寄せれば防ぎようがない。大人数の兵士を集めるのに時間がかかるのなら少数でもいいから急いで派遣してほしいと要請した。しかし連絡はまず岐阜城の織田信忠のところに伝えられ、それから信忠が安土にいる信長と連絡をとるから、どうしても時間がかかってしまう。

武田軍と木曽軍を主力とする舞台との激突は、鳥居（とりい）峠で始まった。戦闘が開始されたのは二月十六日、飛騨口から進軍する金森軍の先遣隊が辛うじて間にあい、次いで信忠軍からの先遣隊が木曽軍に合流した。信濃の山岳地帯は急峻な山に囲まれて狭い道しかない地域である。二手に分かれて鳥居峠の決戦場に向かった武田軍の一隊が、途中で織田氏に寝返った国衆に行く手を阻まれて戦闘に間にあわなかった。これにより武田勢は苦戦のなかで撃退された。

攻撃に失敗したと知ると、勝頼は木曽氏の攻略を諦めて、主力となる織田氏との決戦に備える作戦に変更した。だが、織田軍が信濃に入ってくると、この周辺にいる武田氏に従っている国衆は、勝頼からの指示に従わない者が相次いだ。このまま武田氏についていては生き残れないのではと不安になったからだ。そんななかで、北伊那にある松尾(まつお)城主の小笠原信嶺(のぶみね)が織田側に寝返った。信忠軍による調略に応じたのである。

信忠軍にくだった小笠原信嶺を迎えた滝川一益は、信濃にいる国衆に織田氏につくよう説得してほしいと要請した。そうでなくとも動揺している国衆は、有力な国衆として知られる小笠原氏とともに行動するように働きかけられると、同調する姿勢を見せた。寝返ったことが知られて、小笠原氏が武田氏に差し出していた人質は成敗されたが、信嶺は覚悟のうえだった。織田軍に味方して昨日までの味方を攻撃する立場になったが、そうした代償を払っても武田氏に従うわけにはいかないという判断をしたのは、勝ち組に入る以外に生き残る道がないのは明らかだったからだ。信嶺の誘いに屈しない国衆もいたが、織田軍と単独で戦うわけにはいかない。彼らは武田氏の拠点の一つである美濃に比較的近い飯田(いいだ)城に集結した。だが、飯田城に織田軍が攻め寄せてくるという情報が伝わると城内はパニックになった。織田の大軍を迎え撃つだけの兵力がないのは明らかだった。

こうしたなかで浅間(あさま)山が大爆発、高く炎を上げて溶岩を噴き出した。浅間山の爆発は昔から天変地異が起きる兆候であるといわれていた。武田方は不安になり、織田方は僥倖(ぎょうこう)であると受け取った。

飯田城には武田氏の有力家臣である保科正直(ほしなまさなお)が派遣されて籠城していたが、寄り合い所帯に近い状況となり指揮系統が明瞭でなく、城を護ろうと主張する者たちと、城を捨て諏訪に近い高遠(たかとお)城まで退却しようという者たちとに分かれた。恐怖が先立っていたから、結局は撤退する道が選ばれた。籠城を主張した人たちも一緒に逃げたので、飯田城は戦わずして織田軍に明けわたされた。飯田城と高遠城の途中にある大島(おおしま)城でも同じことが起きた。武田方の武将と兵は城をあとにして高遠城に逃げ込んだ。信忠軍は、なんなく大島城をも接収した。その報告がすぐに信長のもとに届けられた。信長には、こうした戦況が信じられず、信忠がいい気になって敵の罠に嵌(は)まっているのではないかと心配するほどだった。

武田軍は負の連鎖に陥った。武田氏は頼りにならないのではという不安があるなかで、有力武将たちが相次いで寝返ったという情報が伝わり、武田氏の主力部隊の動きも鈍い。武田氏に恩義を感じている信濃の国衆にも、武田氏についていたのでは生き残れないのではという思いが広まっていった。

武田氏と戦いを続けてきた家康は、早い時期から進めていた調略を実らせ、遠江との国境近くにある駿河の江尻城主、穴山梅雪(あなやまばいせつ)を味方に引き入れた。武田軍に事前に漏れないように、家康方への寝返りを表沙汰にするのは、戦いがはじまってからにするという密約ができていた。

穴山梅雪は武田軍の有力な武将であり、今川氏が健在なころから武田氏の外交を担当していた。かつて今川氏を東西から攻める際には、武田側の連絡役として徳川氏と接触していたという関係もあり、家康による調略は、高天神城が陥落したあと執拗に続けられた。甲斐南西部、富士(ふじ)川流域で「河内(かわうち)」と呼ばれる地域を支配している穴山氏は、武田家と縁組みをするほどの甲斐の実力者であり、このときは重要拠点である駿河の護りを受け持っており、穴山氏が武田氏に離反するはずはないと誰もが信じていた。それだけに、この造反の衝撃は大きかった。木曽氏や小笠原氏、それに穴山氏といった有力な国衆が武田氏を見限ったのは、孤立した高天神城を支援せずに見殺しにするに及んだからである。武田氏に忠誠を誓っても、いざとなれば見捨てられるのではという不安が大きくなっていた。

徳川家康が浜松城を出立したのは二月十七日である。前日には大井川下流の駿河の国境に近い小山(こやま)城から武田氏の兵士たちが逃亡した。織田と徳川の連合軍が押し寄せてくるという情報におびえてのことだった。信濃にいる勝頼には手の打ちようがなく、駿河でも国衆たちは動揺していた。

十九日には家康の主力部隊は懸川城を発ち、小山城を接収し、さらに駿河路を東に進んだ。最初の関門は遠江に近い駿河の拠点である田中(たなか)城の攻防である。城にいる兵士たちは籠城して抵抗した。降伏するように呼びかけたが、それに応じようとせず戦う姿勢を見せた。ここで時間をとっていては先に進めなくなると、家康は城の包囲のために一部の部隊を残し、田中城をまわり込み駿河を東上し、武田氏から寝返った穴山梅雪がいる江尻城をめざした。その手前には用宗(もちむね)城や駿府城などの武田氏の拠点となる城がある。これらの城を攻撃しながら進軍した。

家康軍の進軍状況を見ながら穴山梅雪は、旗色を鮮明にする前に人質となっている妻子を取り戻そうと、少数の精鋭部隊を組織して甲府に送り込んだ。甲府で妻子を奪還してから徳川軍に合流するつもりだった。二月二十五日にこれを決行、護りがかたくなかったので無事に人質は確保できたものの、地元の人たちに知られて造反の事実が露見した。人質を奪還する理由は、梅雪の裏切り以外に考えられないと、諏訪にいる勝頼のところに知らされた。

織田氏の主力部隊との対決の検討を進めていた勝頼のところに穴山梅雪の離反が伝えられると、勝頼の衝撃は大きく、言葉も出なかったという。駿河の護りは梅雪がいるから大丈夫と安心して信濃における決戦に臨むつもりだっただけに、それまで立てていた作戦を変更せざるを得なくなった。

勝頼は、諏訪から信濃路を進軍する織田軍と戦う作戦を諦め、本拠地の新府城に戻る決心をした。この決定は信濃を放棄したも同然だった。勝頼に従って新府城に向かう兵士たちのあいだに動揺が広がった。勝ち目のない戦いであると、兵士たちの逃亡が相次いだ。

諏訪に進軍を続ける信忠軍は、諏訪に近い武田氏の拠点の高遠城を包囲した。攻撃を仕掛ける前に降伏を勧告するために使者として僧侶を派遣し、いまのうちに織田氏にくだれば、それなりの処遇をすると通達した。しかし、高遠城を護っていた仁科信盛（にしなのぶもり）は勝頼の弟であり、他の武将たちも武田氏に恩義を感じており、最後まで戦うと主張して降伏勧告を拒否した。城を枕に討ち死にする覚悟だった。

降伏しないのであれば容赦しないと織田軍は総攻撃をかけた。総大将の信忠は、若き日の信長を思わせるような指揮振りで、自ら先頭集団に加わって戦った。城の塀の上に乗った信忠は、城内に率先して入るよう兵士たちを鼓舞した。信長の近習から嫡男の信忠（のぶただ）の近習になっている河尻秀隆や森長可が先頭に立ち攻撃した。籠城のための防御は完璧ではなかったから攻め口がいくつかあり、一か所から突破すると雪崩を打つように相次いで信忠軍が城に突入した。戦闘は二日で終わり、武田側の主要な武将は捕獲された。

このほかにも降伏しなかった城があったものの、支援がないから孤立せざるを得なかった。攻撃に耐えられず信濃にある城はすべて落城した。

北条軍は遅れて沼津から北上し、富士山の東側にある麓の道を通って、武田氏の拠点である甲斐に向かった。徳川氏が富士山の麓の西側から北上するのに呼応した作戦である。ただし、織田氏と同盟している北条氏は、信長の要請に応えて出陣したものの、遅れたうえに他の部隊との連携がうまくとれなかった。周囲でいくつもの敵といつも戦っている北条氏は、信長のように狙いを定めて機敏に動くわけにはいかず、このときの出陣でも、さしたる成果をあげることができなかった。もちろん、それが大勢に影響を与えたわけではない。

3

高遠城が落ちたという報(しらせ)は、新府城に戻った武田勝頼たちに衝撃を与えた。高遠城が持ちこたえていれば、起死回生の戦いを挑む希望もあったが、それが潰えてしまった。態勢を立て直して戦うのはむずかしいと思われ、どうしたら勝頼の身を護れるかの検討に方向転換せざるを得なくなった。甲府の躑躅が崎の館から新府城に移ってきて半年も経っておらず、防御施設のための工事も途中でストップしたままになっている。

新府城に戻った武田軍には悲痛な空気が漂った。いまさら嘆いてもはじまらないが、完璧な防御ができていない城では進退も窮まった。新府城に入ってからも逃亡する兵士が相次いだ。勝頼に忠誠を誓う家臣は別だが、勝頼に従っていても希望がないと思い、自分だけでも助かりたいという者たちを引き止める手段はなくなっていた。

織田信忠の部隊が、勝頼を討ち取ろうと新府に向かっている。彼らと戦って潔く討ち死にしようという意見もあった。だが、再起を期すためには勝頼が生き残るのが先決である。そのためには、しっかりと防御できる城に逃れるしかないと話し合った結果、都留（つる）郡の東のはずれの大月（おおつき）にある岩殿（いわどの）城に行くことが決まった。

岩殿城は天然の要塞である急峻な岩山のうえに築かれた城であり、城主は穴山氏と並ぶ有力国衆の小山田（おやまだ）信茂（のぶしげ）である。笹子（ささご）峠より東にある都留郡（郡内）を支配する信茂はずっと勝頼に従ってきた。問題は、新府からはかなり距離があることだ。だが、他に妙案がない以上、新府を退去し岩殿城に向かうしかない。ひと足先に小山田信茂が岩殿城に行き、勝頼一行を迎える準備をすることになった。

慌ただしく荷物をまとめたが、退去するに当たって女人たちが乗る輿の数が足りない。落ち延びるのに不安があるが、新府城に火をはなって出発した。勝頼に従う家臣は数百人程度しかいなかった。

その数日後に織田信忠の率いる部隊が新府に入った。武田軍が新府城を焼き払って退去したのは明らかだった。勝頼主従の探索を開始することになり、信忠と行動をともにしていた滝川一益配下の兵士たちが勝頼一行の行方を追った。

勝頼一行は、新府から甲府を経て石和（いさわ）、そして勝沼（かつぬま）にある大禅寺（だいぜん）に入った。武田氏ゆかりの寺院であり、彼らはほっとひと息ついたものの、従う家臣の数はさらに減っていた。北条家から嫁いできた勝頼夫人は、夜を徹して大禅寺の本堂で祈りを捧げた。

翌朝、ここから遠くない笹子峠の手前にある駒飼（こまかい）で、勝頼一行は小山田信茂が迎えにくるのを待ったが、なかなか現れない。痺れを切らした勝頼は、家臣に様子を見に行くように下知した。ところが、すぐに引き返してきた。岩殿城にいたる道は封鎖されて通ることができないという。織田氏や徳川氏が先まわりしているはずがない。となれば小山田信茂が道路の封鎖を命じているのだろうか。信茂は信頼できる武将であると思っていたが、道案内をしている小山田信茂の親戚である小山田八左衛門が姿を消していた。いつの間にか、気づいたらいなくなっていたという。

勝頼は、信茂に見捨てられたと悟った。後悔しても仕方がない。たぶらかされた自分が悪かったのだ。そばにいる勝頼夫人は、すべてを悟り覚悟をした表情だった。口をきく者はいなかった。しばらくして勝頼が立って話し始めた。

「皆、よくここまで我について来てくれた。もはや何も言うことはない。今さら信茂を恨んでもはじまらない。岩殿城にたどり着いたとて勝機を見出せるわけではない。この近くに棲雲寺がある。ひと休みしたら切腹するつもりである。ここで汝らとは別れることにしたい。我についてくる必要はない。それぞれが生きる手立てを見つけてほしい。いずれ、あの世で会うとしよう。さあ、我のもとを去れ」と自分の運命を悟った勝頼は、しっかりした声で語った。

最後までお供したいと言う者がいたが、勝頼は何も言わずに首を横に振った。何人かの家臣が立ち上がるのを見て、勝頼はうなずき、瞑目するように目を閉じた。夫人と息子の信勝も従うように目を閉じた。そのあいだにも何人かが、その場をはなれていった。最後に残ったのは十人にも満たなかった。

近くには天目山があり、その先に棲雲寺がある。住職には申し訳ないが、この寺を借りて切腹するしかないと、勝頼は天目山に向かった。だが、寺まで行き着くことはできなかった。途中の田野の山道を上っているときに、近くで探索している兵士たちの声が聞こえてきた。勝頼一行が通過した道では、敗軍の将が落ち延びたことを知り、その道筋をたどって滝川一益の配下の兵士たちが近づいてきていた。

音を立てずに、勝頼一行はその場を去り、近くの沼のほとりに出た。そこを死に場と決めた。家臣たちも覚悟ができていた。勝頼は夫人と息子の信勝に静かに今生の別れを告げた。勝頼は三十七歳、信勝は十六歳だった。三月十一日午前のことである。捕獲される前に自刃できたものの、すぐに織田方の兵士たちに発見された。

各地で武田氏の残党狩りが実施され、都留郡の小山田信茂も捕らえられ成敗された。織田氏に寝返ったのではなく、単に主君を裏切っただけのことであるとして、許されなかった。そのほかの武田氏に連なる人たちの多くも捕らえられて成敗された。

武田氏が窮地に陥っているという知らせは越後の上杉景勝のところにも届いていた。同盟関係にある武田氏のために支援の兵を差し向けるよう景勝は指示を出した。家臣たちは、それにもとづいて兵士の動員に動きはじめたものの準備を急ごうとはしなかった。景勝が思うほど家臣たちが積極的な姿勢を示さなかったせいもあり、越後からの援軍が到着する前に武田氏は亡んでいた。

4

信長は同道する武将と兵士たちが揃うのを待って三月五日に安土城を出発した。大和の筒井順慶、摂津の池田元昭（もとあき）、茨木の中川清秀、丹後の細川忠興（藤孝の嫡男）、それに丹波の明智光秀たちに従軍の指令をくだした。それぞれが率いる兵の数は少ないが、信長に従う武将たちが顔を揃えての出陣である。

信濃で戦っている信忠から連絡があり、戦いは有利に展開していると分かっていた。勝頼との対決は自分が到着してからにするようにと、焦って危険な行動をおこさないように信忠に忠告した。武田氏が、もはや戦える状況にないことを信長はまだ知らなかった。

翌六日に信長は岐阜城に入った。信忠からの使者が到着し、信濃の武田側の拠点である高遠城を落としたという報告とともに、城主の仁科信盛の首を届けてきた。勝頼が退去した諏訪地方を平らげてから甲斐に向かうという。諏訪湖のほとりにある高島城にいた武田勢も逃走し、苦もなく信忠軍が接収した。高遠城が落ちたという報に接し城を護りきれないと判断したからである。諏訪に入った信忠は城下に火を放ち、さらに伝統ある諏訪神社の上社と下社を焼き払った。のちに信長が本能寺の変で命を落とすと、諏訪神社の氏子や信仰する人たちは神罰が下ったと囁き合ったという。

菅屋長頼、堀秀政、長谷川秀一といった側近に武将たちと連絡させ、信長は七日に岐阜城を出発し、十一日に岩村城に到着、十三日まで滞在した。信長が武田勝頼の最期を知ったのは、岩村城を出発しようとしているときだった。もはや完全に勝負がついている。信長が現地に向かうのは兵士たちの慰労と戦後の処理のためだった。それでも、出陣した武将たちには従うよう指示した。

信長のもとに勝頼父子の首が届けられたのは十四日である。さすがの信長も感慨深げに対面した。同盟した信玄の裏切り以来、武田氏を絶対許さないと誓ってきたが、最後はあっけない幕切れになった。

十八日に信長は上諏訪の法華寺に入った。その知らせを受けた人たちが信長のところに挨拶に訪れた。最初に現れたのは福島城主の木曽義昌だった。彼が織田氏に寝返って戦いがはじまったから、その功績は大きい。信長は、その場で彼が支配していた地域を安堵し、加えて筑摩郡と安曇郡を与えた。さらに、褒美の太刀も下賜された。

次に現れたのは穴山梅雪と徳川家康である。家康が駿河での戦いを有利に展開できたのは梅雪のおかげである。それにより甲斐まで支障なく行軍できたと家康は、梅雪の功績をたたえた。話を聞いた信長は、梅雪が支配していた地域を安堵すると伝えた。家康は、梅雪に事前にそのような約束をしていたが、信長がどう評価するか不安があった。だから、信長の口からそれを聞いて安心した。そして、家康にはこれまで武田氏が支配していた駿河の支配を認めた。

家康には、信濃に攻め入った信忠の部隊の活躍のほうが目覚ましいと思えたから、自分の働きがどう評価されるか不安だった。武田氏の激しい抵抗を受けて苦戦する場面もあると思っていたが、駿河に入り甲斐をめざすころにはほとんど抵抗なく進軍できた。長く苦しかった武田氏との戦いだったが、信長が乗り出すと、何ともあっけない結末になった。まるで信長が、武田勝頼を遠隔操作して彼の魂を奪ったのではないかと思えるほどだった。そんな魔法を使えるのは信長以外にいるはずがない。そう思うと、自分の存在がいかにも軽く感じられ、家康は複雑な気持ちになった。それでも、三河と遠江、それに駿河という三か国の領主になれたのである。これで、全盛期の今川氏をも凌ぐ大名となった。信長とともに行動したからこそ得られた成果といえる。

続いて信長の前に伊那郡の松尾城主、小笠原信嶺が現れた。武田一族に連なる国衆であるが、彼の織田氏への寝返りが他の国衆たちに武田氏ばなれを加速させ、結果として武田氏が総崩れになる要因をつくった。信長は寝返った武将でも信長に忠節を誓えば分け隔てなく仕えることを許している。信嶺もそれまでの支配地域を安堵され、信長から活躍を感謝すると言われて面目を施した。

北条氏の当主である氏政に代わって使僧の端山（ずいざん）が信長に挨拶した。氏政から託された太刀や馬、それに酒や金銀といった土産を信長に献上した。しかし、信長は、北条氏の参陣が遅れたことや、当主かそれに匹敵する人物が挨拶に来ないことを快く思わず、使者に対して不機嫌さを隠そうとしなかった。

信長が正式な知行割りを発表したのは三月二十九日である。武田氏征伐の論功行賞の第二弾ともいうべき内容で、先の第一弾は主として織田氏に協力した大名や領主に対してのものだったが、第二弾は織田氏の家臣団に対する知行割りである。

信忠を支えて奮戦した滝川一益は、上野国のほかに信濃の佐久（さく）郡と小県（ちいさがた）郡、河尻秀隆には穴山氏の支配地域を除く甲斐と信濃の諏訪郡、森長可には川中島の四郡、毛利長秀（もうりながひで）には信濃の伊那郡の一部が与えられた。信忠軍に属して戦った河尻秀隆と森長可は、その活躍が評価されたからだが、信忠に仕える身であっても恩賞を与えるのは信長である。毛利長秀は、織田氏が城代だったころの斯波氏の末裔で、このたびの活躍が認められて新しく城主となった。

功績があったと信長から特別に誉められた滝川一益は「関東取次役」という名称の地位についた。関東地方全体を管轄する司令官である。六十歳を過ぎた一益は、鎧兜で身をかためると動きが鈍くなり早足で歩けなくなっていたが、長年にわたり信長に仕えてきて各地の戦いで武功をあげた。一益の今後を考慮して新しい地位につけたのだから、これからは関東に留まり支配地域の統治に専念するようにと信長から言われた。それまで北伊勢を任されていた一益は、支配地域を大幅に増やして上野国への転封である。信長にしてみれば栄転させたという思いだが、受ける側は京に近い地域から関東に追いやられたという寂しさを感じた。だが、一益は平伏して信長の指示に従った。

新しく領地を与えられた者たちには、それぞれ城持ちの大名として信長から「国掟」が交付された。織田氏の支配する領域が拡大するにつれ、新たに領主となる家臣たちが統治するに当たって心得ておくべきことが列記されており、それをもとに領地を統治するというわけだ。

関所の廃止、適正でない年貢の禁止、忠節心を欠く家臣がいれば処罰すること、正しい訴訟の審理とその履行、国侍を大切に扱うこと、欲張らずに知行を与え家臣を増やすこと、それまでの領地にいた家臣が新しい地域に移りたいと望んだ場合は配慮すること、城の普請に励むこと、兵糧の備蓄を怠らないこと、領内の道の整備を進めること、隣接する地域との領地争いに際し相手を憎悪しないことなどである。論功行賞で新しく領主となった統治の経験がない武将たちのための、領地を支配する心得である。とはいえ、その精神を理解して統治するには、武将としての能力とは異なる能力が求められる。だが、戦いを続けている信長には、武将としての能力と領地を統治する能力とは必ずしも同じではないという認識まではなかった。論功行賞というのは、そこまで配慮するわけにはいかないもののようだ。

東日本にも、信長に逆らう勢力がいなくなった。この近くでいえば越後の上杉氏と教如が指導する一向宗くらいだろう。顕如と分かれた教如は、各地の反信長の意識を持つ一向宗の信徒を糾合して武田氏を援助しようと試みた。武田氏が苦戦しているときに兵をあげようとしたものの、短期間に戦いが終結したので、支援する態勢ができる前に武田氏は滅亡したのである。

5

明智光秀は、岐阜を出発したときから信長と行動をともにしていた。少人数でよいから兵士を連れて出陣するように指示された。いつもの戦いでは兵糧の心配より兵の数が問題にされたが、今回は長期に及ぶ遠征になるので、兵糧を充分に用意するよう申しわたされた。出陣となると緊張感が漂うものだが、信長は慌てる様子はなく、光秀が知る出陣とは違う雰囲気が最初からあった。

首実検をしたり戦況の報告を受けたりしながら信濃に入り、信長が上諏訪に来たときには戦いは終了していた。戦闘に参加することを想定していたものの、光秀は信長に臣従するだけで何もしないまま片がついてしまった。

信長配下の武将のなかでは信忠軍に加わった滝川一益だけが戦闘に参加し、総大将である信忠を助けた。老骨にむち打って懸命に励んでいる一益の姿は健気だった。論功行賞により関東取次役となった一益は、そのまま上野に留まるように言われた。どうやら最初から関東に転封させるつもりがあり、そのために信忠軍とともに戦闘に参加させたようだ。信長の前ではそんな様子を見せなかったが、一益が落胆しているのは明らかだった。京から遠い上野では、茶の湯や能や連歌などの仲間を呼び寄せるのも大変になり、仲間とともに楽しむ機会が少なくなる。教養や知識などの嗜(たしな)みを身につけた人たちとの交流がままならなくなるのは、老い先が短くなった一益にはありがたくない様子だった。

光秀には、滝川一益の処遇が他人(ひと)ごとに思えなかった。年齢でいえば、自分のほうが一益より上である。以前にも病気をして半年以上養生のために戦場をはなれたことがある。信長は、気を遣って見舞いをよこし、良くなるまでゆっくり休むように言ってくれた。だが、一益の処遇を見ていると、高い地位を与えたように見えても、役目は終わったという扱いではないのか。嫡男の信忠、その弟たちが武将として脚光を浴び、若い世代の人たちが優遇され、信長のために尽くしてきた旧来の武将たちと交代させる意図があるのではないかと光秀は不安に襲われた。

滝川一益は、それでも信長への忠誠心はいささかも衰えていないように振舞った。「御大将をつとめた信忠さまは、上さまの若いころと同じように勇気を持って城攻めを敢行し、さすがに素晴らしい指揮振りでした」と信長を喜ばせる言葉を発した。信長はうれしそうにしながら、勝頼の首をとったのも一益配下の兵士だったから、一益の働きのみごとさをふたたび称賛した。

その後も一益は信長を喜ばせた。上諏訪から信長が移動して甲府に向かうに当たり、新府に立ち寄ることになったと知ると、焼け野原になっている新府に先まわりした一益は、信長と側近がくつろげるような仮の館を急いで建てておいた。このころになると、兵士たちの食料の補給はうまくいかなくなっていた。撤退した武田軍は備蓄した兵糧を焼き払っており、現地調達が思うに任せなくなっていた。信長自身も「ご馳走を食べたいと思っているわけではない。あるものを分け与えてがまんさせよ」と語っていた。

一益は、部下の多くを走りまわらせて京で味わうような食材を集め、馳走を信長に供したのである。信長のすぐそばで過ごすことが多かった光秀も、一益が準備した材料の料理を一緒に味わい、急造の館で休むように言われた。信長に気に入られようとあくせくする一益の様子を見るにつけ、光秀は、居心地の悪さを感じざるを得なかった。

光秀は信長とともに帰国することになった。その道中で家康から接待を受けた。一益が信長を喜ばせたと知った家康が、信長の接待を申し出てもてなしたのである。最初のうちは、信長が帰国に際して家康の領地を通るから気を遣ったのだろうと思っていた光秀は、家康の気の遣いようが度を過ぎているのに驚いた。信長に気に入られなくてはという家康の必死な姿を見ているうちに、光秀には信長の存在が以前とは違って見えた。

武田氏との戦いに勝利することは、家康の宿願だった。それが達成したというのに、家康は晴れ晴れとした気持ちになれなかった。信長が動いたから決着がついたが、自分の働きを振り返ってみても、武田氏の成敗に大きく貢献したとはいえない。駿河一国が与えられて恩賞としては充分であるが、信長の家臣である滝川一益を関東取次にしたので、一益を自分より優遇するつもりではないかと不安になった。

家康は信長と自分との距離が大きくなっているのが前から気になっていたが、武田氏との戦いが終わってしまった以上どうすることもできない。そう思った次の瞬間、家康は、いや、できることがあると思い直した。関東取次となった滝川一益は、甲斐にいて主君の信長をもてなしていた。信長が安土に戻るには、家康の領地である東海道を通ることになる。とすれば、そのあいだに信長が満足できるようにもてなすのがよい。それも、並の気の遣いようではなく徳川氏の威信をかけて信長のために働く。そうすれば、家康が信長をいかに大切に思っているか伝わるだろう。武田氏との戦いで大した成果をあげなかった埋め合わせをするための家康の戦いは、これから本格的に始まるのだ。

そう決心した家康は、甲府に集結していた家臣たちを集めて、信長をもてなすために粉骨砕身つとめるよう指示した。そこまでする必要はないのではという意見を一喝して抑え込み、自分の言うことが聞けなければ家臣とは思わぬと強い口調で諭した。

四月十日に信長が甲府を出発した。兵士を従えた信長が円滑に進めるように、甲斐の狭い山道を通る際には道に突き出た枝を切り落とし、兵士の担いでいる鉄砲に当たらないようにするとともに、道路にある石を取り除き、穴を埋め、狭いところは道幅を拡張して歩きやすくした。天気が良ければ行進すると砂埃が立って埃まみれになる。それを防ぐために水を事前に撒いておくという気の配りようだった。道の要所に兵士を配置し、警備に万全を期した。

富士山を見るのを信長が楽しみにしていると聞くと、梅雪にもっとも富士山が美しく見えるのはどこか問い合わせ、本栖(もとす)湖の近くなら秀麗な姿が眺められるというので、それを充分に味わえるよう休憩する仮設の建物を用意した。さらに、信長の側近である長谷川秀一に信長がどのような食べものを好むのか聞き出した。手に入らないものは、浜松まで急行させて調達するよう指示した。

美しい富士山を堪能した信長は、ご機嫌な旅を続けた。休憩場所や食事場所、寝所となる館の位置をそれぞれ決め、事前に家康の指示で信長一行が快適に過ごせるよう家臣たちに準備させた。甲斐から駿河に入り、さらに遠江から三河にかけての長い道中である。費用がどれほど膨らんでもためらわずに計画を実行した。日ごろから何かといえば倹約を唱える家康らしからぬ態度に家臣たちは戸惑った。それでも家康は、「たとえ徳川の財産全部を使ってもやり遂げねばならぬ」と決意を示し、途中にある名所にも信長一行が足を運ぶよう手配した。

十四日には駿河の江尻城に達した。この先の大井川を渡ると遠江に入るが、橋が架かっていないから人足が人間や荷物を担いで川をわたる。

その先にある天竜川は、川幅も広く大井川と同じように渡るわけにはいかない。水かさが増せば川の手前で足止めされる。せっかちな信長がそれをがまんできるはずがない。そこで、家康は船を並べて橋をつくることにした。ところが、流れが速く船が安定しないうえに川幅も広いから、船もかなりな数を用意しなくてはならない。大綱を何本も張って並べた船を固定させる作業を実施した。川のなかに入っての作業は危険がともなう。船どうしを縄で結び、岸に接する船に結んだ太い綱を何本も陸地に立てた支柱に結び上げ、吊り橋のような船橋をつくりあげた。そして、船ごとに左右の舷に板をわたして打ち付け、轟々と流れの速い天竜川を、馬に乗ったまま渡ることができるよう、信長一行が到着するまでに完成させた。

信長一行が難なく通過するための作業は、戦いの現場で味方を有利に導く土木工事と同じであると思えばよい。それを短期間でやり遂げるのは、武将としての能力を見せつけることでもある。道を整備し、宿泊のための建物を用意し、近隣の名物や地方から集めた食料を調理して信長一行に差し出す。ときには京から美味な食材を調達して準備する。さすがに浜松まで来たところで、信長は小姓や側近たちだけを残して、他の従者たちには勝手に帰るよう指示した。

光秀も、ここで信長と別れるつもりだった。ところが、わずかな従者とともに一緒にいるようにと信長に言われた。その理由が分からずに光秀は不安になったが、のちにこのときの家康の接待の返礼の接待を光秀に命じるつもりがあったからと判明した。家康に対して気を遣うには、光秀クラスの大名に差配させたほうがよいと信長が考えたのだ。

この後も家康の接待は続けられ、浜名湖では飾り船が用意され、船上で食事が供された。信長が尾張の清洲にいたったのは四月十九日。これで家康の接待が終わり、安土に向かう信長の接待は、稲葉一鉄、織田勝長、不破直光、菅屋長頼、丹羽長秀らが引き継いだ。彼らも必死に接待したから、信長に対する忠誠の競い合いのような様相を呈した。

信長が安土に到着したのは四月二十一日である。

6

武田氏打倒のために信長が出陣すると聞いた朝廷では、各地の神社や寺院に織田軍の勝利を祈禱するよう要請し、禁中や二条御所でも戦勝祈願を実施した。そして、武田氏に勝利したと知ると、正親町天皇は近臣の万里小路充房（までのこうじあつふさ）を信長のいる甲府まで派遣した。いち早く勝利を祝うためだ。

信長が安土城に戻ると、武家伝奏の庭田重保と勧修寺晴豊、それに権大納言の甘露寺経元を派遣した。朝廷のほうを向いてもらうにはふたたび官位についてほしいと天皇は思っていた。そして、朝廷が信長の勝利を願っていたと伝えた。信長が朝廷をないがしろにしていないのは分かっていても、朝廷との距離をおいているから、天皇も公家たちも不安を払拭できない。どんな高い官職であっても、それを受けてくれれば臣下として仕える立場となる。望むなら太政大臣でも関白でもいいという気持ちに天皇もなっていた。それもあって、少し前に信長のためにあけておこうと、太政大臣に就任していた近衛前久が辞任している。所司代の村井貞勝に相談したが、貞勝自身も信長の意向を把握していないから曖昧な返事しかできない。やはり信長本人にあたるしかない。

武田氏の打倒を達成した機会を逃すべきではないと、勝利を祝う勅使を派遣してからあまり経たないうちに、改めて信長のもとに上臈局（じょうろうのつぼね）と大御乳人（おおちちのひと）という高位の女官を勅使として勧修寺晴豊の付き添いで安土に遣わせた。女官が勅使に任命されるのは内々の交渉の場合で、拒否されても朝廷の権威が失墜しないようにという配慮である。信長の気持ちを確かめるためであるが、及び腰の打診であるのが見てとれる。

勅使が安土城に着いたのは五月四日。あらかじめ村井貞勝から朝廷の意思が信長に伝えられていた。だが、信長は、勅使に会おうとしなかった。会って断るのは角が立つと思ったからだ。信長は天皇に対してわだかまりを持っていた。安土城に天皇を迎えようと内々に行幸を打診したが、正親町天皇は、老齢であることを理由に難色を示した。それなら、天皇の地位を息子の誠仁親王に譲ればいいと信長は思った。最近は息子の誠仁親王が天皇の代わりをつとめることが多くなっているのに、天皇は譲位するつもりはないようだ。

天皇にしてみれば、何もかも信長の言うとおりにするのでは朝廷の権威がなくなってしまうと考えていた。二条御所を信長から誠仁親王が譲り受けたときに誠仁親王の幼い息子である和仁（かずひと）親王が信長の猶子になっており、父の誠仁親王は喜んでいたが、祖父である天皇は、喜ぶべきことなのかと首を傾げたのである。天皇は、信長が朝廷を超える存在になるのを恐れた。どんな高い官位でも、信長が受け入れれば天皇に臣従したことになるから、それを願ったのである。

勅使と会おうとしなかった信長も、それでは禁裏に戻れないと女官たちに泣きつかれて困っているという報告を受けて仕方なく対面した。天皇が譲位すれば、あるいは叙任を受けるかもしれないが、いまは受けるつもりがないと信長は本心を吐露して断った。

信長が安土城の本丸のなかに清涼殿のような建物を設えたのは、天皇の行幸を予定したからである。そのために朱雀門にあたる御成門は城の南に位置しており、まっすぐな道路を通しておいた。天皇の行幸の際にしか御成門は開かれない。安土城は天下無双の城であり、信長の権力を象徴しているが、天皇の行幸という歴史的な儀式を挙行して初めて天下を静謐した城として完成するという思いがあった。そしてそのためには、誠仁親王が即位するまで待てばよいと信長も考えるようになっていた。

勅使が京に戻るのを待って、信長は三男の信孝に「四国国分令」という朱印状を発行した。羽柴秀吉が総大将になって毛利氏の勢力と戦っていたが、四国も信長の支配地にしようと、信孝を総大将にして派遣する指令である。遠くない将来に日本の大名のほとんどを自分に帰順させることができそうな見通しがつけられている。武田氏の滅亡は、そのための一過程にすぎない。

自分の息子に朱印状を発行したのは、成人した息子たちを優遇する意思を広く天下に知らせる意味があった。

このとき発行された朱印状は、信孝には讃岐（さぬき）を、そして阿波を三好康長に与え、そのほかの地は信長が淡路まで出陣した際に決めるという内容だった。すでに信孝が三好康長の養子になることが決まっていたから、事実上は信孝が讃岐と阿波の支配者になる。そして残りの伊予と土佐（とさ）の二か国は信長の存念で決まるというのだから、四国全土を織田家の領地にするという含みがあり、四国の雄となっている長宗我部（ちょうそかべ）氏を敵として葬り去ることが前提になっている。長宗我部氏が土佐を統一した七年前には、信長と同盟していたから、四国の支配はすべて任せると言われていた。このときは讃岐や阿波を支配していた三好氏と敵対していたからで、長宗我部氏が背後から三好氏を牽制してくれれば織田方の戦いが有利になる。そこで、信長が長宗我部氏の抱き込みを図り、結果として三好三人衆の息の根を止める効果があった。

そのときに織田氏と長宗我部氏の同盟に尽力したのが明智光秀である。光秀の最有力家臣である斎藤利（さいとうとし）三（みつ）と長宗我部氏とは姻戚関係にあり、その縁で光秀が長宗我部氏と信長の橋わたし役をつとめたのだが、三好三人衆が消えたいまでは、長宗我部氏と同盟する旨味はなくなっていた。本願寺が大坂を退去し、三好氏のなかで生き残ったのは信長に帰順した康長だけとなっており、長宗我部氏に四国を支配しようとする野心があるのは、信長にとっては許せなかった。とはいうものの、さすがの信長も手のひらを返したように長宗我部氏を排除するわけにはいかない。そこで長宗我部氏が確保した伊予と讃岐を召し上げ、土佐と阿波だけを安堵するという条件を長宗我部氏に示したのだが、当主の長宗我部元親（もとちか）は、これを拒否したままだった。

光秀は、長宗我部氏との対立が深刻化するのを避けるために仲介の労をとろうとした。信長に譲歩させるわけにはいかないから、信長の提示した条件を呑むように長宗我部氏を説得する試みを続けた。だが、長宗我部元親は折れようとしなかった。光秀が、さらに説得を試みるからもう少し時間が欲しいと信長に申し出たのに、光秀には何の話もないまま長宗我部氏を敵にまわす選択がなされてしまった。こうなると光秀の織田氏のなかでの立場は失われ、長宗我部氏にも不義理をしたままとなる。光秀は、唖然とした。

武田氏との戦いの後、信長によって決められた国割りにより、旧武田氏の支配地域の多くを嫡男の信忠の配下に属している武将たちに与え、尾張や美濃と繫がる京に近い地域は信忠が支配する構図になっている。その延長線上には、弟の信孝に四国全土を支配させようとする信長の意図が透けて見えた。

南近江や京、そして大坂は信長の直轄地となっている。その周辺の重要な地域は信長の息子たちの支配地となる。そうなれば滝川一益の転封に見られるように、古くからの武将たちは中央からはなれた地域に追いやられるのではないか。

副将に丹羽長秀と蜂屋頼隆（はちやよりたか）が任じられ、信孝は四国への出陣の準備を始めた。長宗我部氏への宣戦布告であり、戦況によっては信長自身の出陣もありそうだ。光秀の思惑を無視して、信長は次のターゲットを定めて動き出したのである。

羽柴秀吉は、このとき毛利氏配下の武将である清水宗治（しみずむねはる）が城主となっている備中高松城（びっちゅうたかまつ）を包囲していた。前年の七月に秀吉は、毛利方に属する鳥取城（とっとり）を包囲したが、毛利からの支援軍は来なかったので、三か月後に城主の切腹と引き換えに開城している。同じように秀吉は、籠城する高松城を兵糧攻めにしようと、堤防を築いて陣取り、城の周囲に足守川（あしもり）から水を導いて孤立させた。

包囲する秀吉と連絡をとったのが毛利方に属する安国寺恵瓊である。将軍の足利義昭を信長が追放した際に秀吉と話し合った経験があり、毛利氏の外交を受け持つ小早川隆景の意向を受け、僧侶である立場を利用して内々に織田勢の様子を探りに来た。和議を成立させるためというより、信長や秀吉の本音を引き出そうとしてのことである。

秀吉が知りたいのは毛利氏が、あくまで敵対するつもりなのかどうかである。恵瓊は、毛利氏の方針を決める立場にある小早川隆景が毛利氏の所領の安定を優先して、毛利氏の本拠地から離れた地域にまでは支援軍を送らないと決めているのを承知していたから、それを前提にした交渉しかできない。それでも、信長が本気になって毛利氏を亡ぼそうとしているのか知りたい恵瓊は、「もし毛利氏が和議を望んだ場合、どのような条件なら応じるのか」という質問を秀吉にした。あくまでも仮定の話として持ち出したのは、秀吉に毛利氏の本心を知られては不利になると思ったからだ。

秀吉は、これまでの戦いでも毛利氏は味方する勢力を助けようとしていない例が多いのを知っていたから、毛利氏は本気で織田氏と戦争をするつもりはなく、和議を望んでいると思っていた。毛利氏の支援が来ると想定して備えは怠っていないが、毛利氏が支援しないと分かれば、相手方は籠城を諦めて降伏するに違いなかった。

そこで、秀吉は籠城している高松城の城主に降伏するよう説得してほしいと恵瓊に要請した。城にどのくらいの食料があるのか把握できないから、いつまで籠城が続けられるのか分からない。恵瓊は、織田軍が撤退するなら説得してもよいと応じた。毛利氏が和議に応じる可能性が高くなっているように思えた秀吉は、そろそろ和睦を図るか総攻撃をかけるかを信長に決断してもらおうと考えた。その前に、水攻めをしている高松城を開城させれば秀吉の手柄となるから、城主の清水宗治に降伏を勧告する矢文を何度も打ち込んだ。

7

徳川家康が、穴山梅雪をともなって信長のいる安土にやって来たのは五月十五日である。駿河を拝領したお礼のためであり、梅雪も知行を安堵された感謝を伝えるためである。

信長とともに迎えたのは明智光秀だった。家康たちを接待するように命じられていた。光秀は、茶会の開催や能を鑑賞する手配をし、食事や宿泊に関しては家臣たちに準備させた。京や堺から珍品や新鮮な食材を取り寄せ、腕利きの料理人たちも、貴人のために働くのを名誉に感じ腕を振るった。安土城下は道も整備されており、賓客用の宿泊所や宴会の会場もつくられているから丁寧に神経を使えばよいのでむずかしい任務ではない。

光秀には家康が信長に気を遣ったような度を過ぎたもてなしをするつもりはない。尋常でない家康の接待ぶりに信長は充分に満足して、光秀にも、それに劣らない接待を命じていた。だが、光秀は信長があまりにもいい気になり不遜な態度であると思っていたから、それを諌める意味もあって普通の接待にとどめた。だからといっていい加減にならない程度に気を遣った。

十五日から十七日までの安土における三日間、途中で接待の仕方に問題がないかチェックするために席をはずすことはあったものの、光秀は信長と家康、そして穴山梅雪とともに過ごした。

家康はご機嫌だったが、信長は、光秀の接待ぶりに不満のようだった。だが、光秀は、それなりに行き届いているはずであるから問題ないと思っていた。信長には、光秀の配慮は通じないようだ。それでも、信長が不満を口にすることはなかったが、光秀の接待には相手を驚かせる工夫が見られなかった。思いもよらない感動を与えるような工夫を期待していたが、それは求めるのは無理なのかもしれないと信長はがまんした。そんな気持ちを持ち続けていたから、光秀に対する評価は低くならざるを得なかった。それが、光秀に対する態度に出てしまったといえよう。

光秀の目から見れば、家康は信長にへつらっているように見えた。信長のほうも、それがまんざらでもないように受け止めている。そして、三日目となった。

「わが国のほとんどを支配したあと、上さまは、どのようになさるおつもりでしょうか」という家康の問いが、光秀には信長に対する追従のように感じられた。信長も、唐天竺まで攻めてわが国の領土にするつもりであると、イエズス会の宣教師のヴァリアーノに話したときと同じ展望を語って聞かせた。家康は大げさに驚いてみせ、「上さまならおできになるでしょう。我も及ばずながらお手伝いしましょう」と語った。

「わが国の天下静謐が前提であるから、徳川どのには、関東の滝川一益に協力して東日本の安寧のために協力してほしい」と言い、ふと思いついたように信長は光秀を見て言った。「光秀よ、汝は秀吉と協力して同じように西日本が安寧になるように努力せよ。そのために山陰道は汝の担当としようと考えている。そして秀吉には山陽道を担当させるとしよう」と。

酒を飲まないのに、信長はまるでほろ酔い加減であるかのように見えた。それだけに本音を語っていると光秀には思えた。光秀にとっては衝撃的な発言である。内心を悟られないように注意しながら、光秀は「やはりそうであったか」と心の底で深くうなずいた。信長は自分の親族や側近たちを優遇し、配下の武将たちを中央から遠ざけようとしていると光秀はかねて推測していたが、信長の口からそのとおりに語られたのだ。

「光秀よ、汝には新しく石見（いわみ）や出雲（いずも）を与えよう。まだ毛利のものだが、こちらの支配地になったも同然である。丹波や南近江にばかりこだわっているようではつとまらないぞ」と言う信長の目は射抜くように光秀を見ていた。「ははぁ」と光秀は言って頭を下げながら、自分の顔色が変わったのを信長に悟られてはならないと思った。

この後、家康が「海の向こうまで攻めるとなると、戦いは当分続くことになりますな」と言うと、「そういうことだ。光秀たちには、これからも戦ってもらうつもりである」と信長は吐き出すように言った。

発言を聞いて光秀は、信長に対する激しい怒りが心のなかから湧き上がってくるのを感じた。使い捨てにされると思っていたが、そうではなく使い切るつもりなのだ。死ぬまで信長のために戦い続けよと要求している。近ごろは体力の衰えを感じるようになり、ふたたび病気にならないか心配になっていた。それでも、信長の命令があれば海の向こうまで行って戦わなくてはならないのだろうか。

丹波の支配を任されてからの光秀は、国衆たちを従わせるために心を砕き、ようやく彼らが従うようになってきた。当初は光秀に反発していた彼らも、いまでは古くからの家臣と同じように仕え、光秀は丹波に愛着を感じるようになっている。ところが、信長は、自分の都合でいつでも領地を取り上げ、他の地域を与えればよいと考えている。天下の静謐を願うなら住民が暮らしよい地域にするのが統治の基本であるはずなのに、そうした配慮は一切ない。

思いを振り切るようにして光秀は家康の接待を済ませた。十七日までだったのは、秀吉を加勢するために六月初めには出陣するよう信長から命じられたからだ。光秀の接待ぶりが気に入らなかったからなのかもしれないが、信長の命令とあらば急いで準備しなくてはならない。圧倒的な勢力を持っていることを誇示して毛利氏を追いつめようと、光秀にも多くの兵を率いて参陣させようというのだ。

接待の役目を終えて坂本城に戻った光秀の憂鬱は、抑えられないほど膨れ上がっていた。

これを晴らす方法はひとつしかない。光秀の心に信長に対する殺意が湧き上がってきた。信長を亡きものにすればすべてが解決するのではないか。それは自分のためではない。この国の将来を考えれば、信長がいないほうがよい。彼がこの国を支配していては人々のためにならない。

光秀は、荒木村重に誘われたときに造反していたらどうなっていたのか考えた。細川藤孝や筒井順慶も一緒に行動していたら情勢は変わっていたかもしれない。だが、そのときには決心がつかなかった。いまは反信長勢力が衰退していて造反するのはむずかしくなっているから、この国はこのままだと信長が考える方向に進んでしまう。誰かが止めなくてはならない。

本当に信長の殺害を決意したのは五月二十五日、京にある光秀の館にいる家臣から、信長が近日中に本能寺に来ることが決まったという情報が寄せられたときである。信長が上洛する際には信長の動静を知らせるように以前から指示しておいた。いつもと変わらぬ連絡であるが、光秀にはとりわけ重大な情報だった。西国に出陣する前に京で朝廷の人たちと会うつもりのようだ。光秀は、京からの使いに「毎日、様子が分かっても分からなくても必ず知らせるように」と言い含めて帰した。

信長が、どのくらいの供を連れていくか分からないにしても、京にいるあいだには少数の兵力しかないはずだ。自分は大軍を率いて西国に行くから充分な兵力がある。信長に敵対するなら確実に仕留めなくてはならない。そんなチャンスは滅多にない。

それでも逡巡するところがあった光秀は、思い切って自分の本心を宿老である斎藤利三に話してみようと思った。利三は、家臣というより二人三脚で戦ってきた光秀の右腕である。信長が敵対視するようになった長宗我部氏と繋がりが強い利三は信長に不信感を持っている。かつて利三は美濃の稲葉一鉄の家臣だったが、主従関係にほころびが生じて利三は光秀に仕えるようになった。主人を替えるに当たって信長の許可をとらなかったことを問題にされ、家臣の統制を乱すとして信長から切腹を命じられたことがある。そのときは側近のとりなしで土壇場で切腹はまぬがれていた。

利三に打ち明ける決心をしたのは、信長に遺恨があるはずの利三から決行を思い留まるように言われたら、がまんしたほうがよいかもしれないと考えたからである。

最近の信長の傲慢な態度、そして安土における接待時の話などを光秀が語るのを黙って聞いていた利三が、光秀の覚悟を聞いて最初に口にしたのは「よくぞ決心してくださいました」という言葉だった。さらに「これを機会に天下をとってください。信長を討ち果たせば、きっと道は開けます。我も、そのために働くようにいたします」と力強く言った。単に賛成するというより積極的な姿勢を見せた。一人悶々としていた光秀は、利三の態度で決心がかたまった。

上洛してから戦場に行くので、そちらで合流しようと信長から通告があった。京の本能寺に信長が宿泊するのは確実である。

光秀は首脳陣だけに決意を打ち明け、実際に決行するまでは秘密裏に計画を進めることにした。細川藤孝・忠興父子や筒井順慶など、親しい大名に知らせたほうがよいかもしれないと思ったものの、どこから漏れても成功が危ぶまれるから慎重にしたほうがよいと、決着が着いてから知らせて味方になってもらうことにした。

光秀は、信長を亡きものにする作戦の検討に全力を集中するつもりだった。その後のことまで考えて行動するわけにはいかないから、信長に代わって天下をとれるかどうかは分からない。たとえ信長と刺し違えになっても後悔はしないと思えた。なぜ信長を亡きものにするのか、後世の人たちには分かってもらえるはずだと光秀は思った。

家康と梅雪への接待は、明智光秀が坂本に戻ってからも二十日まで続けられた。そして、二十一日に京に向かう家康らを信長が見送った。京と堺を見物する家康一行の警護を信忠に命じ、大坂では丹羽秀長、堺では松井友閑が接待することになった。

家康を送り出した信長は、西国へ向けての出陣の準備を始めた。安土城の本丸は織田信益に、二の丸は蒲生賢秀に、そのほかは館ごとに担当を決めて留守居役を指名した。安土城が襲われる心配はないものの、城のなかには家族や家臣が大勢いる。問題は滅多に起きないにしても、留守居役は緊張を強いられる任務であり、それだけの才覚がある人物が選ばれる。

信長が上洛した五月二十九日は陰暦の晦日で、翌日は六月一日となる。出陣は四日に決まった。信長は、小姓たち十数名を引き連れて本能寺に入った。常駐する家臣や従者を含めても数百人ほどしか本能寺にはいない。家康一行は、信長が到着する前に京を発っていてすれ違いになった。そして、警備役をしていた織田信忠は、信長が上洛するというので家康と別れて京に留まった。信忠は妙覚寺を宿舎としており、家臣たちは分散して宿泊した。

上洛に際して、信長は大量の茶の湯の道具を持ってきていた。茶釜、茶入れ、茶碗などの珍品や名品である。それら自慢の所有物を公家衆に披露することにしていた。

本能寺の信長のもとに正親町天皇の勅使が派遣され、このたびの戦さで勝利するように朝廷で祈願したと伝えられた。翌一日には大勢の公家衆と京にある有力寺院の門跡、四十人が本能寺を訪れた。信長が開く茶の湯に招待されたのである。代表は近衛前久だった。

前久が挨拶し、列席者が一人ずつ紹介された。この日の信長は機嫌よく饒舌だった。武田氏との戦いについて聞かれると、経過を語り、「力が衰えたと知ると、周囲の人たちがみな武田氏を見放し最後は実に哀れであった」と付け加えた。そして、これからは毛利氏との戦いになるが、それも武田氏と同様に時間がかからずに終わるはずで、毛利氏は恐れるに足りない相手であるという見通しを語った。

話が途切れると、信長は思い出したように暦の問題に触れた。朝廷で用いている宣明歴（せんめい）は日食の日にちが正確ではないから、近江で用いている三島暦（みしま）のほうがよいのではないかと、従来の主張をくり返した。この暦では十二月に閏月を入れるが、宣明歴では閏月は翌年一月になるので正月の日にちがずれてしまう。この年の二月に信長が三島暦を用いるように提案したが、天皇はそれを認めないと裁定して決着していた。それなのに信長はこだわりを見せて公家衆を白けさせた。しかし、信長の機嫌を損なうのはよくないと配慮して、前久がのらりくらりとした会話をして曖昧なまま済ませた。

公家衆や門跡たちが帰ると、信長は息子の信忠と二人で話し込んだ。二十六歳の信忠は、当時としては立派な大人であるが、信長には、まだ未熟な若者に思えた。毛利氏と長宗我部氏をたおした後で、海の向こうの国と戦うつもりであり、そのときには信忠には、自分の代わりに日本全体の支配を任せると語った。毛利氏や長宗我部氏より海外の敵は手強いだろうが、時間をかければ戦いに負けるはずがないと信長は意気軒昂だった。そして、信忠が帰ってからは、そのときにおこなわれていた囲碁の対局を見物してから休んだ。

8

五月二十六日、出陣の準備をするために、明智光秀が近江の坂本城から丹波の亀山城に移った。

丹波の東のはずれ近くにある亀山城は地理的に京都に近い。翌二十七日には京都にある愛宕（あたご）権現に参詣した。戦勝祈願をするのは出陣前の重要な儀式であり、いつもより長く祈りを捧げた。

その後、光秀は西坊（にしのぼう）威徳院（いとくいん）での連歌の会に臨んだ。武将が出陣前に連歌会を開くのは珍しいことではない。連歌師として名高い里村紹巴（さとむらじょうは）に宗匠をつとめてもらった。里村紹巴とは気心が知れた仲であり、連歌の会に同席するのも初めてではない。光秀は連歌に関して造詣が深く歌を巧みに詠む。威徳（いとく）院の住持も加わった七人の興行である。百韻といって百の連句を詠み、それを記した巻きものを奉納して戦勝祈願をする。光秀は、ことが成就するよう手順を踏んで心を落ち着かせていた。

光秀が利三以外の宿老たちに信長を討つと打ち明けたのは亀山城を発つ直前だった。このときには、京の明智屋敷から使者が来て、信長が小姓とわずかな側近だけを連れて本能寺に入ったという連絡があった。数千人の兵士を率いてきていれば激しい合戦におよぶかもしれないと思ったが、少しも警戒していないようだ。家督を継いだ信忠も、わずかな家臣とともに京の妙覚寺に宿泊しているという。信長をたおすだけでなく後継者も亡きものにできる絶好の機会である。

光秀は天が味方してくれており、本願が成就すると確信した。宿老たちに決意を打ち明ける際も、信長を成敗すれば天下人になる、そのチャンスはいましかないという覚悟を示し、存分に働くように促した。突然だったが、光秀が信長に不信感を抱いているのを感じ取っていた家臣たちは、光秀の決心がかたいと知り誰も反対しなかった。

京の入り口の木戸は夜になるとすべて閉鎖される。だが、潜り戸から強引に押し入り、内側から木戸を開けて通る計画を立てた。

夜が明けはじめ、あたりがうっすらと見えるようになったときに攻撃を開始する。そうした頃合いを見て未明に亀山城を出発し、山陰道を摂津の方角に進み、丹波と山城との国境に到達した。兵士たちは西国に行くと思っていたが、ここから京に入るには、それとは違う道を通る。だが、先頭を走る宿老たちが向かう方向に全員がついていくから、多少の不審を抱く者がいても行軍は乱れない。

桂川を渡り、京に入るには自衛のために閉じられていた木戸の手前でいったん停止しなくてはならない。だが、武装した兵士の一団であるから警備する役人が抵抗することなく開けて通した。ここからは、隊列が縦長にならないように、堀川通、油小路通、西洞院通、室町通と分散して本能寺のある北へ向かって並行して進んだ。本能寺に到着したのは、計画どおりにうっすらと明るくなり始めたときだった。戦さ支度をした大軍が京の通りを進むから、早起きの住民を驚かせたが、誰も騒ぎ出そうとはしない。西国に出兵するという噂があるからだ。

本能寺を取り囲んで攻撃し、信長を討ち果たした後で信忠のいる妙覚寺を攻撃する段取りになっている。いかに信長が戦いの天才でも、少人数で、覚悟して押し寄せる武装集団に太刀打ちできるはずがない。光秀軍が取り囲んだとき、本能寺のなかでは、まだ何の音もしなかった。包囲するのを悟られないように静かに動いていた光秀軍の兵士たちが、利三の合図により一斉に鉄砲と弓矢で攻撃を仕かけた。たちまちのうちにあたりは騒然となった。本能寺は土塀が築かれて小規模の防御施設しかないから浸入するのを防ぐことなどできない。建物を打ち壊しなかに突入するのに時間はかからなかった。

寺のなかも急にざわつき出した。慌ただしく動く人の気配があり、大声や怒鳴り声、さらには悲鳴が聞こえてきた。利三の叱咤激励する声が響き、鉄砲の発砲音が連続してあたりに響いた。攻撃の手はゆるまない。建物の入り口に現れた信長に仕える者たちが、侵入を食い止めようとしたが、大軍による攻撃を前にさしたる抵抗はできない。

光秀軍の兵士たちが次から次へと建物の内部に突入した。その直後に火の手があがった。女たちが叫び声をあげながら逃げ惑っていた。火のまわりが早く、勢いよく炎が吹き上がった。突入した兵士たちも、炎の勢いに押されて建物の奥に進むことができなかった。建物の周囲は兵士たちが何重にも取り囲み、蟻一匹逃さない態勢を敷いていた。女たちだけは逃がしたが、男は一人たりとも逃げられない。

できれば信長の首をとり、その死を確認したかったが無理だった。光秀は、すべての指揮を利三に委ねていた。完全に本能寺を取り囲んでいるから、信長が逃れられるはずはない。太陽が昇り、あたりが明るくなってきた。信長は炎のなかにいるはずだが、その死を確認するのは断念し、利三は、少数の兵士を本能寺に残し、信長の嫡男である信忠を討ち取るために兵士を妙覚寺に移動させる決断を下した。

京都所司代の村井貞勝の館は本能寺に近かった。外が騒がしくなり、何ごとかと起き出した貞勝は、初めは道路で喧嘩でもしているのかと思ったが、騒ぎが大きくなるばかりなので外に出てみると本能寺が燃えていた。

大変なことが起きていると、急いで近づこうとしたが、兵士たちが取り囲んでいて近づくことができない。見る間に本能寺の炎は大きくなっていく。貞勝は、攻撃しているのが光秀軍であると知ったが、主君を助けることはできない。どうして光秀は裏切ったのだろうか。

だが、そんな詮索にかまけている状況ではない。貞勝は、取って返して信忠がいる妙覚寺に駆けつけた。信忠と家臣たちは本能寺が襲われているという報告を受けて右往左往していた。妙覚寺は、本能寺よりも護りが弱い。それに信忠の家臣の多くは分散して宿泊しているから、妙覚寺にいる者の数も少ない。これでは戦いようがない。

信忠主従がいる妙覚寺は二条御所に隣接しており、そこは妙覚寺より防御施設がしっかりしている。信長が自分の宿泊施設として造営し、いまは誠仁親王の御所になっているが、ここに移れば少人数でもある程度は持ちこたえられるはずだ。そう判断した村井貞勝はただちに信忠たちに妙覚寺から移り、ここで戦うべきであると話した。すぐに二条御所に行き、誠仁親王と会った。緊急事態の発生を告げて、急いで禁裏に移動してほしいと要請した。朝の慌ただしい時間帯だったが、誠仁親王以下、二条御所にいた者たちも異変を知り恐慌を来していた。どうしてよいか分からないでいた御所にいる者たちに村井貞勝が退去するように促した。誰もが素直に応じた。禁裏に避難するのが賢明であると、貞勝は家臣に命じて、誠仁親王以下の人たちを禁裏までお連れするよう手配した。そのあいだに、他の場所に宿泊している信忠の家臣たちが呼び集められた。貞勝自身も息子とともに光秀軍と戦うつもりだった。

妙覚寺に光秀軍が押し寄せてきたのは、誠仁親王たちが退去した直後だった。隣にある二条御所に信忠たちが入ったと知ると攻撃を仕かけてきた。

ここでは本能寺のように取り囲むわけにはいかない。堀が穿たれているうえに近隣に建物があるから、攻撃は大手門のところからになる。大勢で攻めかかるわけにはいかない光秀軍に、信忠をはじめ一騎当千の精鋭たちが門のところで侵入を防ごうと攻撃を仕かけて後退させた。光秀軍は攻略する手立てが見つからずにあたふたした。

隣接しているのが近衛前久の館である。攻めあぐねた斎藤利三は、その屋根に上り鉄砲や弓矢で二条御所を攻撃するよう指示した。さすがに数がものをいう。やがて火矢が射かけられ、二条御所は燃え上がった。御所に籠った信忠勢は応戦するが、次から次へ光秀軍の兵士が信忠軍の兵士を討ち取っていく。戦いは長く続かず信忠が自刃して勝負がついた。光秀は当面の目標を達成できたのである。信長は四十九歳、信忠は二十六歳だった。なかにいた兵士たちも討ち死にした。

光秀軍は、信長と嫡男の信忠をたおすことに集中していたため、京から脱出する人たちを捕らえる体制をとっていなかった。光秀軍が本能寺を攻撃しているあいだに、信忠が二条御所に入らず京から脱出する道を選択していれば助かる可能性があっただろう。だが、少人数でも戦う道を選んで命を落としてしまった。もし信忠が脱出に成功していたとしたら、その後の天下取りの動向はおそらく異なった状況になったに違いない。信忠も家臣たちも、逃げるという選択は思いつかなかったようだ。

ちなみに、こうした騒動のなかで信忠軍に属していたのに生き残った人物が二人いた。信長に近侍していた黒人の弥助と信忠の家臣の前田玄以（まえだげんい）である。

弥助は、武田氏の征伐に赴いた信長に連れられ信濃や甲斐に行き、このときも信長とともに西国へ行くことになっていた。信長に大切にされていた弥助は、京の本能寺の近くに宿泊し、騒ぎを聞きつけて飛び出した。だが、本能寺に入ることができないでいるときに村井貞勝の従者と会い、その案内で二条御所に駆けつけた。事情を知った弥助は主君の嫡男のために戦おうとなかに入った。光秀軍と果敢に戦ったが、黒人である弥助を、光秀軍の兵士は殺害せずに捕捉した。そして、京のイエズス会の施設に届けた。その後、弥助は九州に連れて行かれ、マカオに送られたということだ。

信長に仕えていた前田玄以は、このときは信忠付きになっており、信忠とともに妙覚寺にいた。光秀軍が押し寄せてきたので、二条御所へ一緒に移り、戦うつもりだった。ところが、二条御所に入る前に信忠から「この場を去り安土城へ行き、母や家族の安否を確かめ、できればその後に岐阜城に行き、自分の子女の様子を確かめてほしい」と言われた。京から無事に脱出できる保証はないが、議論している暇はない。玄以は光秀側の兵士が京の道を塞いでいるかもしれないと不安に感じながら進んだ。案に反して途中で誰何(すいか)されることなく安土城についた。

信長の留守を守る安土城に本能寺の変の知らせが届いたのはその日の夕刻になってからだった。信長が殺害されたという知らせを誰もが信じようとしなかった。だが、次々と変事の報告がもたらされ、信じないわけにはいかなくなった。

謀叛した明智光秀が安土城を接収するために、それほど時間がかからないうちにやって来ると思われた。予想しなかった事態に直面して混乱状態に陥っているなかで、落ちついて行動したのは留守居役の経験豊富な蒲生賢秀(がもうかたひで)だった。胆力のある賢秀が信長から信頼されているのは皆が知っていたから、それぞれに彼の指示に従った。六角氏の支配する近江の国衆だった蒲生賢秀は、信長が足利義昭を擁して上洛したときに六角氏の与力として信長軍と戦った後、六角氏が失脚して信長に仕えるようになっていた。反信長連合が形成されて六角氏がふたたび立ち上がった際には、信長を裏切るように誘われた賢秀は拒絶して、信長のもとで戦い成果をあげた。賢秀の頑固さが信長に気に入られ、城の留守居を任されたのだ。

敵の人数が多くても、残っている者だけで迎え撃とうという勇ましい連中もいた。城を枕に討ち死にしようという。だが、犠牲が出るだけで意味がないと思った賢秀は、信長の妻妾とその子供たちの安全を図るのが先決であると、自分の本拠地の日野城にいる嫡男の氏郷に連絡して、彼らを受け入れるよう手配した。安土城から南東方向に二十数キロはなれた小城である。

他の者たちにはそれぞれ自分の才覚で城を脱出するよう申しわたし、城に蓄えていた金銀の一部を分け与えた。謀叛した光秀に城をとられるなら、いっそ火をつけて燃やしてしまったほうがよいという過激な意見もあったが、賢秀は、これからどうなるか予測がつかない事態が生じるだろうからと、信長が精魂込めてつくった城を残しておくと決めた。そして、蔵にあった金銀財宝もそのままにしておくことにした。見苦しいかたちにならないよう配慮して退去した。

日野城からは息子の氏郷が駆けつけ、用意した輿や馬で信長の妻妾たちと子供たち、それに荷物を運ぶ手配をし、やがて安土城は無人となった。前田玄以が到着したのは、彼らが城から退去する直前だった。信忠から託された彼の子供が日野城に行くというので、玄以もそれに同行した。その後は岐阜城に足を延ばして信忠の息子である幼い三法師を保護し、安全を確保するために清洲城に移した。そして、やがて前田玄以は信長の二男の信雄のもとで働くようになる。

9

全国規模での戦いを制覇し、戦国の世が収束する兆しが見え始めたときに信長が突然姿を消した。安定したかに見えた秩序を保っていた世界が一変し権力の空白が生じて、今後の予測ができなくなった。

事態が流動化して混乱するなかで、局面を打開しようと積極的に行動する者がいるいっぽうで、どのようになるか見きわめようと慎重に行動する者もいる。状況を見きわめて、他の人たちに先駆けて行動するにしても、運を引き寄せたほうが有利になる。この時点で、積極的に動いて秩序の回復をもたらす立場にある人物として、信長の二人の息子がいる。次男の信雄と三男の信孝であるが、次男と三男といっても側室の子として違う母から生まれており、生年月日は数か月しか違わない。どちらも二十五歳、能力があれば大人としての分別がつく年齢である。

信長と、家督を継いだ信忠が他界したから、二人のどちらかが後継者として名乗りをあげ、信長の持っていた権力を引き継ぐと宣言できるはずである。信長配下の武将たちに、自分のもとへ結集せよと宣言して、反逆者となった明智光秀を率先して討ち果たせば、後継者としての地位を確保できる可能性があった。

次男の信雄は、このとき自分の領地である伊勢にいた。そして変事の報に接するといち早く父の敵を討とうとした。だが、戦いに必要な兵力を集めることができなかった。ふだんの備えに遺漏があったからで、領内で反乱の動きが起き、兵を集めることができなかった。信雄は、信長からあまり評価されていなかった。かつて信長から叱責され、このままでは親子の縁を切るとまで言われたことがあった。というのも、摂津の有岡城と播磨の三木城を攻撃するために出陣を命じられたのに、それに従わず近くの伊賀に兵を進攻させたからである。一揆が起こり加勢を求められたので、信長の指令に従わずに戦い、挙げ句の果てに伊賀の戦いで敗走した。こうした勝手な振舞いは明らかな命令違反だった。

信雄より有利な立場にあったのは信孝である。事変の知らせを受けたときには四国の長宗我部氏を成敗するために出陣する直前だった。自分の兵力のほかに丹羽長秀と蜂屋頼隆という信長配下の有力武将の部隊、さらに織田一族の津田信澄と織田信張（のぶはる）の部隊、それに養父となる三好康長の部隊を従え、総大将として指揮をとることになっていた。

堺から船で出発する準備をしているときだったので、急遽出陣を中止した。信長がいなくなってしまっては、どう戦ったらよいのか判断がつかなかったからだ。大坂にとどまった信孝は、慌てて従兄弟である津田信澄を殺害した。信澄の正室は光秀の娘だったから、反旗を翻した光秀と結託していると判断して血祭りにあげた。信澄の父は信長に代わって家督を継ごうとし殺害された信長の弟の信勝だったから、敵対するに違いないと思ったのだが、信長は、そんな信澄を分け隔てなく連枝衆として部隊の指揮をとらせていた。信澄が光秀と通じているというのは濡れ衣だった。疑わしいと思えば蟄居させ、長宗我部氏を攻略するために集めた兵力で、光秀の成敗に馳せ参じれば、この後の混乱のなかで主導権をとることもできたはずだった。それなのに、結集した各部隊を解散させてしまった。大坂に留まった信孝は、どうしてよいか分からず様子を見るだけだった。信孝と一緒にいた丹羽長秀も、信孝に光秀を撃つように進言しておらず様子見を決め込んでいた。信雄も信孝も不肖の息子であったとしか言いようがない。

明智光秀も信長を殺害した後に天下をとるための積極的な行動をとらなかった。光秀に望まれたのは、主殺しというマイナスイメージを払拭するための情報発信を最優先することだった。信長を亡きものにしたのは天下のためであると主張して、造反者の烙印を押される前に手を打つ必要があったが、自分の正統性をアピールする機会を逃していた。無謀にも海外まで制覇しようと考えている信長は、わが国の存続さえ危ぶむ方向に誘導しかねない危険人物であると弾劾し、光秀を支持する綸旨を朝廷に出させるよう働きかければ、あるいは事態は異なる方向に向かったかもしれない。天皇も、朝廷と距離をとる信長に対する不信感を持っていたから、光秀の働きかけは成功した可能性はあったと思われる。もし朝廷が光秀を支持すると表明すれば、少なくとも反逆者という汚名を撥ね返して多数派工作が有利に展開したかもしれなかった。だが、それには事前に何人かの公家と昵懇になって光秀のために活動をしてもらう必要がある。光秀は、滅多に訪れない信長を討つチャンスを逃さないことに全力を集中し、そうしたしたたかな計算までする余裕はなかった。自分が生き残るためのシナリオを構築していない光秀は、自分に有利な状況をつくり出すことができないままだった。

光秀一行は京に留まらず安土城に向かった。途中で抵抗にあったので光秀が到着したのは六月五日だった。信長の支配下にある者たちはすでに退去しており、何の抵抗も受けずに城に入った。残されたままの金銀財宝は光秀が家臣たちに分け与えた。だが、彼らにはそれを使う余裕はない。

わずかなあいだ休息しただけで、光秀軍は安土城を後にし、琵琶湖の東側を北上して佐和山城に入り、さらに秀吉の居城である長浜（ながはま）城を占拠した。光秀の行動は各地に知れわたり、若狭（わかさ）の守護だった武田元明（たけだもとあき）、北近江の守護だった京極高次（きょうごくたかつぐ）が味方につくと表明し、近江から若狭にかけての地域を光秀が押さえることができた。播磨の別所重棟（しげむね）も浪人たちを参集して馳せ参じると知らせてきた。反信長陣営として活動し、信長に遺恨を持つ人たちが光秀の蹶起を知り、味方になったが、光秀がもっとも頼りにしていた丹後の細川藤孝・忠興父子は光秀の呼びかけに応えようとしなかった。大和の筒井順慶も味方するような口振りなのに、実際にはためらっていた。

光秀がふたたび安土城に戻ったのは六月八日で、朝廷からの使者、吉田兼見（よしだかねみ）が安土城を訪れている。兼見は京都にある吉田神社の神主で、朝廷に仕えて光秀とも親しく交際していた。

信長が討たれて朝廷は動揺しているものの、不安定な状況に陥るのはこれが初めてではない。権力者が交代するのはすでに経験済みであり、誰が次の権力者になるのか見きわめようとしていた。混乱状態のなかで先が読めないから、権力者になる可能性がある人物に接近するしかない。となれば、まず光秀と接触すべきであると、光秀を知る吉田兼見が勅使に選ばれた。

光秀は、勅使が訪れるとは思っていなかったからすっかり恐縮した。そして、二条御所に信忠がいたので襲撃したが、御所の主である誠仁親王が巻き添えを食ったのではないかと心配していると語った。親王が無事に避難したと聞いて光秀は安心した。

「京が乱れないように治安の確保をせよ」という天皇の指示が伝えられた。いまのところ京での混乱は憂慮すべき段階にまではいたっていないという。だからといって、光秀を信長に代わる権力者として認めたわけではない。信長が果たしていた任務の一部を託し、光秀の目を朝廷のほうに向けさせるのが勅使派遣の狙いである。信長に反旗を翻したかどうかが問題なのではなく、自分たちの将来を預けるに足るだけの勢力になる人物は誰か見きわめようという姿勢である。だから、朝廷は及び腰で光秀に接近したのである。

それでも勅使の兼見は、明らかにへつらうような素振りだった。光秀は意外な思いにとらわれた。独自の警察や軍を持っていない朝廷は、とりあえず京や朝廷の安寧を保証してくれそうな勢力に擦り寄るしかない。それなのに、光秀は朝廷からの要望に答えるという返事をしたものの、自分のほうから積極的にアプローチして朝廷を利用しようという計算高さを見せなかった。光秀は大きなチャンスを失いつつあるのに気づく気配はなかった。

光秀は、翌日に上洛した。光秀が京に行くと、驚いたことに公家たちが京の入り口の通路に立ち出迎えていた。信長が上洛したときほどの人数ではなかったものの、大切な人を迎える際のそれまでの習慣どおりに行動していた。到着するのを待っていた吉田兼見がすぐに挨拶に来た。光秀は朝廷に金銀を差し出し、兼見にも幾ばくかの金子を与えた。兼見はすぐに禁裏に行き報告すると、ふたたび陣所にいる光秀のところに引き返してきた。正親町天皇と誠仁親王のよろしく伝えてほしいという伝言とともに、「京の治安のために働くように」と念押しした。

だが、光秀は京にそのまま留まってはいられないと判断していた。朝廷との関係を深めたかったものの、信長配下の武将たちが光秀を討とうと結集しているという情報がもたらされたからだ。急いで鳥羽（とば）に陣所をつくり、戦いの準備に集中した。自分を討とうとする勢力との戦いは避けられないと、光秀は多数派工作のために多くの大名や有力者に連絡した。だが、光秀を支持する勢力は思った以上に少なかった。最初から率いてきた兵に近江で味方についた兵を加えて戦いに備えなくてはならなかった。

10

京から遠い備中松山（まつやま）の高松城を取り囲んでいた羽柴秀吉は、畿内にいる信雄や信孝と違って、本能寺の変を知っても迅速に行動できる状況にない。それでも、信長との連絡は密だったから早めに変事を知ることができた。毛利方との和議交渉をしているのが幸いした。信長が出した和議の条件は、清水宗治が切腹して高松城を明けわたすこと、毛利軍が高松城の近辺から撤退すること、毛利領である備中・備後・美作・出雲・伯耆の五か国を譲渡するという内容だった。これにもとづき毛利の外交僧である安国寺恵瓊と交渉が続いていた。五か国を取り上げるという信長の提案は、毛利氏が呑める条件ではない。その点を恵瓊から伝えられた秀吉は、信長が大軍を率いて出陣すれば、毛利氏は武田氏のように亡ぼされるだろうから、この案を呑むべきであると説得していた。

六月三日の夕刻に本能寺の変の情報が秀吉にもたらされ、秀吉は、頭を棍棒で強く殴られたような衝撃を受けた。だが、次の瞬間には自分が独自に判断しても誰にも文句をつけられなくなったことに気づいた。それまで重要なことは信長の指示を仰がなくてはならなかったが、突然に状況が変化した。相手は、まだそれを知らない。

これまでの恵瓊との交渉では、いちいち信長の判断を仰がなくてはならないから、奥歯にものが挟まったような表現しかできない場面がしばしばあったが、そうしないで済む状況になった。上さまに申し訳ないと思いながらも、秀吉は自分の思いどおりに交渉できると胸が弾んだ。その反面、信長の死を毛利方に知られたら、自分の身が危険になる不安も生じた。高松城を支援するのに消極的だった毛利氏も、それを知れば攻撃してくるかもしれない。そうなると、こちらは支援が受けられないまま毛利軍と戦わざるを得ず、敗れれば命もないだろう。何としてもこの状況から抜け出さなくてはならないと、秀吉は懸命に知恵を絞った。

翌朝、恵瓊と会った秀吉は、あたかもこれまでとは違う新しい指示が信長から届いたかのように装って、恵瓊との交渉に臨んだ。

毛利氏は停戦したいのが本音のようだから、秀吉が軍を引き上げるといえば安堵するはずだ。それと引き換えに、高松城の開城と毛利軍の撤退を要求し、領土問題は棚上げにし、和議を成立させるという提案をした。本能寺の変を受けて、秀吉が一晩考えて出した結論である。

毛利氏が呑める条件であると考えて提案したが、恵瓊は疑問を呈した。素直に提案を吟味しようとしない素振りである。ここで怯んではならないと秀吉は、強気を装って、自分が信長に信頼されており、この交渉を任されていると胸を張った。そして、これが呑めないとなれば戦い以外の選択はないとやんわりと恫喝した。

恵瓊は考え込んだが、恵瓊は交渉の窓口になってはいても、独自に秀吉と交渉を成立させる権限は与えられていなかった。だが、恵瓊に交渉を託している小早川隆景が停戦することを望んでいたから、秀吉が停戦に合意するとなれば、隆景に諮らなくとも「諾」と言うことができる。それが小早川隆景の意思でもあるからだ。

急いで返事が欲しいと秀吉に言われた恵瓊は、それでも、その場で返事をせずに翌日まで待ってほしいと応じた。秀吉も、それ以上ごり押しするわけにいかない。本能寺の変について毛利氏にはまだ伝わっていないはずだ。秀吉は、撤退の準備を密かに進めながら恵瓊の返事を待った。

期待したとおりに和議は成立した。毛利氏は、信長を敵にまわして戦うより、自国の安寧を第一にするという選択をしており、このときも、毛利氏の消極的な対応が秀吉に幸いしたのである。高松城主の清水宗治が切腹し、水攻めを解き、翌六日に秀吉軍は備中から姫路（ひめじ）へ向かった。

その直後に信長が殺されたことを知った毛利方では、秀吉軍を追撃すべきだという意見もあった。だが、小早川隆景はそれに反対し、そのまま秀吉の撤退を許した。

秀吉一行が姫路に到着したのは翌七日である。秀吉は、毛利氏の軍勢が、信長の死を知れば追撃してくるかもしれないと必死に逃げた。姫路城に到着して、秀吉はようやく「助かった」と思った。姫路城は秀吉の根拠地であるから安心できる。ひと休みしながら秀吉は、気になっていた他の武将たちのことを探ることにした。誰かが光秀を討とうとしているに違いないと思い、誰がどのように動こうとしているかを探らせた。ところが、まだ誰も動こうとしていないようである。秀吉は情報を集め、信長配下の有力武将たちの動向、生き残った信長の息子たちの様子、それに畿内や近隣にいる大名たちの動静を把握しようとした。意外なことに、信長の息子である信雄も信孝も光秀を討とうとする動きを見せていないというのだ。それだけでなく、光秀を討つために誰も動いていない。秀吉は自分だけが遠くはなれたところにいて遅れをとっていると思っていた。ところが、実際にはさまざまな噂が流れ、混乱して何を信じてよいのか分からず、多くの者が判断を停止したままでいるようだった。

自分は遅れをとっていないと知った秀吉は、積極的に行動すれば光秀の成敗を主導できると考えた。改めて信長という軛（くびき）をはなれて自由に行動できるという思いに全身がゾクゾクした。四国を攻めるはずだった信孝は、出陣を取りやめて結集していた部隊を解散させてしまい、本人は丹羽長秀たちとともに大坂にいる。もう一人の信長の息子の信雄も伊勢にいて動く気配がない。自分が主導権をとって光秀を討ち取ろうと決意した。

秀吉は信長に帰順している大名たちのすべてと連絡をとることにした。自分の右腕となっている弟の秀（ひで）長（なが）と二人で手分けして口述し、佑筆たちが文章化して書状を送りつけた。主殺しという大罪を犯した光秀を討つためにともに立ち上がろうという内容である。態度が明確でないと思われる大名には、光秀に加担しないよう警告した。相手のおかれている状況を考慮し、なかには、上さま（信長のこと）は間一髪で逃れたという情報もあるがと、自分では信じていない噂を文章のなかに織り交ぜ、光秀に味方すると不利になると示唆する手紙まで書いた。

真っ先に光秀に味方すると思われた細川藤孝・忠興の父子が、信長の死を悼んで髪を切ったという報告が寄せられた。光秀の娘を娶った忠興まで光秀と行動をともにしないというのは、光秀を支持する勢力が思った以上に少ない証拠だった。やはり姻戚関係にある筒井順慶のほうは兵を動かしているから光秀に加勢するようだ。だが、いっぽうでは、丹羽長秀と連絡をとっているという話も伝わり、どうするか決めかねているのかもしれなかった。

秀吉は、手紙や使者の返事を待つだけではなく、同じ相手に何度も書状を送り、二、三日中に光秀討伐に向けて出陣するつもりであると伝えた。態度を決めかねている者のことは気にせず、すぐに行動を起こすよう促した。秀吉のように積極的な動きを見せる武将は他におらず、結果として秀吉が光秀成敗の主導権を取ることになった。

姫路城に着いたときには気が急（せ）いていた秀吉も、情報を収集するにつれ落ち着いて行動するようになった。闇雲に急ぐ必要はないにしても、自分の運の強さを感じた。それにしても、思っていた以上に他の武将たちの動きが鈍い。気になっていた柴田勝家も、越前での戦いの最中であり、連絡がとれないままだった。信長がどう思うかを第一に考えて行動してきた秀吉は、信長がいなくなったいま、自分が考えたとおりに行動しても誰からも文句を言われないと思うと、自分がひとまわり大きくなったように感じ、積極的に行動できる自由さを味わった。

多方面から味方になりたいという連絡を受け、秀吉のもとに光秀討伐軍が結集した。

大坂にいる信長の三男の信孝、それに付き添っている丹羽長秀と連絡をとった。光秀討伐軍となれば、総大将には信孝がふさわしい。反逆者を成敗する戦いだから正義はこちらにあるとはいえ、信長の息子を擁して戦えばさらに正当性を強調できる。光秀に加勢するか迷っている勢力も、迷いを吹っ切るはずだ。

備中から引き連れてきた兵士たちには休養をとらせた。高松城では水攻めをしていただけで激しい戦闘をしたわけではないから、兵士たちはそれほど疲れていない。光秀軍のほうが本能寺への襲撃以来、あちこち引きまわされ緊張の連続だったろうから疲労が蓄積しているはずだ。

秀吉が姫路を発ったのが六月九日、決戦は京の近くになりそうだった。移動の最中も、途中で合流して味方を増やすために、多くの武将と連絡をとり続けた。筒井順慶も光秀軍に加わりそうにないという情報がもたらされ、こちら側が圧倒的に有利であるという見通しがつけられた。

大坂の信孝や丹羽秀長と合流するのには手間取った。彼らがなかなか大坂から出ようとしなかったからだ。混乱が続くという不安があるようで、秀吉には彼らの慎重すぎる態度が理解できなかった。自分が丹羽長秀の立場であれば、本能寺の変を知ったら、ただちに四国に向かう兵を光秀討伐に向けたはずだ。そうすれば、光秀たちが到着する前に安土城を押さえることも可能だったろう。

丹羽長秀は柴田勝家とともに秀吉の先輩武将であり、かつては頭が上がらない存在だった。武将として頭角を現したいまでは彼らに負けない実力を身につけたとはいえ、ないがしろにできない武将である。それなのに混乱状態に陥ると決断力が鈍り動こうとしない。信長という絶対的な存在があり、その指示に従って行動するのに慣れすぎて、自分で判断する能力を磨いてこなかったようだ。城づくりや城下町の造営作業の采配を振る際に能力を発揮して信長に評価されたが、重要な戦いを任せずに遊軍として働かせたのは、決断力や胆力がないのを信長が知っていたからだろう。

信孝と丹羽長秀の到着を待って合流したのは摂津の富田においてである。このために進軍の速度が鈍って遅れてしまった。だが、信孝がいることが光秀と戦ううえでは重要なのである。

信孝を迎えた秀吉は、「戦いは我々がいたしますから、後方で見守っていていただければ光秀を討ち果たしてご覧に入れます。どうかご安心ください」と挨拶した。秀吉は、こんなときに率先して動けないような息子では、とても信長の後継者としてふさわしくないと思ったものの、そんな表情は微塵も見せず、信孝を主君として仕える姿勢を見せた。

池田恒興、中川清秀、高山右近たちが兵を引き連れて加わり、迷っていた筒井順慶も合流すると言ってきた。秀吉が主導する光秀討伐軍は規模を大きくした。

決戦場は京都盆地の西側にある大山崎の地となった。西国街道を通って京に入るには通過しなくてはならない地域で、光秀軍は、秀吉軍が京に入るのを阻止しようと陣を張っていた。近くに淀川が流れ、名刹の観音寺や勝龍寺城があり、小高い天王山がある。このあたりの坂になっている道は幅が狭く、いちどきに多くの兵士が通過することができない。光秀は、兵力が少ない不利をカバーできる勝龍寺城の前方に布陣し、迎え撃つ態勢を整えた。

十二日にも小競り合いがあったものの、両者の本格的な戦いは十三日の夕方近くから始まった。光秀軍の三倍ほどの兵力を持つ秀吉軍が光秀軍に襲いかかった。正義の戦いであり、必ず勝利すると秀吉から言われて兵士たちの士気は高まっていた。このところ、籠城する敵を包囲するだけで実戦におよばないことが多く、目の前にいる敵と対峙して戦う機会が少なくなっていた。兵士たちは日ごろの鬱憤を晴らすかのように果敢な戦い方を見せた。狭い道を進めないと分かると、秀吉軍の兵士たちは山の傾斜を登って迂回して敵陣を攻撃した。光秀軍は初めのうちこそ後退せずに戦っていたものの、いったん崩れるとその痛手は大きく挽回できなかった。

二時間もかからず戦いは決着した。光秀たちは後方の勝龍寺城に退去したが、期せずして籠城するかたちになり、秀吉軍によって取り囲まれた。籠城しても支援部隊が来る可能性はない。完全に取り囲まれる前に、光秀は夜陰にまぎれて城を後にした。坂本城に戻って体制を立て直そうと考えたからだ。撤退するに当たって光秀は、目立たないように少人数で行動し、家臣たちとは坂本城で落ち合うことにした。

だが、少人数になった集団は、誰が見ても敗残兵だった。光秀一行も例外ではない。近くの農民たちにとって、敗残兵を襲い身ぐるみはぐ行為は臨時収入が得られるチャンスである。戦いの情報が知れわたっていたから、彼らは手ぐすね引いて待っていた。

光秀は、農民たちの手によって命を落とした。そして、斎藤利三は秀吉軍による残党狩りの兵士たちに捕らえられ、見せしめのため磔けにされた。光秀に味方した武田元明と京極高次も捕らえられた。元明はその後処罰されたが、高次は秀吉の側室となっていた妹の嘆願で許されている。

京の町から遠くない地域で戦われたから、鉄砲の音が京の町中まで聞こえたという。

秀吉はみごとに主君の仇を討った。信孝も丹羽長秀も、秀吉の前では陰の薄い存在にならざるを得なかったのである。

光秀軍の残党狩りと光秀に味方した勢力の駆逐に必要な兵力を残し、秀吉は翌十四日に京に入った。主筋の信孝を立てた上洛だったが、光秀軍との決戦を主導したのは秀吉であるという報は京中に知れわたり、秀吉は時の人になった。もともと目立つのは嫌いではなかったから、秀吉は胸を張って凱旋した。

秀吉や信孝を出迎えたのは例によって公家衆である。前日までとは異なり、新しい権力者が登場したから、改めて歓迎しようと、さっそく正親町天皇は秀吉と信孝のもとに勅使を派遣した。信孝にとっては朝廷との関係を深めるチャンスだったが、積極性を見せずに対応した。信長の後継者になるという意識がなく、まだ自分の将来像を自ら思い描くことができないでいた。

朝廷が信孝と秀吉の二人に勅使を派遣したのは、誰が次の権力者になるのか判断がつかなかったからだ。秀吉にも敬意を払わなくてはと考えたのだ。主従関係でいえば信孝が先であるが、これまでも将軍より実力がある武将が権力を握る例があったから間違えると大変である。どう転んでもよいように手を打つのが朝廷である。二人のいずれかが光秀に代わって権力者になると予測した。勅使は武家伝奏である勧修寺晴豊、さらに誠仁親王からの使者として広橋兼勝（ひろはしかねかつ）が、二人を順番に訪れて太刀を贈っている。

秀吉からすれば、朝廷が自分と信孝とを同等に扱ってくれたからまんざらでもなかった。信孝の器量がどの程度かも一連の経過のなかで分かり、信長に仕えたように信孝に仕える気持ちはなくなっていた。自分がくだした判断が間違っていなかったことに、秀吉は自信を深めていた。丹羽長秀は上からの指示によって動く人物だから、彼に遠慮しても意味がないと悟った。自分に従うようにいきなり説得するのではなく、徐々にそうした方向に持っていくようにすれば自分の言うとおりに動くようになるはずだった。

寺院や有力商人たちも、新しい権力者が登場すると挨拶にくる。そして、財産と以前から所有している権限を保証してくれるよう働きかける。そうした人たちが来るのは、信孝のところより秀吉のところのほうが多かった。彼らは勝手に判断して行動しているが、秀吉が実力者であると認められた証拠である。これも、秀吉が自信をつける要因となった。秀吉が滞在する京の館は、彼らからの贈りもので溢れんばかりになった。

11

もう一人の実力者、柴田勝家は本能寺の変が起きたときには魚津（うおづ）城を攻略している最中だった。越後との国境近くにあり、上杉氏の最前線基地ともいえるのが魚津城である。勝家の主導で佐々成政と前田利家が与力して、敵対する上杉軍と北陸地方の制圧をめざす戦いをくり広げていた。

籠城する魚津城を取り囲んでいた勝家軍は、上杉景勝が自ら支援に駆けつけるのに備え、上野の滝川一益に支援を求めた。上杉軍が進軍していると聞き緊張が高まったが、近くまで来た景勝軍は、突然撤退した。滝川一益に加えて信濃の森長可が上杉氏の本拠地である春日山城に向かっているという報に接し、留守のあいだに攻撃されては一大事と引き上げたのである。

孤立した魚津城を勝家軍が攻撃し、落としたのは六月三日、本能寺の変の翌日である。北陸の地を支配下におくのも時間の問題と思われた。

本能寺の変の報が勝家のところに届いたのは六日である。魚津城を落としたばかりだったが、前田利家と佐々成政は周章狼狽し、急いで自分が支配する地域に戻った。前田利家は能登、佐々成政は越中である。案のじょう能登で一揆が起き、利家は制圧にあたらなくてはならなかった。信長が殺害されたという知らせが駆け巡ると、支配下にある国衆が動揺するのを防ぎようがない。

越前に戻った勝家は、日ごろから支配地域の安定につとめていたせいで混乱は少なかった。だが、京から離れていて、情報の収集は思うようにならなかった。さまざまな噂が渦巻いて真実をつかむのが容易ではない。だが、光秀が主君を討ったのは事実であり、その討伐を優先しようと兵士を集めた。誘われた利家はそれどころではないと断り、佐々成政も協力的ではなかった。もともと勝家と成政はあまり折り合いが良くなかった。かつて織田氏の家督争いの際に、若い信長と弟の信勝とが対立し、信勝側についた勝家に、信長派だった佐々成政の親戚筋の何人かが殺されていた。そのときの恨みを忘れておらず、信長なきいまとなっても協力したくなかったのが本音のようだ。

そんなわけで、勝家が兵士を集めて京に向かうまでには時間がかかった。そのせいで、勝家が南下している途中で光秀がすでに討たれたという知らせを受けた。主君の仇討ちには間に合わなかった。もともと勝家は、信長に対してより織田家への忠誠心が強い。したがって、勝家が秀吉より早く京に行って信孝を擁して光秀を討っていたら、信孝が織田家の家督を継ぎ、勝家がそれを支える体制ができていたかもしれない。だが、そうはならなかった。勝家が正確な情報を知るのが秀吉より遅くなったのは、日ごろから信長との連絡を頻繁にとっていなかったからだ。秀吉との違いは明らかだった。

安土城から京をめざして進軍するはずだった柴田勝家は、そのまま清洲城に入った。ここには安土城から日野城に避難した信長の家族たちが移ってきていた。織田氏のもとの本拠地であり、信忠の幼い息子の三法師も清洲城に避難していた。

十五日に安土城の天守が火災にあい炎上した。このとき二男の信雄が城主として適任ではないと一部の人たちに思われてしまった。火災は、火の不始末なのか、何者かの仕業か分からなかったが、周囲では、信長の亡霊がさまよって燃やしたのではないかと噂し合った。自分がいない安土城を誰かが所有するのは信長なら許さないはずだ。霊となった信長の執念が天守を炎上させたという噂は、多くの人にはあり得ることのように思えた。

安土城天守の喪失で、信長がこの世から突然に消えた実感がもたらされた。信長不在の新しい時代が始まろうとしているという認識を人々は共有したのである。その後、破壊された部分の修復が施され、天守を失ったままの安土城は城としての機能をしばらくは保っていた。

六月二十七日に清洲城で会議が開催された。筆頭家老の勝家が主導する信長の家臣たちによる会議で、これからの織田氏の行方を話し合うためである。勝家が秀吉たちと連絡をとり出席するメンバーを決めた。本来ならメンバーの一人になるはずの滝川一益は、後述するように北条氏との戦いで出席できる状況になかった。勝家のほかに羽柴秀吉、丹羽長秀、それに池田恒興、堀秀政の五人が出席した。堀秀政は信長の馬廻衆の代表としていわばオブザーバーであり、正式メンバーではない。信長の息子の信雄も信孝も出席していない。信雄も信孝も他家の養子になっており、正式な後継者と見なされていなかったからだが、彼らの将来もこの会議で決められる。二人は出席させるよう主張してもよい立場だったが、そんな要求は出なかった。それだけに二人の存在感が薄い印象を与えた。

会議は、筆頭家老である勝家がリードするのが自然だったが、会議に臨む勝家と秀吉とは、もとから肌があわずにお互いに嫌っており、ともに行動する機会も少なかった。信長の先代である信秀のころから家老だった勝家は、信長に取り立てられて武将になった秀吉より序列では上にいる。それだけに、勝家は自分の考えを強く打ち出し、秀吉と対立する可能性が強いと予想された。だが、秀吉のほうは光秀の討伐に成功して存在感を増しており、少なくとも、いまは勝家と対等な関係であると思っていた。勝家と意見が対立するのは明らかであるから会議の主導権をとるにはどうすべきか事前に考えた秀吉は、そのために多数派工作をしていた。独自の主張を持たない丹羽長秀に根まわしして味方につけ、前から親しくしていた池田恒興にも自分に同調するように言い含めておいた。こうして白紙で会議に臨んだ柴田勝家より、有利な状況で秀吉は会議の席に着いていた。

会議の主題は二つ、ひとつは織田氏の家督を次ぐ信忠の嫡男の三法師が幼いゆえに、誰がその名代になるか、そしてもうひとつは信長の直轄地と光秀の支配していた地域を誰の支配地にするかである。

信長から信忠と続く織田氏の当主が、信忠の嫡男である幼い三法師になるのは既定の事実となっていた。その後見役である名代の候補は信雄と信孝しかいない。名代になれば事実上は織田家の当主としての権限を行使できる立場になる。

勝家が推したのは三男の信孝であり、秀吉が推したのが二男の信雄である。二人を比較すれば信孝のほうがふさわしいという思いを持つ人が多かった。武将として見れば信雄より評価が高かったからである。それでも、秀吉が信雄を推したのは勝家に反対する姿勢を鮮明にするという理由のほかに、信雄のほうが扱いやすいと思ったからだ。信孝は積極性に欠けるとはいえ猪突猛進しかねないところがある。信雄なら、どのような行動をとろうとも制御できそうだった。

予想していたとおりに勝家と秀吉の意見の違いがあり、丹羽長秀が二人のあいだに入って調整する立場となるのが自然に思われた。長秀の役どころとしてぴったりであるが、秀吉とのあいだで事前に根まわしができていたから、落としどころは秀吉が想い描く方向に進んだ。

名代を誰にするかは、勝家も秀吉も譲らなかった。そのせいで、なかなか決まらない。多数決で決めるという発想はない。全員が賛成するか、少なくとも反対がないところまで話を煮詰めなくてはならない。この問題が決着しないままでよいと考えていた秀吉の思惑どおりになった。そこで、堀秀政を三法師の傅役にして、三法師に与える二万五千石の領地の代官に任命するという妥協が図られた。

続いて話し合われたのが、信長と信忠の領地および光秀の所領を誰に分配するかである。これも秀吉と丹羽長秀のあいだで事前に話し合われており、その方向に話を誘導していった。勝家は、どのような分配の仕方がよいのか事前に考えてこなかったから、長秀が叩き台として提案した内容を検討する段取りになった。

信雄が尾張、信孝が美濃を領有するというのは、織田氏の家督を継いだ信忠の領地を二人に分け与えるものであるから反対はない。問題は京を含む山城の所有を誰にするかである。天下の中心は京であるから、その所有者の権威は高められる。いっぽうで朝廷を守り京の治安を確保するという義務を背負わされる。公家衆との付き合いも大切にしなくてはならないし朝廷の儀式にも関与する。それができそうなのは誰か。

秀吉は過去の自分の経験から天皇の権威、朝廷の儀式の堅苦しさと複雑さ、そして公家連中の一般人を見下した態度などを強調した。そのうえで「そうしたむずかしいところがありますが、柴田さまが、それでも京を御支配されるというお気持ちがおありならそれでよいのではありませんか。もっとも京の治安も確保しなくては天皇がお腹立ちになるでしょうが」と勝家のほうを見て話した。朝廷との付き合いの経験に乏しい勝家にはつとまらないと承知したうえでの発言である。勝家は、話を聞いて怯んでしまった。そうなると秀吉しかいないという理由で、秀吉の領国とするという、丹羽長秀による提案を勝家も呑まざるを得なかった。これで勝負の半ばはついたのである。

その代わり、勝家には、それまで秀吉の領地だった北近江が新しく加えられた。秀吉の支配地域である北近江は勝家の支配する越前と繋がる地域であり、支配地を増やしたい勝家にとっては願ってもない話だ。勝家とは決定的な対立に陥らないほうが得策であるという秀吉の配慮だった。そして、近江の南半分にある光秀の所有地は丹羽長秀が引き継ぎ、大坂は池田恒興の所有地と決められた。秀吉が思い描いていたとおりに、会議に出席した勝家を除く三人が信長が直轄していた所領を分け合った。このとき、勝家が京は信孝に、そして大坂は信雄の領地にすべきであると主張すれば、その後の展開は違っていた可能性がある。だが、勝家にはそうした提案を思いつけなかった。自国の経営が何より重要と考えていて、天下に関する未来像を思い描くことができなかったからだ。

合意に達した内容については、堀秀政を除く四人のあいだで起請文を書いて連判し、決めたことを遵守する誓いが立てられ、今後の問題は四人で決めていくことが確認された。信長の築いた帝国は解体されたが、会議が終わると、柴田勝家はそそくさと越前に戻っていった。与力のはずなのに佐々成政は自分に従わないし、配下の有力武将のあいだにも対立がある。自分がいないあいだに何か起きないか心配だったのだ。

会議では信雄と信孝が同列に扱われ、三法師の名代の決定は先送りされた。会議に出ていないだけに、このときの決定に信雄も信孝も不満を持つ可能性があった。それをもっとも気にしたのが秀吉である。この決定を受けて、彼らがどのような行動に出るかを見きわめてから次の行動に出るつもりでいた。それでも、この時点で織田氏の権力を奪い取るという考えまで秀吉は持っていなかった。できれば織田家の筆頭家老の地位を奪取したいが、勝家の上に立つための布石としては充分な成果を獲得したと思うことができた。そうなると、信孝や信雄に仕えるのも業腹だと、以前よりも強く感じるようになっていた。とはいえ、事態の推移は依然として流動的であるように思われた。

12

家康も、本能寺の変の影響を大きく受けた。事変直後は不安のなかにあったが、結果としては家康は漁夫の利を得て、信長が支配する地域の一部を領有して飛躍するきっかけをつかんだ。だが、そうなるまでの経緯はやや複雑である。

信長の招待を受けて安土城下で接待を受けた家康は、さらに京や堺をゆっくり見てまわった。初めての堺では、その活気を肌で感じて感銘を受けた。信長がスケールの大きい発想をしていたのは、こうした賑わいや伝統を背景に活動していたからだと理解した。それだけ自分が田舎者であると悟り、信長と自分との落差を改めて感じた。さらに雄飛しようと信長が、明国まで攻め込もうという気になったのが不思議に思えなかった。信長が特別であるにしても、家康は自分もひとまわり大きな人間にならなくてはと思ったのである。

松井友閑が堺を案内してくれ、茶会に招待された。会合衆と話をして、商人たちの持つ胆力と洞察力に触れ、彼らの遊び心に感銘を受けた。彼らは彼らなりの戦いをしていると知り、実際の戦闘以外の戦いも面白いだろうと家康はいろいろ想像した。

六月二日、家康は堺にいた。上洛している信長に挨拶して帰国しようと、同行していた本多忠勝を一足先に京に向かわせた。忠勝は途中で京の豪商である茶屋四郎次郎と出くわし、本能寺の変を知った。茶屋四郎次郎とは、かつて上洛したときの家康が宿泊した縁で特別な関係にあり、親しく交際していた。京の貴重な品々は彼を通じて三河や浜松にもたらされ、信長を接待したときも、彼に相談して料理人を手配してもらい、貴重な食材を運び込んでいた。

茶屋四郎次郎は、家康が少数の家臣とともに堺に滞在していると聞くと、自分の予定を変更して本多忠勝に同行して家康のいる堺に向かった。京は混乱状態にあり、各地の街道も安全に通れるかどうか分からないと事情を説明し、このまま三河に戻るように勧めた。各地で一揆が起きる可能性があるから、身分の高い武士が少人数で旅をすれば襲われる可能性が高いという。

のんびりと見物しているわけにはいかず、急いで帰国しなくてはならない。心配する茶屋四郎次郎は、京と浜松を何度も往復しているから安全と思われる道を選べるように同行してくれるという。心強いかぎりだった。このとき家康に従っていたのは、酒井忠治、石川数正、本多忠勝、榊原康政、井伊直政（いいなおまさ）をはじめ百人足らずだった。家康とともに招待された穴山梅雪も、途中まで同行することにした。

堺から山城、宇治の田原（たわら）を通り南近江から伊賀、伊勢と進んだところで、穴山梅雪とは別行動をとることになった。家康と分かれた穴山梅雪は途中で何者かに襲われ無事に戻ることができなかった。

家康は、伊勢の白子(しろこ)から三河の大浜(おおはま)まで海上を行き、無事に岡崎城に到達できた。伊賀や伊勢の山道を通る際に、家康は九百年前に大海人(おおあま)皇子と妻の讃良(さらら)姫が吉野(よしの)から逃れて美濃に向かうためにこの道を通ったという話を思い浮かべた。そのときと同じ道ではないにしても、やはり心細い旅であったのは同じだ。「日本書紀」には彼らの道中の様子が記されていて、家康は何度も読んでいたので思いを馳せたのである。皇子は味方がいる美濃に無事に着いて挙兵し、壬申(じんしん)の乱に勝利して飛鳥(あすか)で天武(てんむ)天皇として即位した。家康も無事に帰ることができれば何か良いことが待っているに違いないと密かに想像した。いっぽうで、信長という後ろ盾を失って、これからは自分の才覚で生きていかなくてはならないという責任を痛いほど感じた。

無事に浜松に帰国した家康は、兵を集めて信長の仇敵となった光秀を討とうとした。いまにして思えば、安土城下で会った光秀は、信長とのあいだにぎくしゃくした雰囲気があった。同盟していた信長を謀殺した光秀を討つのは自分の役目でもある。ともに立ち上がる勢力があるはずで、家康は、浜松で動員できる兵士を集めて京をめざした。家康が尾張の鳴海城まで来たときに、秀吉の使者が来た。すでに光秀を討ったから引き返すようにという。その素早さに驚いたものの家康はそのまま帰国した。家康が信濃や甲斐を獲得するのは、その数か月後のことである。

織田氏の支配地になった旧武田氏の領地でも混乱が起きていた。甲斐や信濃で武田氏の滅亡後に信長配下の武将が支配者となってから二か月あまりしかたっていない。信長という主柱を失い、滝川一益をはじめ武田氏の旧領の支配を託された織田方の武将たちは、安定した支配をする時間がなかった。

　信長から関東取次を命じられた滝川一益は、武田氏が亡んだ直後に上野国の箕輪城に入り、すぐに厩橋城（前橋）に移り、ここを本拠として支配体制の確立をめざした。中央から遠く離れた地域での活動が一益の意に沿わないにしても、関東全域を治める任務を遂行しなくて離らない。

　一益が厩橋城に入ると、関東から東北にかけて活動している領主や国衆が次々と挨拶に訪れ、従う姿勢を見せた。有力な大名である北条氏に従う勢力だけでなく、それに対抗する人たちも、新しい支配者となった一益のもとに結集するかたちになった。本能寺の変が起きる直前に、一益は、上杉軍と戦っている柴田勝家を支援しようと兵を動かした。勝家とは親戚関係にあり、一益が上野の厩橋城に入ってからも連絡をとり続けていた。一益は支援のために越後国境近くまで進軍し、勝家の攻撃する魚津城への後詰めをしようと軍を進めていたが、上杉景勝は留守のあいだに本拠を攻撃されては大変と、兵とともに春日山城に戻ったから、柴田勝家は魚津城を落とすことができた。

　出兵の目的を果たして滝川一益が厩橋城に戻った直後に本能寺の変が起きて、彼をとりまく状況は一変した。

　同盟関係にあった北条氏は、織田氏との同盟が廃棄されたと見なし、滝川一益に敵対した。武田氏滅亡後の信長の裁定で上野国の西部が北条氏の支配がおよばない地域とされ、不満を持っていた北条氏が、この機会にこれらの土地を自分たちの領土にしようと兵をあげたのは変事の半月ほど後だった。

　関東で信長の死を最初に知ったのは一益であるが、混乱を避けようと少数の人たち以外には知らせなかった。しかし、長く隠しとおすわけにはいかない。別ルートで本能寺の変を知った北条氏政と氏直の父子は、後ろ盾を失った滝川一益を追い払う挙に出たのだ。北条氏では、氏政から息子の氏直に家督が譲られていたが、権限は氏政が掌握していた。氏直も力をつけてきて二人三脚で支配するようになっており、このときも若い氏直が、父の氏政より積極的に行動した。

もとの拠点の伊勢から与力となっている兵力を上野に移していた滝川一益は、北条氏を迎え撃つ態勢をとった。だが、信長の死を知った周辺の国衆たちは一益に味方しなかった。北条氏と戦うには援軍が欲しかったものの、混乱状況のなかではむずかしい。初めこそ一益軍が押していたものの、態勢を整えて攻撃してくる北条軍に対抗するのは次第に困難になった。手持ちの兵力だけで戦う一益は、北条氏の攻撃に耐えられず、このままでは全滅しかねないと撤退を決意した、一益は、以前の本拠地だった伊勢に逃げ帰った。これにより上野国は北条氏の手に落ちた。一益は、信長配下の武将としての勢力を失い、これ以後は柴田勝家を助ける程度の働きしかできなくなった。

北条軍は、さらに信濃や甲斐にも触手を伸ばした。信長の死でどちらも混乱状態になっていたからである。甲斐の支配を任された河尻秀隆と信濃の一部を与えられた森長可は、それまでは力で押さえ込んでいたが、地元に根を張る勢力が一揆を起こして混乱に巻き込まれた。木曽義昌のように、その地域の国衆として安定した支配をしていれば別だが、支配者となってからわずかしか経っておらず、一揆を抑え込むことができなかった。河尻秀隆は混乱のなかで決起した土豪たちに殺害されてしまった。信濃の北部を支配する森長可も、反旗を翻す国衆と対抗しようとしたが、この地を奪還しようと上杉氏が北から攻め寄せ、この地域の国衆と呼応して敵対した。勝ち目がないと見た森長可は美濃に逃げ帰った。これで川中島一帯はふたたび上杉領になった。信長配下の支配者が逃げ出したので、北条氏は、あわよくば信濃と甲斐も手に入れようと動き出した。

そうした北条氏の前に立ちはだかったのが徳川家康である。甲斐や信濃の混乱状態を見て黙っていられなかった。一緒に安土や大坂に行った甲斐の穴山梅雪は帰国できず、後継者となっている彼の息子も成人していない。そこで、穴山氏の支配地域の安泰を図るという大義名分をかざして家康は挙兵した。穴山梅雪が無事に帰国していれば、家康より早く手を打っていたかもしれない。権力の空白が生じた場合は、すかさず手を打たなくてはならないのだ。

こうなると北条氏と衝突せざるを得ない。家康が動き出す前は信濃の実力者の一人、木曽義昌が北条氏に味方していたが、徳川氏が動くと北条氏をはなれて家康に加勢するようになった。期せずして信濃や甲斐をめぐって北条氏と徳川氏の戦いがくり広げられようとしていた。だが、どちらも全面対決となるのは賢明ではないという意識が働いた。散発的な戦いがあったものの、どちらも主力どうしの激突を避けた。戦うのか戦わないのか曖昧な状況になったが、どちらも撤退したのでは相手方が有利になるとして膠着状態に陥った。戦えばお互いに犠牲を覚悟しなくてはならない。家康も、北条氏との関係が修復不能になるのは避けたかった。

家康は、甲斐や信濃に兵力を展開するに当たり、信孝と信雄に断りを入れている。信孝に対しては木曽義昌を通じて、そして伊勢の信雄には使者を派遣している。信長がいなくなったからといって勝手に行動するのではなく、正統性を担保しようとする姿勢を貫いている。ふだんから信長に接し、その息子たちの行動や能力を知っている秀吉とは、織田家に対する意識に違いがあった。秀吉は信長がいなくなったのを機に権力の不在を意識して行動したが、家康は織田氏の権力が維持されると信じていた。息子の誰が継ぐかは分からなくても、織田家の意向は尊重しなくてはならないと思っていた。地方にいて中央に従う姿勢を維持してきた家康と、信長の近くにいて織田氏の内情をよく知る秀吉との意識の違いは大きかった。

進軍を止めた家康は、織田氏に和議の仲介をするよう要請した。その場合、信孝と信雄の両方に接触する必要があった。木曽義昌を通じて信孝に要請し、信雄には和解のために協力してほしいという手紙を書き送った。二人とも、それほど時間をかけずに反応を示し、北条氏に対して家康との和解交渉に応じるようにという書状を送った。

勧告を受けて、北条氏は徳川氏と話し合う意向を示した。とはいえ、父の氏政と息子の氏直では徳川氏への対応に違いがある。父の氏政は、積極的に和議に応じるつもりであり、息子の氏直は、こちらから条件をつけてそれが受け入れられなければ戦うという考えだった。和議となれば家康に有利な裁定になるという疑念を持っていたからだ。だが、織田氏の権威をおろそかにできないと思う父の氏政は、氏直を説得して和議に応じた。氏直も最終的に父の意見に従った。

結果として、信濃と甲斐は徳川氏、上野は北条氏の領有とするという内容で和議が成立した。信濃の一部を領有していた北条氏は、それを徳川氏の所有と認めて譲歩した。家康と対立するより提携したほうがよいという判断である。北条氏は、周辺諸国の領主たちと対立が続いていたから、徳川氏が北条氏と敵対すれば、彼らは徳川氏を頼りにするようになる。そうなるのは避けたい北条氏は、徳川氏との友好関係を維持する道を選択した。家康も、北条氏との結びつきを強めるのに異存はなかった。改めて両者の同盟が成立し、家康の次女の督(とく)姫と北条氏政の息子の氏直との婚姻が決まった。

このため、北条氏と敵対関係にあった関東の諸大名は、勢いのある羽柴秀吉を頼るようになる。

それにしても、家康は三河、遠江、駿河に加えて甲斐と信濃を獲得し五か国を領有する大大名に成り上がった。信長がいるときには、何かといえばその判断を仰がなくてはならなかった家康はこのとき四十一歳、もはや信長を頼りにする大名ではなく、自分の道をしっかりと歩もうとしていた。

こののち、秀吉は信長が進めようとした路線を引き継いで天下人になる。そして、さらに戦いを続ける秀吉は、朝鮮(ちょうせん)や明国の制覇をめざす。家康は、秀吉に反発して戦ったものの、最終的には秀吉に取り込まれナンバーツーとなった。秀吉が死ぬ一五九八年（慶長三年）まで、内心の葛藤があったにしても、家康は秀吉に従う姿勢をとり続けた。

著者略歴

尾﨑桂治（おざき・けいじ）

東京生まれ。一九六〇年代から月刊誌の編集者として活動。その間、イギリス、フランス、イタリア、ケニアなどに取材で訪れる。その後、出版社を設立。二〇年以上にわたって経営する。主として書籍の企画、編集、取材、執筆などを手がける。かたわら日本の歴史研究、執筆を行う。著書に飛鳥時代の歴史を綴った三部作『飛鳥京物語』（三樹書房）がある。

戦国時代の終焉と天下人への道程

信長の台頭と若き日の家康

著　者　尾﨑桂治

発行者　小林謙一

発行所　三樹書房

〒101-0051東京都千代田区神田神保町一-三〇

電　話　〇三（三二九五）五三九八

FAX　〇三（三二九一）四四一八

印刷・製本　モリモト印刷株式会社